宅男的末世守則

4

目錄頁
CONTENT

第一章

女王殿下被擠兌走，這日子沒法過了

羅勳和嚴非從醫院回來後，先進家門補眠，等他們醒來已經是下午了。

趁著有閒暇，羅勳先將樓上廁所的馬桶換上新的智慧型馬桶蓋，並且親身體驗享受了一番後，果然發覺這東西原先的用起來方便舒服，關鍵是還不費紙。

如果知道有如此好物，早早就去找了，哪裡還會等到現在？不過，這麼一來，沒去刻意打喪屍收集晶核，而是利用這次的假期尋找智慧型馬桶蓋還是很值得的。

懷揣著這一想法，羅勳與嚴非兩人愉快地下樓準備去將其他的馬桶蓋全都換掉，結果一出門就得知李鐵他們一大清早就已經換過了。

吳鑫不好意地笑著解釋：「羅哥，你也知道，我們家四口人共用一間廁所，每天早上起來都得搶，所以早上大家就把所有的馬桶都裝上智慧型馬桶蓋了。」

「沒事，這樣正好，就不用再搶了。」

搬回來那麼多個智慧型馬桶蓋不用還等什麼？就算全都換了，也還剩下一大半呢。這批省水舒適的馬桶蓋深受眾人歡迎，大家商量決定剩餘的留著備用，絕對不能拿出去賣掉，反正他們也不缺錢不是，用不著賣這些東西去兌換食物或生活用品。

放假的這兩天，羅勳還跟嚴非將樓下自家停車地方的金屬圍欄修整了一下。他們這次外出基地帶回了一輛實心的金屬卡車，在進入基地的時候居然沒人發現，被當成是他們小隊的戰利品，只檢查有無沾染病毒就放行了。

嚴非用這些金屬材料做成了一個雙層的金屬車庫，這樣反而節省了一些空間，他們可是總共有四輛車要停放呢。

秋末接近尾聲，宅男小隊利用假期將最後需要收割、播種的作物統一處理，該晾曬的晾曬，該裝袋的裝袋。

五人組收假要回軍營上工時，羅勳兩人還有一天假可休。他們悠哉地在家中逗小傢伙，教于欣然認字念書，與徐玫和宋玲玲、章溯繼續整理家中的作物。

這天傍晚，五人組帶回了最新的八卦：「據說去市區做任務的隊伍中有好幾個失聯了，還有人發出過求救訊號。」

羅勳連忙問道：「是不是會路過咱們先前走的那條路的人？」

五人組齊齊搖頭又點頭，「不清楚，但聽說要去市區北邊做任務的隊伍，大多都得路過那裡，現在還不清楚具體情況。有些隊伍接到求救訊號趕過去了，聽說軍方會派異能者小隊前去查探狀況，等調查結果出來才知道是怎麼回事。」

王鐸顯擺另外一個消息：「我今天聽說，好幾個小隊在回來的時候也聽到那棟大樓倒塌的動靜了，他們多了個心眼，沒從那條路走，遠遠的就繞道回基地。好像不止咱們回來的那天那裡出過事，昨天市區中還有地方發出過轟隆隆的聲音，一響就是大半天。」

羅勳思索了一下，結合上輩子的記憶，想了好半天也沒想起上輩子有沒有聽說過這事，不過上輩子的這時，自己似乎已經很難找到合適的隊伍外出了，往往在等待組隊的那裡一耗就是一天，幸好自己好歹有做組合弩的專長，有時會在垃圾堆翻找材料做武器拿出去賣。

可惜當時手邊沒有什麼合適的材料，做出來的武器不理想不說，製作速度還慢得要死。

這些事情在那些發出求救訊號的隊伍沒被救回來前，是不會得出什麼結果的，羅勳他們只能暫時拋到一邊，忙碌起別的工作。

宅男小隊搬回來的金屬材料不少，除了用來修車庫，羅勳和嚴非特意拿了一部分回家。

「將沙發推到角落，在這裡做一排種植架。」

今年初春，一六〇四的屋子在種植糧食作物的時候便沒有放到計畫內，他們連一些常吃的作物都移栽到隔壁屋子去，除了陽臺留下蔥薑蒜、香菜花椒樹之類的香料作物外，幾乎沒有再種過這類東西。羅勳家目前留著的正常作物，毫無例外全都是各色水果。

比如先前那幾粒檸檬種子，長成滿滿兩大盆，蘋果和葡萄也都茁壯成長著，只等開花結果。草莓開出了一朵朵白色小花，從原本的幾小株竄滿了種植箱。

多年生的水果樹短期內不可能看到任何收穫，最早也要等到明年開春後才有可能開花，至於結果……後年若有水果樹能掛果，羅勳都會大呼奇蹟。

再者，羅勳早先留下的古怪變異植物，不知道這些東西最後能結出什麼樣的果子來？能不能吃？有沒有毒？是良性的還是普通變異？

另外，一六〇三的屋子被羅勳算進公共種植面積中，產物也算是宅男小隊的共有資產。這樣一來，他自己家反而沒有作物收穫了，所幸他家還有多餘的空間，乾脆再騰出一塊地來種些東西試試看。

羅勳想種的是良性變異水稻，這東西單獨分了出來，只是數量非常少，全部採收後放在一起不過一捧左右。他先前做了個實驗，將其中幾粒去殼放到少量清水中蒸煮，再跟普通的白米煮熟後進行對比。不得不說，良性變異品種就是不一般，不僅保有原本的清香，入口時更有嚼勁，就連米湯也比用普通白米蒸出來的好吃。

羅勳覺得良性變異稻米比末世前的香米可口，嚴非也很認同。

於是，羅勳想要多培育出一些良性變異稻，留下做種，然後盡可能大批量種植。這種東西註定是奢侈品，他並未準備在將來把所有的水稻全都換成這個品種，因為良性變異作物的產量通常會少於正常作物。

將良性變異水稻的種子提前放到育苗室中培育，只要把種植箱搞定，就能輕輕鬆鬆開始新一輪的種植作業。如果到時大家不願意賣掉良性變異作物，那麼就偶爾拿來改善餐桌上的飯菜，或者熬些粥來吃。

嚴非隨意揮揮手便將種植箱搞定。羅勳在裡面鋪土，灌入乾淨的水，施好肥料，再將幼苗逐一插入泥土中。接著取一些處理好的蘑菇木放到最下層的網狀抽屜裡，負責吸收種植箱內可能有的毒性物質。最後兩人選了一些他們比較常吃的蔬菜種到架子的最上層，有些作物還是種在自己的屋子裡，使用起來比較方便。

其他專門用來種植作物的房間中新加入了不少的蘑菇木，眾人最近發現，果然有不少蘑菇木上都開始成長正常的蘑菇。徐玫和宋玲玲只要發現普通的正常蘑菇，在它們長大成熟後便會及時採摘，放到窗臺晾曬乾燥收集起來。

等到正常的蘑菇數量累積多了，大家才捨得拿出一部分來做菜。

十一月的天氣已經轉涼，宅男小隊的農忙季節終於過去，大多數的作物都採收完畢，該處理的處理，改晾曬的晾曬，就連陽臺上種著的向日葵全都採摘下來。除了留下一些生瓜子當作種子繼續種植，剩下的去殼壓榨，榨成日常需要消耗的瓜子油。花生和黃豆也都各有收穫，同樣如此處理。花生壓榨完的花生醬是好東西，用來塗在饅頭上很好吃。

至於黃豆，不止可以榨油，還能曬乾留著做豆腐。

壓榨用的工具是羅勳末世前收購回來的二手小磨盤，相當順手好用。在農忙之餘，徐玫和宋玲玲一邊帶著于欣然玩，一邊就將榨油的工作搞定了。

榨出來的油，幾家分一分倒也勉強能用上一陣子。基地現在幾乎沒有食用油出售了，不知是壓根兒沒種能出油的作物，還是種了之後全都變異到沒法用。

無論如何，在發現這種情況後，宅男小隊更加節省自家那些做好的油。

◆ ◆ ◆

一堆衛星照片，一堆幾乎驚掉的眼珠。

諸位基地高層圍坐在圓桌旁邊，半天說不出話來。

面面相覷了好半天，才有人開口：「現在……這要……怎麼處理？」

「處理？要怎麼處理？這些東西要怎麼做才能打倒？」

「異能者，讓異能者去啊！」

「異能者就一定能打倒它們嗎？之前失聯的隊伍可都沒了下落。」

「那也不能證明就是它們……弄出來的，別忘了，市區還有別的東西在。」

「呵呵，那你覺得是誰能弄塌這麼多樓房？進市區收集物資的異能者們嗎？還是這些樓房全都是自然風化才弄塌，或者是斷了足足一年的天然氣，這幾天突然恢復輸送，被火系異能喪屍點著，把那些樓全都炸塌了？」

「冷靜冷靜，大家先討論問題。」

會議結束後隨便怎麼吵，現在的問題是，這些照片中的怪物們到底要怎麼處理。

散落在圓桌上的是一張張衛星拍攝後發過來的照片，還有一些是進入市區查探情況的偵察兵們的抓緊時間拍到的照片。

身高至少三米以上，體表皮膚呈灰黑色，可以輕鬆舉起車子將它們掰斷的喪屍巨人們，正在城市中四處遊走，四周都是莫名倒塌的建築物……

◆ ◆ ◆

「又要去修外圍牆？」

金屬系異能者小隊的成員們看了看快要完工的高架橋，再看看不遠處那高大的外圍牆，心裡暗道，上級是在搞什麼，怎麼又惦記起築牆的事來了？圍牆不是才剛剛修築完畢嗎？

「這次是讓你們精煉圍牆上的金屬，盡量讓圍牆外面的金屬層達到這個高架橋金屬的硬度和韌度。」過來向眾人說明的工作人員耐心地解釋道：「這是需要的金屬元素合成的比例，你們要將元素單獨提取出來，按照這個比例重新揉合……」

隊長琢磨了一會兒，忽然問道：「是不是又發現什麼新型喪屍了？破壞力大的那種。」

工作人員聞言身體僵硬了一下，隨即打哈哈擺手笑道：「你們想多了，這怎麼可……」話說到一半，就受到異能者小隊集體鄙視的目光，只得將後半截的話嚥了回去，好半天才不得不低聲囑咐：「總之，你們心裡有數就好，圍牆的事你們得加緊趕工。」

羅勳和嚴非對視一眼，心想，一定跟那天他們半途遇到的古怪狀況有關，不然這時間上也未免太巧合了。

雖然現在依舊打聽不到什麼具體的消息，但該做的準備、上級的要求還是要去做。

高架橋快要進入收尾階段，圍牆那邊也催促得緊，據說兩處專案的負責人吵了半天才最終不得不各自退一步，決定最近這幾天，上午修築圍牆，吃過午飯再回來修高架橋。

這兩個工作的內容都差不多，金屬系異能者小隊處理起來的難度也差不多。

於是，隊伍就開始每天上午、下午兩邊跑，簡直就像趕場的藝人一樣忙碌，幸虧上級沒說要延長工作時間，否則多半會累死人。

羅勳兩人是看在有免費積分和晶核拿的分上，不然以現在的午餐水準，就足夠讓他們倆忍不下去主動辭職。若是再延長工時，嚴非絕對會罷工不幹，他寧可自己出去打喪屍收集晶核，那樣好歹吃到的都是自家親愛的親手準備的飯菜。

在冷颼颼的寒風中，眾人只能多穿幾件衣服，頂著冬日刺骨的北風上工。

不知道是不是錯覺，還是大家的生活條件比以前差，連同嚴非和羅勳在內的所有金屬系異能者小隊成員，一致覺得今年入冬後的氣溫較往年更冷，寒風也更強勁些。

每天兩處跑，這一折騰就是好幾天。

這天早上，羅勳他們採收了吃不完的蔬菜裝袋，開車到軍營中的食堂後門去賣。食堂的李隊長一大清早就等在這裡了，見到兩人過來，熱情地親自迎上前，那熱切的態度讓羅勳和嚴非悄悄交換了一下眼神。

「哎呀，最近你們來的次數少了很多啊！」李隊長拿出兩根菸遞給二人。

羅勳兩人都不抽菸，但也順勢接了過來。這可真稀奇，以往只有他們給李隊長送好處套交情的，像現在這樣他反過來拉關係還是頭一次。

「最近天氣太冷，家裡的作物都長得不太好，我們也是沒辦法。」羅勳笑咪咪地將菸收進口袋裡，這可是目前走後門的好東西，哪怕受了潮，走了味，過期了，依舊是現今行情走俏的奢侈品。就算自己不抽，也不能浪費。

李隊長將兩人引向後門裡面，這還是他們第一次進去，不由好奇地想看看對方的目的。勤務兵們在大門口將蔬菜過秤，三人就坐到後廚房裡的凳子上。

李隊長低聲說道：「你們的菜都是在家裡種的，用的是異能者弄出來的淨水吧？」

兩人笑笑，沒有說話。

李隊長沒有非要問出什麼，現在是個人就清楚，用汙染越嚴重的水種出來的作物就越容易變異，似羅勳他們能拿出這麼多的非變異蔬菜，門道一定是出在水上面。

李隊長沒有追問，轉而道：「天氣變冷了，大棚那邊的收穫很一般，但我們食堂的人得保證全軍上下的口糧，基地對外收購的窗口說最近來賣菜的人變少了……」

李隊長前言不搭後語地說了一通，主要的意思總結就是：「你們以後每來賣超過十斤，價格都可會往上提一提。」

這件事嚴非做不了主，所以沒有出聲，羅勳笑著說道：「這也得看我們的收成狀況……您也知道，天氣一冷，好多東西都長得慢，只能說我們盡量吧。」

有了這句話，李隊長好歹安心了些。

運來的蔬菜秤完重量結完帳，羅勳兩人便起身告辭了。

驅車停靠到軍營中的某處停車場，兩人下車後，一邊向集合的地方走過去，一邊小聲討論這件事。

「他是因為基地蔬菜數量變少才給咱們提價？」嚴非皺起眉頭，「我總覺得不太像。」

「這陣子蔬菜雖然少，但也少不到需要提價的地步。」羅勳笑了兩聲，「我猜測一方面是後勤部收到的非變異蔬菜量減少了，另一方面是……可能有人在基地裡面提價收菜。」

「提價收菜？」嚴非挑了挑眉毛，略有興致地看向羅勳。

「對啊，聽徐玫她們說，從上星期開始，基地的窗口就沒有新鮮蔬菜賣了，賣的都是做好的鹹菜和醬菜，還有各種熟食，就算想買生菜回去自己做都只能去市場上找。再加上新城那裡的異能小隊數量一多，很多隊伍集中在一起……那些隊長中要是有人吃自家種出來的蔬菜水果什麼的，別的小隊肯定也想吃，價格不漲上去才有奇怪。」羅勳說這些話的時候，臉上的笑容是輕鬆愜意的。

他上輩子開始種菜的時候，是基地中的蔬菜價格高到一定程度，發現有利可圖時，才自已動手。當然，此前他也去蔬菜種植基地打過一段時間的零工。雖然冬天蔬菜的收成確實不多，卻少不到食堂負責人主動提價收購的地步。李隊長剛剛之所以主動提出要提價，只有一個原因，那就是基地中正常的非變異蔬菜全部漲價了。

誰都想吃美味可口的料理，看看新糧下來後陳糧都沒了蹤影就可以想像。上層大佬們現在吃著陳糧的同時，當然更樂意也吃沒有變異的蔬菜，所以無論是大棚產的正常蔬菜，還是羅動他們拉出來賣的蔬菜，十之八九都進了那些大佬的肚子裡面。

異能者小隊的隊長想吃，當然要提價收購，可惜的是，雖然異能者們大都入住新城，一些水系異能者也加入各個隊伍中充當後勤，但不是每一個水系異能者都甘心種菜，也不是每個隊伍都能招收到種菜小能手，更不是每一個隊伍都能整出溫室來保證種植面積，尤其是在住宅空間有限的新城裡。

那麼，想吃的話就只有提價收購了。

聽了羅動的分析，嚴非很快就理解了其中的彎彎繞繞。他先前覺得古怪，無非是因為自家種著那麼多的蔬菜和糧食作物，口糧都仰賴自家產出，更何況還有多餘的採摘出來賣。

當然，他也發現了有利可圖之處，更明白羅動真的可以靠著賣菜養活夫夫二人。

兩人收工後，在自家被金屬包裹得結結實實的車子旁，遇到了兩個顯然已經等候多時的人，卻是沒有覺得很意外。

那兩人打量了羅動和嚴非好幾眼，見他們要上車時，才趕緊上前搭話：「請問你們……是不是早上去食堂送菜的人？」說著，看到車窗上的部分金屬護欄慢慢融到了車身裡。要不是知道現在早就沒了高科技產品，他們都要以為這輛車的金屬板是被什麼儀器操控的呢。

話說回來，金屬系異能者居然靠賣菜為生，這可真是……

嚴非淡淡地開口道：「有什麼事？」

那兩人對看一眼，客氣地說道：「我們是獵豹小隊的人，聽說你們平時專門給軍方食堂送菜，不知道價格是怎麼算的……」

兩個代表自家老大來截胡的人，想看看能不能將這個貨源搶到自家隊伍來，順利的話，說不定還能拿出去高價出售。卻不知有羅勳這個知道市場蔬菜價格走勢的人在，有嚴非這個末世前就當老闆的人在，對方價格沒問出來，反而被套出了收購價格的底線，並且暈裡暈乎連羅勳兩人的手機號碼都沒留，而留下了自己這邊的聯絡電話，就暫時被忽悠走了。

「價格還行，但是這個小隊……沒聽說過。」

羅勳想多賺些錢嗎？當然想，可他就算想多賺點也不可能把東西賣給一個不知道什麼時候就消失的隊伍。萬一拉著菜高高興興去賣，結果東家沒了，到時候要把東西賣給誰？有人願意買，他們還是很樂意賣的，只是暫時……他們最近因為怕糧食不夠吃，稍微調整了作物的種植比例。有其他人要買，他們還得再商量分量。即使要賣，也必須是在確保宅男小隊眾人都有飯菜吃的情況下再賣。

回到家中，羅勳叫上徐玫兩人一起商議起這件事。大家都覺得，就算不賣給外面那些隊伍，軍方食堂願意提價收購，他們也是很樂意再多種一些蔬菜的。

幾人正商量著，李鐵四人下班了。又等了大約半小時，特意去接自家女王殿下的王鐸，跟著章溯也回來了。

章溯鼻子不是鼻子，眼睛不是眼睛地斜睨了嚴非一眼，重重「哼」了一聲。

大夥兒不約而同看向嚴非，他怎麼招惹到這位大爺了？

嚴非託異地問道：「你抽什麼風呢？」

章溯翻了個白眼，靠著椅背，抱胸說道：「今天幾個小護士跑來跟我說，有人要整我，讓我務必要小心一點。」

有人要整章溯，那他瞪嚴非幹麼？總不會是嚴非要整他吧？

「整你？誰要整你？」王鐸一聽就炸毛了，擼起袖子就要出門找人算帳去，「親愛的，你告訴我，是不是哪個糟老頭嫉妒你的才華？還是誰貪戀你的美色想要仗勢壓人？」

沒人搭理王鐸，全都看著章溯等待後續。

章溯冷笑一笑，「我聽說後，打聽了一下才知道，前兩天我回絕了一個病人的違法要求，沒想到她居然找了醫院高層想開除我。」說著，繼續冷笑，「真不知道她哪來的自信？就算她是基地的一級大佬，在現在這種情況下，能不能做到還兩說呢。」

聽到這話，羅勳和嚴非無奈對視一眼，這還真是……

如果劉湘雨真的有門路，至於連打個孩子都要四處求人嗎？嚴非不是專業對口的醫生，也不知道她是動用關係找人想給章溯下絆子，還是親自找到醫院高層說起這件事的，可無論如何，她挺著大肚子在醫院裡四處找人墮胎的事情，醫院高層肯定是清楚的，否則早就有醫生願意私下接這樁活兒。

章溯其實就是說兩句發發牢騷，沒有指桑罵槐地找嚴非麻煩。他算是所有人中對嚴非身世了解得比較清楚的人，就衝嚴非的態度，以及那位劉女士的為人處事……嚴非確實不應該對這件事負什麼責任。

見章溯不再提這件事，除了王鐸抓耳撓腮渾身難受外，其他人全都明智地沒再追問，反而說起羅勳他們剛剛提起的賣菜的事。

聽羅勳解釋了具體狀況，大家立即表態，還猶豫什麼？不就是擴大種植面積嗎？

不過，家中幾個房間的種植空間基本上都按照計畫種上了各種蔬菜、糧食作物，不太好臨時移栽，目前僅有的可利用空間只剩下外面的走廊了。

冬日臨近，走廊變得比較透風，原本種在走廊，不需要太多日照的蔬菜，採摘後便暫時空了出來。現在既然要增加綠色蔬菜的種植面積，那就只能想辦法改造走廊。

改造走廊很簡單，尤其在走廊已經有種植架的情況下，只要將漏風的地方堵住，再讓嚴非用金屬板材鋪導熱水管和地板，就都能種植工事。唯一的問題是，有些放在走廊上的東西需要挪動，並且需要長時間的光照。

現階段掛在屋外牆壁上的太陽能板足以支撐所有房間的耗電需求，不需要特意增加太陽能板的數量。當然，蓄電池怎麼都不嫌多。

至於挪東西、鋪地板……眾人決定吃完晚飯就擼袖子動手改造。

每天工作要操控金屬材料做出各種東西的嚴非，對於改造一點壓力都沒有。眾人先將十六樓的走廊清理出來，等大家去搬動十五樓和樓梯上的東西時，嚴非就迅速將十六樓的走廊徹底改造完畢了。

金屬的地板、金屬的牆壁，將所有可能會漏風的地方全都隔絕。在大夥兒一起再將走廊原本放置的東西再搬回原位的時候，樓梯上、十五樓的走廊也改造好了。

嚴非又改造了十五樓和十四樓之間出入通道的金屬門，讓它的保溫和隔離性再提升一個等級。當然，預留通風口和排風扇是一定要做的，空氣不流通，種下的作物哪能長起來。

房屋改造很簡單，重新改造走廊的種植籃也不困難，至於給走廊上的管道通水通電就更容易了。相比來說，反倒是給種子育苗比較耗費時間。好在他們不急，就算是軍方食堂現在需要大量的綠葉蔬菜，目前也沒有催得很急。至於其他小隊想要收購蔬菜……他們現在還沒找到合適的東家，就更不用急了。

然而，不知道是食堂的什麼人走漏了風聲，賣菜事件過去的第三天一早，羅勳他們再去食堂送菜，還沒等他們找到合適的地方停車，就被人半路攔截了。

對方很客氣，來的人與前一次的人不是同一個隊伍，但目的都是一樣的。

雙方稍微閒談幾句，羅勳留下了對方的聯絡方式。

應該慶幸的是，他們現在人在軍營的之中，能進到這裡來找人的，多少都有些軍方的關係，不敢在這裡胡來。

羅勳兩人能斷定，賣「自己兩人給軍方提供非變異蔬菜」的消息的人，絕不是李隊長。食堂中有那麼多人在，有人買賣小道消息很正常，這次他們賣菜的時候，有個搬運蔬菜的小兵偷偷塞給兩人一張紙條，上面是某小隊收購菜的消息，兩人看了哭笑不得。

家中最新種下的蔬菜，最快也要二十天之後才能長成採摘，到時候他們需要留出一批供應軍營食堂。論穩定，賣蔬菜最穩定的買家仍是軍方食堂。其他管道賣少量賺點外快還好，若要長期合作……羅勳兩人都不抱什麼希望。

天氣一天冷過一天，晚上睡覺的時候，北風在窗外吹得呼呼作響。兩層樓中的地熱供暖設備正式開啟運動。羅勳的一六〇四屋中雖然沒裝地暖，但他在末世之初就將家裡的暖氣改造過，這會兒打開暖氣，溫度自然升了上去。

基地中各種木材、煤炭、酒精、煤氣罐等東西的價格飆升，就連軍方的兌換窗口，這些相應的東西也開始漲價。

宅男小隊在先前秋收的時候，稻稈之類的都已經晾曬乾透，雖然這些東西不耐燒，但用來生火做飯完全沒問題。羅勳他們在天氣大冷前，藉著找蘑菇木的機會，趁機多換回一些煤炭及木材，再加上他們平時多用電來做飯，支撐過這個冬天完全沒有任何問題。

「到現在為止，聯絡過咱們的共有七個小隊。」羅勳拿著一疊紙條，上面都是這個月聯絡過，有意願要買菜的隊伍。宅男小隊的人都知道這件事，大夥兒都很信任地將這事交給羅勳他們兩人處理，畢竟賣菜的事是他們負責的，旁人胡亂摻和，說不定會給小隊帶來麻煩。

嚴非也覺得讓羅勳自己判斷就好，畢竟自己或許能讓賣菜的利潤增加，卻不知道這些小隊能存在多久，在基地中的風評如何，羅勳至少比大家都清楚。

「這兩隊是所有隊伍中開價最高的。」羅勳將兩張紙條抽了出來，「這兩隊，一隊我以前從來沒聽過，隊伍中的老大和主要負責人的名字也沒印象。另一隊我雖然聽過，但只是個混得不上不下的隊伍。這兩隊恐怕都不是長期合作的好對象。」他又抽出另外幾張紙條，「這幾隊的價格開得比較低，而且看他們的態度……派來的小弟態度很高傲，這樣的隊伍不用倒貼上去打交道，直接跳過。最後是這幾隊……」

羅勳最後選出了兩隊或許能發展長期買賣關係的隊伍，跟嚴非商量：「你看要選誰。」嚴非笑道：「兩邊都聯絡吧，我覺得他們就算要買菜，一次應該也要不了太多，剩下的可以都拉到軍營食堂賣。」

「這樣也好。」羅勳笑著鬆了一口氣。

種在走廊的綠葉蔬菜，這兩天有一批快要成熟了，他們雖然還沒採摘下來，但能大致估算出重量，反正一個隊伍是吃不下來的，乾脆分成兩份賣給兩個隊伍，這樣到時如果有一隊不要了，他們還有別的客戶在。

撥通電話聯絡對方，果然，聽到羅勳報出的重量後，對方找人商議了一下，一隊表示都能吃下來，越多越好，另一隊則表示這些就足夠了。

賣給這兩個隊伍的蔬菜都是種在走廊上的，而各個房間種的作物，一部分是宅男小隊日常要吃的，一部分是要賣給軍營食堂的。

現在賣給軍營食堂的蔬菜是一斤四顆晶核，超過十斤的話，每斤漲到六顆晶核，而賣給兩個隊伍每斤蔬菜是一斤十顆晶核……當然，這是冬天蔬菜緊缺時的價格，等到天氣回暖，價格將會降到一半左右。

次日清早，眾人起床先採摘蔬菜打包裝車，隨後才回各自的房間吃飯換衣服。

等到眾人從十五樓的鐵門裡走出來時，齊齊打了個冷顫，天氣果然已經冷了下來。

「天氣陰沉沉的，好像要下雪。」

天空灰濛濛的，需要外出上班的人，都不由自主拉緊了衣領。

「一場秋雨一場……不對，現在應該已經立冬了吧？」

「嗯，上週一就立冬了。」

聽到吳鑫的話，韓立瞪大眼睛，「你居然還有功夫看日曆？」

韓立翻了個白眼，「拜託，手機上就有日期好不好？」

羅勳和嚴非開車到指定地點，和兩撥人交接後算好帳，這才開著車子來到軍營旁邊。兩人下車時，羅勳將後車廂的兩件羽絨服取出來，一人披上一件，趕往目的地。其實這兩天還沒冷到要穿羽絨服，可誰讓今天天氣不好。

「都來了？趕緊上車，看樣子今天可能會下雪。」隊長一邊說道，一邊抬頭看天。

「隊長，真下雪怎麼辦啊？頂著風雪工作？」一個士兵發問時噴出一股白霧。

「上面不叫停，咱們就得繼續忙活，好在高架橋那邊差不多收尾了，之後咱們只要抓緊時間修築外圍牆就好。」隊長其實相當無奈，他們現在可不是頂著風雨進行體能訓練，而是在建造東西。

要不是異能者們用異能築牆，誰能保證不受天氣影響？

驅車來到目的地，先到圍牆上繼續昨天的工作。每次他們精煉過圍牆的金屬成分後，金屬牆的總量就會少一些，需要再用新的金屬添加進去，所以最初大家以為並不算太麻煩的工作直到正式開展後才發現，這居然和將圍牆重新築一遍似的，一點都不省力。

上工沒多久，天上就開始下雨雪了。

之所以說「雨雪」，是因為大家本來以為下的是雨，那東西落下的速度很快，呈水滴狀，隨後才發現這東西似乎是成粒狀，打在身上還發出「啪啪啪」的輕微聲響。

過了一會兒，眾人才反應過來：「這哪是什麼雨啊雪啊，這根本就是小冰粒！」

羅勳當機立斷一手舉著防護用的透明盾，一手從背包裡掏出一把傘來，防水又防雪，只要別起大風，就能很好地保護住兩人。

隊長也連忙叫人上車去拿傘，很快圍牆上就齊刷刷撐起了一排傘。

用過午飯，轉移陣地到高架橋，結果落下的冰粒越來越大，變成撲簌簌的鵝毛大雪。

基地內外白茫茫的，視線可及的範圍不多時便被白雪徹底覆蓋住。

堅持著將高架橋最後一點工作做完，眾人才連忙回到車上，趕回軍營。

回到家中後，徐玫和宋玲玲已經將所有房間的供暖溫度調高，讓蔬菜作物不受外面冷天的影響。羅勳兩人爬了十幾層的樓，身上沾染的風雪沒了蹤影，還變得暖烘烘的。

「別，別衝過來。」羅勳迎面就被熱情的小傢伙撲住，他身上穿了好幾件衣服，最外面還有一件大大的羽絨服，被小傢伙這麼一撲，險些摔倒，幸好他後面跟著嚴非。

羅勳嘀咕抱怨著：「牠好像又重了，力氣也大了不少。」

徐玫笑道：「我們把所有房間的溫度都調高了，你們等一下看看溫度合不合適。」

「好，我們先上去換衣服。」羅勳說著，將自家那隻開始滿地打滾的狗拽了起來，兩人一狗一起上樓回家。

徐玫兩人管控溫室的經驗雖然不足，但只要會看溫度計，會調節水暖溫度，就出不了什麼差錯，而且今天沒有颳大風，各個房間的通風口沒什麼問題。

檢查過後，羅勳表示沒有問題，想起早上賣菜的事，便將今天的收入取了出來。

這些算是所有人的額外收益，留下一份當作小隊共同收益，剩下的按人頭平均分配，只等五人組他們回來再分給大家。

外面的雪越下越大，天比以前黑得早，羅勳他們正在家中圍著溫暖的暖氣盤，盤算著晚上做個鴨肉煲或鴨肉燴菜暖暖身子，手機忽然響了起來。

「是李鐵的電話。」放下手中的熱茶，羅勳連忙接起，「李鐵？」

「羅哥。」李鐵的聲音不是太清晰，那邊似乎有不少人說話的聲音，「雪下太大了，我們怕章哥和王鐸兩人路上有危險，準備一起去醫院接章哥。」

「好。」羅勳聽到他的話，看向身邊的嚴非和旁邊的徐玫、宋玲玲，「我們正商量晚上燉個肉菜吃，現在先準備，你們回來正好能吃上。」

「好啊好啊，等一下接到章哥，我們就發簡訊給你們。」

雖然大家都學會了做飯，但真正做得好吃的還是兩位女士外加羅勳，五人組平時將就還成，要是想吃好的，得等到大夥兒聚餐的時候。

李鐵的嗓門很大，徐玫兩人也聽到了，都笑了起來，「那我們就先去準備了。」

「一起吧。」羅勳站起來走向廚房，嚴非則去樓上從自家冰箱中拿了塊鴨肉下來。

鴨肉、蘿蔔、馬鈴薯、粉絲，還有茄子乾、豆角乾、南瓜乾、蘑菇乾，再加上香噴噴的白飯……鍋子先加水煮熱，然後放進大鍋中保溫，五人組和章瀏進門就聞到了香味。

「來得正好，我們剛放好大白菜。」羅勳指指放在桌子正中間的鍋子，「你們先去換衣服吧，回來一起吃。」

「好好好。」

「換什麼換，吃完再說吧。」

「今天都要冷死了，外面的路都沒法走了。」

「雪很深了？」羅勳有些納悶地向窗外看了一眼，他們人都在室內，沒感覺出外面的雪到底有多大。

「很深，都快高過我們的小腿了。」李鐵說著坐到了桌旁。

何乾坤抽抽鼻子，拿起筷子就去夾菜，「我們還說明天可能得穿雨鞋去上班呢。」

羅勳搖頭建議：「還是穿靴子吧，把褲管塞進靴子裡。穿雨鞋的話，雪一旦滲進去，那就更冷了，還有可能會凍傷。」

章瀏在所有人談論外面大雪天的時候，筷子、湯匙舞得飛快。

怎麼把這貨給忘了？

所有人在發現章瀏第三次將筷子伸向燉鍋時，暗自懊惱，於是趕緊跟上。

吃到最後，鍋裡連最後一塊馬鈴薯都沒了。

宋玲玲笑嘻嘻地道：「這樣我洗碗的時候可省事多了。」

眾人都抱著肚子攤在椅子上，動都不想動一下。

唯有于欣然抱著一盤草莓，自己吃一顆，給小傢伙吃一顆。

草莓是這兩天陸續成熟的，給大家的冬日增添了不少補充維生素的好機會。比起吃飯，于欣然和小傢伙都更偏愛這種甜甜酸酸的水果。

就連這群大男生，每天也要吃上幾顆解饞，區別是往常他們都在飯前吃，今天嘛……就當餐後水果來吃了。

「還得……準備……明天要帶的飯……」何乾坤剛吃飽，就開始惦記明天要帶的午飯。

「食材還有剩，等一下再弄一鍋，放涼後幫你們裝好。」徐玫笑著說道，換回幾個表示感謝的拱手禮。

現在說起來，伙食最差的當屬羅勳和嚴非兩人，他們每天中午都要勉強和金屬小隊一起吃那滋味難以言喻的大鍋飯，不用形容大家也能想像有多難吃。

第二天，羅勳起床後先拉開窗簾看外面的情況，「玻璃居然結冰花了。」可見家中的溫度有多高，外面的天氣有多冷，話說自己上輩子冬天是怎麼活過來的？

羅勳認真想了想，回憶起一開始沒有冬衣的時候，都是靠著在衣服、棉被裡面塞撕開揉爛的紙張和報紙才得以抵擋寒冬。幸虧當時家裡空間小，自己不捨得將火爐中的火弄大，不然萬一蹦出個火星，整間地下室連同自己就會被這麼燒沒了。

「雪似乎很深。」嚴非仔細觀察了一下旁邊房子的屋頂，目測那大雪的深度，然後皺起眉頭，「你看那雪是不是快把那棟小樓給埋一半了？」

「可不是？這雪至少有半人高了。」羅動斬釘截鐵地道。

往年冬天，到了大雪封門的日子，他就盡量不出去，等雪融化一部分，社區中有人開始清理雪地才會外出。他說不清那雪具體到底有多大，但絕對能到堵門的地步。更令人心驚膽顫的是，這種情況年年都有。

「那……今天咱們還需要上工嗎？」羅動期待地看向嚴非。

嚴非挑眉，這……還真是個問題。

「羅哥，屋頂上雪太多會不會有事啊？」兩人下樓後，遇到過來打聽情況的李鐵。

嚴非道：「我用屋頂的金屬網處理。」

整棟大樓的屋頂都鋪著嚴非用來防護、探測用的金屬網，沒想到這東西還能發揮除雪的作用，而且掛在屋外的那些太陽能板上有積雪的地方，也可以操控金屬來清理。

整個屋頂震動了一下，在全樓的人都搞不清楚狀況的時候，撲簌簌一陣響，大樓四周又增加了一層厚厚的落雪。

不僅是羅動兩人在擔心要不要出工，五人組也得臨時聯絡自家長官。

這場大雪下得很突然，雪勢之大出乎所有人的預料，就連軍方及各個平時運轉的工作場所也一時沒有得出明確的結論。

直到早上七點半才有最終結果，五人組停班，章溯、嚴非和羅動三人必須上工。

章溯那裡是醫院，這幾天凍死、凍傷的人肯定不少，醫院不能休息，而圍牆……上級表示圍牆的修築十分重要，自然就更不能耽誤了。

然而，這種天氣兩人無法開車過去，只能徒步慢慢前行。

連同章溯在內，三人只好深一腳淺一腳，踩著齊腰深的雪地向目的地緩慢挪動。

更坑爹的是，隊長表示，雪太大，車子無法啟動，只能用走的去外圍牆那邊。

「隊長，我們能不能從高架橋上直接出去？」

整個小隊的人沉默半晌，忽然有一名金屬系異能者出聲詢問。

「對，我也這麼想的！」隊長一臉憤恨，深吸一口氣，吐出一股白煙，「走，上橋！」

今天的事擺明是有人要整他的隊伍，這跟基地高層之間的鬥爭有關，有一派人想要拉攏金屬系異能小隊投誠，被他無視了，不然不會在大雪天還強制要他們出來上工。這是兩個派系博弈，金屬小隊的直屬上級妥協後的結果，可是萬一把人凍壞，他們賠得起嗎？

走在還沒完工的高架橋上，那感覺是相當的……一言難盡。

金屬鐵板的厚度比較輕薄，橋上也只有初始的一截鋪上土系異能者做出的混凝土橋面，所以後面的路段可謂是如履薄冰。

幸運的是，他們這個隊伍是金屬系異能小隊，上橋後催動異能，抖掉厚實的雪層，就不用擔心邊走邊踩雪。雖然金屬路面有些滑，可走在路中間就不會有什麼問題，而且所有隊員的腰都繫著繩索彼此相連，確保不會有人掉下去，這可比他們在下面慢慢走順暢。

「土系異能者今天不用出工？」發現上橋的時候沒有看到土系異能者在工作，嚴非疑惑地低聲詢問隊長。

隊長冷笑一聲，「他們早就跟了……算了，說了你們也不清楚，反正他們隊長帶著小隊的人早就抱了新大腿……」說著，沉默了一下，又道：「最近有人要找我們的麻煩，你們兩個要是不想摻和的話，想提前走就跟我說一聲。」

這兩人從頭到尾就不是軍方的編制，手續什麼的都握在他手裡，只要他不故意找兩人的麻煩，只要他們兩人之後隨便換個手機號碼，短時間內就沒人能找得到他們。

嚴非微微點頭，「多謝。」這份人情他記下了。

一行人冒著風雪在圍牆上忙活了一天，次日清早，羅勳兩人還沒出門就接到簡訊通知今天不用上工了，因為昨天隊伍裡有個金屬系異能者半夜發起高燒，連夜送進醫院，到現在仍是昏迷不醒。

在大雪中一通折騰，金屬系異能者小隊的成員倒下了三個，其中兩個是普通人，一個是金屬系異能者。兩個普通人還好，休息了一星期就好了，可那位金屬系異能者卻因為長時間的高燒引發肺炎，十幾個小時後病逝。

得知這個消息，整個隊伍的人都沉默了下來。

隊長的表情極其難看，上級因此事嚴厲斥責他，他甚至還被記了大過。

隊長私下聯絡羅勳兩人：「現在的情勢很複雜，已經牽扯到整個隊伍的異能者……本來就在軍籍的人，我沒辦法幫助他們脫身，不過你們兩個最好考慮一下，看之後要怎麼辦。」

羅勳兩人在得知那名金屬系異能者高燒住院的消息後，就已經商量過了，他們同樣察覺到了基地高層的鬥法，而他們只要在隊伍中一天，就一天是上級的棋子。

在沒有外力影響的情況下，他們當然樂意背靠大樹好乘涼，可現在嘛……

「那就麻煩隊長了，我們退出。」嚴非代兩人做出決定，笑著握住隊長的手，「以後要是有什麼地方需要幫忙儘管說。」他們別的事情或許沒什麼辦法，但如果只是幫助隊長做些小事，解決小麻煩，還是沒什麼問題的。

隊長苦笑了一下，「行啊，改天找你們吃飯。要是上面……我再聯絡你們，不過最近恐怕沒什麼機會了。」

最近軍營的情勢混亂，再加上新城那邊……想到這裡，他低聲對兩人囑咐道：「最近上級對新城那邊的態度不太好……那些異能者集中在一起也沒什麼好事，你們要是暫時不需要搬家的話，千萬別往新城那裡湊，免得被波及。」說著，對兩人眨眨眼，接過兩人的身分牌，便去幫兩人消除關係。

「新城……」嚴非的冷笑掩藏在口罩下，「異能者全都集中到一起，勢力一旦發展起來，肯定不會安生，就算他們原本是靠著官方背景起家的也是一樣。」

所以當初嚴革新提出他的想法時，嚴非半點興趣也沒有。這是一個靠「拳頭」立足的世界，就連他一個異能者都沒底氣保證能成功的事，嚴革新這個普通人怎麼可能做得成？

羅勳嘆息一聲，「可不是嗎？正好，現在天氣這麼冷，咱們還是回家好好種菜吧，反正現在想買咱們菜的隊伍多了去。」

這幾天又有幾個小隊聯絡兩人，表示哪怕每隔幾天只買一兩斤也好。

有些事情早些脫身對誰都有好處，而且現在天氣這麼差，每天外出上工也不是好事。他們可以先貓冬，等天氣轉暖再外出打喪屍挖晶核……這日子想想，還是很有盼頭的。

隊長很快把兩人的手續辦完，幸虧兩人因為每隔一段時間就給軍營送菜，故而還有一張通行證，還能進入軍營，不然這個手續辦完，他們就要跟這個鋼鐵堡壘徹底說再見了。

拿上自己的東西，請隊長幫忙跟其他隊員們問個好，兩人就轉身走出軍營。

路面的積雪依仍很厚，雖然有負責清理的人，但這些人只會每週，甚至每半個月才集中打掃一次，效率相當的差。

連堆在街角的垃圾都能堆成垃圾山，何況是積雪？

脫離了金屬系異能小隊不再去修築圍牆，對於兩人來說，最大的影響就是積分沒得拿，免費金屬系晶核沒得拿，所幸他們先前跟後勤部套過關係。雖然能從後勤部換到的金屬系晶核數量不多，可怎麼說也不是完全找不到這類晶核。

至於兩人想要更多的金屬系晶核怎麼辦？他們宅男小隊的隊名雖然有點庸俗，但收集晶核卻一點都不困難，每次外出的收穫都是非常喜人的。

兩人一路踩雪回到家中，徐玫和宋玲玲見到他們提前回來，都感到很驚訝，「今天怎麼回來得這麼早？」

「被開除了。」羅勳笑嘻嘻地道。

徐玫翻了個白眼，「你以為我們是傻子？這話誰信？」

基地開除誰也不會開除嚴非，基地裡才幾個金屬系異能者？把他開除了，圍牆找誰修？

「好吧，是我們把他們給開除了。」羅勳無奈攤手。

「這倒有可能。」宋玲玲笑道。

羅勳轉頭看向嚴非，嚴非臉上掛著淡笑，「我們先去換衣服，妳們先忙，待會兒再商量之後該做的事情。」

等他們上樓，徐玫兩人小聲議論起來。

「妳說，他們會不會回去睡回籠覺？」

「然後咱們親愛的隊長就下不了床了。」

「這也難怪，每天早出晚歸，回來還有這麼多事要忙，而且就算是放假的時候，咱們也得至少出去一趟打喪屍。」

「小別勝新婚……」

于欣然仰著頭，用一雙水汪汪的眼睛看著兩位養母。雖然聽不明白，但她是個熱愛學習的好孩子，記下來等長大了就懂了。

同樣仰著頭的小傢伙也傻兮兮地望著兩位保姆，牠聽不懂也記不住，剛才想跟自家主人上樓卻被兩位保姆抓住……那就繼續陪小丫頭玩吧。

羅勳和嚴非都是很正直的青年，至少今天沒準備白日宣淫，所以換過衣服就下樓了。

徐玫和宋玲玲幫于欣然安排好今天要練習寫的字，宋玲玲就洗了一盤新鮮的，剛採下來的草莓放到桌上，大家一邊吃草莓一邊開會。

「金屬小隊那邊有些麻煩。」嚴非簡單解釋前後因果，「最近基地中的風向不太對勁，所以我們決定暫時退出。」

羅勳往嘴巴裡塞了一顆草莓，酸酸甜甜的，酸度比末世前的高，可放在末世後這種能在冬天吃到的新鮮水果中，絕對是極品美味，「我們準備回家種菜。」

徐玫點頭道：「回來也好，我們兩人白天打理家中這些東西……平時還好，要是遇到需要收割、栽種新作物的時候，有些忙不過來，每次都得等你們下班回家才能做完。」

其實種東西的話，播種下去平時還是挺清閒的，問題是他們家要種的東西太雜，更有許多短期作物為了錯開收穫期，讓經常有蔬菜、作物成熟，所以種的時間都是分開的，這樣一來，平常反而變得忙。

這可不像真正的農家，人家只要沒年在指定的時期種上蔬菜、糧食作物，除了定期打藥和施肥外，幾乎不用管，比他們清閒多了。

羅勳道：「咱們前一陣子收割之後家裡存的東西不少，本來我還準備找時間做些東西，現在閒下來正好，慢慢做就是。」說著，將一顆摘下蒂的草莓塞進嚴非口中。

無視兩個秀恩愛的狗男男，宋玲玲好奇地問：「你想要做什麼？」

「豆腐。」

鹽鹵、石膏鹵這些東西家中都沒有，他們也懶得離開基地去尋找，好在羅勳家中還有末世前買好，直到現在都沒用完的白醋，可以拿來點豆腐，味道差不多，還天然無毒。

醬油醋這些東西，目前的庫存堅持不了太久，所幸先前他們就做了黃醬正在醱酵醃漬，應該過一陣子就能吃上，所以調味料暫時還不用擔心。

為了做得好吃，開完會，羅勳就當場泡了兩盆黃豆出來。就算做多了一時吃不完，也可以冷凍起來慢慢吃。現在天氣足夠冷，不用放冰箱，放到窗外幾個小時就能結凍。

做好準備，羅勳和嚴非再次下樓，拆車棚中的金屬板材去。

羅勳家中用來真正種植的空間不算多，也沒有用完所有的空間，如今既然在家待業，那麼把家中改造一下，多種些菜，好歹能彌補每天的損失。

嚴非這次沒再做什麼三層可推拉式的種植架，他直接在空曠的牆壁上做出了一排排懸掛式的金屬架子，用來種菜和水果。這樣既能在家中多種些東西，又不會影響家具的擺設，是一舉多得的好辦法。

兩人又挑出不少細長形的濕木頭，稍微處理過，就放在這些架子附近的金屬箱中用來培育蘑菇，吸收有毒物質。

話說家中的毒蘑菇汁液越來越多了，要不是宋玲玲的水系異能等級升到三級後可以輕易吸取出蘑菇中的汁液，節省大家的時間，外加天氣寒冷氣溫驟降，可以將不少蘑菇汁液放到外面冷凍的話，冰櫃都沒位置存放這些凶殘的「化屍水」了。

羅勳兩人忙活了一整天，當天晚上，五人組回家後聽說羅勳和嚴非不用再去上工後，又是羨慕又是猶豫，「在家多好……可是去上班好歹有積分可以拿……」

他們五個畢竟都是普通人，在家種菜雖然可以養活自己，但從末世前就已經形成的價值觀和世界觀可不是這麼好扭轉過來的。

羅勳很理解五人組的心態，笑著說道：「我們的情況特殊，主要是嚴非他們這些金屬系異能者……」說著苦笑地指了指軍營方向，「上頭在博弈，我們又沒什麼背景。你們不用跟著摻和，只要你們的上級一天沒說不讓你們去了，你們就可以繼續上班，畢竟你們都是技術性人才，那些破事不會波及你們那裡。」

再者，五人組直到現在都還算是在打雜，如果他們末世前就在大型的電腦公司上班，又或者是小有成就的資訊人才什麼的，看現在有沒有人拉攏他們。

五人組鬆了一口氣，欣喜地表示除非有人開除他們，否則他們還是會乖乖地老實出工。

至於章溯則有些出神地望著窗外，不知道在想些什麼。

何乾坤忽然問道：「發的那些黃豆夠不夠做豆腐？要不要再多泡一些？

羅勳哭笑不得，「暫時夠做不少出來，咱們家種的黃豆很多，等那些收穫之後，再接著做豆腐就好了。」黃豆是好東西，做豆腐要用它，做豆醬要用它，做醬油還是要用它，更可以直接拿來吃或發豆芽吃。末世前的各種豆製品，都是用黃豆做的，所以，用途太廣也是個讓人傷腦筋的問題。

豆腐沒辦法當天就做出來，宅男小隊在晚上睡覺前換過一次水，就各自回家休息去了。

如徐玫和宋玲玲頭一天上午所想，羅勳兩人回去後充分享受了假期的好處，不用太早起床，更沒有工作等著他們，所以晚上可以好好放縱一下。

第二天早上九點半羅勳才勉強下床，並暗自慶幸現在是冬天，就算家裡和走廊被改造得很溫暖，他也能穿著高領的衣服遮擋某人留下的痕跡。

洗漱完畢，開始著手製作豆腐。

用磨盤將豆子磨碎，與清水按照比例攪拌，然後拿紗布過濾豆漿中的豆渣。昨晚聽說羅勳要做豆腐，宅男小隊所有成員都表示他們想喝豆漿了，於是羅勳留下了部分豆漿。

加熱豆漿，去掉浮沫，再加入四分之一左右的清水降溫到八十度左右，這才慢慢加入稀釋過的白醋，約莫幾分鐘後豆花就出現了。再次加熱，讓豆花更加凝結，等水和豆花徹底分離，再將水慢慢濾出放到乾淨的玻璃瓶中——這東西發酵後就能當作下一次做豆腐的鹵水來用，效果比直接用白醋更好。

豆花倒入木質的模具中壓實，等待它成型，豆腐中的水分被壓出，就可以食用了。

「這麼簡單啊？」宋玲玲眼睛發亮地看著被放入模具，壓上重物的豆腐，心心念念都是中午要怎麼吃上它們。

羅勳笑笑，「步驟確實不複雜。」

末世前的網路上有許多做豆腐的方法，但末世後真正動手的人卻少之又少。糧食都不夠吃的情況下，誰有心做豆腐？他上輩子直到死前才只做過一次。

「我想吃豆腐腦了……」徐玫看著面前的豆腐，腦中惦記的卻是剛剛看到過的豆花……那東西嫩嫩的、軟軟的，一看就是豆腐腦。

「徐姊，妳愛吃甜的還是鹹的？」宋玲玲忽然問道。

「鹹的。」徐玫眼睛一亮，迸發驚人的光芒，「甜的能吃嗎？早餐當然要吃鹹的。」

宋玲玲的表情有一瞬間定格，「徐姊，妳沒吃過甜豆腐腦吧？要不，下次做的時候試試做甜的，吃完保證妳再也不想吃鹹的了。」

「玲玲，妳還小，小朋友的口味才偏甜，等體會過人生苦辣，就知道還是鹹的好吃。」

「徐姊，妳是沒吃過我老家的甜豆腐腦，就是我家門口那家老字號，即使是住得很遠的人，也會一大清早來我家門口吃……」

兩個女人開始巴拉巴拉說服起彼此，讓羅勳和嚴非下意識向後退兩步，交換一個眼神。

「你……愛吃什麼的？」羅勳悄悄問嚴非。

「我是北方人。」嚴非一臉淡定。他去南方某些城市時確實吃過甜的，但不得不說，地域和習慣所養成的口味不是那麼好改的，尤其豆腐腦這東西，在他從小到大的記憶中都是同一種口味的時候，所以偶爾當點心吃吃還行，經常吃的話……

羅勳鬆了一口氣，他從來沒去過有賣甜豆腐腦的地方，所以也無法想像那到底會是一種什麼味道，聽到嚴非這麼說時才放下心來，要是他也跟自己爭論起這個問題……他可不想兩人明明能夠好好過日子，卻因為口味上的差異而發生這種莫名其妙的爭執。

然而，戰火還是燃燒到兩人身上來了，徐玫兩人忽然轉過頭來，氣勢洶洶地詢問道：

「你們愛吃哪一種？」

羅勳嘴唇一哆嗦，「甜、鹹的。」

徐玫兩人用鄙夷的目光唾棄之，「甜鹹的怎麼能吃？」

羅勳險些將腦袋埋進嚴非的懷中。

女人真可怕，還好自己喜歡男人！

等豆腐壓得差不多了，羅勳連忙轉移話題，把豆腐分塊的分塊，切割的切割，除了留下一部分放著等中午和晚上做飯外，剩下的全都擱到窗外冷凍。

應該感謝最近驟降的氣溫，羅勳他們將豆腐放到背陽的窗外鐵欄裡，不過幾個小時，豆腐塊就變得硬邦邦起來。

羅勳從留下的豆腐中取了一小塊拿回家去自己做著吃，因為沒有別的什麼配料，他想了想，乾脆直接用醬油做了個紅燒豆腐，最後加些蒜苗點綴。

坐在飯桌旁，羅勳看著桌上那盤豆腐感嘆：「唉……要是有碎肉就更好了！」

嚴非笑著夾了一筷子給他，「這個就挺好吃的，等過幾天咱們再出去的時候，看看能不能打到什麼動物。」

除了紅燒豆腐，羅勳還另外做了一道清炒荷蘭豆。

「果然三餐都在家裡吃最舒服，終於可以不用吃口感詭異的大鍋飯了。」羅勳一邊吃一邊含含糊糊地抱怨。他其實不怕吃變異蔬菜，味道雖然不怎麼樣，但至少不算特別難吃，只是那變異米飯的口感實在一言難盡。

事實上，大部分的人能不買基地中的變異米飯就不會去買，雖然粗糧和著變異麥粉做出來的饅頭、大餅味道不怎麼樣，還很刮喉嚨，可多灌些水就能吞下去了，而變異米飯……

反正除了第一年，當基地產出的麥子和著雜糧做出來的饅頭橫空出世，變異米飯的市場銷量一下子就下滑到歷史最低點。除了一些人買回去熬粥，變異米的銷路幾乎為零。

羅勳兩人仔細核算，他們每天上工賺到的積分僅能供應一日三餐，待在金屬系異能小隊唯一的好處是，隊長給晶核給得很大方。當然，這些晶核最後都要化為他們的勞動力，必須體現在他們的勞動成果之中。

現在嘛……雖然收益少了，但至少兩人過得開心，還算是不錯。只是他們得想法子去收集晶核，否則不夠嚴非每日鍛煉異能時的消耗。

還是那句話，雖然他們依舊不知道異能等級提高到最後到底有什麼好處，但如果他們想在基地中活得自在些，並且保住自己的家園，那他們的異能等級就絕對不能低，甚至還要保證他們的等級在基地中的最前列，不然他們連當炮灰的資格都沒有。

吃飽喝足，羅勳拉著嚴非繼續折騰家中的作物。黃豆當然要再多種些，還有芝麻，這個可以榨芝麻油，產芝麻醬。此外，花生之類的也需要多種。

至於蔬菜類的作物，外面走廊和其他房間裡面的已經夠他們忙活了。

兩人將需要種的作物種子取出育苗，再檢查了一下鵪鶉。小鵪鶉如今分成了兩部分，一部分留在羅勳家的陽臺上，每天生生蛋，孵孵小鵪鶉，增加鵪鶉們的成員。另一部分放到徐玫和宋玲玲家中，那些是他們兩人貢獻出來分給小隊中其他人的。

現在羅勳自家的鵪鶉大軍已從原來的一個大玻璃箱增加到了兩個大箱，平時得到的鵪鶉蛋足夠兩人吃了。

將鵪鶉箱中的糞便清理出來，單獨放好，留著給自家的作物堆肥用，而其他製造肥料的生物們，目前大多養在十五樓，這其中包括麵包蟲和蚯蚓。

秋收時，他們除了收割了一大堆作物外，還採摘了很多根本不能吃的菜葉、菜梗。這些東西中有不少可以讓這兩種生物和鵪鶉們幫忙解決，剩下的還能放到角落中的大缸中慢慢製作堆肥，雖然做這東西時的味道不怎麼美妙……但只要過了秋、冬這一陣子，等堆肥用完後就不用再受這份罪了。

辭職後的第一天，嚴非就發現自家老婆愛找些事情來做，不想閒著似的。就比如今天早上雖然他起晚了，但上午就做出了一堆豆腐，中午炒菜做飯。下午先是給種子育苗，後來又清理鵪鶉箱子、蚯蚓箱子和麵包蟲箱子中產出的肥料。等這些事情忙完，他又將一批時間稍微長些的鵪鶉蛋煮熟延長存放時間。

現在，他又忙活起了晚飯，並且開始計畫明天要不要改良平時大家常用的武器。

其實就算羅動不出去工作，他在家裡也能找到足夠多的事情來忙活。

本來還擔心如果回家開啟宅男模式的話，羅動會不會因此覺得無聊難受，如今看起來，這真的是自己想太多，家裡要忙的事一點都不少，不必擔心自家老婆的心理健康問題。

上輩子就已經宅出境界，一直保持無業遊民狀態的羅動，如果知道嚴非所想的話，他一定會在第一時間就拍著他的肩膀，告訴他不用想太多。沒了工作的羅動，平時生活最多會更加悠閒些，但絕對不會閒得無聊，更何況現在他們還有內部網路，上面電視劇、電影和小說什麼都有，想打發時間還不簡單？

當天晚上，李鐵四人一下班就急吼吼衝回家吃豆腐。為了這件事，他們毅然決然拋棄了每天都一起會合才回家的章溯和王鐸兩人。

向徐玫和宋玲玲詢問豆腐怎麼做比較好吃後，李鐵四人合計了一下，取出一塊鴨變異鳥肉，加上馬鈴薯、蘿蔔、豆角等，用醬料調味來了個亂燉一通。

章溯和王鐸兩人回家，便直接加入他們家的餐桌，和他們爭搶食物搶得不亦樂乎。

吃過晚飯，宅男小隊再次召開例行的茶話會。

坐在飯桌旁，正在喝開水的章溯忽然開口爆料：「我今天聽幾個病人說了一個消息。」

隨著進入末世的時間越來越長，能去醫院看得起病的普通人越來越少。能去醫院的，大多都有些身分，或者是某些異能小隊的什麼人，至少都是能拿得出積分和晶核的「有錢人」，所以章溯能打聽到的消息等級，也要比外面普通人的等級高出不少。

「什麼消息？」眼見沒人接著問，他真能這麼吊大家一晚上，厚道的吳鑫好奇問道。

「說是基地的一些規定要改變。」章溯輕輕吹了一口水杯中的熱氣，「所有小隊要重新登記，異能者人數、異能類型都要詳細記錄，尤其是D級以上的隊伍。一定級別以上的小隊，每個月需要完成的任務，按照級別不同，難度也不同。另外就是出城的規定也要改，據說改了之後，就算只有五個人一起出城也行，任務難度按照出城人數選擇。」

章溯看向羅勳和嚴非，「規定改變之後，咱們要不要每個月多出去玩幾天？聽說任務難度也會有所調整。」

羅勳和嚴非對視一眼，略有些詫異，「如果改了的話，而且任務難度也降低，那當然可以多出去幾次，只是……你不是還有工作要做嗎？」

如果是五個人就能出基地，那自己兩人帶著徐玫、宋玲玲和于欣然就能出去。

章溯忽然彎起嘴角，「我啊，正準備辭職呢。」

「咦？」

「為什麼？」

「怎麼了？是不是醫院裡又有人找你麻煩了？」

眾人的反應不一，但都驚訝地看著他。

章溯的工作待遇是所有外出工作的人當中最好的，卻也是最累的。不過，他這種個性，反正放在末世前，說不定早就被多少家醫院開除了，至於現在……醫院會放人嗎？不對，明明去醫院工作是他自己當初要求的，並且一直做得不錯，不是嗎？

章溯無所謂地又喝了一口水，「做煩了，我覺得在家待著挺好的，尤其是可以隨時離開基地去打喪屍。」

經過一年左右的調整，他被前男友陷害後的種種情緒已經得到了很大的緩解，尤其是王鐸平時圍在他身邊伏低做小言聽計從，幾乎將他捧在手心裡，生怕哪些事惹得他不高興，能做的全都為他做了。

有這麼個白癡陪著，偶爾還能出基地殺怪發洩，現在的他，對於工作時的那種發洩快感已經沒什麼需求了，特別是有羅勳和嚴非在前面當例子。他一個身在醫院中，幾乎所有人都知道他是異能很厲害的風系異能者，難道會少人來拉攏？

無論是軍方還是異能者小隊的人，自從他進入醫院就幾乎從沒斷過，而且這些人的動作越來越煩人，越來越招人厭，再繼續下去的話，保不齊他哪天就會爆發，給自家醫院再增添一批病患也說不定。

當工作時的麻煩遠遠大於工作所能帶給他的緩解情緒的作用，章溯就不想再忍下去。何況，他根本就是個懶得忍耐這些的人。末世前他或許還會壓制自己的脾氣，現在……呵呵，沒了這份工作，他照樣能過得很好。

不得不說，羅勳他們整出來的，可以在家中種菜的暖房，給了宅男小隊極大的底氣。就連李鐵他們都會動心，有時會想想要不要乾脆辭職在家種田得了。

章溯做出的決定，除非是對整個小隊有什麼重大影響，不然沒有人會故意反對或阻止女王殿下，所以他的話出口後，大家紛紛表示，您高興就好，一切自便，我們不管。

不過，他想辭職的阻力卻有可能來自他方。

「你們醫院的上級能同意？」羅勳好心提醒他。

「合約到期了。」章溯勾勾嘴角。

「合約？」眾人都是一愣，什麼合約？

「我當初進入醫院工作前簽過一份合約，合約上只標了一年期限。」章溯說著，用鄙夷的目光掃過眾人，「你們都沒簽過吧？這在末世前連臨時工都算不上，人家想什麼時候開除你們，你們連抗議都沒法說理去。」

眾人面面相覷，他們還真沒簽過這種東西，而且這都已經末世了，誰還顧得上什麼合約不合約？臨時不臨時？

嚴非忽然想到什麼，視線在五人組身上轉了一圈，準備等散會後單獨找他們問些事。

「那……你……」羅勳腦子轉了半天才理順章溯的意思，「你的意思是，合約到期了，你就能直接離職了？」

章溯笑笑，「對啊，反正現在他們對我已經沒有什麼利用價值了。」

默默為醫院默哀三秒鐘，羅勳再度提出之前的疑問：「可是，就算你簽了合約……他們真的能同意你離開嗎？」

大家都清楚醫護人員在基地裡有多重要，末世後人口數量急速減少，新生命增加的數量遠遠小於犧牲的無辜生命，在這種情況下，醫院想要補充人手，恐怕一時也沒有什麼辦法，他們真的能放章溯離開？

章溯冷笑一聲，「我要離開，你覺得他們能攔得住我？」說著晃蕩晃蕩身下的椅子，「我準備明天去打個招呼就直接回家。」

到時可以把手機卡換掉，不再去醫院附近轉悠，就不會被人找到……唔，不過他的情況和羅勳他們不同，自己住在這裡還是軍方分配的，怎麼能讓他們之後少找自己的麻煩呢？

眾人略微消化了一下就隨章溯去了，反正誰都管不了他，他不去醫院，損失的也只是他自己的那份工資，家裡的食物足夠養活他們。

待例行會議結束，嚴非叫住了五人組，章溯也沒有離開，只有徐玫和宋玲玲帶著于欣然下樓回去睡覺。嚴非看向章溯：「你只是不想去工作了？」

章溯是個比較隨性又任性的人，可是，他的態度雖然囂張，做正事的時候卻還是會控制在一般人的忍耐範圍內，今天他的決定似乎有些說不通。

章溯撇了一下嘴，「好吧，那些人找我找得煩人，之前又有人要找我麻煩。正好我聽說最近軍方要安排人出基地去其他基地聯絡，需要安排隨軍的醫療人員，有人把主意打到我的頭上來了。」說著一攤雙手，「老子不想伺候了。」

這倒還算說得通，反正章溯又不指望在基地中工作養家糊口。

李鐵咳嗽兩聲，「嚴哥，有什麼事嗎？」不然他會特意叫自己留下嗎？

「你們能登入基地的資料庫嗎？」嚴非直接問道。

「能是能……但是比較重要的資料我們查不了，沒有許可權。」李鐵想了一下，叫過何乾坤，「他主要負責這一塊，他是我們幾個當中對這些東西比較熟悉的。」

嚴非思索了一下，道：「如果在不影響你們工作，能不被人查出來的情況下，能不能將我和小勳兩個人之前在金屬異能小隊的資料徹底刪除？主要是手機號碼之類的，留下名字什麼的倒是不要緊。」

他們兩人可以直接換手機卡，基地中常有人在外出做任務時不小心弄丟弄壞手機，回來可以再申請補手機卡。也有些新來到基地的人，或者之前沒積分買手機的人也會陸續辦理，所以他們重新買兩張卡，換個手機號碼的問題並不大。

只是，他擔心基地留下的聯絡方式中會不會有自家的地址，或者其他一些什麼資訊。

聽到這裡，章溯插話道：「還有我的。」

雖然他當初住進來時比較高調，還是軍方的人親自帶他來這裡的，可最近一段時間沒聯絡，誰知道那些知道具體情況的人還在不在基地裡。

將這些資料刪除後，雖然軍方或許能直接找當初安排自己住進來的人過來找自己，卻不會發生其他勢力的人通過資料庫查到他住處的事情。

關於這一點，他和嚴非倒是想到了一處。

何乾坤笑了起來，手放在自己的肚子上胡擼兩下，「這個簡單，基地裡現在的網路就是個區域網，有能力用電腦上網的就只有軍方內部的電腦，所以什麼防火牆、防護措施就跟篩子似的，末世前學過點駭客知識的人都能輕易黑了它，不留尾巴改點資料什麼的，實在簡單。」說著兩眼亮亮地看著羅勳，「羅哥……嘿嘿，我想吃你之前做過的醃黃瓜條……」

羅勳無語望天花板，「行，明天做，你晚上回來就能吃到。」

那東西很好做，就是需要用到的白醋，今天做豆腐用掉了不少。做完醃黃瓜條後，估計剩不下多少了……唔，是不是到了該考慮做些醋什麼的時候了？

他家末世前沒準備大麥的種子，如果要做就只能做米醋、高粱老醋之類的……這些東西的原料，家中儲備嚴重不足，看樣子可以考慮將自家牆壁上的種植籃重新調整，留出種某些作物的空間才行，明天就準備。

第二天一早，等羅勳和嚴非起床後發現，章溯已經去過醫院又回來了，正悠閒地跟著徐玫兩人在幾個房間中來回轉悠，研究這些作物的狀況，偶爾搭把手幫忙處理瑣碎事務。

見羅勳兩人出來，章溯挑起眉毛道：「喲，起來啦，隊長昨天晚上辛苦了！」

羅勳不理他，檢查了一下走廊上作物的狀況，開始處理某些需要梳理的幼苗。

倒是嚴非掃了他一眼，「辦完離職手續了？」

嚴非擺擺手，一副渾然不在意的態度，「我今天過去的時候，上級去軍營開會了，我跟他的助理說一聲就回來了。」

有這麼個糟心下屬，羅勳真心為他的上級默哀三秒鐘。

這種熊孩子要怎麼對付？打也打不過，罵也罵不過……

偏偏章溯還一臉春光燦爛，「哎呀，不用去工作的日子可真舒服……」

徐玫從一個房間中走出來，聽到他這話，說道：「舒服了就趕緊去檢查蘑菇箱，多半又有毒蘑菇要摘了。摘的時候一定要小心，如果旁邊有普通的，還沒長大的正常蘑菇，千萬不能把毒蘑菇的汁液弄到好的上頭，會把它們腐蝕的。」

章溯的笑容僵在臉上，略微扭曲幾下後，沒跟徐玫計較，乖乖跟著宋玲玲進去開始學習怎麼處理毒蘑菇。

眾人上午一起檢查過所有作物的狀況，羅勳又將自家牆壁上的種植欄進行了一下統計，發覺可以再多種一些稀奇古怪的，可以釀造調味料的作物，便開始翻找種子儲備箱，找出對應的種子，對嚴非道：「下午咱們去兌換窗口再找找有沒有別的作物種子？比如大麥、燕麥之類的東西。這些東西雖然咱們不用種太多，可家裡好歹存一些。有需要的時候，就能夠培育出來也是好事。」

嚴非沒什麼意見，「嗯，下午咱們出去轉一圈。」

兩人吃過午飯，醃漬好何乾坤點名要的酸甜小黃瓜，這才穿好外套準備出門。

章溯這會兒被不肯睡午覺的于欣然和小傢伙圍住，兩個小東西以章溯的大腿為中心轉啊轉啊轉，跑啊跑啊跑，轉得章溯黑著臉幾乎快要發飆。

徐玫和宋玲玲兩人在旁邊看熱鬧，半點拉開孩子的意思都沒有。小丫頭很是以貌取人，就比如在所有的叔叔之中，她最喜歡的就是嚴非和章溯，而在所有的阿姨中，她最喜歡圍著撒嬌的人就是章溯……咦，好像哪裡不對？

羅勳見到這一幕，很沒有同志愛地略過章溯，對徐玫兩人道：「我們去兌換窗口那邊找些種子，妳們有什麼東西要帶的嗎？」

徐玫二人商量了一下，齊齊搖頭，「沒有呢，有需要的話，過兩天我們再去。」

冰封下的基地格外寒冷，街上沒什麼車子行駛的痕跡，往來的行人也比平時少了許多，那些夏天時還住在路邊車中的住戶，此時大多搬了出來。路邊的臨時建築數量再次增加，不過這次增加的不是房屋數量，而是建築物本身的厚度。

為了抵禦風雪的寒冷，很多人將自家牆壁加了一層又一層，泡沫塑料成為了十分搶手的好東西。別看這東西又輕又不起眼，隔溫效果相當不錯。在牆壁中加一層泡沫塑料，可以大幅提升房屋的保溫性。

不少原本在外出時只撿紙箱、木箱之類的人，在得知泡沫塑料的效果後，紛紛跑回市區廢墟中，將當初被他們丟棄的泡沫塑料撿回來再利用。

羅勳兩人選擇步行，街上厚厚的積雪這幾天已經被人徹底踩實，往常會定期來清理垃圾的工作人員，許久沒見過他們的蹤影了，他們似乎覺得在這冰天雪地中反正垃圾不會變質，堆著改天一起處理更省事，何況現在的路面並不適合車輛行駛。

兩人頂著寒風來到兌換窗口，提出要兌換種子，對方將印有種子和價格的價目表遞給兩人。兩人選定幾種，要求先看看種子的時候出現了問題。

一開始對方表示不買就別看，只要將成品拿出來就必須買下。羅勳和嚴非對於這種強買強賣表示不接受，大不了他們不在這裡買，等回頭給食堂送菜的時候，從軍營裡的兌換窗口直接購買就好了。

許是大冷天兌換窗口的效益不大好，工作人員低聲商量了一下，最終還是拿出了一小包大麥種子。羅勳還沒接過來仔細看，就覺得不太對勁，「這是變異麥子的種子吧？沒有末世前普通麥子的種子嗎？」

工作人員愣了一下，「麥子就是麥子，我們不知道什麼變異不變異，反正現在基地裡只有這種大麥種子，你們愛買不買。」說著就將大麥種子收了回去，表示如果兩人不買下來，就不再給他們上手看。

羅勳深呼吸一下，拉著嚴非轉身就往回走。

這種服務態度讓人氣得牙癢癢的，當然，這也和冬天大家穿的很多，身分牌沒掛在外套上有關係，不然這些工作人員如果看到嚴非身上戴著的通行牌上有異能者標幟的話，對方是絕對不會用這種態度對待他們的。

「下次送菜的時候，去軍營的兌換窗口問問，外面的東西不能買了。」羅勳說著話的時候，還在氣頭上。吃公家飯的這些人，哪怕他們一個月賺的錢不夠填他一個人的肚子，在面對基地中的普通人時，也都會擺出一副大爺的態度來，牛氣得就差上天了。

嚴非笑著環住他的肩膀，「那個種子有問題？」

羅勳點點頭，「顏色、形狀都不太對，他又不肯給我仔細看。其實變異種子還算好認，因為外觀多少都跟正常的有區別。還記得咱們吃過的變異米嗎？正常的稻米大多是兩頭尖，變異米的中間部分卻是彎的……形狀有點像腰果。剛才那些麥子的形狀也是彎的，除了有些種子本身就是彎的，形狀比較古怪之外，只要是這樣的種子，基本都有問題。還有顏色，你注意到了嗎？剛剛那些種子皮上的顏色發綠，有些是橘紅色，跟正常種子曬乾後顏色不一樣，正常種子沒有這麼奇葩的顏色。」

羅勳一口氣說完，呼出來的白氣就沒停過，頓了頓，繼續解釋道：「他們拿出那些種子之後，不讓咱們上手看，誰知道種子有沒有被凍過？所以哪怕不種，咱們也絕對不能買這些東西回去。」再加上那些工作人員的態度，簡直讓他忍無可忍。

就算是上輩子他要買種子的時候，因為價格問題也寧可在市場上自己慢慢淘。現在就算他們買的是正常的種子，他也絕對不會再去自討沒趣。

「那就不要了，如果軍方的兌換窗口也沒有，咱們就乾脆不種了。」嚴非拍了拍他的肩膀，忽然又問道：「變異作物不能再變回正常嗎？」

羅勳皺眉思考，「沒聽過，就算是優質變異種子，也沒聽過有又變回正常的。」

兩人乘興而去敗興而歸，聽到兩人的經歷，剛剛擺脫小丫頭糾纏的章溯笑得幸災樂禍，徐玫和宋玲玲兩人則同仇敵愾。她們兩人平時在家，當初家中糧食還沒收割前，經常要和這些對外兌換、售賣食物的窗口打交道，不知道受過多少次鳥氣呢。

羅勳拿出筆記本，說道：「如果家裡缺什麼了就記在本子上，我們兩個或者李鐵他們去軍營的時候順便換回來。」

徐玫兩人乾脆將這個筆記本連同一枝筆掛到外面的走廊上，誰要去換東西時就將記錄下來的紙撕下來帶走。

傍晚六點左右，五人組終於風塵僕僕回到家中，還沒等羅動他們詢問今天的情況，幾個人就神祕兮兮地拉著眾人到他們的房間，打開一臺前陣子用零件組出來的電腦前，將一個隨身硬碟連上了主機。

「怎麼了？」大家一肚子疑惑。

「我們今天幫嚴哥和章哥找個人資料的時候發現了一點東西……就是這個。」何乾坤打開某個資料夾中的一張照片。

「這是什麼？」徐玫茫然。

章溯有些意外，倒是嚴非看向身邊的羅動，見他雖然詫異，卻不算太驚訝，就知道他應該是知道這些東西的。

「不知道，不過這個檔案沒加密，就放在上級經常用來儲存檔案的資料夾中……」何乾坤解釋著，又打開幾張照片給大家看。

這些顯然都是從很高的位置，或者比較遠的位置拍攝的照片，裡面是市區的殘垣斷壁，還有一個個……高大猙獰的喪屍。

照片裡的喪屍至少比普通的喪屍高一倍，而且力氣似乎很大，他們還看到了一張照片，裡面一個這樣體型的喪屍輕而易舉地舉起一輛小轎車。

羅動安慰道：「從照片上來看，這些喪屍應該是體質系、力量系的喪屍變異，或者是進化後的形態。其實它們除了個頭大些，應該算是三級體質系、力量系的喪屍吧……當然，個頭大也是個問題，不過造成的傷害應該跟三級、四級的喪屍差不多。」

韓立錯愕，「三級？三級力量系的喪屍咱們遇到過，長得不是這個樣子啊！」

羅動無奈，「也許等級高了它們也和變異動物似的一樣會慢慢改變外形，當然，咱們沒有實際遇到，現在沒辦法下定論。」

「市區倒塌的那些樓……會不會就是它們弄的？」王鐸忽然想到某種可能性。

「有可能。」羅動點頭。如今市區中破壞力比較大的喪屍恐怕就只有它們了，也許土系喪屍也能造成類似的破壞程度，不過照片上既然顯示它們大多活動在這些倒塌的建築附近，那麼這個禍是它們弄出來的可能性很大。

「那它們的破壞力比咱們遇到的三級喪屍大啊……至少咱們遇到的那些三級力量系喪屍可沒拆過高樓。」何乾坤的臉上帶著驚恐的表情。

「嗤」一聲笑，章溯翻了個白眼罵道：「你們平時挺機靈的腦子都餵喪屍了？城南還有高樓能給三級體質系、力量系喪屍拆嗎？」

那裡早就成廢墟了好不好？

就算有力氣超大的喪屍，它們有力氣可也得有地方使才能造成破壞啊！

五人組面面相覷，半天才笑了出來。

他們確實想太多了，也確實是被照片嚇到了。

羅動笑了笑，別說這種三米高的喪屍，就是再高些的，他也在上輩子的守城戰中見過。這些喪屍和外表沒發生變化的三級體質系、力量系喪屍唯一的區別就是個頭大，戰鬥模式有區別。這些喪屍在攻城戰中的最大用途是，用來丟個頭小的喪屍上牆。可如今的圍牆被嚴非他們修成了現在的樣子，連這一可能性也有所改善。

終於穩定了心態的何乾坤，這才彙報起今天的結果。

「嚴哥和羅哥兩人的資料裡本來就只有手機號碼，我們就徹底給刪了。基地中住戶的登記資料裡沒有標註你們是在軍方工作的，而且名字也跟軍方原來備註的不一樣，我們就沒改動。至於章哥的，我幫你把住處、手機號碼都刪了。」

基地中好多人的個人資料都只有名字、末世前的身分證號碼，但是沒有住處和電話。

何乾坤的任務做得很成功，羅勳拿出自己醃漬的小黃瓜獎勵給他解饞，他表示可以不用準備別的飯菜當明天的午飯了。

第二章

有糧沒糧，宰頭變異羊好過年

不用上班的羅勳、嚴非和章溯，三人很快就適應了「宅男」的生活模式，每天在家中忙進忙出，偶爾拉著鐵板車去軍營或跟其他訂菜的小隊碰頭賣菜，再從軍營的後勤部換些生活必需品回來，小日子過得很悠閒。

眼見就要到月底了，異能者小隊改制的事情還沒最後拍板，所以他們開始商量這次月底五人組放假的時候到底要不要出城去打怪。

他們現在所需的晶核沒有其他途徑入手，自然就顯得緊巴了許多，可前些天的那一場大雪讓基地內外的道路都變得極其難走，他們現在出基地的話，勢必要想辦法弄出方便在雪地上奔馳的交通工具，不然就憑他們的那幾輛破車，根本沒可能在大雪中前行多久。

「做幾個改造雪橇吧，電動的。」羅勳沉吟道。

「電動雪橇？怎麼做？」嚴非疑惑地看向羅勳，只要是金屬的東西他現在基本都能做出來。可完全沒接觸過的就沒辦法了。

「咱們家有馬達，也有汽油，至於雪橇也好辦，用光滑的鐵板做就好。」羅勳背著手轉了兩圈，「李鐵他們能上官方的資料網站，可以請他們下載一些相關資料，照著汽車、電動車的驅動裝置，咱們自己動手改造，就是可能麻煩些。如果他們能夠直接弄到這種東西的圖紙，那就簡單多了。」

「晚上跟他們提看看，真像你說的一樣，以後冬天會經常出現這種大雪，咱們確實需要準備外出的交通工具。」嚴非忽然笑了起來，「可惜小傢伙的個頭太小了，不然讓牠在前面拉著雪橇也不錯。」

「牠最多只能拉動一個，再多的話……」羅勳笑著搖搖頭，不想虐待自家的笨狗。

兩人又商量起晚飯要做什麼菜，這時羅勳的手機響了起來。

「又有人要買菜了嗎？」羅勳一邊嘀咕一邊拿起手機，看到上面的來電顯示，愣了愣，連忙接通，「王隊長？」

電話中有些雜音，但確實是以前聯絡過的後勤部的王隊長。

王隊長笑呵呵地跟羅勳說了些許久沒見之類的客套話，然後低聲問道：「我記得你們之前在後勤部找過金屬系的晶核？」

羅勳看向身邊的嚴非，嚴非湊了過來，「對啊，我們找過，當時還找過另外一種。」

金屬系和沙系這兩種晶核，他們每隔一陣子就會去軍營那邊兌換一次。除了第一次外，後來沒有再找過王隊長幫忙。

王隊長笑道：「現在還要不要？金屬系的？」

「如果有的話，當然要了。」

「需要多少？」

「那……越多越好，不過也得看我們手裡的晶核夠不夠換的。」

王隊長鬆了一口氣，「你們明天早上九點過來一趟吧……多帶些一級晶核或者積分來，咱們到時見面再詳談。」

「……這是什麼情況？」羅勳一頭霧水，不解地看向嚴非。

金屬系晶核平時都是專供給金屬系異能者小隊成員的，基地兌換處就算有數量也不多，他們只能換到少量。從王隊長的口氣來聽……他手中似乎有不少。

「明天去了就知道了。」嚴非搖頭道：「可能跟前陣子的事有關，明天咱們小心些。」

「嗯。」羅動決定明天出門時要帶著剛改良過的複合弩。

◆◆◆

基地的醫院中，院長和幾位高層正在討論一份名單。

其中幾個人的神色不太好，這次要隨軍出基地的任務可不比往常，外面剛剛下過大雪，道路幾乎都封住了，現在正是嚴冬，誰知道會不會繼續下雪，再加上有可能出現的各種喪屍和喪屍動物……

如果不是基地的某些物資緊缺到實在不能再耽誤下去了，等到天氣轉暖後再離開基地才是最好的選擇。

所以，這次隨行出任務的醫護人員們簡直悲催了。不知是不是老天爺給你打開一扇窗就非要給你關上一扇門，反正醫院的醫護人員們和軍中士兵的異能者比例正好相反，軍中異能者比例很高，可在醫院工作的這些醫護人員，一整個醫院也沒有幾個是異能者。就算有，基本上也都是異能渣到忽略不計的那種。

在這次任務剛下達時，所有高層都將主意打到章溯頭上。他們需要抱住自己的親信，就只能犧牲不是親信的編外人員，卻沒想到章溯居然直接走人。

「外科的那個章溯，不能再找一下嗎？」副院長皺著眉頭看向外科主任醫師。

章溯的前長官表情略微扭曲，「我們沒有他的聯絡地址，而且……就算找到他，他多半也不會願意去……」

「這像什麼話？醫生就是他這樣當的？還有沒有一點身為醫護人員的良知？」副院長用力拍桌子，斥責章溯的品格問題。

在座的所有人都垂著眼皮不吭聲，要不是這次選定人員名單中有副院長的兒子，他至於這麼激動嗎？還不是想讓別人頂替，把自家兒子留下？之前軍方幾次行動需要醫院配合時，副院長都找藉口把自家兒子留在基地，這次實在是所有醫生全都輪過一圈了，有些甚至跟軍方出過好幾次基地了，才不得不讓他兒子也跟著去，他這才急紅眼地想找人頂缸。

院長咳嗽了一聲，掃了副院長一眼，讓他冷靜些，方道：「咳咳，章醫生先前只是臨時到咱們醫院來工作的，當初合約簽訂的時間也早就到期……暫時不用討論他的問題了，來說說之後的事吧。這次跟軍隊出去的人是……」

院長的話成功轉移了所有在場人員的注意力，其實所有人心裡都清楚，章溯是個很強大的風系異能者，是他們整個醫院所有人都沒辦法使喚得動的。

就算早就有人看他不順眼，也只能在背地裡找他麻煩，奈何對方的武力值太高，而且個性比較不走尋常路，所以一直沒能陷害成功。於是，這次跟軍方一起外出的行動，反而給了以前就看章溯不順眼的人一個天大的好機會。這次的任務一定很困難，普通的醫護人員跟出基地連自保的能力都沒有，讓章溯這種有技術又專業對口的外科醫生跟著不是正好？

再者，他從來沒有出過這類任務，怎麼也該輪到他了吧？就算他不願意，大家強迫不了他，罰他薪資、公開訓斥他、開除他，哪一種懲罰都能讓他吃不了兜著走。

結果，還沒等他們下絆子伸出腿來，人家就提前跑了。

其實這也不能怪有人提前給章溯透漏消息，雖然醫院中有人想整章溯，但把他推出基地做危險任務是這些人心照不宣，並且不會外傳的機密消息，可架不住章溯雖然不招同行男醫生們待見，卻極其招女護士們待見。

醫院中哪種工種的工作人員最多？當然是護士。

整個醫院中，或許某些地方沒有醫生們出沒的蹤影，但幾乎處處都能看到護士的身影。時間一久，她們大多知道了章溯的性向，但誰讓人家章溯長得好呢？再加上只要不是有意倒貼他的女人，對他比較客氣、來找他說話聊天的小護士，不露出花癡本質，他對女性同事還是頗為客氣的。偶爾說話時噎噎人，也因為高顏值和那種詭異的女王氣息而讓妹子們不約而同忽視掉他那不太好的一面。

於是，醫院中但凡有些什麼跟章溯相關的消息，傳播速度絕對是最快，也同樣是迅速就能傳進章溯本人耳中去的。

在發現被人找麻煩的苗頭後，章溯才不管他們有沒有正式實施，自己能不能拒絕這次任務，人家大爺直接辭職回家了。

可憐醫院的那些小護士們，在得知這消息後，一個個小臉繃得極其難看。

她們的院花居然被擠兌走了？這醫院簡直沒法待了，還我閨蜜！

羅勳和嚴非一大清早就背著武器和晶核步行去了與王隊長約定的地方，王隊長熱情地將兩人請進了他在後勤部物資領取處樓上的辦公室中。

落座後，雙方先是客氣了幾句，王隊長才將話題引到金屬系晶核上面來。

「最近我們這裡有一些這種晶核，別人又用不太上，這不就想起你們之前找過嗎？你們看看，需要換多少？」王隊長笑咪咪地將面前的盒子打開。

羅勳二人詫異地看了一眼，盒子裡面大多是二、三級的金屬系晶核，數量還不少，比他們往常外出打一次喪屍的收穫還多，王隊長怎麼會拿出這麼多來？

嚴非拿起一顆仔細看了看，他也是再三觀察過後才確定除了他之外，一般的異能者必須直接接觸晶核才能判斷這些晶核是不是真的，是不是跟自己本身的異能相對應。

「您準備用它們換什麼？其他系的二、三級晶核，還是一級晶核或者積分？」羅勳也不客氣，直接問道。同系晶核對於本系異能有著加成作用，這是毋庸置疑的。

王隊長笑道：「換其他系，尤其是熱門系的同系晶核，一級晶核、積分也行，但是要是用一級晶核和積分來換的話，數量上……可能你們會吃虧一點。」

羅勳兩人思索了一下，將帶來的二、三級自家用不著的晶核取了出來。

他們雖然也帶了一級晶核和積分，但絕對不夠吃下這些金屬系晶核，還是用同等級別的其他系晶核來換比較划算。

可以說，除了某些特殊系的異能之外，一般晶核在基地中的銷路都還不錯，所以羅勳他們拿出一些自家用不著的晶核來，王隊長還是很樂意收的。

換完晶核，羅勳打聽道：「之前這種晶核不是不好找嗎？不知道以後還有沒有？」

王隊長臉上的笑容是那種「你懂的」，他瞇著眼睛，笑得一團和氣，「當然當然，以後還得常合作呢，只要你們需要換，我們這兒肯定斷不了。」

聽到他的話，羅勳兩人略感詫異，乾脆挑明一些問道：「之前我們來找的時候，每次最多也就只能換到十來顆……」說著，將前些日子食堂李隊長賄賂兩人的捲菸拿了出來。

王隊長接過菸後，低聲說道：「現在軍隊裡……吃不下這些。」說著，坐直身子道：「我們也得找銷路不是？」

這麼說，肯定和金屬系異能小隊有關係。

見王隊長不再多說，羅勳兩人客氣了幾句，約好以後需要還會聯絡他才起身告辭。

兩人離開軍營後，湊到一起低聲討論。

「現在軍方的金屬系異能者只剩下兩個了……我覺得是不是跟這個有關係？」

嚴非沉吟了一下，「其實現在軍方外出清理喪屍並沒有之前天氣暖和時清理得有效率，不然今天說不定他還能拿出更多來。」

「可是，一般來說，不是所有同系晶核都要撥到相關隊伍那裡去嗎？就算金屬系異能小隊的人用不完，也不至於有這麼多啊……」

「現在隊長在關禁閉，短期內不可能聯絡上，其他人……」嚴非搖頭，「咱們先回去吧，金屬系晶核咱們既然能換到就先換著，金屬系異能小隊那裡肯定有得用，不用擔心。」

無論王隊長是怎麼弄到這麼多金屬系晶核的，他們至少都要保證金屬系異能小隊那裡的同系晶核足夠補給。

其實認真算起來，金屬小隊那邊只剩下兩個人，他們兩人就算一天二十四小時連軸轉，消耗的晶核數量也有上限，所以在少了兩個異能者之後，剩下很多也是有可能的。

不過，這次換晶核的事情結束後，兩人腦中都只有同一個想法，那就是得趕緊出一次基地了，不然家中存的晶核都要換沒了，如果再有金屬系晶核他們就只能眼睜睜看著，卻沒辦法拿自家的東西去換，實在太難熬了。

當天晚上，五人組回來時聽說羅勳和嚴非準備造電動雪橇，幾人都十分興奮。

韓立抱怨道：「你們要這些資料，白天時給我們發個簡訊不就好了？我們今天白天就能把東西給你們弄回來了。」

嚴非笑笑，「畢竟是讓你們在基地資料庫裡找東西，要是發的簡訊被別人看到……現在基地中所有的資訊、通話記錄都掌握在軍方……」

聽到他的話，眾人才肅然起來，連連點頭，「沒錯沒錯，以後有什麼重要的事還是小心點較好，免得出什麼狀況，被人聽到也不好。」

事實證明，羅勳這個多活過一輩子，曾經在末世中改造、製造過許多趁手工具的人，再加上什麼金屬都能處理，什麼金屬都能提取，什麼外形都能弄出來的金屬系異能者，兩人合作的威力還是相當大的。

他們兩人拿到相關資料後，搗鼓了一天，就造出了一個單人簡易金屬雪橇，放在自家屋頂，反正這裡平時沒人，位置又高，只是實驗能不能運行還是沒什麼問題的。

等到確定單人金屬雪橇能正常行駛、載人載物，嚴非就直接造出了四個可以讓大家乘坐的大型金屬雪橇。

雖然因為找不到專業發動機，自己改裝的速度很緩慢，但至少能載人能裝東西，能在雪地上跑就行。為了不讓別人「另眼相待」，羅勳和嚴非商量了一下，將做好的雪橇拆解成數個零件，裝進自家車中。離開基地後，再重新組裝，改坐金屬雪橇進市區打喪屍。

做好所有的準備工作，在五人組放假的第一天早上，全副武裝的宅男小隊踏上征程。

驅車出了基地大門後，眾人就有些頭疼，雖然過了基地門口的那條結冰的小破河後一段距離內的路面已經被先前出入基地的軍用車輛、坦克壓平了一些，可市區依舊是大雪封路，而且封得格外結實。

難怪剛才出門前，基地裡的工作人員都用詫異的目光看他們的破爛車子。沒有專業車輛在這種天氣出門，不是餓瘋了，就是傻瘋了。

為了帶汽油、蘑菇汁、武器彈藥，以及改造後的金屬雪橇，最終他們開出了三輛車。勉強行駛一段距離後，他們就不得不下車開始組裝金屬雪橇。

沒辦法，接下來的路車子實在不能走了。

大夥兒苦哈哈地發現，他們下車後鞋子陷進積雪中一大截。這還是被其他車輛壓過的地方，至於其他位置……還是不要輕易嘗試的好。

迅速組裝好雪橇，將東西搬到雪橇上，嚴非便把三輛車子改造得幾乎跟廢銅爛鐵沒什麼區別地暫時棄置在路邊。這種「廢銅爛鐵」隨處可見，經過的人根本不會多看一眼。

出於安全起見，他們更是弄了不少積雪丟到車上，把它們裝成被積雪掩埋的破爛廢物。

爬上雪橇，戴上帽子、口罩，拉高衣領，羅勳和嚴非再加一個李鐵坐在第一輛雪橇上，後面跟著的是何乾坤和吳鑫的組合，之後是徐玫、宋玲玲及于欣然，最後一輛車是王鐸、章溯和韓立。何乾坤的噸位比較大，所以他們雪橇上的人數是最少的。

每輛雪橇車除了人之外，還有各種物資，雪橇本身的體積著實不小。

用繩索將各輛雪橇串在一起，羅勳他們的雪橇打頭，一路向著市區南面他們以前曾經奮鬥過的地方奔馳而去。

依舊是沿途收集金屬球跟著一路滾，當然，這是在離開基地好一段距離後才弄出來的。雪橇的速度不快，但正因為速度不太快才減少了翻車的可能性，畢竟大雪掩埋下，已成廢墟的市區中會有多少雜物？而且入目的都是白茫茫一片，誰知道哪裡是路？哪裡是廢墟？

總之，一路繞來繞去，經歷坎坷，等他們來到了大致是先前和那隻巨型變異鳥戰鬥過的地方後，太陽都開始向西傾斜了。

「羅哥，怎麼一路上也沒看見什麼喪屍啊？」

嚴非在大家所在位置的地面鋪了一層金屬板，大家才敢從雪橇上下來，原地跺腳取暖。這一路雖然他們已經提前準備了很多取暖的東西，卻架不住這麼長時間吹冷風。

「應該都在雪下。」羅勳哈出一口涼氣。他的話音剛落，不遠處的雪中明顯有什麼東西聳動了幾下，然後一隻腐爛的手就伸了出來。

「靠！」王鐸驚叫一聲，向後跳去。雖然這隻手伸出來的速度不快，動作僵硬，下面的喪屍明顯一時半會兒爬不出來，可這畫面未免太驚悚了。

「先把落腳地清理出來，這些喪屍直接用異能轟比較好。」羅勳用戴著手套的手揉揉臉頰，沒再多看那個陷在雪裡暫時爬不出來的喪屍。

「……所以喪屍在大雪天都埋在雪地裡了嗎？」韓立愣了半天神，找羅勳求證。

羅勳想了想，說道：「這附近在上次咱們走了之後恐怕就沒人來過，所以開始下雪後，遊蕩到附近的喪屍應該就沒離開過原地……這麼冷的天，就算是喪屍的腳也會被凍住……你想想，它們的腳或身體要是被凍住了，沒有外界刺激的時候，還走不走得了路？」

喪屍一旦摔倒，沒有什麼東西引著它們爬起來，可不就要趴在地上等雪埋？

「羅哥……你好厲害。」李鐵崇拜地看著羅勳，他覺得自家隊長果然不愧是自家隊長，雖然不像廢柴宅一樣能預言，可分析起這些事來，簡直不是人啊。

不是人的羅勳不大好意思地笑笑，拉著自家老公找尋起他們昔日落腳的具體位置。讓嚴非來找簡直不要太簡單，稍微一探測就發現了他以前藏起來的金屬陷阱。當那一圈金屬圍牆豎起來後，所有人就立即發現了目標。

徐玫的火系異能將覆蓋在上面的冰雪融化，宋玲玲操縱著融化的水轉移到遠處雪堆中，剩下的人射殺冰雪融化後顯露出來的喪屍。等到臨時基地徹底清理完畢，大夥兒才施施然開著自家雪橇進去，然後嚴非開始迅速給眾人的庇護所封頂。

上次那隻大鳥給大家帶來的心理陰影太大，要是再來一次……只要過來的變異動物智商稍微高些，那絕對就是大家的倒楣日。

眾人開始生火，將金屬「熱水袋」加熱抱進懷裡。這東西是出來前做好的，金屬外殼，裡面包裹水，徐玫用火系異能加熱，再將它們裹上厚布，裝在雪橇的座位上，這樣整個人坐在被加熱了的金屬座位上，就不會凍腳凍腿。一路上如果溫度降下去的話，大家就停車讓徐玫用異能再次加熱。

現在嚴非又造出了另一種東西，那就是金屬熱水沙發。裡面裝滿了水，整張「沙發」圍著火堆繞一圈，利用火給金屬裡面的水加溫。

這種便利的東西，也就在隊伍中同時有水系、金屬系、火系異能者在的時候才能製造出來，簡直再好用不過。

整好保暖設備，依舊是徐玫的火系異能將陷阱上的冰雪融化，宋玲玲轉移雪水，大家這才開始準備今天的工作。他們一路上帶過來的蘑菇汁本身就是冰凍著的，這一路過來，除了一部分靠著金屬「水暖座墊」而融化之外，其餘的都被凍得硬邦邦的。

值得慶幸的是，汽油沒有被凍住。

裝有蘑菇汁的箱子放到火堆旁解凍，嚴非著手整理起陷阱中的地刺，徐玫和宋玲玲則將融化後的蘑菇汁放到靠近陷阱位置的金屬盒子裡。

冬天的風雪太大，于欣然的沙系異能暫時沒有什麼用武之地，就乖乖坐在一旁看大家忙活。等嚴非的準備工作做得差不多，羅勳取出血包，掛在外面開始引誘喪屍。

「沒多久血包就會結冰，宋玲玲，妳每隔一陣子就操縱熱水圍著金屬盒子轉幾圈，保證裡面的鮮血在液體狀態就行。」羅勳觀察了一下外面的情況，然後對眾人道：「行了，大家準備吃晚飯吧。」

「外面的喪屍……」

「沒那麼快過來，就算有變異的喪屍能在雪裡行動，沒被凍僵，它們要趕過來也得花些功夫，咱們先吃飽了再說。」羅勳表現得很淡定。大雪天的，就算是喪屍也行動不便，只要老天爺別故意和大家過不去又下起大雪就好。

喪屍們的動作僵硬遲緩，每動一下彷彿是電影中放慢的鏡頭。

宅男小隊吃飽喝足，在漏風的小窗口處偶爾朝外張望，宋玲玲操縱著加熱過的水時不時圍著外面放著鮮血的盒子轉兩圈，保持鮮血不被凍結。

章溯也每隔一段時間就操縱著風，挾裹血腥味向四面八方擴散開來。

「好像又過來一批了。」

大家輪流到小窗口去查看外面的情況，天色已經陰暗下來，整整一個下午也沒能引誘多少喪屍過來。它們的動作大多緩慢僵硬，就算其中有些速度相對還算快的，也在到達之後就落入陷阱之中。

出於效率考量，眾人花費了一個下午的時間給防禦工事再進行了一次改造。陷阱的下面通了一堆水暖熱管，其效果就和他們在家中改造的水暖地板一樣，當然，這些東西可比他們在家中使用的水暖簡陋多了。

這些東西的唯一效果就是，保持陷阱底部的蘑菇汁處於液體狀態，讓掉下來的喪屍能被這些汁液腐化。陷阱靠內的那一側上方還留有一排漏管，以緩慢的速度一滴一滴向著坑中低落蘑菇汁液，對喪屍們上下夾擊。

這次他們帶出來的蘑菇汁不少，整整一下午附近趕過來的喪屍因為其動作遲緩，就算是有異能的喪屍在掉到陷阱裡面，往往還沒等它們用異能攻擊，就陸續被蘑菇汁給腐蝕了。

「數量很多嗎？」羅勳湊過去張望，冰天雪地中有不少黑影正在緩緩靠過來。看那黑壓壓的一片，他摸摸下巴，「好像是那種變大不少的體質系喪屍。」

「什麼什麼？」

「在哪兒？在哪兒。」

大家原本無聊到有些困頓，聽到這話，一個個精神飽滿地衝了過來。

「別擠，它們還得走一會兒呢。」羅勳讓出自己的位置，伸著懶腰打了哈欠，感到一陣陣小風從窗口處吹進後哆嗦了一下，匆匆跑回火堆旁，裝滿熱水的座椅旁回暖。

吼叫聲越來越大，越來越近，五人組很緊張，就連徐玫和宋玲玲表情也變得凝重。

于欣然烤著火，吃著草莓。吃一顆，看看大家，又吃一顆。

當五人組舉起改造弩，準備實驗它的攻擊力時，于欣然忽然拉拉羅勳的手。

「怎麼了？」羅勳低頭看向小丫頭，于欣然問道：「為什麼不能帶小傢伙出來？」

平時于欣然吃零食、水果的時候，大多和小傢伙在一起，水果也都是跟牠分著吃的，故而她現在一吃草莓，就想起了沒能跟出來的小夥伴。

羅勳苦笑著摸摸她的頭髮，「明天咱們就能回去了，外面太危險了，小傢伙聽不懂咱們說的話，要是不小心在外面亂吃什麼東西就危險了。」

狗不是人，人知道出來後不能亂碰東西，狗卻不同，要是牠舔了什麼，蹭了什麼髒東西被喪屍化……到時哭就晚了。

羅勳也說不清自己現在的心情，雖然小傢伙在明年開春後有一定的機率變異，可如果沒變異或者變異失敗……沒變異的話，以後小傢伙就還是跟現在似的，他們依舊不敢將牠放出來，這樣的一輩子對於牠來說到底是幸還是不幸？這麼想的話，他當初買牠回來的決定說不定根本就做錯了……但沒買牠的話，牠現在是不是已經變異了呢？

羅勳無意識地神遊，窗口邊傳來一陣壓低聲音的歡呼聲。

「打中了！」

「這弩可真厲害！」

「直接把那個喪屍的腦袋打了個對穿！」

「這後座力都快趕上大口徑的槍了！」

五人組正在試驗新改良出來的武器，看起來效果確實不錯。

在羅勳的建議下，嚴非將弩的口徑改大，增加弩身長度，讓它們更具有殺傷力。弩箭經過改造也更具有破壞性，只不過因為天氣的原因，絕大部分的弩箭中並沒裝入蘑菇汁。

沒裝入蘑菇汁的改良弩箭對付體型正常的喪屍足夠了，加了蘑菇汁的則正好用來射殺那些個頭超級大的喪屍。

聽到外面喪屍的腳步聲越來越大，羅勳這才起身走到窗口邊向外看了幾眼，見有幾個大塊頭喪屍被打得倒地爬不起來，才笑著對五人組道：「怎麼樣，這種喪屍不難打吧？」

何乾坤興奮地點頭，「就是看起來可怕而已。」

那是因為現在不是攻城戰，而且天寒地凍它們都被凍得不方便行動，才會讓人覺得好對付。如果是夏天，這些喪屍遠遠站在戰鬥圈外，配合其他遠端異能喪屍不停丟大石頭、碎磚塊或小型喪屍過來，看他們還覺不覺得好對付。就算不用遠端攻擊，它們一旦加速奔跑衝撞到圍牆上，也足夠牆上的人喝一壺了。

羅勳沒說這種喪氣話，但這些大塊頭們在隱約意識到這個光溜溜的金屬「蛋」似乎不怎麼好對付後，便開始了反擊。它們僵硬地彎下腰，隨便撿起身邊的東西就用力丟過來。

它們丟過來的都是大大小小的雪塊，有些時候也會丟丟不小心從雪下抓出來的磚塊、爛木頭，更有可能隨便抓起身邊喪屍的手臂或腿，看也不看地當成垃圾就丟來。

從它們剛開始彎腰，羅勳就讓大家後退，讓嚴非在小窗口前豎起一邊金屬擋板。聽著金屬壁上乒乒乓乓的聲音，大家全都暗自慶幸，幸虧嚴非修這個屋頂的時候外壁光滑也足夠堅硬，隨便抖抖就能將丟過來的東西抖掉。

「要不要想辦法幹掉它們？」聽著這些敲打在金屬外壁上的聲音，徐玫有些擔心。

羅勳笑笑，「沒事，不用管它們，讓它們隨便丟。」見大家都詫異不解地看著他，羅勳只好攤開兩手，無奈道：「等它們將周圍的垃圾全都丟完之後會丟什麼？」

眾人一陣茫然。

嚴非笑了起來，轉頭看向沒被擋住的小窗口，「聚集過來的喪屍越來越多了。」

「啊？」大家還是沒能理解他們兩人的意思，章溯翻了個白眼，一巴掌拍在王鐸的後腦杓上，「丟喪屍唄。」

喪屍們升到高階後，雖然沒什麼太大的智慧，但在作戰時，它們似乎十分了解自己的優勢和異能。比如沒有異能的就會想辦法追上目標，努力毀掉擋在它們面前的障礙物，抓住後面的「食物」們。

如果是二級以上，已經有了異能的喪屍，會開始利用自身的異能來攻擊。近戰系的絕對會想辦法利用異能盡量追上它們的目標。遠攻系的則會站得遠遠的丟異能，放冷槍，甚至還有些奇葩的喪屍學了會放風箏，只是它們要放的目標是人類。

每次宅男小隊外出打喪屍的時候，頭疼的永遠都不是那些勇往直前掉入陷阱、火坑的喪屍，而是那些站得遠遠的拚命放冷槍的喪屍們，尤其陷阱中一旦燒起大火，想要消滅那些喪屍，還得越過火焰，仔細辨別它們所處的位置……

「砰」一聲，又一個喪屍被丟過來，砸到金屬外壁的某側穹頂外。它從牆上向陷阱中滑落的時候，嘴巴裡還吐出一口火焰。

幹得好，就是要把這些傢伙全都丟過來！

嚴非每過一陣子就加固、修繕金屬屋頂。宋玲玲操縱融化的蘑菇汁，讓它們繼續從管道中滴落進陷阱裡，腐蝕得那些喪屍身上冒出一陣一陣白煙。

體質異化變得龐大的喪屍們，持續將身邊一切可以丟的東西丟過來。羅動擔心對方丟過來的垃圾太多，有可能填滿周圍的陷阱，思索了一下，決定讓徐玫操控火焰，將那些三米高喪屍身邊的雪融化掉，再讓于欣然沙化掉大塊的垃圾。

升到三級後，異能的作用範圍隨之變廣，操控非攻擊的異能她們還是比較輕鬆的。等巨型喪屍身邊的垃圾消失不見，它們能抓到的就只剩下同伴了……

一整夜金屬屋頂上的「砰砰」聲都沒停歇過，宅男小隊在這種「催眠曲」中輪流睡覺，直到第二天清早，確認暫時不會再有喪屍趕過來，且外面的陷阱幾乎被喪屍和它們腐爛的屍體填滿，就連某些沒了小喪屍後的大塊頭們彼此開始抓對方想要丟過來，羅勳他們才將汽油倒進陷阱裡點火。

火烤喪屍的盛宴再度上演，猛烈的火焰舞動在臨時基地的四面八方，章溯開始給半圓形建築中換氣，給外面陷阱中燃燒的大火提供氧氣。

聽著偶爾會發出被大喪屍丟過來的小可憐們撞壁的聲音，羅勳他們待在裡面一邊說說笑笑，一邊取出食材準備做午飯。

「按照今天的狀況看來，如果之後基地不限制外出人數，平時咱們也能出來打喪屍，只要時間別太久，問題就不大。」羅勳說著，看向章溯、徐玫幾人。

五人組平時需要上班，每個月只能有一次出來的機會，可章溯和徐玫等人不用工作。喪屍的行動力降低也就導致了大家每次出來的收穫勢必不會太多，如果想要有足夠數量的晶核供給小隊的異能者們使用，大家勢必需要多出來幾次。

「我沒意見。」章溯挑起一側的眉毛，或者說，他巴不得能夠常出來。

徐玫和宋玲玲對視一眼，「沒問題，呃……不過我們每個月可能要請幾天假……」兩位女士臉上有些臉紅，羅勳一時沒反應過來，倒是章溯擺手道：「又不是要天天出來，不能出來的時候就在家裡種菜唄。」

羅勳這才笑道：「沒問題，咱們除了每個月月底一次之外，一個月內最多再出來一兩次，次數不會太多的。」

女生有女生需要注意的問題，更何況女生每個月的這個問題很能引誘喪屍。也不知道它們的鼻子是怎麼長的，反正如果有女人在經期外出，就一定會有喪屍追著血腥味趕來。

劈劈啪啪的燃燒聲，陷阱中的大火一燒就是整整一上午，大家等周邊的喪屍被三米以上的大喪屍丟得差不多，才就著火勢漸小的空隙遠程射殺那些大塊頭和零星的小喪屍。

以金屬防護罩為中心的據點，在白茫茫的冰天雪地之中格外醒目……

眾人開始收集晶核，羅勳站在門口看著外面，不知在想些什麼。

嚴非將陷阱和牆壁處理好，走過去問道：「怎麼了？」

「我在想怎麼復原這裡……」羅勳琢磨著，視線不住在雪地和已經沒有半點雪痕的地面上來回掃視。

「讓章溯把周圍的雪吹過來一些？」嚴非幫忙出主意。

「嗯……看看效果吧……對了，」羅勳叫來宋玲玲，「妳能把水滴做到多小？」

「做小？」宋玲玲一頭問號，抬抬手指弄出一滴標準大小的水滴來。

「再小，最好小得跟雪花差不多大。」

宋玲玲練習過提高水速、水箭的力度，將水滴盡量弄小還真沒嘗試過。實驗多次後，宋玲玲倒也能做出大號針尖大小的水滴，可這種水滴在做出來後變成細碎的小冰粒，並不是形狀各異的雪花，就算上面有細碎的裂痕，畢竟跟真正的雪花還是相差得有些遠，但勉強用來遮掩，再讓章溯從附近用風運來一些正常的雪就沒問題了。

將落腳的地方收拾完畢，大夥兒將雪橇停在不遠處的雪堆上，宋玲玲開始製造細小的冰粒，章溯協助她將這些碎冰均勻潑灑到落腳處。等碎冰覆蓋到一定高度，章溯再搬來附近鬆散的雪花，同樣潑灑在上面。

「雖然仔細看還是能看出差異，但效果已經跟真的雪沒什麼區別了。」徐玫彎腰仔細觀察還沒被真正的雪遮蓋的碎冰粒。

宋玲玲握拳，「我會努力的，一定要做出跟真雪沒差別的雪花來。」

問題是，就算能做出類似的水滴，她除了冬天這陣子做掩護時用得上之外，平時沒什麼用。當然，其他時候她還可以假裝做出下雨的效果，但……還是這個問題，就算做出來，除了可以下雨、澆澆水，還有什麼用呢？

爬上雪橇車，大家一路往來時路奔馳……

總算在天色徹底黑下來的時候回到了當初藏匿車子的地方。

嚴非將幾輛車子恢復原狀，大家迅速將拆解下來的雪橇車塞進車子裡，最後，在晚上十點過後，一行人終於回到了西南基地。

上交兩百顆一級晶核，開車著車子，有些艱難地行駛在滿是冰雪的路上。

回到十五樓的時候，已經過了十一點……

「來，拿好各自的晶核，這份放到小隊公用的晶核中。」羅動交代完畢，才掛在嚴非的身上，讓他帶著自己爬上十六樓，「今天真是冷死了……」

昨天出門的時候，外面的氣溫是由低向高緩緩升溫。升的不多，好歹不至於凍得人骨頭疼，可今天回來的時候，外面越來越冷，冷風一個勁兒鑽進帽子裡、口罩中，要不是他們坐的改裝雪橇中的水暖設備起到一定作用，今天回來的途中肯定會有人被凍出病來。

「回家先泡個熱水澡。」嚴非的手穿過羅動的腋下，幾乎是將他半抱上樓的。

「嗯，下次出去前，咱們再改造一下車裡的水暖吧，反正也要通電，那就直接讓電給金屬裡的水加溫，省得每過一會兒就得停車給水加溫。」

走廊中的溫度此時對於羅動他們來說，簡直就像是身處於天堂之中。想想回到家還能洗個舒舒服服的熱水澡，羅動眼中的期待之色就更濃了。

在嚴非打開自家大門後，羅動當先往裡走，準備衝進浴室裡打開熱水器，結果……被一個亮著燈泡眼的「怪物」撲倒……

「臭狗，你走開！」大舌頭不客氣地往羅動臉上舔。

他怎麼這麼蠢？都忘記家裡還有這麼一隻笨狗了！

「啪」一聲，嚴非打開門邊的電燈開關，拉起被興奮的小傢伙撲倒在地的羅動。

將這兩天剛孵化的鵪鶉放回玻璃箱中，嚴非觀察了一下家中動植物們的狀況，這才回到客廳，檢查兩人分到的晶核。

「這次的晶核果然不多……」羅勳有些失望。

這次每個人只拿到了一千顆左右的晶核，當然，其中的二、三級晶核比例遠高於此前，更高於上次大家一起去市區北面打喪屍的時候。

「嗯，不過咱們可以考慮再跟王隊長聯絡，換些金屬系晶核回來。」嚴非清點了一下，確認分到自己手中的金屬系晶核數量後，如是說道。金屬系的喪屍數量還是太少，他們打到的晶核基數一低，得到的這類晶核就更少了。

「嗯，當然要去換，不過至少要等到後天。」羅勳揉揉有些發紅的手指。今天回來的時候，手上明明戴著皮手套，皮手套外還有一副超大的棉手套，可手指還是凍僵了。

嚴非拉他坐到自己身邊，幫他搓揉著手。

小傢伙見狀，毫不客氣地跑上沙發，強行將頭塞進羅勳懷中求撫摸。

「委屈你了。」羅勳好心情地揉揉狗頭。今天兩人回來得晚了些，小傢伙估計這兩天在家裡等得很委屈。

放好熱水，嚴非就拉著自家老婆一起去浴室來了個鴛鴦浴。等他們洗完澡，浴室的地面已經沒有一處乾燥的地方了……兩人收拾了一番，匆匆上樓，躺到那張足以讓兩人在上面沒事打滾玩耍的大床上。

第二天一早，毫無疑問，所有的小隊成員都起晚了，李鐵甚至還有些鼻子發澀，徐玫她們決定做一大鍋熱呼呼的鳥肉湯。家裡的大白菜一直在分批產出，可惜粉絲快要用完了。當然，家中還有些麵粉，是基地還沒將陳糧替換後大家陸續換回來的，可以做些麵條來吃。

「沒事，就是凍著了，不是病毒性的。」章溯是個外科醫生，但他除了沒太深入了解過中醫外，一般的內科病症也能診斷。

李鐵點點頭將口罩戴好，雖然這不是傳染性的，更不是病毒性的，可萬一會傳染呢？他還是小心點為好，家裡可還有個孩子呢。

湯鍋燉了足足一小時，徐玫和宋玲玲還做了些炒菜，比如鵪鶉蛋炒番茄和醬燒茄子。

宅男小隊每隔一段時間就會聚一次餐，今天中午就算是這種小型聚餐活動了。

大家一邊吃飯一邊聊天，羅勳對章溯他們建議道：「我覺得如果要出去，最好近期就出去一次，不過還得看基地最近會不會改出城的規定。」

「只能再等等，畢竟咱們沒辦法強行出去。」嚴非勸了他一句，雖然他們最好趁著還沒再下第二次雪前出去最好，可現在的情況卻很難下決定。

人數極少的隊伍偶爾要求出城的事情不是沒有，但那種情況一般基地是不願意放行的，除非是那種帶著自家東西準備去其他地方尋找親人，短期內不準備回來的人。那些強行要求離開的人再次回來時，進入基地前還是會要求繳納一筆「入城費」。雖然基地方面並不承認這個叫法，可誰都知道這筆入城費是什麼意思。

據說其他基地也有這種制度，不過人家那裡要求更高，進城時所有隨身帶著的物資都要經過檢查核實登記，超過某個數量後，所有進城的人都要繳納身上一半以上的物資。若是攜帶物資數量達不到某個量，根本不許人入城。

羅勳晃晃腦袋，「注意收聽收音機和簡訊吧，反正早晚有這麼一天。」

章溯將碗中的鳥肉吃，又撈了一塊，「等一下我打電話問問，說不定有內部消息。」

「內部消息？」羅勳用湯匙翻找了幾下，卻一口氣撈上兩塊凍豆腐……好吧，這就是人與人之間的差別。論搶食，在場的所有人沒有能搶過章溯這貨的。

「嗯。」章溯應了一聲，並沒有具體解釋。不過他認識的人肯定比其他人多，再加上他還有個基地高層的閨蜜，說不準就能打聽出來什麼。

吃完午飯，章溯果然一通電話打到了他那位閨蜜處，得到了大家都很好奇的結果——再等兩天，基地應該就會下達正式通知了。

現在羅勳他們所期待的是，老天爺，您這些天可千萬別下雪。

當然，期盼再出去一趟是肯定的，誰讓他們這次出去收集到的晶核數量不太理想，不過出去歸出去，家中的事情還是要做的。

次日清早，羅勳他們早起了許多，收拾好自家的蔬菜，拉上一車送去軍營食堂。兩人因為已經不在這裡工作，所以這次過來的時候心裡多少都有些感慨。奈何，送菜的地方距離金屬系異能小隊所在的位置比較遠，他們應該是沒機會碰到了。

跟李隊長聊上幾句，兩人便驅車到物資兌換處找王隊長。

得知兩人又要換晶核，王隊長驚訝了一下，畢竟前兩天他們才剛剛換過一次。

不怪王隊長沒想到這些晶核是羅勳他們剛剛打回來的，這日子連新城那邊的異能小隊中的成員都很少出基地了，何況羅勳他們還能弄來這麼多？在王隊長看來，這不是家中原來存的就有不少只是上次沒拿來，就是他們最近賣了自家什麼物資換來的晶核。

兩口子當然不會對他解釋晶核的來源，交換完畢，便下樓去兌換其他的東西。于欣然需要的沙系晶核，還是要到兌換窗口換，除此之外還有蓄電池。要出門的話，家中的蓄電池最好都備些，以防萬一，還要換一些汽油。

換了這些東西，羅勳又惦記起他之前想要的種子。先前在兌換窗口碰過壁後，上次來這裡的時候，因為事發突然反而一時沒想起這件事。

「沒變異的大麥、燕麥之類的種子？」工作人員聽說後，為難地低聲對兩人解釋道：「不是不換給你們，實在是……非變異種子現在上面根本不讓賣，我們這裡沒有這種東西。」

這位工作人員是王隊長專門交代過的，對方自然不會敷衍羅勳兩人。

兩人詫異對視一眼，「現在正常的種子已經不許對外賣了？」

工作人員點點頭，小聲說道：「要是你們真的需要，最好還是想想路子，從大棚種植基地的工作人員手裡買，就是那些負責種植、分配種子的人。當然價格肯定會很高，划不划算就要看你們自己了。」

嚴非聽出他的言外之意，壓低聲量問道：「你有認識的人嗎？放心，種子我們要的不多，只要是沒問題，能種出來的正常種子就行。放心，價格好商量。」說著，塞了些積分過去。這些東西現在不趕緊弄到手，培育出來的話，說不定以後就再也沒機會買到了，所以他們還是願意高價收購的。

果然，拿到好處後，工作人員就讓兩人等一會兒，大約一刻鐘後才回來，從後門將兩人領出了基地，在一個沒什麼人經過的牆角跟另外兩個人碰頭。

對方只有大麥和燕麥的種子，一包二十粒，多了實在弄不出來，而且要求一包就要換兩顆二級晶核，或者兩包共計五十顆一級晶核。

羅勳和嚴非無語，最後羅勳仔細檢查過兩包種子，確認應該沒問題，才取出了兩顆用不著的二級晶核。這是他們本來預備著要給于欣然換沙系晶核的，幸虧今天多帶了些出來，不然換完金屬系晶核，手裡就沒存貨了。

家裡牆上的那堆種植架還沒被種滿，兩人回到家中的第一件事就是，將換回來的四十粒種子全都放進育苗室準備發芽。這東西自然是越早發出來越好，越早收穫越好，畢竟他們也不能保證這些東西日後還能找到沒變異的。

又在家中休息了一整天，順便整理雜物，處理採收下來的蔬菜水果，然後十二月的第一天早上八點多，睡眼朦朧起來，要去廁所的羅勳，發現手機的簡訊提示燈在閃爍，他連忙打開，幾條簡訊跳了出來。

「怎麼了？」嚴非用手臂支起身子，疑惑問道。

「出城改制的事……還有咱們這個月要繳納的物資……」羅勳說著，嘴角抽了抽，將手機遞給嚴非，「你看看吧，我先去廁所。」

嚴非看了一遍，便理解羅勳為什麼會有這種表情。

從來沒給自家小隊做過什麼提升小隊等級的任務，或者繳納相應的晶核——其實是他們從基地換東西都能走後門，走不了後門的自家也能產出。給小隊升級後，每個月要完成的任務難度反而更高，他們捨不得那些晶核。

今天一早，所有人人收到的簡訊，公告了各個小隊每個月需要上交的物資、需要完成的任務及提升小隊級別的任務，這些訊息只有各個小隊登記時隊長的手機才會收得到。其他人收到的只是每次出基地隊伍從原來的必須接任務才能出去，改成了可以組五人以上的隊伍，不接任務也能出城，但回程時無論有無任務需要回報，所有原基地的人在入城的時候都要繳納五顆晶核。如果有任務要回報的人，則直接自行去基地中新建的任務大廳中交覆，城門口不再處理這一類事務。

另外，還有一些基地中銷售的新商品介紹。

羅勳洗了把臉，清醒了許多，走出來後問道：「看完了？」

嚴非點頭，「嗯，幸虧咱們沒急著提升小隊的等級。」

「咱們小隊還是最低的F級呢，現在就要求咱們這個月必須上交三床一米八的棉被，或者七斤棉花，或者四十米長兩米寬的棉布，或者米麵合計一百斤……」嚴非一邊說一邊失笑搖頭，「要是基地真按這個規格來收取小隊費用，我猜沒幾個隊伍能支撐下去。

羅勳皺著眉頭坐到他身邊和他一起看著手機上的簡訊，「咱們唯一可能做到的只有這條，五百顆一級晶核、十顆二級晶核。」

「走吧，把他們都叫起來。」

五人組已經去上班，還在家中的正好是小隊中所有的異能者外加羅勳這個隊長。

徐玫幾人看過簡訊後，一個個深吸著氣，都有些憤慨，「這是要搶錢啊！」

五百顆一級晶核、十顆二級晶核，這是正常小隊一個月能交得起的嗎？

這還是最低級小隊的要求，真不知道那些A級、B級小隊要怎麼活？

「反正現在離開基地的時候不用登記小隊資訊了，咱們要不要乾脆註銷隊伍？」徐玫徵求羅勳的意見。

「恐怕不行。」開口的人不是羅勳，是坐在一旁打著哈欠，脖子上還帶有掩飾不住的紅痕的章溯，可見昨晚某人有多用功。

「為什麼？」

章溯指指腳下，「除了他們兩口子的房子……不對，應該說是除了咱們住的房子之外的屋子，可都是登記在小隊名下的。妳信不信，要是咱們今天上午去註銷小隊，今天下午就會有人上門收房子。」

嚴非點頭道：「這一舉措擺明就是在控制、針對、削弱各個小隊的實力，基地在發布這消息的時候，肯定已經做好應對的準備了。咱們沒必要現在去觸這個楣頭，其實最好的辦法就是咱們明天或者後天馬上出基地，盡快收集晶核回來，先預留出這筆費用，視情況在月底規定時間前再決定交不交這筆費用。」

眾人面面相覷，「看起來現在也只有這個方法了。」

「可是，這冰天雪地的，喪屍不是太好打……」宋玲玲皺著眉頭，「而且現在天氣不好，出去太多次，說不定反而會凍傷。」

徐玫也道：「這條規定一出，就算大家心裡不認同，出基地打喪屍的人也勢必會變多，咱們不能不考慮這個問題。」

羅勳手指無意識地在桌面輕輕敲打著，過了一會兒，忽然開口道：「可以試試陷阱。」

「陷阱？」幾人齊聲道。

「嗯，陷阱。到沒什麼人經過的地方，或者人根本不會去的地方，大家合力用異能弄個陷阱出來，然後每次出去的時候，去咱們設下的陷阱處順路看看有沒有收穫。當然，這個法子有可能會不小心傷到路過的人……可我覺得，冬天大雪封路，能找不起眼的地方試試。」

羅勳環顧了一下眾人，「咱們每次出去的時候，都去這些陷阱看看情況，但還是該怎麼打就怎麼打，至於陷阱，回頭我們合計一下，看怎麼弄才能不容易被人發現，也不容易讓喪屍以外的東西掉進去……」

這其實很不容易，一個不小心就會傷及無辜。平時他們外出時用陷阱完全是因為他們的人就在陷阱最中心，外面有什麼情況都能看到，要是有人路過，那些人也不會傻乎乎地跳進陷阱裡面。

這些用來捕捉喪屍的陷阱卻不同，要是弄得太明顯，一旦被人發現，那就是給人做嫁衣了，可若是太隱蔽，反而說不定會連人一起坑下去……

至於一兩天內外出的事情……

「好，我們兩個沒意見。」徐玫看了宋玲玲一眼，齊齊點頭。

章溯聳肩道：「沒意見。」

在場的有判斷力的異能者們都沒有意見，晚上五人組回來後，自然也沒有什麼意見。

五人組除了表態外，還帶回了最新消息。

「軍方派出好多軍車、坦克、異能者，一大早就把新城那邊給圍了。據說昨天咱們放假的時候，異能者還把軍營給圍了半天抗議呢。」

羅動默默無語，上輩子雖然軍方和異能者之間確實有衝突，可絕對沒鬧到過這種地步。雖然他不記得當時軍方改沒改小隊每個月任務上交的要求，可他記得自己到達基地後的這年結束後，基地裡就少了許多小隊。

說不定當時也改過，只是那會兒的他已經不再參加外出任務，也沒人要他這種沒異能的普通人，改走種田路線的羅動，徹徹底底跟那些異能者們沒有半點關係，不知道具體消息實屬正常，但他可以確定，他從沒聽說過雙方居然還有這麼火爆對峙的時候。

五人組詳細說明他們今天早上的見聞，一大清早他們到達軍營附近時，居然發現道路戒嚴了，打聽了一下才知道是軍方和異能者起了什麼衝突。

外面的圍觀黨們不清楚具體內事，卻知道昨天這裡也出過一次事。

五人組無可奈何，只能打電話給自家上級，最後是他們的一個同事出來接人。具體的消息還是他們進入軍營後才聽說的，反正這兩天十分熱鬧就是了。

徐玫和宋玲玲兩人笑道：「這麼說來，還真得看看情況再說了。」

「不過咱們還是得盡快出去一趟，好歹多打些晶核回來，總好過萬一他們真的上門來收東西呢？」羅動很無奈，又對五人組道：「我們分批出去打喪屍，晶核的分配……」

幾個人很上道地表示：「那是羅哥你們單獨出去打的晶核，當然是你們自己的收入。」

就如同他們五人去上班時賺到的積分都是他們自己的一樣。

話說回來，自從五人組開始帶飯起，他們的飯卡就用不上了，五人組的腦子轉得也快，立即將自己的飯卡「租」給其他飯量大的同事，或者軍中有需要的人。

自從定好一卡一份的規定，軍中不少飯量大的人一下子變得艱難許多。他們吃不飽，又不方便外出買東西。有飯量大的，自然就有飯量小的，更需要積分、晶核的人，就將自己的飯卡「租」出去，五人組也是用了相同的辦法，這筆收入算是他們的外快。

羅勳笑道：「我們白天商量過了，我們六個出去打的晶核，視情況會拿出一部分放進小隊的共有資產中，咱們小隊每個月需要繳納的晶核物資也都從這裡出。」最近天氣不好，而且他們這一半人的能力強些，小隊的問題多擔待對於他們來說沒什麼大影響。

五人組商量了一下，表示以後大家出任務時，也從他們得到的那份中再出一部分放入公共資產中，畢竟羅勳他們的能力是要強些，可也沒必要讓他們養著整個隊伍，何況不需要消耗晶核的五人組，沒多少可花錢的地方。

也就冬天之前家裡添些棉被生活用品，這還是這些東西大家暫時種不出來，弄不到的情況下。之後家中吃的有自家種出的各種作物，用的有嚴非用金屬異能做出來的各種物件，幾乎不用他們多花什麼錢，他們存下的積分晶核遠比嚴非他們這些異能者多呢。

「唉……真不想出去，不過還是得去……」

外面的天氣如此寒冷，羅勳真想在家中宅過這一整個冬天再考慮出基地的事，可惜之前基地還沒更改小隊管理條例時還好，他們節省些的話，真的能在基地中貓上一冬，現在……

他們就算想貓冬，也得有這機會才行。

當然，如果這次出去能把一整個冬天的晶核都搞定，他們之後還是能夠盡情貓著的。

嚴非拍拍他的肩膀，「家裡的晶核其實還夠，小隊存的也夠交這個月的……」

他的話還沒說完，羅動就連連搖頭，「不行不行，還是去吧，總吃老本早晚會變得血本無歸。現在家裡的菜賣掉後雖然能換回一些晶核，可用來繳小隊的任務，再供給咱們的異能者用，就完全不夠了。」

凡事都要往長遠考慮，手裡要有些存貨才能讓人安心。

羅動白天時就已經研究出這次外出要去什麼地方打晶核比較合適。去市區北面，高階喪屍數量太少；去平時去的地方，他們才剛從那裡回來，現在那附近暫時沒有多少喪屍。

羅動在地圖上搜尋，定下了靠近東部基地的某個地點，那裡同樣是當初轟炸後的廢墟，而且還是現在沒人敢去的荒蕪之地。

次日清早，五人組出門前，整個小隊的人員再度集合。看家的事情交給五人組，小傢伙也放到了徐玫她們家中，五人組下班後負責照料牠。需要帶出去的東西，昨天準備好了，就連吃食也都處理妥當。

至於蘑菇汁，這東西他們家中早就存了不知多少，上次外出因為用的是雪橇，他們根本沒能全都帶出去，倒是汽油是羅動和嚴非前兩天去軍營時又換回來的。

慶幸的是，雖然上次大家外出後回來都抱著好好休假的意圖，可羅動這個閒不下來的，還是在沒事可做時，拉著嚴非改良雪橇車，總算將通電加熱車體內水暖的問題解決了。

幾人這次只抬下去兩輛雪橇車，車子開出兩輛，主要是為了裝汽油和蘑菇汁。

他們開車向基地大門方向前進時發現，基地中的人變多了，而平時會等在基地大門口的人驟然減少。每個人回基地時要繳納五顆晶核或者相應的積分、物資，這不是大家都能負擔得起的。當然，家中實在揭不開鍋，還是會有人鋌而走險出去闖一闖。

然而，夏天的闖與冬天的闖是兩個概念。夏天出去的時候，最多會死在喪屍口中。冬天出去的話，沒有禦寒衣服，更大的可能性是會被凍死在冰天雪地之中。

基地推出新規定，大家都很清楚，若是基地不改規則，恐怕不少小隊要就此解散。

解散大部分的小隊對基地有什麼影響呢？

從好的方面來看，減少基地內非軍方人員抱團，回收故意靠掛在小隊名下的閒置房屋、產業，能讓更多的人閒置下來參與到更多基地中「正常」的建設工作中去。

從壞的方面來看，會讓面臨「破產」的小隊抗議示威，有可能激發軍方和異能者之間的衝突，造成許多人喪失原有的「工作」，不得不冒險組隊外出……

現在基地方面本來就準備對新城那裡的人下刀，自然不在意多激化雙方的矛盾，至於有更多人冒險外出……他們外出後每次回來都能給基地帶來五顆晶核的收入，雖然沒有先前每個隊伍外出時回來必須繳納的任務數量晶核看起來那麼多，卻變相增加了人們外出的次數。

要知道，先前各個小隊外出做任務時，為了減少自家損失，往往會聯合其他小隊一起共同做某個任務。就算只有一個隊伍，比如他們小隊中有兩百個成員，卻只接了打兩百顆晶核的任務，其他人數少的小隊又覺得接這種任務不划算，轉而去接一些沒有任何難度和價值的任務來規避，這樣損失的可都算是軍方的。

如此一改制，管你們一次出去多少人呢？反正回來的時候，每個人都要繳交晶核。這麼一來，基地的收入不降反升，對於他們來說更是好事。

雖然優缺點比例五五開，但缺點部分要麼是他們不介意的，要麼是早晚能改善的，要麼就是有好處的，基地的那些大佬自然願意選擇改制。至於新城的異能者，他們必然要以基地為家，更有不少小隊就有軍方背景，只是翅膀硬了之後，動心思想單飛。

規定一來，異能者們早晚會妥協，只是時間問題。

出城時不再需要登記，羅動他們很快就進入了準備外出的天井中。

這裡已經停了幾輛車子，數量和往常相比少的多，而且這些車子都是改裝過的越野車，如羅動他們這樣改出外形詭異的車子很少見。

負責開啟城門的工作人員也清楚，再等下去不會有更多車過來，所以在羅動他們兩輛車進入後便直接打開城門，放這些車子出去。

羅動他們的車子先是拐上往常去打晶核的路線上，等基地的人觀察不到他們的蹤跡，再將兩輛車子如法炮製改頭換面偽裝成破銅爛鐵，覆蓋積雪，隨後爬上兩輛組合好的雪橇車。

這次他們為了多帶些東西，兩輛雪橇車後頭還連結了一個專門用來裝蘑菇汁和汽油的金屬鐵車，裡面放的全是各種外出時要用到的物資。

三個男人坐一輛雪橇，三位女士坐一輛雪橇。有了電可以用來自動加熱車中的水溫，他們再也不用每走一段路就停下來讓徐玫生火熱水啦。雖然因為性能問題，大家前進的速度比較慢，但總是比上次快多了。

經過一處路口，負責選擇路線的羅動並未轉到通向大家每次外出都去的那條路，而是繼續一路向東行駛。嚴非也開始沿途收集金屬材料，製作並行在車旁的金屬球。

大雪封路之下，沒有什麼明顯標幟的廢墟真心不是正常人能走的。那些看起來平坦的道路下說不定就是陷阱、坑洞，那些高低起伏的地面下，掩埋的也許不是殘垣斷壁而是幾個或趴或坐的喪屍。

幸好他們有嚴非在，可以協助羅動探路。

嚴非不能判斷出哪裡是路面，哪裡是雜物，可他知道地底下那些金屬的大致分布情況。一般來說，有金屬、金屬多的地方就是建築物或者車輛、廢棄物。沒有的……不是空地就是公路。當然，公路上也會有車子之類的末世垃圾，可這些東西他也能從量上來判斷不是？

於是，夫夫雙雙把路探，坐在最後面的章溯則直接將毛線帽、羽絨服帽、大圍巾、口罩和護目鏡全都戴好，老實不客氣地往夾心餅乾嚴非的後背上靠，圍著大棉被，開始打瞌睡。

嚴非被鬧得恨不得一抖肩膀將他甩下車去。其實從本心來說，他是個直男，只有和羅動滾床單時不但不厭惡，還會覺得很心動，可讓另一個男人靠在自己的背上，就有些挑戰他的神經了，沒將章溯踢下車已經是十分客氣了。

羅動一邊開車一邊觀察附近的狀況，等走到預定的位置，且附近不少積雪都在輕微聳動時，他才停下車來，「我覺得這裡可能差不多。」

隨著他的話音落下，一片又一片，許久沒怎麼動過的雪堆中傳出了動靜，一個個喪屍紛紛伸出手冒出頭。

嚴非將一路滾在眾人身邊，直徑超過六七米的巨大金屬球改變形狀，做出一圈防護牆。與第一次製造臨時基地、挖陷阱、清除雪水的流程差不多，他們先將附近的喪屍逐一解決。章溯放出一陣狂風把附近的浮雪吹散，徐玫立即放火清理周遭沒被吹走的冰雪，宋玲玲則配合徐玫的行動，將雪水轉移到遠處。

等附近的雪地清掃出來，羅勳張望四周，發現眾人正處於一條末世前的商業街殘骸上。選定了一處範圍，嚴非用金屬板圈起來，于欣然開始沙化金屬板周邊的土地，然後挖陷阱。

建立起臨時基地，眾人把雪橇車開進臨時基地。一切都是輕車熟路的套路，嚴非配合于欣然架設陷阱，羅勳拉著章溯搬箱子，準備等一下解凍蘑菇汁，再將汽油提前預備好。

徐玫和宋玲玲負責生火，搭建灶臺……

建造臨時基地的時候，需要用到嚴非異能的時候是最多的，可惜有金屬異能的只有他一個，只能等他慢慢來，先將防禦工事弄好再說。

「喪屍的數量有些多。」嚴非忽然說道。

羅勳連忙放下手裡的工作，招呼章溯、徐玫幾人各守一個位置，抱著改造弩監控。

附近的喪屍數量顯然要比他們先前常去打喪屍的地方更多，而且其中不少是三級喪屍。雪地下陸續爬出一個又一個的喪屍，搖晃著僵硬的身軀，在冰天雪地中晃蕩過來。

「先將防禦工事造好，陷阱裡的金屬盒子可以等一下再弄，小欣然繼續沙化。」羅勳判斷了一下形勢，立即對眾人道。

嚴非把巨大的金屬球迅速變形整成穹頂封住大家的上空，再盡可能收集周圍的各種金屬材料過來加固牆壁。章溯則是每當于欣然沙化達到一定程度，就催動異能配合徐玫的火系異能轟殺越聚越多的喪屍大軍。

「天啊，這附近的雪地裡到底藏了多少喪屍？居然有這麼多……」宋玲玲忍不住咋舌。就連在之前大家認為喪屍會比較密集的市區中，他們都沒有遇到多少大規模的喪屍，沒想到在這一片被冰雪覆蓋的廢墟裡居然有這麼多。

「誰知道，慢慢殺吧。」羅勳呼出一口氣，再次抱住複合弩射擊。

費了大約兩個小時左右的時間，附近的喪屍終於被大家消滅得差不多了。同樣的，他們手邊的晶核也使用了一部分。

于欣然的沙坑挖得堪比以前的大，只是防禦工事明顯不夠大，倒顯得陷阱誇張些。

「金屬材料不夠用了。」嚴非看了一圈沙坑的面積，對羅勳道：「我要出去轉一圈，再找些金屬材料回來。」

「我跟你一起去。」羅勳立即起身，卻被他按住。

「我自己去就行了。」見羅勳還要說什麼，嚴非對他笑笑，「我不走遠，只是附近的金屬材料都被我用得差不多了，離開一定距離就能再找到一些。你放心，我帶著一個炭爐，路上用那東西取暖。」

所謂的炭爐是銅質的，裡面裝著點燃的煤炭，這東西和古代的手爐相仿，只是更粗糙一些，是羅勳他們為防萬一帶出來的，怕來不及整水暖沙發之類的東西，而且要是和徐玫走散了，大家好歹得帶著些能取暖的東西。

「不讓你家這口子走出視野範圍內不就好了？你這麼擔心，還不如乾脆把他栓在你的褲腰帶上。」章溯在給正自猶豫的羅動潑冷水，換得羅動翻了他一串白眼，最後還是不得不點頭道：「你自己小心。」

「放心吧。」嚴非笑笑，摸摸羅動的頭。

嚴非在金屬牆壁上開了個洞，然後在陷阱上方做出一條鐵板橋走了出去。

羅動擔心地站在窗口邊盯著嚴非的背影。

章溯嘲笑道：「不光你一個人怕他出事，你想想，他要是出了什麼事，咱們誰能從這裡出去？我還能害他不成？」說著，手臂勾住羅動的肩膀，整個身體壓到羅動的小身板上。

羅動懶得理他，可連抖了三次都沒能把他的手臂抖下去，「你沒長骨頭啊？」

「哎呀，你有點同志愛好不好？你們今天可是兩口子齊上陣，我卻是形單影隻，你也不同情一下？」章溯繼續調戲。

羅動再送他一個大白眼，「我跟你，不『同志』！」

徐玫和宋玲玲看得暗笑，連融化蘑菇的事都丟到一邊去了。于欣然仰著小腦袋好奇地盯著兩人。她的大圍巾、帽子都還在身上，整張臉只露出一雙水汪汪的眼睛。

嚴非果然只在能看到自家臨時基地的地方轉悠，不過遠處的喪屍也被這個大膽的，渾身散發著濃濃「香味」的人肉包子吸引過來。更遠處的喪屍們，先前因為被雪阻隔，並沒發現附近來了活人，至於現在嘛……

一個個喪屍從雪地裡奮力往外爬，嚴非一邊走一邊收集金屬材料，他身邊的金屬球越滾越大，滾在雪地上的動靜也越來越響，好在喪屍的行動遲緩，跑得還沒他走得快，於是一個圓滾滾的大球跟在嚴非的身後，金屬球後面又領著一堆張牙舞爪就是跑不快的喪屍們。

有一些遠程攻擊系喪屍、速度系喪屍能在雪地中對他發起攻擊，所幸嚴非已經收集了不少金屬材料防身。龐大的金屬盾牌支在他身後一米左右的位置，他則加快腳步，跑回大家所在的臨時基地。

「快，快進來！」眾人高聲大叫。

一道僅可容納一人進來的缺口出現在金屬牆壁上，嚴非鑽進來後，缺口恢復了原狀。

「快，烤烤火。」羅動趕緊拉他去火堆旁取暖，至於外面……金屬球還矗立著，喪屍們想要過來還得繞過去。

嚴非在火堆旁取暖，順手弄進來一些金屬材料做成可以裝水的金屬沙發，宋玲玲連忙往裡面填充水，徐玫給整圈金屬椅子加熱。

章溯站在窗口邊，將于欣然製作的，還沒有被轉移的沙子當作武器，捲著遠遠近近的雪花，鋪天蓋地往奔過來的喪屍大軍掃射過去。

徐玫搞定溫水沙發，轉頭跑去幫忙。

羅動將裝滿晶核的袋子放到兩人身旁，方便他們取用，自己則舉著弩加入擊殺行列。

不得不說，別看五人組的戰鬥力不是很強，平時也就能幫忙搬搬東西，用弩打打喪屍，現在他們幾人不在，眾人居然開始手忙腳亂起來。

所幸嚴非恢復得快，等他覺得身體舒服了些，手腳沒有剛才外出時的僵硬，便來到喪屍最多的地方，將剛剛做好的金屬球分離開來，把外面已經沒什麼沙子的沙坑裡側「鍍」上了一層金屬層，坑底也豎起了一排排尖銳的鋼刺。

做完這一切，金屬球還剩下不少金屬材料，足夠再鋪上這麼個大坑。嚴非二話不說，立即讓這些金屬材料深入地底，給眾人所處的這個臨時基地下方加入了一層「蛋殼」。

上面一個半圓，下面一個半圓，整個臨時基地就都被嚴非操控到了手中，接著他不得不回到剛剛離開的火堆旁，坐到鋪好被褥的水暖沙發上吸收晶核。

這麼折騰一通，實在耗費異能。

章溯等人也從先前的異能攻擊，在喪屍們分散、被擊飛了一大部分後，改用回金屬弩進行攻擊，一邊吸收晶核的能量，恢復使用過度的異能。

造完陷阱，羅勳在嚴非恢復異能後，讓他控制裝著鮮血的金屬盒子——章溯辭職前特意從醫院偷渡了幾個血包回來，凍在自家冰箱中，暫時能頂一陣——宋玲玲給凍住的鮮血用溫水捂著外層，鮮血的氣味果然引誘來了新一輪瘋狂進擊的喪屍。

看著一個個沒什麼遠程異能的喪屍落入陷阱坑底，還有部分有遠端異能的喪屍因為隊伍太擁擠也被擠下去，羅勳揮手道：「準備倒蘑菇汁。」

之前大家存下的蘑菇汁實在不少，上次出來及這次出來攜帶的加在一起，也只不過是其中一部分，家中還留有一大半呢。

白煙在蘑菇汁倒入後便從陷阱的四面八方「絲絲」升起，彷彿大雪天有人在煮開水。

「咚咚咚」的聲音傳來，又是一個個體型高大的喪屍夾雜在喪屍大軍中慢慢向這裡晃蕩。

正式的坑殺喪屍戰鬥再度打響。

……

羅動斜躺在金屬水暖沙發上，身上裹著被子，頭枕在嚴非的大腿上。人少的好處就是，橫躺在這圈沙發上也沒人跟自己搶地方。

揉揉眼睛，羅動看向射擊口的方向，金屬外壁此時依舊能聽到劈啪的響動聲。

「還在燒？」

嚴非低下頭去，笑著捏捏他還有些迷糊的臉，「快燒完了，火勢已經降下去了。」

羅動坐起來揉揉臉，「我去看看還有沒有漏網之魚，等一下咱們還得收拾戰場……」

大火從昨天傍晚開始燃燒，一直燒到現在還沒有徹底熄滅。遠處有幾個高大的身影正在四處移動，抓住所能抓住的破爛往臨時基地的方向丟來。

羅動左右看了看，滿意地點點頭，只要再幹掉它們就能收工了，這次出來的收穫絕對比之前那次要多的多。

等等……

「我覺得咱們現在就盡快收工回家比較好。」

「怎麼了？」剛剛睡醒的章溯正在伸懶腰。

「天氣不好，可能要下雪了。」

要是被大雪封堵在半路上……他們恐怕很難活著回去。就算他們幾人的能力再強大，他們帶出來的食物才多少？哪怕他們想從昔日的市區廢墟中找些食物都是不可能的任務。

聞言，眾人立即從沙發上爬起來，抓過弩，在一個個窗口邊射殺附近殘餘的喪屍。

戰鬥結束，金屬大篩子再次啟動。嚴非主要負責挑選被坑死的喪屍們，于欣然操控沙子撿散落在附近，被射殺的那些喪屍的晶核。羅勳則帶著剩下的人，開始收拾這次帶出來的物品，然後打包裝車。

其後，嚴非將地面上的金屬殼收到陷阱中，留下一部分跟著在路上當作應急的武器。

宋玲玲製造出一大片冰渣滓充當雪地，章溯讓風吹來一些雪花鋪在上面。雖然說可能很快就要下雪了，但萬一沒下呢？總得把他們的小巢收拾一下，免得被人盯上。

羅勳看看差不多了，就道：「行了，咱們準備回去。」

大家正準備爬上雪橇車，宋玲玲忽然伸手道：「咦？怎麼還在飄雪？」

「還有？」眾人下意識看向章溯，見他兩隻手都插在口袋裡，這才抬頭向天上看去。

灰撲撲的天空中，一片片細小的雪花正在向下飄落，不知什麼時候起了風。

「快回基地！」

看到天色不好，羅勳立即高聲招呼眾人。現在不光有雪，似乎還要颳大風。要是真的下起暴風雪，他們在半路上被堵住，恐怕就有危險了。

一行人趕緊爬上雪橇車，發動引擎，向來時路急馳而去。

該說幸虧羅勳的方向感比較好嗎？不然在這冰天雪地之中，回城的時候又下起大雪來，想要在這初來乍到的地方找到回去的路，著實很不容易。

陷阱是沒機會安置了，話說回來，這日子他們就算真的在基地外造出陷阱來，陷阱中又真的能吸引過去幾個喪屍？不說他們用來吸引喪屍的血包能在這冰天雪地中堅持多長時間，只怕一場大風雪過後，他們的陷阱就會被封堵住。

風勢越來越強，雪花從一開始的細碎密集漸漸轉變成了鵝毛大雪。羅勳加快雪橇車的速度，可惜這東西馬力有限，連自家那兩輛車子的時速都達不到。

「別急，咱們還有時間。」嚴非安慰地拍拍他的肩膀。

羅勳點了點頭，順便囑咐道：「要是方便的話，在咱們上空弄把金屬傘吧，不然雪下得太大，咱們很快就都受不了。」而且嚴非的金屬傘和正常人在暴風雪中走路打傘時還不一樣，不會因為風勢而傾斜。

嚴非聞言，在沿路路過的地方收集起金屬材料來，然後在三輛雪橇車的上空造了個半圓形的罩子，用來防範暴風雪直接吹打到大家身上。

章溯縮在被子裡面嘀咕著：「夏天這麼熱，冬天這麼冷，末世後連這塊地方都下起暴風雪來了，這是什麼鬼天氣？」

末世前的全球暖化問題呢？一年到頭不見一場雪的詭異現象呢？

怎麼一進入末世，天氣就變得這麼古怪了？

好吧，說不定古怪的反倒是末世前，冬天下雪、夏天上火不都是很正常的事嗎？

當然，地理位置不同，自然狀況也不一樣。

有了嚴非的金屬罩子，眾人感覺好多了，尤其是這個罩子微微偏向大風吹來的方向，能幫他們擋住猛烈往眾人臉上、身上狂吹的風雪。

罩子外面的風雪越發濃密起來，徐玫兩人帶著夾在中間的于欣然，有些艱難地盯著前面羅動他們的雪橇車。幸虧兩輛雪橇車和後面拉東西的車子都被繩子連在了一起，更幸虧他們的車中都裝滿了水和各種有分量的物資，不然在這大風天中，說不準一個不小心就會被風連人帶車都掀翻了。

「幾點了？」

「十點半。」嚴非看了一眼時間，高聲在羅動的耳邊道。

羅動點點頭，還不到中午，估計距離他們藏車的地方還有不短的距離，今天下午之前能到那邊就不錯了。

正想著，忽然一陣寒意從心底冒了出來，羅動猛地轉頭看向金屬面板遮擋著的方向。

嚴非似乎也感覺到了什麼，同時轉頭看去，卻被金屬板遮擋了視線。還沒等兩人來得及說些什麼，一聲巨大的「噹」一聲響起，有東西撞到了嚴非造出的金屬罩上。

嚴非下意識將朝著眾人撞回來的金屬板掀起，萬幸沒有讓它撞到大家所在的雪橇車。在金屬板揚起的時候，一個龐大、滿身風雪的怪物出現在眾人面前。

那是一頭長得像羊一樣的動物，可那塊頭比正常的羊高出很多。此時牠似乎因為一頭撞上金屬板而被偌大的衝擊力撞得頭昏腦脹，前腿高高揚起，隨時有可能向後摔倒，又因為背後吹來的大風讓牠穩住了身軀。

「這算是變異山羊？」羅動看著那頭足有他兩個多高的山羊發愣。

「……應該是。」嚴非遲疑地道。

「我說，現在是討論那個怪物的種族的時候嗎？不是應該要麼趕緊幹掉牠，要麼趕緊跑路嗎？」章溯不耐煩地提醒兩人。

彷彿是為了印證章溯的烏鴉嘴，那隻羊已經站穩身體，然後低下頭，前蹄向牛似的在地上刨了兩下，朝著眾人的方向衝來。

羅勳看著羊的腳和牠踩在冰雪最上面的四個蹄子，臉色微變。這隻變異羊居然能站在雪地上，蹄子沒有陷入雪中，那麼牠的能力不是和冰雪有關，就是跟風之類的能力有關。

「板子。」羅勳來不及說什麼，只能用最短的話提醒嚴非。

嚴非瞬間豎起金屬板，又是「噹」一聲巨響，嚴非被變異羊第一下撞到時，感覺到了和上次用金屬板強行擋住掉落樓體時相似，又一次感覺到了自己的胸口被什麼撞擊似的，所以這次他故意將金屬板傾斜出一個角度，讓變異羊撞上金屬板時，順著斜度滑到一側。

果然，這下子並沒給他造成什麼影響。

變異羊站穩後，沒等羅勳他們來得及移動位置，就再次低下頭來想要繼續衝撞眾人。

「這羊瘋了？」章溯的聲音陡然拔高，「要不要乾脆幹掉牠？不然怎麼甩得開？」

這一次撞過之後，變異羊似乎意識到只憑撞暫時無法消滅掉眾人。牠在遠處站定，然後周身開始凝聚起一陣陣打著轉的風雪，顯然是風系異能。

「居然也是風系……」章溯的臉色變了變。

或許是體型較大的緣故，變異羊造出來的旋風範圍比章溯的還要大很多，而且是入地三尺，竟然將牠腳下的雪、碎石、泥土全都捲了起來。

「該死！」嚴非罵了一聲，金屬板再度改變形態，一個半圓形的罩子牢牢將三輛車中所有的人都罩了進去。

「噹噹噹！」

「刷刷刷！」

「茲茲」的聲音從金屬外壁傳來，不知是什麼東西滑到金屬上發出刺耳的聲音。

「咱們要怎麼辦？」

總不能等這隻變異羊發完飆主動離開吧？雖然不知道牠為什麼突然攻擊大家，可看牠現在的樣子，哪像一時半會就會自己離開？牠的這副模樣擺明要和大家不死不休了。

羅勳皺眉思索著。變異羊發動異能，卻見對方多出了個金屬蓋子，便再次低下頭，對著眾人所在的方向眼睛一亮——這個情況跟上次大家打變異鳥時的狀況差不多。不對，羊角不是鳥嘴，這隻變異羊發動攻擊時明顯不是要靠牠的角，就算大家能制住牠的角也沒用。

「能弄個什麼東西從雪地裡伸出來把牠絆倒嗎？」宋玲玲高聲問道。

「對啊，絆倒牠。最好再在地上弄出些地刺來，要是能順勢傷到牠就更好了。」羅勳兩手一拍，眼睛亮亮地看向嚴非。

「噹」一聲，近在咫尺的位置，變異羊撞了上來。

整個罩子發出「嗡嗡嗡」的聲音，讓眾人頭昏眼花。

「沒問題。」略微恢復了一下嚴非表示明白了他們的意思，從金屬罩子上撤開一些金屬材料，見變異羊為了增加衝力向遠處跑去，然後低下頭，前蹄在地上刨雪，身邊也再次凝聚起了青色的風，捲得牠周身的雪盤旋起來。

看來，這次衝撞的力道絕對遠遠超過先前那幾次。

金屬材料在冰雪的掩蓋下，悄悄向變異羊直行的必經之路上伸過去。在變異羊拔蹄向這裡跑來的時候，障礙物猛然升起，一個個尖銳的鋼刺瞬間出現在晶瑩的雪地上。

「噗通」一聲響，地面震了三震，羅動他們在金屬罩子下面站都站不穩，連他們的雪橇車都跟著晃動了起來。

從金屬罩上的孔洞向外看去時，眾人驚詫地倒抽了一口涼氣，接著面面相覷。

是他們的運氣太好了嗎？變異羊摔倒在地的同時，居然被地上的鋼刺劃破了脖子。雪地上被潑灑了豔紅的鮮血，變異羊側倒在地，四肢正在進行最後的抽搐。

安靜了一會兒，有個聲音打破了金屬罩下的寂靜。

「啊……有肉吃了！」

回過神後，眾人無語地發現章溯兩眼冒著亮光，看著那隻已經徹底沒氣的變異羊。如今看來，他面對肉的態度簡直就跟何乾坤是一個級別的，可他怎麼就是不胖呢？明明是他肉吃的最多好不好？

眾人想到這個問題，眼含怒氣地盯著明明大冬天穿得這麼厚，怎麼這人還能看出腰來的小蠻腰，全都在暗自磨牙。

不過，肉啊，這可是道地的羊肉啊！

「得趕緊收拾出來，不然凍硬了就不好處理了。」羅勳兩眼冒出亮光。變異動物可不好打，就算能打到，誰也沒辦法控制自己出基地後會遇到什麼事。

羅勳上輩子聽說過各種各樣的變異動物的肉，大家能打到什麼、遇到什麼全憑運氣，而且外出基地誰說他們就能一定打到變異動物？外面還有那麼多喪屍在四處遊蕩呢。

幾人打開罩子，先讓嚴非和章溯的風系異能協助給變異羊的脖子上來了一下，確認牠已經死透了，大家這才興沖沖拿著剛剛做出來的，還冒著熱氣的大刀奔向那頭死掉的變異羊。

足有三米高的變異羊，體型也遠遠大於正常的羊，羅勳他們在分解的時候還發現，這羊長得很肥，足夠他們過個好年了。

將變異羊迅速分解，羊皮也捆好，嚴非又特意弄出一大塊金屬板用來裝肉，反正他剛才為了弄個遮擋風雪的大傘，收集了不少金屬材料，可以繼續再從路邊找一些加入傘中。

被變異羊這麼一折騰，羅勳他們回基地的速度又慢了不少。

天上的大雪有了遮天蔽日的趨勢，風聲呼嘯，密密麻麻的大雪遮擋得眾人視野都受到了不小的影響，羅勳只能勉強利用指南針辨別著方向，尋找回去的路……

第三章

開著戰車來買菜，誰都沒你牛逼

「羅哥他們還沒回來……」李鐵再次放下手機，依舊沒撥通。

人沒在基地中時，正常的手機是根本打不通的，只有當手機的主人出現意外，用求救訊號呼救，才有可能將訊號通過衛星傳導到基地軍方那裡，可真正發射求救訊號的又有幾個人能堅持到有救援過去？

軍方能不能及時派出人手去搜救同樣是一大問題，反正他們幾乎沒聽說過誰是在外面冒險的時候遇到意外，用手機發出求救訊號後被救回來的。

昨天羅動他們一大早離開基地出去打晶核，原本預計今天會回來，可白天不到中午的時候，外面就開始下雪，而下午的時候雪越下越大，幾乎都有了鋪天蓋地的趨勢。五人組下班回家時，外面的道路變得很難走，他們幾個頂著風雪回來後發現完全沒有人回來過的跡象，不由得心裡全都開始惴惴不安，生怕羅動他們再也回不來……

早知道就不讓他們出去了！

眾人不約而同在心裡如此想著，尤其是王鐸，他的眼睛很紅，數次想衝到城門那裡去迎接自家戀人，或者乾脆離開基地找尋羅動他們幾人的蹤跡。

「不行，我得去看看！」王鐸站了起來，被韓立與吳鑫兩人合力按住，「你去做什麼？你知道他們現在在什麼地方嗎？」

「那我也不能在家裡傻等啊！」王鐸想甩開他們箝制自己的手。

李鐵安慰他道：「別忘了他們的異能。咱們這種時候出去是找死，可他們當中有一個金屬系異能者能造房子，一個火系異能者能生火取暖，還有一個水系異能者……外面就算一時找不到食物，有水也足夠他們堅持好多天了，別忘了他們都是多厲害的人。」

王鐸深吸一口氣，抱住頭坐回椅子上，「我……已經什麼都沒了……就剩下他了……」

末世後跟家人徹底失聯，懷揣著忐忑的心情讓他幾乎不敢去打聽老家的情況。如果連章溯也失去消息……他真的不知道要怎麼活下去了。

李鐵四人對視了幾眼。

他們又何嘗不是？

王鐸還算好的，在末世後能遇到章溯。那人嘴巴很壞，可是對王鐸是真的好，雖然平時總是使喚他做這做那，但跟王鐸混在一起的幾人很清楚，他們兩人單獨在一起的時候……咳咳，據說相當黏膩，偶然聽王鐸得瑟過兩句，都讓他們覺得牙快被酸倒了。

萬一他們真的回不來的話……

眾人長長嘆息了一聲。

按理來說，他們雖然是同一個隊伍，但關係並沒有親近到穿一條褲子，大家在一起也基本都是各過各的。小隊中如今有這麼多好東西，這麼多的蔬菜、糧食、物資，如果隊友們回不來的話……換成其他隊伍，隊員關係一般的，恐怕會樂壞了吧？

然而，五人組卻很清楚，離開了羅勳他們，就算自己等人能「繼承」這些好東西，他們以後恐怕就只能在基地中混吃等死，還要隨時戰戰兢兢擔心自家的東西被別人盯上，尤其基地改制，到時找他們麻煩的就不僅僅是基地中的那些異能者，還有軍方的人。

刨去這些可能性，一想到共同生活的隊友們回不來了……

他們寧可不要那些好東西，也不希望發生這麼可怕的事。

小傢伙無精打采地趴在地上，下巴墊在爪子上。前幾天就是這樣，兩個主人走了好久才回來，今天又來……明明這些天五人組天天在家陪著自己，可為什麼要離開這麼久呢？

小傢伙想不明白，也不知道怎麼去思考，牠現在唯一的，屬於本能的希望，就是能早點看到兩個不負責任的主人回家。

屋中有一種難言的寂靜，窗外的寒風呼嘯，下了一天的大雪沒有停歇的跡象，反而越下越大，還有變大的趨勢。

過了很久，趴在桌腳邊的小傢伙忽然直起身子，小尾巴豎得直直的，跑到窗邊，豎起的一對耳朵抖了抖，隨即朝著陽臺的落地窗大聲吠叫起來。

「怎麼了？」五人組嚇得險些從椅子上摔下來。

何乾坤腦子難得轉得快了些，指著窗口道：「會不會是羅哥他們回來了？」

「咱們在十六樓呢……」小傢伙的耳朵就算再靈敏，也不可能會聽到吧？

「還是外面出了什麼事？」

幾人跑到窗口邊，可外面冷風獵獵，他們不敢打開窗子，鐵架被吹得格拉格拉作響。又因為外面的鐵架遮擋，導致他們就算打開窗子也看不到樓下的情況，何況還有那麼大的風雪影響視線？再者，現在還是烏漆抹黑的晚上。

小傢伙這麼一叫，五人組更加不安，可小傢伙的樣子讓幾人都不敢過去安慰牠，畢竟不是自己家養大的狗，他們和小傢伙不太熟悉。這狗這麼大，萬一被咬一口……過了大約足足十分鐘左右，小傢伙才停止了叫聲。五人組先是鬆了口氣，見小傢伙的耳朵依舊豎著，動來動去，那樣子看起來似乎隨時又要咆哮似的，心再次提了起來。

果然，不到五分鐘，小傢伙衝著大門口吠叫。

五人組先是一愣，隨即眼睛一亮。

「不會真是他們回來了吧？」

「對對，狗耳朵最靈！」

五人組想出門看看情況，小傢伙猛地向大門口竄去，一下子越過眾人。幾人不知怎麼回事，集體腿軟、似乎被什麼東西壓了一下，齊刷刷摔倒在地。

「怎麼回事？」

「好像……」

話音未落，外面的走廊上傳來隱約的金屬碰撞聲。

五人組趕緊爬了起來，幾乎是連滾帶爬地往外跑。

羅勳幾人搬著一堆東西，後面還飄浮著幾個大大的金屬箱子，見五人組驚喜地迎出來，招呼他們道：「快快快，把東西接過去！」

王鐸率先竄出，來到他家章溯面前，用力抱住他，當著眾人的面，來了個激情四射的法式熱吻。章溯一愣，倒也沒推開他，還熱情地回應，換得眾人吹口哨瞎起鬨。

「我說，麻煩先把東西搬過去，等一下你們愛怎麼折騰回家折騰。」徐玫一直在隊伍後面，前面就是那兩個「基情洋溢」的傢伙當眾秀恩愛，看得她這個注孤生的妹子牙癢癢的，只想上去踢人。

「就是就是，快要冷死我們了！」宋玲玲笑嘻嘻地看著兩個抱在一起的大男人。

羅勳幾人腳不停，在王鐸和章溯分開後，已經將東西全都搬到走廊上暫放。

「羅哥，這幾口大鐵箱裡裝的是什麼啊？」

他們出去時帶的東西沒這麼多吧？就算是晶核……也不可能有這麼多啊，而且汽油和蘑菇汁用完，哪裡還有什麼占空間的東西？

羅勳笑著拍拍其中一口箱子，高興地道：「這些都是好東西，大家冰箱裡沒地方的話，就直接放到窗外凍著吧。」

「放到窗外？」

「凍著？」

「總不會又是肉吧？」何乾坤下意識嚥嚥口水。

徐玫露出有些得意的笑容，「想知道？自己打開看看不就知道了？」

箱子是封死的，除了嚴非，誰打得開？

五人組齊刷刷看向嚴非。

嚴非接將距離眾人最近的一口箱子開了個洞。

「啊啊啊，居然是肉……羅哥，你們怎麼弄到的？」

「對啊，外面還下著這麼大的雪呢！」

等眾人都進了徐玫她們的屋子，羅勳才解釋了一下大家回來時的經歷。遇到神經病的變異羊純屬意外，誰知道大雪天的，居然有隻四處亂跑亂撞的瘋羊在那邊亂轉？要不是他們有嚴非在，大家想了個損招的話，他們怎麼能打得死牠？

話說回來，古代人捕獵的時候，用的招數恐怕也跟他們差不多吧？

想想從上次的變異鳥到這次的變異羊，他們兩次都不是硬碰硬打回來的，看起來以後外出再遇到變異動物，最好多動動腦子，別頭腦發熱直接用異能跟牠們硬拚。就像打喪屍時似的，硬碰硬只能殺死數量有限的喪屍，但是他們用陷阱、毒蘑菇、武器來對付那些喪屍，就容易得多了。

一行人坐在徐玫家中開始分贓，雖然五人組沒去，但大家還是分了他們不少羊肉。看家也是小隊日常任務中的一項，冬天吃些羊肉補補身體嘛。

家中的鳥肉還剩下不少，現在又補充了羊肉，看來這個冬天真的能過個好年了。

盤點晶核後發現，居然足足有將近三萬顆，而且同樣以二、三級的晶核為主。除去放進小隊共同財產中的之外，剩下的每個人都能至少分到四千多顆，這絕對已經夠幾個月內的小隊任務需要繳納的晶核數量，也足夠他們這個月內隊裡的異能者們需要消耗的晶核數量。節省一些的話，哪怕他們支撐到過完年再出去也完全沒問題。

眾人聊著這兩天基地裡外大家遇到的事，于欣然趴在宋玲玲懷裡睡著了，小傢伙將下巴放在羅動的腿上，狗眼時不時閉上睜開，睜開又閉上。

王鐸和章溯擠在同一張椅子上，王鐸在後面，緊緊摟著章溯的腰不鬆手，下巴擱在章溯的肩膀上，垂著眼皮打瞌睡又猛地醒過來，跟小傢伙幾乎一模一樣……

羅勳忍著笑對眾人道：「那個……今天就先這樣吧，大家都回去休息。」

其實今天比之前更冷，外面下著大風雪，在他們好不容易找到自家車子的時候，大家身上的衣服都要濕透了。找到車子後，引擎半天發不動，車輪整個被冰雪淹沒，眾人費了半天的力氣，最後還是先用金屬棍將車輪拱出雪地，再用金屬球將前方路面壓平，大夥兒才勉強把車開回了基地，真是差一點回不來了。

李鐵四人歡歡喜喜地洗漱完就睡下了，徐玫兩人把小丫頭抱上床才各自去洗澡。

章溯剛一進門，就被王鐸抱著狂吻。兩人從門邊吻到臥室，衣服散落一地。章溯倒在床上，王鐸在他上方，雙手支在他頭兩側，認真地看著他，「冬天……不出去了好不好？」

章溯抿抿唇，看了他一會兒，視線轉到旁邊，微微點了點頭。王鐸這才吐出一口氣，俯下身子抱住他，朝他的脖子啃去。

羅勳和嚴非沒鄰居那麼瘋狂，他們都累壞了，沒準備晚上做什麼耗費體力的運動，但依舊好好泡了個熱水澡，抒緩幾乎要凍僵的身體。

羅勳把頭靠在嚴非的肩膀上，「咱們暫時別出去了吧……」

「嗯，冬天實在太危險了。這麼大的風雪，要是冬天裡再來一次的話，咱們恐怕連大門都要出不去了。」嚴非心有餘悸。要不是羅勳帶著指南針，要不是他們當中有火系異能者，要不是自己的異能有多種用處，今天他們就真的回不來了……

「不出去了……是我的錯，我差點忘了冬天外面有多恐怖……」羅勳也很害怕，他知道末世中大風雪，偶爾有暴風雪，可因為他在冬天都是宅在家中自給自足，住的又是地下室，對於外面颳大風雪時到底有多危險，並沒有具體的概念，這才造成了這次的錯誤決定，「以後過冬之前，咱們盡可能將晶核、物資都準備好，冬天就貓著吧。」

嚴非笑著寬慰他：「這次才是第一年，咱們對於如何過冬都沒有經驗，以後就能注意了，反正一個冬天，天氣真正不好也就這兩個月左右。」

他們十一月的時候還能平平安安出去呢，當然，十一月的時候也下過一場大雪，只是沒有現在這麼嚴重，他們怎麼知道一進入十二月天氣就變成這樣了呢？

羅勳對於如何宅在家中度過冬日，怎麼準備食物，處理作物的經驗很豐富，唯獨對於積累晶核的經驗不足。不過有了這次的教訓，他們以後就能在冬天到來前做好準備。

大風雪連下了足足三天，如果說上個月那場雪下了足有一米多厚的話，這次大雪過後，基地中所有建築物的一樓都被大雪封住了門，積雪甚至高達二樓。

嚴非這陣子每天半夜都在風雪下得正大時，用覆蓋在屋頂的金屬網將冰雪「抖」下去，於是這棟大樓四周的積雪比其他地方更厚。

因為這場大雪，基地中幾乎所有的活動全部停工，五人組整整三天沒辦法出門，更別提去上班了。讓人有些擔心的是，他們附近的基地臺似乎出了問題，從第二天起就無法撥打電話、發送簡訊……簡單來說，就是基地裡面的網路中斷。

不過，在五人組回來的那天，他們的上級就吩咐說第二天可能會停工，於是五人組自然就在家中安安生生宅了三天。

「今天接著吃涮羊肉。」

外面白雪皚皚，家中又有新打回來的變異羊，不吃刷羊肉還吃什麼呢？

眾人在第一天晚上回來時，就將這些羊肉凍到了背陰那面的窗子外面，昨天晚上取進來一大塊，用刀切片。昨天大家都沒吃過癮，今天當然要繼續解饞了。

「好，我們去摘菜，你們負責切肉。」徐玫拉著宋玲玲，帶著于欣然一起去摘菜。這幾天風雪太大，他們就算想賣菜，也得能出得了門，所以乾脆自己吃。吃不完的就讓羅勳帶領大夥兒做成醬菜，反正這些東西所有人都愛吃。

幾人挑了一塊肥瘦適中的羊腿肉進來解凍，等能下刀子的時候再慢慢切。

羅勳將家中的芝麻醬湊到一起，這是他們今年秋天的收穫，除了芝麻醬，還做出了幾瓶芝麻油，數量不多，僅夠大家吃幾次涮羊肉，外加留下新種子繼續播種。韭菜花也是秋天時醃漬的，數量略多，足足醃了一大罈。再加上羅勳末世前存下的，到現在還剩下一整罈的腐乳等東西，最後開始調醬料。

眾人分工合作準備午餐，桌上一共放了三個銅爐火鍋，燒炭的那種，同樣是嚴非出品。他們平時煮東西時，大多用電磁爐，難得吃一次涮羊肉，稍微奢侈些用炭火也不錯。

除了羊肉外，桌上放的最多的就是各色蔬菜。從綠葉蔬菜到剛發好的綠豆芽、黃豆芽、豆苗，還有馬鈴薯片、冬瓜片、南瓜片、番藷片。

羅勳兩人還從變異羊內臟中取了些羊肚過來湊了一大盤。

「要不要再拿點鳥肉過來？」何乾坤問道。

「鳥肉？放到裡面對味嗎？」

大家面面相覷。

何乾坤道：「弄點來試試唄，有誰想吃就自己涮著吃。」

銅爐火鍋裡面不用放什麼鍋底，羊肉片一下去，就變成香氣四溢的羊肉湯。鍋裡只要放些蔥薑蒜去腥，再隨意添加各種蔬菜，涮出來的肉菜就好吃得讓人淚流滿面。

鳥肉拿過來放到一旁解凍，徐玫忽然想起之前收起來的，還沒來得及拿出去曬的蘑菇。這幾天連著下雪，根本沒辦法曬東西。

將蘑菇洗淨切好端出來，羊肉湯的香氣再上一層樓。

「雪好像停了？」吃到一半，韓立發現窗外似乎有了些陽光。

眾人紛紛看過去，吳鑫起身走到窗邊張望。

「咦，雪真的停了！」

從昨晚開始，外面就不再颳大風，今天早上起來的時候，天上還飄著零星雪花，到了現在，天空中厚重的雲層終於慢慢散去，逐漸露出被遮擋在後面的藍天。

幾人從樓上向下眺望了一會兒，大雪覆蓋住的樓房群中，那些臨時搭建的二層小樓，上面壓著厚厚的一層積雪，幾乎讓人看不出被掩埋的原本是些什麼。

一樓的門口已經被大雪掩埋，窗子也被大雪封住。要不是走廊裡面還能進空氣，有些人家想辦法把窗口的大雪捅開些，恐怕樓層低的住戶都要缺氧了吧？

「回來繼續吃吧，外面雪這麼大，短時間還是沒辦法外出，好歹得等外面的路能勉強走人才好出去。」羅勳向外看了看，招呼眾人回來吃飯。

熱呼呼的涮鍋翻滾著，香味四溢，眾人圍坐回飯桌前品嘗涮肉片的滋味。

五人組就算惦記著工作，也要等電話恢復訊號，聯絡過他們的上級後才好回去工作。至於羅勳、嚴非和章溯，他們三人如今都很慶幸自己抽身得早，不然要是這種日子還要出去工作，那簡直就是要了命。

又過了一天，羅勳他們仍是宅在家裡，時不時照料動植物，處理成熟的作物，沒事逗逗狗，逗逗小丫頭，跟章溯鬥個嘴吵個架，更多的時候是窩在自家陽臺上看外面的雪景。

不得不說，同樣是在末世裡窩冬，羅勳這輩子過得可比上輩子舒坦多了。

迷迷糊糊睡個午覺，羅勳隱約聽到自家門鈴在歌唱。兩人清醒過來時都略微迷茫，過了一會兒才反應過來是門鈴在響。一般來說，平時大家都下意識在某些時間固定出去碰面，就算徐玫她們要打理隔壁屋子，她們也有鑰匙，很少會在這個時間過來找人。

兩人披上衣服出門，見過來的人是王鐸。

「樓下的住戶說要開會，召集人手參加社區掃雪，過來問問咱們。」王鐸指指樓梯的方向。羅勳兩人對視一眼，向那裡走去。

樓下登門的人沒能進入十五樓的走廊，嚴非當初在樓梯出入通道做了兩道大門，隔絕十四樓和十五樓，避免被人窺伺到走廊上的東西的可能性。實在是他們如今連走廊的面積都用來種菜了，越少人知道越好。

所以，兩人在第一道金屬門後跟門外上樓的住戶說話。

見羅勳和嚴非出來，正在跟那些住戶說話的李鐵連忙打住，等他們兩人過來才道：「這位是我們的隊長，這幾位是七樓、十樓和十二樓的住戶。」

願意主動聯絡其他鄰居，還挨家挨戶勸說大家參與掃雪的人，通常都是比較喜歡攬事，或者本身就稍微有點勢力的人，並且還想趁此機會擴張自己的勢力。

不過，現在的人與人之間的防範意識比較強，鄰居間不但彼此忌憚，他們上樓時很少有人願意讓他們進門，基本都是在走廊上交談的。到了十五樓，他們卻是連十五樓都沒有爬上去。好吧，他們知道這兩層樓住的人都不簡單，只是先前沒近距離接觸過而已。

七樓的人似乎是發起掃雪活動的主要負責人，他笑著對羅勳道：「羅隊長是吧？我們也是跟隔壁樓的人商量後才上來找你們說這件事的。咱們每家、每樓都派出幾個人，輪流把大樓前的路面清理出來。也不用太大，就是大樓門口這一小截就行，好歹讓大家能出門。至於之後社區裡面的雪要怎麼清，還得等跟其他樓層的住戶商量之後再說。」

出門的路無論如何也要清理出來，只是誰都不想只有自己忙活，大樓裡住著這麼多人，一家出一個人就能把整個社區的雪打掃乾淨。遺憾的是，即使如此，還是有不少人根本不願意參與進去。外面天寒地凍，又不是人人都出去掃雪、憑什麼自己要去受這份罪？讓自己去也行，他們得證明全社區的人都去了他們才會去。更有人表示，基地裡不是有人專門負責處理垃圾嗎？這些積雪不是也應該那些人去掃，為什麼讓每個月繳租金的人得自己去掃雪？

羅勳沒二話，點頭表示自家會出人，這畢竟影響到自己等人外出的問題，而且又沒讓他們去掃整個社區的雪，不就是大樓門口的這些地方嗎？

整個大樓每層樓出兩個人，羅勳他們小隊一共要下去四個人，羅勳和嚴非，再加上自告奮勇的李鐵和何乾坤，其他人表示之後有需要的時候換他們去。

十六層樓一共三十二個人，只清理大樓門口這一塊地方，就算一人踩一腳也能將積雪硬踩出一條路來，根本費不了多少力氣。

大樓的南面正對著的是社區最外層的圍牆，出了圍牆是一條公路，公路的另一側是軍方圈起來的農田。在社區圍牆和大樓之間靠近圍牆的那一排，在秋天的時候可是被一群土系異能者建起了一大片二層的土房子。

羅勳四人下樓清理門口積雪的時候，那些土房子的住戶也出來處理自家門前的雪地。

不過比起羅勳他們奮力從大門前鏟出一條雪路不同，他們居然爬到二層小樓上，從他們房子的上一層爬出來，由上向下處理門前的積雪。

這些二層小樓建造時很有意思，一層大約三四十坪，格局方正，二樓則約只有一樓的一半，都只建造在下面房屋的一側，留出另一側的屋頂似乎準備當成露臺用。

羅勳他們總算殺出一條雪路，與正在屋頂上鏟雪的對面小二樓的人碰到的時候，就見某個房子屋頂的人先是指著羅勳他們嘻嘻哈哈似乎在嘲笑他們海拔比自己這邊低，就好像是被埋在雪裡似的，然後一邊笑一邊橫邁一步，結果「噗通」一聲，那人一腳踩到沒有實物的積雪裡，濺起雪花，被埋進了雪堆中……

這邊鏟雪的人反指著那個摔進雪裡的人大笑。

也許是那人摔下來的動靜太大，也許是附近的人大笑的聲音太響，不遠處忽然發出「轟隆」一聲響，一棟二層小樓轟然倒塌，傳來幾聲慘叫聲……

這些土房子本來就沒用專門建房的材料建造，那些土系異能者在被人殺價殺得太狠時就會偷偷將牆壁建得薄些，或者乾脆弄成空心的牆體。前兩天颳大風，有些房子就已經被冷風吹得硬硬脆脆的，這兩天再被足有三米高的積雪一壓，現在屋裡的人出來清理積雪，卻忘記先將屋頂的雪掃掉，再加上附近傳來的震動，於是有些不結實的屋子就被雪壓塌了。

那動靜不小，驚得眾人呆愣住，直到倒塌的屋子底下傳出呼救聲，大家才回過神來，一部分人快速清理積雪，一部分人踩著積雪過去幫忙救人。

七手八腳，總算將裡面的人挖出來。應該說幸虧當初建造房子的人連屋頂也沒建得太過結實，而且這家人也沒往屋頂上堆什麼重物，所以雖然被積雪和屋頂壓住，可也只是被蹭破了些皮肉，最多斷手臂腿，並沒真的鬧出人命。

這幾個人剛被搬進一處樓房中臨時安置，遠處其他地方的房屋居然陸續倒塌……

又是違章建築，又是豆腐渣工程的殺傷力有多強大？一場大雪足以讓它們顯現真正的殺傷力來。如羅動他們對面發生的倒塌事件還算好些，至少所有人的性命都保住了，其他地方就沒這麼好運了。更有些人在清理積雪的時候發現，不知什麼時候，或許是在前兩天還下著大雪的時候，就有房屋已經倒塌，只是當時風雪很大，那二層小樓附近又沒有別的人家，等房屋倒塌後又有新下的大雪將倒塌的房屋埋住……等到被人發現的時候，那些屋子裡的人已經全都凍死了。

基地中勉強可以行走的道路被居民們只花了一天時間就合力清理出來，但外面的馬路直到五天後，基地內的通訊恢復，還沒見有人過來清理。社區中有人要外出，都得硬生生踩出一條新的道路來。

不知多少人家斷糧——水是不會斷的，外面這麼多積雪，隨便弄點看起來乾淨的煮煮就能喝。當然，還是要多煮幾次，甚至蒸餾後再使用才能確保安全，畢竟這些積雪很可能帶有喪屍病毒。另外有不少人家說不定連生火的東西都快沒了，畢竟煤炭、燃料這些東西不便宜，有好多末世前根本不敢出基地，又沒有什麼收入的人家中並沒儲備多少。

至於宏景社區中，羅勳他們這幾天聽說，有不下五六戶被發現凍死在大風雪中。

「你都吃完了？」見章溯從他的窩裡出來，正在處理走廊上的作物的羅勳順口問道。

章溯白了他一眼，「你家男人吸收晶核是用吃的？」

「那你吸完了？」羅勳渾不在意地換了個字詞，讓章溯瞇起眼睛想削他一巴掌，「讓你家男人回家好好教你學說話吧，隊長……」

羅勳沒回頭，將面前的種植架上的蔬菜摘下來放好，繼續處理下一個。

嚴非倒是好奇問道：「那個晶核吸收之後有沒有升級？」

這次打到的那隻變異羊腦袋裡面也有一顆晶核，沒有之前變異鳥腦袋中的那麼大，但也遠超正常晶核的大小。在確定這是一顆三級晶核後，羅勳乾脆做主給了章溯，反正這東西整個小隊裡只有他用得上。

章溯收下後，將自己手中除了風系晶核外的晶核都交給了羅勳，當作用交換這顆晶核的補償。當然，羅勳最後又將那些晶核分給大家，自己沒留，畢竟之前那隻變異鳥的晶核還在自己家中當擺設呢。

章溯自從得到這顆晶核便決定吸收掉它，可因為能量太大，他一次吸收不完，於是這幾天都像孵蛋似的，窩在家中吸收晶核，連掃雪活動都沒參與。

「沒，但我覺得摸到升級的邊了。」章溯伸手揉揉他那早就可以梳起來的半長頭髮，神色間的情緒略顯焦躁，「我猜想要升到四級，還是需要四級晶核，現在正好卡在邊上……多半得等咱們下次出基地，才能有機會打到四級晶核吧。」

羅勳無奈嘆息，「四級晶核哪有這麼好找的？短時間內就別指望了。不過你這樣也好，以後只要有了四級晶核就能直接衝擊升級。你家的那些晶核就先存著吧，平時沒有什麼消耗的話，等你升級以後再用。」

可不是？那些晶核用在升級後提升實力時再使用才算是物盡其用，除非是去戰鬥，不然在他的異能已經瀕近升級邊緣的時候使用也是浪費。

「我知道，就是卡在這裡難受。」章溯臉上依舊帶著不爽的情緒，不過還是比較自覺地拿了個籃子走到一個架子旁，「要摘菜？」

「今天通訊恢復了，有幾個隊伍聯絡說要買菜。」嚴非替羅勳解釋了一下。

通訊一恢復，當初買過菜的幾個小隊全都瘋狂發簡訊來給羅勳。看來這幾天大雪封門，這些小隊都要餓瘋了，倒是軍方那裡暫時還沒來電話。

五人組也在幫忙採摘蔬菜，現在各個房間中的、走廊上的蔬菜大部分都成熟了，這次他們蔬菜種的比較多，大家這些天就算拚命吃也吃不了太多，剩下的菜被醃起來一部分，餘下一些暫時留在種植架裡沒馬上採摘，有的準備留著開花結種，結果今天通訊恢復，連這些長得略老的蔬菜都有人急著買，而且他們出價比下雪前足足翻了一倍。

果然，天氣不好，蔬菜就會漲價嗎？

蔬菜籃被裝滿後，除了留下來做種子的和大家要吃的之外，全都裝到了箱子裡，羅勳正準備和嚴非一起出去送貨，他的手機就又響了起來。

「啊，是食堂的電話！」羅勳有些好笑地看向嚴非。

嚴非聳聳肩，表示任他處理。

果然，李隊長也是來電說要買菜的。其實羅勳他們冰箱裡還有存貨，那些是大家準備自己慢慢吃的，雖然肯定一時吃不完，可問題是，與那些小隊能主動來附近取貨相比，軍營食堂的距離實在太遠了。

羅勳只好說道：「家裡是有些蔬菜，不過外面的路根本沒辦法走，我們送不過去。」

之前來電的那些小隊都表示會親自過來取貨，只是羅勳沒告訴他們自家的具體位置，而是約到了附近某個社區的路口讓他們帶著晶核過來換貨，至於食堂……他只能抱歉地表示暫時無法提供送貨上門的服務。

羅勳他們去約定的那條路口的路，還是依靠著附近的居民們，這幾天深一腳淺一腳硬生生踩出來的呢。

聽到這話，李隊長沉默了一會兒，說是過一會兒再跟他聯絡。

嚴非控制著一堆金屬箱子「飄」下樓去，放到一個金屬板子上，跟羅勳兩人步行拉著這一大板蔬菜去約定地點與那些異能者小隊取貨的人碰頭。

該說不愧是異能者小隊嗎？反正過來取貨的就沒一個正常人。

其中兩個小隊派出的是風系異能者，人家是一路從雪上飄著過來的，雖然他們依舊不能真正飛起來，但像那隻變異羊一樣在雪上飄一飄還是沒問題的。最後來到的那個小隊的人居然是駕著雪橇車過來的。人家他們駕的可不是羅動他們自家改造的低級貨，人家開的是道道地地的真正的雪橇車。行駛起來速度頗快，可惜的是，這種雪橇車在滿是雜物、建築物的城區中提不起速度來，不然說不定一個不小心就會撞到東西。

交易完畢，兩人轉身艱難地一步步踩著雪走回自家社區，還沒看到社區大門，羅動的手機便又響了起來。

掏出來一看，果然又是李隊長打來的。

「你們住在什麼地方？我們這裡有車能過去取菜。」

該說果然不愧是軍方嗎？說派車出來就能派車出來。

羅動琢磨了一下，也將交貨地點約在了剛剛和那些異能者交易的地方，然後李隊長表示他們馬上派人過去。

羅動只好一通電話打到家中留守人員的手機上，讓徐玫他們幫忙將暫時放在冰箱裡，大家一時吃不完的某些蔬菜裝箱。

等羅動兩人吭哧吭哧又拉著一箱蔬菜到了剛才離開的路口，就目瞪口呆地發現……這裡居然停了一輛陸戰車。

好吧，他們知道陸戰車可以在各種詭異的地形上移動，可你們不過是取個菜而已，犯得著用這麼凶殘的車子嗎？這點蔬菜夠不夠你們車的燃料錢？

左右看看，確定這附近確實再沒有別的「車」了，兩人只得過去詢問，得知……這居然真是李隊長叫來買菜的車。

一手交晶核，一手交菜，羅勳最後沒忍住問道：「你們就開這個……車過來買菜？」

一個持著自動步槍的小兵表情扭曲了兩下，露出彆扭的笑，低聲對羅勳道：「我們首……咳咳，長官想吃。」說完就爬回車中去了。

好吧，大佬要吃菜，他們這些小兵就得開著陸戰車出來買菜，這些士兵也怪不容易的。

兩口子再次帶著自家已經縮小的金屬板一步一個腳印踩回去。將兩次交易的晶核按照先前大家商定好的比例分配給眾人，剩下的放入小隊共有財產中。

五人組這會兒已經收到上級發來的簡訊，叫他們回去上班，可外面的路還沒通呢，五人組只好回覆說路況很有問題，直到現在都還在跟上級溝通中。

見羅勳兩人回來，幾人連忙招呼他們：「羅哥，我們頭兒說短時間內暫時沒辦法清理到咱們附近的道路呢。」

「那你們的工作怎麼辦？」羅勳挑眉問道。

幾人愁眉苦臉地對視了一眼，「還在等上級的指示呢……不過，看他們的意思，還是要我們自己想辦法克服……」

正說著，簡訊來了，對方果然表示讓他們自己盡量想想辦法，最遲後天要去軍營報到，他們也想辦法從軍中找會這方面技術的人員過去幫忙。

瞪著這條簡訊，王鐸有些緊張地向眾人確認：「他們的意思是不是說，要是咱們再不去報到，就要找人頂替咱們啊？」

五人組大眼瞪小眼，心中的不祥預感越來越重。

羅勳、嚴非和徐玫三人看他們幾人的眼神中已經露出了同情的目光。

章溯冷笑一聲，「這不是廢話嗎？明擺著的事。」

軍中又不是沒人？雖然李鐵他們幾人已經是熟練工，現在放棄比較可惜，但如果有住得更近的更聽話的下屬，他們的上級會考慮換人也是十分正常的。

「可是……」李鐵的臉色發綠，這個工作他們已經做了一年多了，讓他們現在放棄他們是真不甘心，而且雖然每天起早貪黑頗為辛苦，但做久了他們也做出了感情。更何況其實他們的工作並不算太累，如今能在基地中找到一份穩定的腦力工作，簡直就是奢侈中的奢侈，他們一點也不想放棄。

「或許你們可以試一下。」羅勳忽然想到什麼，指指外面，「我們剛才去賣菜的時候，軍方那邊開來一輛陸戰車……」

「啊？」

「開著陸戰車來賣菜？」

大家都被這個消息震暈了。

羅勳咳嗽兩聲，正色道：「他們開什麼車來不是咱們現在要討論的，我要說的是，陸戰車重啊。它可是從軍營那邊直接開過來的，你們要是順著它開過來的路線走，應該會比其他地方好走得多吧？不過也就比別的地方好走些。」

五人組神色變換了一會兒，才咬牙給他們上級發了簡訊，表示明天試著過去一趟。

徐玫對羅勳兩人道：「今天我們聽說大樓裡有人到處打聽前幾天有沒有聞過肉味。」

「肉味？」羅勳一下子想起大家吃涮羊肉的事，立即提高了戒心，「什麼情況？」

徐玫撇撇嘴，冷笑了起來，「說是擔心有人在家裡偷偷地吃人肉，他們想慫恿大家挨家挨戶進去檢查。」

「檢查？」羅勳失笑，「就因為聞到肉味，就懷疑有人在吃人肉，要挨家挨戶檢查？」理由要不要這麼牽強啊？

宋玲玲湊了過來，「可不是嗎？說得熱火朝天的，就是只有人說說，沒人真敢組織人手去查，還有人說好像聞到的是涮羊肉的味兒，可別人都不信，非說這日子沒有羊肉，如果有人在家裡吃肉，吃的就一定是人肉。我和徐姊聽了根本沒搭理他們，他們也就過過嘴癮，誰敢真派人進去各家檢查？」

嚴非聞言笑道：「要是他們真能找到什麼人撐腰的話，說不定還真敢這麼做。可惜現在能給人當腰桿子的勢力，基本都在新城那裡。」

無論那個肉到底是什麼，這些人一旦有了懷疑，就有可能會藉機生事，反正光腳的不怕穿鞋的，搜查的是別人家，他們自己沒有什麼損失，反而還有可能得到好處，何樂而不為？

「再加上現在下大雪道路不通……」徐玫搖頭嘆息，「他們這招放在平時倒也能用，用這個當藉口挨家去搜查，趁著別人家中人少，說不定還能占些便宜……」

「話說回來，咱們不過吃了個涮羊肉而已……他們的鼻子也未免太好使了點吧？」宋玲玲有些不悅地抱怨。

羅勳思考了一下，「應該是雪停那天的事吧？那天沒颳風，恐怕有味道傳出去了。」

「這麼說，咱們以後要吃肉還得看天氣？哪天風大哪天吃？」宋玲玲瞪起眼睛。

羅勳無奈攤手，「偶爾過過癮大吃一頓還是沒問題的，而且咱們的樓層高，一般來說，味道是不會傳到下面去的……」所以他當初對於屋頂上住人的問題感到很緊張，想到這裡，羅勳眼睛一亮，指著旁邊翹著二郎腿打哈欠的章溯，「以後再吃香味比較濃郁的飯菜時，讓章溯當排風扇不就好了？」

直接用風系異能將香味吹到九霄雲外，他就不相信還會有人能順著香味找來。

章溯送了他一對大白眼。

傍晚羅勳兩人揮別眾人回到自己家中，小傢伙跟在兩人身邊，搖著尾巴爬上沙發。

羅勳忽然想起什麼，視線在小傢伙的狗窩掃視了一圈，愣住了，「咦，晶核呢？」

「什麼晶核？」嚴非下意識將視線放到平時存放晶核的金屬箱子處——這些金屬盒子都是被徹底封死的，裡面放著兩人存下的全部晶核——羅勳不是異能者，他們兩人平時的花銷也不多，他們就將所有的晶核都放到裡面，無論是嚴非需要用晶核衝級時，還是羅勳需要晶核買東西時，都是從這裡面取用。

「不是那些，是上次那隻變異鳥的晶核，給小傢伙當枕頭用的那個。」羅勳彎腰在沙發後面仔細來回尋找。

「不是放在狗窩裡了嗎？」嚴非也跟著翻箱倒櫃。

那麼大一個東西，怎麼會說不見就不見？

他們明明記得之前還看到小傢伙把那顆晶核當枕頭呢……

「等等，最後一次看到是什麼時候？」或許是那顆晶核一直丟在家裡當擺設，兩人反而一時沒注意。聽到羅勳的話，連嚴非都表示……他記不起準確時間了。

「我的印象中，好像前不久還看過。」

「難道被小傢伙當成球滾到什麼東西下面去了？」羅勳搔搔頭髮，那顆晶核就算有人要偷，也不方便拿走。

兩人趴在地板上用手電筒四處掃射著所有可能藏東西的縫隙，沒過多久，他們兩人從沙發底下掃出一大堆狗毛，架子底下是狗毛加一隻拖鞋……好吧，小傢伙已經算是客氣了，畢竟先前他們從這底下找到過那麼多隻拖鞋，從那次到現在，才翻出這麼一隻來。

兩人先從一樓客廳找起，完全沒有半點結果，然後是育苗室、廚房、浴室、儲物間，最後兩口子跑上樓，徹底給家裡所有牆角縫隙來了個大掃除。灰塵、狗毛、不知什麼時候滾到縫隙中的小玩意兒找出一大堆，卻依舊沒有那顆晶核的半點蹤影……

「所以說，你到底把那顆晶核弄到哪兒去了？」羅勳覺得腰疼，這會兒躺在沙發上放鬆精神，雙手捧著蹭過來的狗頭揉捏成奇怪的形狀逼問小傢伙。

遺憾的是，他們家的狗不會說人話，也聽不懂高深問題，只和羅勳大眼瞪小眼地互盯，還帶著一臉無辜的傻樣兒。

嚴非伸手在狗頭上彈了一下，「是不是被牠吃了？」

「那麼大顆……怎麼吃？舔沒了嗎？又不是霜淇淋。」羅勳忽然皺眉沉思，「你說……晶核這東西被舔舔，是不是真的能越變越小？」

嚴非的手頓住，表情變得有些微妙。

「你見過用水洗晶核能把晶核洗沒了的情況？」

他還真當晶核是霜淇淋？

他們現在收到晶核都會讓宋玲玲用水系異能造水沖洗乾淨才敢伸手碰，怕上面帶著喪屍病毒。好吧，就算變異鳥腦袋裡的晶核沒有喪屍病毒，可這東西又哪能用「舔」的吸收？

「或許狗的口水……和普通的水不太一樣？」羅勳不太確定地開發起了新思路。口水確實和普通的水不一樣，其中所含有的成分肯定有區別，問題是，還沒聽說過有什麼人能「吃掉晶核」後還好好活著的……也許變異動物的晶核和喪屍晶核是不同的？

兩人對視了一眼，看向小傢伙。

小傢伙有些防備地抖抖耳朵，後腿直覺站了起來，想要後退。

嚴非取來一顆一級透明晶核，羅勳撬開狗嘴，用一塊小毛巾沾了點狗口水……好吧，被狗舌頭舔過還好，雖然嫌不衛生，但因為是自家養的狗，並不會讓人覺得噁心，但這會兒要用狗口水來做實驗，心裡多少還是有些彆扭的。

小傢伙被毛巾弄過後，搖晃著腦袋，夾著尾巴，跑到鵪鶉箱子後面躲了起來，然後又悄悄伸出半個狗頭偷瞄兩位主人的動作，生怕他們再往自己嘴巴裡塞什麼奇怪的東西。

兩人用濕毛巾包裹住晶核，又用兩個塑膠袋裹住毛巾……這是怕水分流失，就是不知道明天一早再打開時，會不會出現什麼化學反應。

羅勳跑到鵪鶉箱子旁捧起狗頭，問道：「那顆晶核是真的被你吃了？還是被人拿走了？如果是被你吃了的話，你是不是也該有異能了？」

傻狗依舊一副傻樣兒衝羅勳歪腦袋。

「有時我真的覺得我養的好像是哈士奇，而不是聰明的黑背……」羅勳抱怨。

嚴非失笑，「牠就算再聰明，也不可能聽懂你所有的話，而且你問的問題，你自己覺得牠能回答得出來嗎？」

「可那顆大晶核到底跑哪兒去了？」羅勳皺眉環視整個房間，家裡能找的地方他們全都找過了，就連鵪鶉箱子裡面都查看過了，「總不會真的被人偷了吧？」

嚴非看向窗子的方向，外面一堆鐵欄杆擋著，裡面的玻璃完好無損。

說實話，這要真是外賊……除非這賊有穿牆的技術，不然誰能偷得走？

要說是內賊……自家房間的鑰匙他們兩人可從來沒給過別人。小隊成員都很厚道從來沒有主動提出過要來兩人家中做客，都是羅勳兩人邀請後他們才會來，而且那顆晶核那麼大，如果真是他們拿走，他們得往哪裡藏？根本就藏不住。

「你覺得要是被盜……什麼人能偷得走？」

不是嚴非太信任同隊成員，而是這東西就算有人偷走……也沒地方出手。那種異能全基地裡就沒聽說過有人有。這東西看著厲害，奈何就是個雞肋，也就擺在那裡看著好看。

羅勳苦著張臉，繼續揉狗頭，「所以還是被你弄沒的吧？說，是不是被你吃了？」

傻狗依舊一副傻樣兒，任自家無良主人把自己的狗臉揉成各種形狀。現在的牠已經忘記羅勳往他嘴裡塞布的事，還傻兮兮地往前湊，以為主人在逗自己玩呢……

兩口子「虐待」完自家傻狗，就攜手愉快地上樓睡覺。

次日清早，還惦記著這件事的兩人，下樓後先跑到昨天放置毛巾的地方取出打開，檢查裡面的晶核……

「我覺得大小完全沒變過。」羅勳拿著清洗過的晶核觀察了一番。

嚴非點頭，「昨天我秤過重量，咱們再秤一次。」說著取來小天秤。這東西不用換電池，又很耐用，秤小件東西沒什麼問題。

結果，果然和昨天一樣，重量沒有改變。

兩人看看晶核，又看看仰頭望著自己的小傢伙。

「你說……要是那顆晶核真的是被小傢伙『吃』掉的話，那牠現在是不是……已經有異能了？」羅勳猶豫地問道。

「說不準，不過如果那顆晶核的消失真和牠有關的話。」

那顆晶核拿回來之後，小傢伙只要在家，就幾乎抱著它。除了吃飯，白天把牠帶出去陪于欣然玩之外，幾乎就沒放開過。如果是被人拿走的，牠第一個不會同意，所以說不定真是被牠弄沒的。

羅勳蹲在小傢伙面前，再度捧起狗頭，「可是……我見過的、聽說過的變異動物，外形都長得比較奇怪，牠……這應該還算是沒變異吧？」
但是，牠弄沒那麼大的一顆晶核，真的沒變異嗎？
嚴非沉默起來，他不像羅勳似的，知道那麼多關於「未來」準確的消息，可他們末世後見到過的唯二變異動物的外形……都奇葩到一定的程度。小傢伙如果會在變異後體型變大什麼的，他一點也不會覺得意外，反而要是牠保持著這個模樣，到會覺得有些古怪。
「也許……有的變異動物外觀不會改變？」嚴非試探地問道。
「我也不清楚……對了，你還記得嗎？之前有幾次晚上咱們回來時，牠的眼睛好像燈泡一樣在發光。」羅勳眼睛忽然亮了起來，連忙轉頭向嚴非求證。
「你是說……」嚴非隱約想起了當時的情況。
想到小傢伙有可能已經變異，羅勳刷一下子站起來。
「今天晚上咱們就關燈試試。」
現在才剛剛早上，家中雖然有房間比較陰暗，可還遠遠達不到漆黑的標準，還是等到晚上再測試吧，反正那顆晶核說不定已經被小傢伙「吃」掉不知多久了，晚一天驗明牠的體質也不是什麼大問題。
其實除了這個方法之外，還有一種方法可以證明小傢伙有沒有變異，那就是讓牠使用普通的一級晶核。如果牠能吸收掉，就證明牠已經升級了，但如果沒能吸收掉，那恐怕就是變異鳥的晶核還存在某個地方，只是沒被兩人發現。
只是，晶核這東西誰知道直接吃掉會不會把人或動物變成喪屍？羅勳可不敢賭。小傢伙並不是人類，萬一牠直接吞掉那東西，出了問題，自己哭都沒地方哭去。

變異鳥的晶核行蹤不明，疑似嫌犯的小傢伙還要等到晚上才能進行驗證審理。上次打到的那隻變異羊的晶核則被章溯「吃掉」了，現在剩下的就是那張巨大的羊皮要處理。

羅動兩口子帶著自家的狗出了家門，送到于欣然的身邊陪她玩耍。

這會兒五人組已經踏上艱難的征途上班去了，羅動他們也沒辦法，要是外面路況好些，還能讓他們開著車子去上班，可現在連羅動他們出門都要步行，五人組只能努力爬到軍營，試探一下道路狀況。

「處理那張羊皮？好啊好啊！」徐玫兩人連連點頭。家中裝了水暖後確實很暖和，可她們這兩次出門卻備受凜冽寒風凌虐。羊皮的保暖效果很好，做出來當成外套、鞋子、手套用來保暖正正好。

宋玲玲想到今天天還沒亮就外出工作的五人組，「李鐵他們最近天天都要去上班，咱們趕緊整好羊皮，做些外套，讓他們先穿著禦寒也好。」

幾人將那張凍得結結實實的變異羊的皮拿過來，用水清洗掉碎肉，用鹽殺菌，然後……

「天氣這麼冷，羊皮這麼大，咱們怎麼晾……」兩位女士求助地看向羅動。

羅動皺著眉頭看向窗外，這麼冷的天，把皮子弄出去，沒多久就會凍住。要是純皮子，他們直接晾曬出去就算了，可這東西上面還有毛呢，一拿出去不就徹底凍住了嗎？

正想著，起晚的章溯晃了進來，「這是幹什麼呢？」

羅動眼睛一亮，「來來來，美人，你立功的時候到了！」

章溯連門都沒進，聽到羅勳的話，當機立斷抬手，一道風刃衝著羅勳射去，被半途猛然多出來的金屬鐵板擋住，發出「噹」一聲巨響。

于欣然學著宋玲玲的樣子，用手揉揉自己的小耳朵，看看門外黑著臉的章溯，再看看用金屬板擋住風刃的嚴非。

大約半小時之後，章溯黑著臉站在一個相對空曠的房間，操縱著風系異能，反覆造風吹著房間內折過幾次，展開來的羊皮……

羅勳那貨居然真的把他當成吹風機使，實在是叔可忍嬸不可忍。

章溯造了半天的風才好不容易把那張羊皮勉強搞定，雖然還有不少步驟需要處理，但考慮到現在是冬天，大家說不準什麼時候就要用上這東西，羅勳還是決定先將它剪裁出來，至少弄上幾大塊可以讓人披蓋防風的斗篷或者大外套，甚至棉被都好。

費勁剪裁，再費力將它們一塊塊搭配上內襯，幾個負責動手的人幾乎覺得自己的手都快要被針戳爛了。這皮子太硬，就算扎不著人，用力按針尖也按得人手疼。

直到夜幕深沉，外面再次颳起寒風，五人組還是沒動靜。

章溯等得飢腸轆轆，臉也越來越黑，最後直接掏出手機，撥通王鐸的號碼。幸好他們幾個人的手機都有電，而且都帶在了身上。

王鐸說，他們四十分鐘前就已經出來了，現在依舊奮鬥在滿是積雪的路上……目測距離自家還有一半左右的路程。

「一半的路就走了四十分鐘？」章溯掛掉電話，走到窗邊看向外面遍布積雪的房屋和道路。別說，還真有可能。

黑著臉的章溯轉身走向大門。

「你去哪兒？」羅勳正和于欣然一起幫小傢伙刷毛，順口問道。

「接那幾個白癡回來。」章溯丟下一句話就要出門。

「等等，他們已經走了一半的路，你就算出去也起不了太大的作用吧？」羅勳連忙起身攔住。外面的路有多難走，他和嚴非出去過當然知道，怎麼章溯也變得不理智起來了？

章溯斜睨了他一眼，「我是風系異能者。」說著還鄙夷地從上到下掃視了他一遍，「能給隊友加ＢＵＦＦ。」

所以他上次是故意沒跟自己和嚴非一起去送菜嗎？

一定是！肯定是！

嚴非從旁邊的架子上取下幾大塊羊皮斗篷丟給他，「要去的話，給他們帶上這東西，好歹比他們身上穿的外套暖和。」

目前最適合出去接人的，也就只有章溯了。其他人出去，估計等走到能和五人組碰面的地方也會被凍個半死，能不能囫圇回來還是兩說。

果然，大約半個小時後，章溯就帶著幾個身上裹著羊皮的人回來了。

還沒進門，李鐵幾人就開始抱怨：「幸虧章哥過去找我們了，我們半路差點被打劫。」

「打劫？打劫你們什麼東西？」徐玫錯愕地問道。

「帽子、外套，還要搶我們的羊皮。」何乾坤和吳鑫一臉憤慨。

羅勳聽到這話，有些莫名其妙地看向章溯。

「那些人是在你送了羊皮之後才出來搶東西的，還是之前？」

「之後。」

所以，其實那些強盜是被章溯手裡的羊皮吸引出來的吧？

宋玲玲連忙問：「你們有沒有受傷？那些人怎麼樣了？」

五人組搖頭表示沒是，至於那些攔路搶劫的……

章溯道：「當基石了。」

公路基石嗎？

眾人都略過這一讓人半夜做惡夢的念頭，詳細問起五人組工作的事。

王鐸沉著臉抱怨：「我們今天到的時候，發現來了幾個新人，說是幾個技術人員要過來幫他們忙的，可其中好幾個總跟在我們身邊晃悠。」

何乾坤點頭道：「我問過他們，他們都有點電腦基礎，不過都不熟。」

「平時讓咱們做的工作也都不深啊，學點專業知識就能掌握，還有好多東西一旦弄完程式之後，只要照著規則輸入就好了，除非程式出錯，系統崩潰……不過就算出現這些問題，人家那裡也有專家……」韓立給大家潑冷水。

幾人對視一眼，齊齊嘆了一口氣。

羅勳和嚴非對看一眼，問道：「他們是想換人？」

李鐵攤手，「說是讓我們當師父帶新人。要是沒有今天那通電話，我們也就帶了……」

現在不能不怪他們多心，今天簡訊裡他們的上級對自己幾人不住在軍營附近去上班不方便的事已經表現得很不滿了。其實不止是這次，之前幾次出現天氣問題導致不得不休假的時候，他們就聽上級抱怨過幾次。

他們的同事甚至還表示可以幫自己幾人在軍營附近找找空房子。

要是放在末世初期的時候，五人組自然樂意，就算不能住在軍營裡面，至少挨著軍營住他們也能放心不是？可現在？他們是宅男小隊的一員，和隊員們有了很深的情誼，更加上他們所有的物資、財產都在這裡，這裡費了他們多少心血，怎麼可能捨得放棄？

章溯早就把滿是寒霜的外套丟在一邊，聽到他們抱怨，冷笑一聲，「帶什麼帶？趁早辭職回家，省得遭這個罪。」

五人組眼中都有些猶豫和不甘。

章溯繼續潑冷水，「現在不辭，早晚也得被他們踢了，除非你們能像你們那兒的程式大拿一樣有被人留下的本錢，可真等有了那本錢，他們有可能讓你們還住在外面嗎？」

章溯的話是大實話，重重落在了幾人心裡。

李鐵低著頭想了想，說道：「要不……咱們再做一陣子看看？他們要是真不願意留咱們，到時就辭職吧……」

他們幾人在末世到來前都沒有正式從事過什麼正式工作，再加上這幾個孩子比較厚道老實，總覺得自己主動辭職心裡過意不去，更何況當初他們剛到基地的時候，軍方還是挺照顧他們的，無論是房子還是工作……

所以，就算是早晚都有辭職的那一天，但被人開除和自己主動辭職，在他們看來，心裡上的負罪感是完全不同的。

章溯翻了個白眼，懶得罵他們了。

窩囊成這樣，要是放在末世前，無論他們的工作有多努力，都會在職場上被那些會鑽營的同事打壓。就算是末世後，如果他們沒這麼好的運氣，能在末世剛開始的時候就得到這份工作，並且加入了宅男小隊，早晚會都會被隊友當成炮灰。

不過，正是因為他們是這樣的性格，自己才會一直和他們保持著如今的關係，並且也願意和他們繼續這樣生活下去，共同在一個隊伍裡努力求生。

「對，明天咱們還去上班。」何乾坤站起來，兩眼放光地看向眾人，「我們在那兒上班有多好的資源，就算早晚都要走，走之前好歹也得多弄點東西回來。」說著，他指著平時放主機的方向，「多下載一點電影和電視劇回來也算是賺到了。」

「對對對，下雪前我就在資料庫裡看到過，咱們改天全都下載下來。」

幾人又一次激動起來，總之，所有有用的資料，他們能接觸到的有用資訊，趁他們還在那裡工作，多弄點回來，對他們來說就是賺到了。

章溯翻了個白眼，起身向外走，「阿Q精神！」

五人組回自家換衣服，羅勳兩口子帶著自家的狗回到家中。進門後羅勳才想起一件很重要的事，連忙跑到牆邊關燈，「差點忘了，狗眼狗眼！」

嚴非也在第一時間想起了這件事，但他現在說出來的話……一般人真心聽不明白。

兩人將大燈關掉，窗簾拉上，此時整個屋子黑漆漆的，兩人適應了一下，這才仔細觀察著小傢伙的眼睛——怎麼沒有先前看到的那種亮光？

狗眼睛和小傢伙的輪廓還是能看到的，因為鵪鶉籠子那邊還開著燈。

莫非需要在全黑的情況下才行？

想到這裡，兩人帶著小傢伙上樓。

臥室中本來就是黑的，可小傢伙的眼睛並沒有兩人預想中的發出什麼亮光。

「這是怎麼回事？」羅動納悶地撓撓頭。

「或許是其他原因造成的？」

「會是什麼呢……」羅動琢磨了一下，忽然說道：「會不會放牠自己在黑暗中待一會兒，咱們過一會兒再進門就可以了？」

兩人將小傢伙關在房裡，茫然不解的小傢伙先是傻站在門後疑惑地盯著大門，等了大半天，羅動兩人才開門。就見小傢伙搖著尾巴衝兩人愉快地吐舌頭，還以為主人在跟牠玩。

「狗耳朵很靈敏，咱們只站在門外恐怕沒什麼用。」嚴非拍拍羅動的肩。

羅動當機立斷關上臥室的門，拉著嚴非一起下樓，想了想還是覺得不放心，乾脆走出自家屋子，一口氣爬到十五樓，在走廊上等了足足十分鐘。期間徐玫發現兩人在走廊上，還跟他們聊了一會兒，他們這才又回到自家爬上樓。

深吸一口氣，羅動打開房門，然後就見一對閃亮亮的鈦金狗眼從大床上躍下，一路歡脫地撲向羅動，撞到他的懷裡。

「你看到了嗎？看到了嗎？牠的眼睛果然是亮的！」

兩人為了避開不確定因素，就連一樓、二樓過道的小燈都沒開，現在兩人還能清楚地看到小傢伙的眼睛在發光。

等等……剛剛似乎有哪裡不對？

「你居然跑到床上去了？」

「你說說你，到底有了什麼能力？難道只有眼睛發亮這個特點嗎？」羅勳蹲在地上，揉捏著一個勁兒想來舔自己的小傢伙，頗有些無奈。狗眼會發亮的事實讓他暫時決定不就小傢伙上床事件對牠做什麼懲罰，畢竟是他們把牠關在臥室的。雖然他們證明了自家的狗似乎有些與眾不同，但牠除了剛才眼睛是亮的之外，什麼特殊的地方都沒有。

難道只是單純具有「夜視」能力？這能力有什麼用？

話說回來，牠這算是真的變異了嗎？

兩人一狗彼此之間沒辦法愉快交流，沒什麼比語言不通更讓人在這種時候覺得坑爹的，尤其是小傢伙有沒有異能的事，需要牠主動表達才能被兩人確認，可現在這種狀態，任羅勳兩人再怎麼想辦法慫恿也得不到答案……

種族不同真是讓人心累的事，這樣下去，他們下次出門能不能帶著這貨都不清楚。

思索半天，兩人將小傢伙帶回樓下，羅勳拿著一把一級無色晶核遞到小傢伙面前，心裡有點糾結，要是牠一口吞了……變成喪屍狗怎麼辦？

心裡的想法註定暫時無法驗證，因為小傢伙只是就著羅勳的手聞了聞，然後甩甩尾巴，轉過身去，跑回牠的狗窩睡覺去。

兩人無語對視。

嚴非勸道：「還是等一陣子再說吧，反正咱們現在不用出基地，天天跟牠在一起，真有什麼問題，早晚能夠看出來。」

如果小傢伙能在不改變外形的情況下變異，對於大家來說都是好事。

日子一天天過去，小傢伙依然沒半點顯現出異能的模樣，五人組依舊每日艱難地跑去軍營上班，帶著一股勢要搬空軍營資料的架勢，當然，如今他們每天都隨身帶著武器，免得半路遇到打劫的人。雖然因為這些天新加入他們部門的新人比較多，幾乎隨時都有人跟在他們的身邊偷師，可五人組這幾天居然還有機會帶回不少拷貝的資料。

五位英勇的年輕人似乎對這些東西的怨念極大，只要有機會就偷偷下載，居然沒有被人發現，這真的已經能算是奇蹟了。

十二月下旬，上次的大雪基地還沒徹底清理乾淨，居然再次下了一大場雪。這次的雪和上次的勢頭幾乎不相上下，寒風一吹就是整整兩天。高些的樓層聽著窗縫中穿過的強烈氣流聲，都有種自家大樓說不準什麼時候就會被吹壞的錯覺。

幸虧西南基地的高層建築都是這幾年剛蓋起來的，看起來還算結實，不然在這麼恐怖的狂風肆虐中，指不定就真的會有大樓倒塌。

凜冽的北風再加上從天而降的大雪，讓原本已經清理出一部分的道路再次被封堵住，基地裡因此陷入了雪災之中。先前那些還沒修建好的房屋又一次經受了嚴峻的考驗，上次堅挺過來的那些房屋，還不知道現在會怎麼樣……

羅勳坐在自家大椅子上，一邊慵懶地望著窗外那鋪天蓋地的銀色世界，一邊悠閒地喝上一口苦瓜茶。苦瓜是秋收時晾曬的，用來在冬日去火正好。

小傢伙趴在他的腳邊，耷拉著眼皮正在睡覺，鼻子卻時不時抽動幾下。

嚴非坐在他身邊，跟他一樣悠哉地看著外面的天色。

「有個全封閉式的露臺真好，冬天賞雪，夏天看雨。」羅勳晃蕩著腳踝。上輩子他哪有這麼清閒的生活？在冬日中能靠著火爐取暖烤火就已經是很享受的事了。

兩人面前放著一個點著炭的燒烤架，這個燒烤架是一個大鍋形狀，裡面架有金屬網，下面放著燃燒著的炭塊，網子上面放著切好塊穿成串的鳥肉、羊肉、茄子、豆角、韭菜之類的東西。兩口子趁著外面風大，決定今天晚上在這裡賞雪景吃燒烤。

在末世後的露臺上吃燒烤，這是羅勳從末世前就想這麼做的事。遺憾的是，自從發現自家吃肉的香味有可能傳到外面，整個宅男小隊在做飯的時候就要小心許多。平時做肉菜時不但肉量少很多，也盡量選擇那些不太會散發香味的烹飪方法。

羅勳兩人等了好多天才趕上這麼一場大雪，可以放開來吃肉，這是多麼舒坦的享受。

嚴非翻動著架子上烤著的肉串、蔬菜串，將烤好的取出來放到盤子上，幫自家老婆刷醬料。平時的飯都是羅勳在做，今天難得能操作一下，自己不動手，難道還要辛苦老婆？

「這個好了，蘑菇還得等一會兒。」

將茄子、韭菜放到羅勳面前的盤子上，嚴非再看了看架子上其他的食材。

「一起吃。」羅勳舉起一串韭菜。這玩意兒可是壯陽的……咳咳咳，晚上那麼辛苦，白天可不得補補？

「昨天手機的訊號又斷了，他們上次算是白修了。」

羅勳吃著燒烤，兩人談論起這幾天基地中發生的事。

幸虧他們這個月初就出基地打到不少晶核，不然月底的時候根本沒機會離開基地。

「本來聽說今年過春節的時候還會和去年一樣，在廣播中播放春節晚會，照現在看來，至少陽曆年是沒機會了。」嚴非的視線掃向社區後面那條馬路上，那裡原本有豎著一個個架子，上面掛著擴音喇叭。現在連豎著喇叭的木頭架子都沒了蹤影，似乎全都被人偷回去當木柴燒了，更何況上面的喇叭？早八百年前就沒影兒了。

「對了，我試試收音機。」

兩人找出許久沒用的收音機。有了手機之後，除非沒訊號的時候，不然每天基地都會定時給所有有手機的倖存者們發簡訊，從用水安全到基地的最新條令全都有，事後還能查詢記錄，所以習慣了用手機的人，很少有人還專門去聽收音機。

於是，他們兩人的燒烤晚餐約會中添加進了一些背景音樂。

其實收音機中還是有些比較有用的消息，比如這幾天就在翻來覆去播報如何在家中盡可能的保溫，並且還要小心避免一氧化碳中毒，以及凍傷要如何處理等注意事項。

當兩人吃到羊肉串的時候，收音機中的消息從雪天注意的安全事項之類，變成了居然在播報關於異能小隊的消息。

兩人連忙豎起耳朵認真聆聽。

此前為了限制異能者隊伍的擴張，減少倖存者們的抱團現象，軍營針對這些問題採取了一系列的措施，比如提高各小隊每個月需要繳納的物資或晶核。羅勳他們也是因此才會在月初冒險趕緊出去一趟，而現在眼見十二月底就要到了，基地終於做出了最終的決定——因為近日極端天氣頻繁發生，此規定推遲到明年二月後正式實施，已經按照規定繳納過物資、晶核的小隊，來年二月不用再繳納，但各小隊要按照改制前的規則，每個月完成相應的任務。

按照先前的規則，如羅勳他們這樣的最初級的小隊，壓根兒就不用去特意做什麼任務，只有升級後，基地對他們才有要求。

兩人相視一笑。

「果然又改了。」

「嗯，時間寬裕了很多，不過到時出基地的人數也會大大增加。」

羅勳沒什麼意見，「就算沒有這些規定，開春後要出基地的人也絕對少不了。今年的大雪出乎所有人的預料，去年過冬前大家好歹還有從市區裡收集來的東西可以頂上一冬，今年末世前留下來的食物已經全都沒辦法吃了，基地裡面的糧食數量也有限，連咱們都覺得日子過得緊巴巴的，何況別人家？」

這還是羅勳家有農作物產出的情況下，那些每天只能靠著積分、晶核在兌換窗口兌換食物的人，其日子可想而知。

基地新通知下發之後沒幾天，整個基地就迎來了陽曆新年。用農曆來計算，今年的農曆春節和陽曆新年都在一月。軍方為了安撫人心，加深大家對於基地的凝聚力，決定好好在這個月中讓大家感受到過年的氣息。當然，放鞭炮依舊是不允許的。

元旦那天，羅勳他們將各個房間中的收音機全都打開。大家無論是在平時活動的房間，還是外面的走廊上，都能聽到裡面輪番播放的音樂、相聲等之類的節目。

五人組年前的收穫很不錯，他們幾乎將所有能找到的資源都存回自家，光硬碟就堆了一大箱子，其中有不少資料連他們自己都不知道是什麼。

有時候他們還會將一些臨時中轉的，標註著比較緊急重要的資料夾也順手拷貝下來。好奇心人人都有，而且他們沒什麼壞心思，回到家中也沒時間仔細檢查這些東西。

春節期間，五人組所在的部門特意給他們放了三天假。

徐玫和宋玲玲一大早就開始和麵——這還是基地新糧食打下來前他們提前存下的，如今基地裡面已經沒有麵粉賣了，兌換窗口只有白米。不少人就算手中還有晶核，也都沒地方去換麵粉，就連宅男小隊也只剩下夠大家吃兩次餃子的分量。

他們準備將這些麵粉分成兩份，今天用一部分，月底農曆新年的時候再吃一次。

五人組幫忙剁羊肉餡，為了避免被外面聽到聲音，他們特意跑到一六〇三屋中支上兩個大案板，一個用來剁羊肉，一個用來剁菜。

羅勳和嚴非帶著章溯，一大早就去跟其他小隊約定好的地方交易蔬菜。過新年嘛，這些小隊也打算多買些菜回家讓自家成員吃頓飽飯。

三人在到達前的途中放倒足足兩撥共計八個想要打劫的人，等到了目的地還遇上幾個湊過來打探情況，卻被章溯轟跑的傢伙。

沒辦法，誰讓他們身後拉著東西，一看就知道那些黑漆漆的盒子裡是有料的，攔路打劫的人也得過年啊。

剛剛交易完畢，旁邊滿是積雪的便道雪堆中就有人偷偷對他們放冷槍。

沒錯，就是冷槍，要不是嚴非隨時警戒著，那槍就打中正拿著晶核的羅勳了。

「嗤」一聲，章溯製造風刃反擊，削斷那人拿槍的手。

那人哀嚎著丟下斷手和槍，轉身就跑。

這一突發狀況讓對面剛和幾人交易完的某小隊成員表情僵了一下，乾笑兩聲，「沒想到大白天還有打劫的。」

羅勳對他笑笑，看起來很是親切，「我們都習慣了，每天出門都得見見血，外面的治安哪裡比得上新區那裡啊！」

那人也不知道說些什麼好，尷尬地笑了笑，拿著自家的東西裝車走人。

「沒事了？」金屬箱子中的東西全都空了，嚴非向羅勳確認。

羅勳點點頭，翻看了一下手機上的簡訊，「咱們回去吧。」

「食堂那裡沒要買菜？」章溯順手撿起還帶著鮮血的槍，將斷手踢到路旁。槍可是戰利品，好歹能賣出幾袋速食麵。

「食堂前天才來人買過，再要東西應該得等到過年後了。」羅勳將手機塞回口袋，拍拍章溯的肩膀，「加ＢＵＦＦ。」

叫章溯跟著出來，當然是因為他有風系異能。要不是上次他自己說漏了嘴，羅勳還不清楚章溯現在已經能做到給身邊距離比較近的人加持風系異能，減輕對方的體重，加快對方在地形複雜的地方行走的速度。

章溯無奈揮手，他一次最多只能給自己之外的四個人加持這種能力，人數一多就起不到什麼作用，最多輪著來。原本怕麻煩，之前才一直沒提起過。他就知道被羅勳知道了，肯定會壓榨他。現在看看，果然如此吧？

幾人回到家中，大家已經剁好肉餡調好味道了。徐玫帶著大家正在給白菜擠水分，見羅勳三人回來，連忙招呼道：「你看看麵團醒好沒有？我們已經快把餡料搞定了。」

「好。」羅勳應了一聲，洗手檢查麵團的狀況。

嚴非將晶核依次分好，放進各自的袋子裡，堆在屋門旁的架子上，對眾人道：「晶核都分好了，等一下走時，你們記得拿走自己的那一份。」

「哦哦。」

收音機中的音樂響起，于欣然抱著小傢伙玩，沒一會兒就騎到牠的背上，讓變身座騎的某隻狗載著她瘋跑。孩子的笑聲、大家的說笑聲，把廣播中的音樂壓得幾乎聽不清，但這份讓人心暖的氛圍，著實叫每個人的心中都暖烘烘的。

基地為了這個月內的兩個節日，開始加班加點清除街道上的大雪。

撒鹽是不現實的，因為暫時無法生產鹽，基地中如今的食鹽全都是從末世前幾個專門中轉運輸食鹽的地方搬回來的。雖然數量不少，卻不敢肆無忌憚地揮霍。

好在基地中有幾輛鏟雪車，這幾天加班加點再加上人工清除，總算先將幾條主要道路上的積雪清理乾淨。

廣播中報導，過幾天還會加班清理周邊小街道的積雪，並鼓勵大家為維護自己的家園做出貢獻，一起走上街頭幫附近的街道清理積雪。

羊肉餡的餃子味道很香，元旦那天大家吃得肚子滾圓，回到家後還不時回味。

第四章 當喪屍鳥遇到鈦金狗眼……

三天的假期結束，五人組回去軍營上班。

羅勳正和徐玫及宋玲玲研究鳥肉能不能做肉餡，搭配什麼蔬菜比較好吃時，放在櫃子上的手機傳出來電鈴聲。

嚴非走過去拿起手機，略微詫異地挑起眉毛，「是韓立打來的。」

「韓立？」他們幾個不是一早就去上班了嗎？怎麼會突然打電話回來？羅勳連忙接過電話，聽見裡面的聲音有些低沉：「羅哥，我們正在收拾東西，等一下就回家。」

「怎麼了？」羅勳心中一動，但沒直接問出自己的猜想。

「……我們失業了。」韓立的聲音明顯低落下去，口氣中還帶著自嘲，「我們回家幫你們種菜，咱們宅男小隊這下子可真是名副其實了。」

他沒說具體的情況，但羅勳他們也能猜出個八九不離十。聽到他的話，羅勳笑道：「那就趕緊回來，徐姊正說要用家裡的棉布縫襪子，你們自己的襪子自己縫。」

「哦哦。」韓立笑著應了一聲，掛掉電話，轉身走回工作了整整一年的地方。

見他回來，李鐵對他使了個眼色，低聲問道：「跟羅哥他們打過招呼了？」

韓立點頭道：「嗯，羅哥說讓咱們回去縫襪子。」說著，他自己也不由得笑了起來，兩人一起慢慢收拾著各自的東西。

那邊何乾坤的手指正在鍵盤上飛快敲擊著，吳鑫和王鐸在他身邊晃來晃去的，遮擋住別人看向螢幕的視線。

幾個人圍在何乾坤的桌旁假裝收拾自己的東西，等何乾坤長出一口氣，從主機上拔下一個隨身硬碟，大家才加快速度將自己的所有私人物品打包，然後跟同事和上級告別。

新來的幾個頂替了五人組的新人中，有幾個站在門口，看著那宛若喪家之犬一樣離去的背影，有人心裡愉快，有人心中感慨。

機房深處獨立的工作室中，幾個被軍方專門聘請過來，並在軍營中安排了住處的工程師們，聽說李鐵他們已經被開除了，絕大多數的人都沒什麼反應。李五人組在這裡的工作不過就是給他們打雜的，做一些重複勞動，不用耗費太多精神的工作。對於他們來說，換成誰來做都差不多。

有人則皺起眉頭，壓抑著心中的不滿，「趕走幾個熟練、學過程式語言的人，換來幾個二把刀，等他們學熟這些得多長時間？頂不頂得上多放那五個小子幾天假的損失？」

搬資料進來外加告訴對方五人組離開消息的工作人員連忙笑道：「這也是沒辦法的事，誰叫他們五個人住得太遠了，機房要是臨時出點什麼事，叫他們過來都不方便……」說著湊到那位工程師身邊低聲道：「新來的幾個裡面有一半是上頭特意安排進來的，還有四個是基地高層的直系子侄，您就多擔待點吧。」

那位工程師哼了幾聲，打開幾個資料夾，思索了一下，群發出一封郵件，「讓這幾個不省心的先把這些東西都整理好……一星期內要完成。」

通風報信的人一頭冷汗地僵笑著轉身離開，那些東西……就算讓李鐵他們五個人來做，沒半個月的功夫也做不完啊……

聽說五人組被辭退，宅男小隊全體宅在家中的成員都決定好好迎接這五個可憐的失業男孩。比起自動辭職，被動開除對於心靈上的打擊絕對不一樣。

果然，五人組回來後，王鐸抱住章溯，在他的脖子上蹭啊蹭，求安慰求撫摸。

李鐵他們的情緒頗為低落，甚至何乾坤的眼睛還有點發紅。

幾人簡單說明了一下，表示今天他們剛到軍營就接到通知讓他們收拾東西回家，之前連半點準備時間都沒有。

吳鑫十分憤慨，「要開除他們怎麼不早說啊？先前還放了我們三天假，我們還以為過完年怎麼也能再工作一陣子，好幾部電視劇沒來得及下載呢。」

為什麼他最怨念的是電視劇沒拷貝下來呢？

抱著章溯的王鐸，硬是跟他擠在一張椅子裡秀恩愛，聞言後抬頭給大家報告起他早上的成果：「我偷偷問過幾個人，他們說昨天和前天兩天，我們上級打電話給他們，讓他們加了兩天班，教新來的人做我們平時工作要處理的內容。」

「對對對，今天還有三個之前根本沒見過面的人，坐在我們之前工作的位置。」何乾坤也想起來了，他今天有事急著要處理，還是幾人想辦法把那個坐在自己桌子前面的人忽悠走之後才搞定的……幸好他們被開除後還讓收拾各自的東西，不然等忙完一天直接辭退，自己連處理電腦上東西的時間都沒有，到時更麻煩。

「是四個，這兩天新來了四個人，有一個在咱們到了之後聽說一直在李工的辦公室裡沒出來，據說都是基地高層家的親戚、兒子什麼的。」王鐸說道。

李鐵幾人聞言怒氣值再度上飆。被軍人出身、基地找起來比較方便的同事們頂替，他們雖然會生氣，但也僅僅只是生氣而已。被一群連見都沒見過，靠關係硬塞進來代替他們吃公糧的關係戶頂替，就真的讓他們覺得噁心了。

羅勳見五人組臉上的表情變得很難看，趕緊打圓場：「先不用管他們那裡的事了，正好你們都回來了，咱們先將最近要忙的事理好，開春之後看看能不能想辦法多種些東西。」

家中的糧食如今只勉強夠大家糊口，但如果可著肚子吃的話，這些東西的收成是絕對不夠的，這裡特指糧食。

五人組既然沒了工作，就間接等於他們沒有了另一份外快，大家的生活只靠著賣菜雖然能維持，但談不上有多好。

所以，他們要想辦法……最好是能夠再挪出一些種植空間。可惜的是，現在社區基本都被人占滿，那些因為嚴冬被凍死人的空房子，如今也被土房子倒塌，沒地方可住的人臨時住了進去。目前暫時是租不到房屋的，這件事情還得等開春後想辦法處理。

為了分散五人組的注意力，讓他們不再那麼難受，宅男小隊決定開展第一次全體參與的娛樂活動，那就是縫襪子。

棉布是當初羅勳兩人和五人組一起去家居城旁邊的窗簾城找到的棉布，眾人在羅老師和徐老師等人的帶領下，畫出襪子的形狀，然後開始裁剪、縫製……

反正自己做的襪子自己穿，要是做得不好，也得自己忍著。

至於剪出來的形狀不對、大小有問題、被針扎到手……習慣就好了。誰也沒指望他們能靠著這點三腳貓功夫學會做衣服。能讓他們分散注意力，等家裡下一批蔬菜成熟採收時就能忙起來，讓他們顧不上那些雜七雜八的事了。

宅男小隊一起愉快地在家宅著，朝共同目標奮鬥著。

等到回自家後，羅勳才開始吐槽：「我當初就覺得『宅男小隊』這個隊名怎麼聽這麼怪？現在一看，這個隊伍名稱居然成了詛咒。」

嚴非失笑，「我記得這個隊名當初是李鐵他們取的吧……」說著忽然想起了什麼，略帶疑惑地向羅勳求證：「李鐵說他們在末世前在網路上看到過一篇關於末世馬上來到的帖子，作者好像就叫什麼宅男，那個帖子是不是你發的？」

這個問題早就在他的腦海中了，只是之前一直因為種種原因並沒有跟羅勳確認過，沒想到一直拖到現在才想起來。

他早就懷疑過了，那個帖子的內容，上面說到的所有資訊、準備的工具，都能夠在羅勳的家中找到蹤跡。

羅勳愣了一會兒，才想起自己末世前發的帖子，不好意思地摸著後腦杓笑笑，「那個帖子是我發的……不過當時我也不敢確定末世到底會不會到來……」

他當時有這個顧慮，並沒敢徹底放開手腳。如果能確定末世百分百會到來，他就會乾脆去申請貸款，多辦幾張信用卡，在末世到來前血拚去了。

嚴非很是理解，就算是他，即使有跟羅勳一樣的經歷，恐怕也不敢孤注一擲認為末世就真的一定會來到。能提前花光所有現金做這些準備，已經算得上是十分大膽了。

羅勳開始準備晚飯，嚴非檢查了一下樓下的作物，又上樓四處查看，等他到了露臺時忽然發現，之前被羅勳轉移上來的變異植物中，有一部分植物不知什麼時候竟然開花了。

把羅勳叫上來，告知他狀況。

「前幾天還沒發現呢，這東西居然開花了！」羅勳看著那個盆子外面貼的標籤，發覺竟是草莓的變異苗。

草莓的變異苗可以算是所有露臺上被移進來的變異植物中比較晚的了，這幾株可是前不久正常草莓苗分株後才出現的，葉子呈金黃色，但又不是植物枯萎後的那種黃，和綠油油的正常草莓葉擠在一起很顯眼，金燦燦的，一眼就能認出來。

正常的草莓開出來的是白色的小花，黃燦燦的花蕊，而嚴非發現的開花的變異草莓，開出來的是嫩綠色的花朵，還帶著一股奇特的香氣。

羅勳仔細聞了聞，覺得那味道有點像奶油。

「這東西要怎麼處理？」

雖然陪著羅勳經常折騰這些蔬果作物，但嚴非依舊不了解這些作物的處理方式。當然，什麼時候要澆水、什麼時候要施肥，羅勳提前標記好，他還是清楚的。對於這些前所未見的植物，他自然要持保留態度。

羅勳觀察著這些開出綠色花朵的花蕊，確定這東西和真正的草莓花樣子差不多，只是花朵大小有區別、顏色不同後，便取來放在一旁的小毛刷子，說道：「得給它們授粉，這花跟正常草莓的花差不多。」

授粉這個工作，宅男小隊的全體人員都在羅勳的帶領下學會了，他們不敢讓蟲子、蝴蝶或蜜蜂之類的東西進入家中，所以所有的作物想要成熟，非自授粉的植物就只能依靠他們手動來進行人工授粉。

家中的變異植物出現要開花結果的跡象簡直少之又少，因為不確定這些植物結果後會得到什麼樣的產物，羅勳他們還是很期待的。幸虧從外觀上來看，他們種出來的這些植物似乎以良性變異品種居多，要是都能得到很好的結果，未來的美好生活指日可待。

鏟雪車在基地中忙碌地晃悠來晃悠去，將一條條街道的積雪清理乾淨，羅勳他們的生活因此得到了不小的便利，至少再跟那些小隊做交易時，外面的路要好走許多。

或許是因為快過年的緣故，基地的很多地方被軍方人員和倖存者們陸續裝點起來，被堵在基地裡不得外出的人們，利用閒暇時間，居然將社區裡、路邊的積雪堆成雪人，倒是讓基地中顯得熱鬧了不少。

為了穩定民心，軍方特意找出不知從什麼地方收集到的大批彩帶，在大街小巷將彩帶掛在昔日的電線杆上增加節日氣息。結果不過一夜，第二天一早，這些彩帶就不翼而飛了。好吧，物資緊缺，這些東西弄回家好歹能填進床單棉被中取暖。

就算不用它們取暖，這些東西也能當成褲腰帶鞋帶來用。用它們來當裝飾品什麼的，實在太浪費了。

就在所有人等待著二月開春離開基地，等待著春節到來過個安生年時，一月十一日的凌晨，白雪覆蓋下的基地外面，「咯吱」聲響起，夾帶冰雪碎裂的聲音，由遠及近……

「嗚——」

「什麼聲音什麼聲音？」

「怎麼了？」

「防空警報……警報！喪屍圍城！」

人類是善於遺忘的生物，他們只有忘掉過去的痛苦，才能努力地活在現在，為了那不知有沒有希望的明天努力存貨。

羅動醒過來後有幾秒的呆愣，然後很快就回過神來，毫不猶豫地起身穿上外套。嚴非同樣抓過自己的衣服披在身上。

宅男小隊在外面的警報聲響起之後，很快就聚集到了一起，每個人的臉上都帶著緊張、擔憂，與幾分凝重。

「現在就有喪屍來……它們不是都被凍在外面了嗎？」李鐵不解地向羅動尋求解答。

羅動微微搖頭，「我也不清楚，不過如果有什麼喪屍能適應寒冷，並且給其他喪屍解除被冰凍的狀態……它們現在圍過來也是很有可能的。」

「火系喪屍？難道它們也是一路烤火過來的？」吳鑫開始發散思維。

「這可說不好，也許它們真能一邊用火燒熱水一邊解凍。」徐玫笑了笑，還算鎮定地開了個小玩笑。

宅男小隊的成員此時全都集中到了同一個房間中開會，社區中其他屋子的人也都爬了起來，各種顏色、各種亮度燈火的光芒在一戶戶的窗中被點燃。有過上次的經驗，這次人們並沒有馬上出門打探消息，全都在家中等待軍方的通知。

軍方也如之前那次一樣，先將軍隊派到圍牆附近開始最先的防守行動，軍營裡面則正在進行統一調動和分配，把登記在冊的各個小隊的記錄整理後開始劃分不同隊伍什麼時候進行防守、什麼時候替換之類的。這些安排都要理順後才能下發通知，不然到時手忙腳亂反而還不如讓軍隊單獨駐守呢。

經歷過上次喪屍圍城的人都清楚，喪屍們就算能突破到圍牆下面對圍牆進行攻擊，但想要馬上打破圍牆可沒那麼容易，尤其是喪屍們剛剛集結過來的時候，用現有軍隊來防守就暫時足夠應付了。

就在大家抱著這份信心的時候，就在所有人都安靜地等在各自家裡的時候，不知從什麼方向開始，呼啦啦的聲音傳來，從基地圍牆外，一直擴展到上空……

本來就一片漆黑的天空中，此時變得更加壓抑，雖然天上有些烏雲，遮擋著不算太明亮的月光，可就著這淡淡的月光還是能看清外面的狀況。

然而，在那些讓人毛骨悚然的聲音響起之後，月光竟然被延伸過來的「雲層」遮住。

「喪屍鳥！大家都到上面的房間去，帶上武器！」羅動刷一下站了起來，神情中帶著一絲掩蓋不住的震驚。他明明記得喪屍鳥沒有這麼早出現……至少自己當初來到西南基地的頭一年冬季沒出現過。難道自己這隻蝴蝶的翅膀這麼能扇，扇得連喪屍圍城的模式都不一樣？

眾人都震驚地看向羅動，這……這是怎麼回事？喪屍鳥？那是什麼東西？

想起之前外出時遇到過幾次的喪屍動物，聯想到羅動所說的「喪屍鳥」，他們就算再傻也能猜出他說的這東西大致是什麼玩意兒來。

能飛的喪屍……數量還這麼多，這還讓人怎麼活？

提起一口氣來，眾人連忙拿起自己的武器，匆匆跑上十六樓。

羅動家的露臺位置最高，同樣是最容易被攻擊的，所幸嚴非早前就有所準備，如今這些窗子的外面又都裝有他秋天之前刻意造出來的金屬架子，此時所有的金屬架在他的操縱下，十五樓和十六樓兩層樓體的外面全都被金屬徹底包裹住，只在李鐵他們屋子兩個方向的窗子外留出射擊口。

所有人都抱著各自的武器，分成兩組，死盯著兩個方向外的天空。天上黑壓壓一片，彷彿陰雲籠罩在整個基地上空，不知道那上面到底有多少喪屍鳥。

不知從哪隻喪屍鳥開始，這些猙獰的東西翅膀一振，俯衝下來。

基地中的倖存者聽到了天空的聲響，現在這些東西忽然撲了下來，讓不少偷偷注意著外面天空的人們不由自主驚呼出聲。這些聲音，引得距離較近的喪屍鳥驟然轉變方向，向著那些屋子撲了過去。

羅動緊緊握著改造弩，盯著窗外的每一處可疑的地方。這個房間中並沒有開燈，喪屍們雖然對於光亮沒有什麼特殊的喜好，可這些喪屍在末世中存在了這麼久，也都知道了一般情況下有光的地方就可能有鮮美可口的食物。

為了大家少面對一些這種恐怖的生物，羅動他們還是覺得關上燈更安全些。現在可不是之前在基地外，大家要費盡心機引喪屍過來坑殺的日子。

話說回來，這次他們要面對的居然又是鳥，這種東西還真是煩人。

眾人緊張之時，喪屍鳥的先鋒部隊已經降落下來，讓眾人更加驚悚的是，現在已經不是這些鳥的數量，而是它們那恐怖的外表和它們的個頭。

這些喪屍鳥的身上沒有半根羽毛，或許是當初喪屍化的時候就全都腐化脫落了，喪屍鳥如今彷彿一隻隻黑漆漆的巨大蝙蝠，每一隻都至少有一米高，張開的翅膀似乎超過了它們的身高。黑亮細長的嘴巴與末世前的飛禽都不太一樣，那長度看起來更像是水鳥的嘴巴，可它們的腳爪卻是分開的，猶如銳利的鷹爪。

每隻喪屍鳥都盯住一個目標，揮舞著翅膀俯衝下來，攻擊目標範圍內的活動生物。

幸虧羅勳他們所在的位置外面有金屬罩可以起到防禦作用，他們能用金屬網隔絕這些喪屍鳥的攻擊，並且進行反擊，不然此時的他們就會如同附近屋子一樣發出「嘩啦啦」玻璃破碎的聲音了。

就算如此，這些有著恐怖長嘴、駭人腳爪的喪屍鳥，還是有些可能攻擊到他們。窗口處留下的縫隙雖小，但喪屍鳥的嘴巴可是細長的，且很有攻擊力。

「用水槍，徐玫給蘑菇汁解凍。」

老天保佑，上次他們外出時並沒能將所有的蘑菇汁都帶著，最近一段時間沒出去，他們又在家中陸陸續續收集了不少，不然這次他們就算想要死守，也得有幫助死守的武器，總不能讓嚴非弄出一個金屬罩子，大家傻傻等著外面的人來救他們吧？

徐玫回過神來，連忙叫上兩個人幫她一起去搬冰箱中凍著的蘑菇汁來解凍。

一整個房間中只留著南北兩個方向的一點空隙當作他們攻擊飛禽的射擊口，窗口邊只要留守兩個人就能應付大多數的情況。

嚴非和羅勳兩人手持著特製弩，現在幾乎根本沒辦法進行什麼精準射擊。那些該死的喪屍鳥此時至少有七八隻堵在窗子外面爭先恐後想把自己的嘴巴伸進縫隙裡，羅勳乾脆朝這些張開的鳥嘴進行射擊，來一隻射一隻……

一旦打出節奏，這麼一次一隻，消滅的速度還挺給力的，唯一的問題就是，絕大多數的喪屍鳥鳥頭都會被卡在入口處，這個比較麻煩，還得想辦法將它們的腦袋推出去。

嚴非在發現這些喪屍鳥對大家構不成什麼危險後，便又開了一個金屬射擊口，每當有喪屍鳥的嘴巴甚至腦袋伸進來，就用金屬缺口卡住開顱，將它們腦袋裡的晶核挖出來。

這招似乎更有效。

把這一招進行實踐實驗後，兩人立即通知在另一個窗口防守的章溯幾人，於是他們幾個也立即調整自己的攻擊模式，迅速適應了新戰鬥方法，提升了不少速度。

可是，這種相對平衡的戰鬥很快就出現了問題。

這些喪屍鳥可是有異能的啊！

「噹噹噹」清脆的爆裂聲從不大的射擊口處傳來，羅勳和嚴非兩人猛然向旁邊撲倒。

「居然是冰系異能！」羅勳驚愕，就又聽到窗口那裡傳來碎裂聲。

「難怪它們能在冰天雪地裡還飛得這麼高。」嚴非忍不住吐槽了一句，在射擊口處加了塊金屬板防護，這才拉著羅勳起身，順便幫他檢查了一下身體，確認他有沒有受傷。

「我沒事，就是剛才嚇了一跳。」在看到藍色冰塊凝結的一瞬間，羅勳就反應過來，及時和嚴非一起臥倒了，並沒有被在射擊口炸開的碎冰波及。

「章溯，你們那邊怎麼樣？」兩人聽著外面擊打在金屬板上的聲音，知道喪屍鳥一時攻不進來，才對另一頭的章溯幾人問道。

「這邊的死鳥也用了異能，是雷電系，剛才電了我們一下，不過問題不大。」章溯甩甩有些發麻的手，神色略帶陰沉地瞪著窗口。李鐵幾人已經將水槍拿過來，衝著射擊口處一通噴射，這才好不容易擊退了喪屍鳥的這一輪攻擊。

「轟」一聲在羅勳兩人身旁的金屬板上炸響，然後是「喀嚓」一聲清脆的響聲，顯然是冰系異能跟在了後面。

「不好，它們用異能冷熱交替攻擊金屬板，金屬板上已經出現裂痕了。」嚴非下意識檢查了牆壁外的金屬板，不禁變了臉色。

「什麼？它們還會用這種方法？」

這種一冷一熱交替的混合攻擊堅硬目標的方法，就算是異能者們一時也未必會想得到，這些喪屍鳥居然會用這種方法來攻擊防護的金屬板。是碰巧，還是它們有智慧？

眾人現在只希望這不過是碰巧，可當一次次碰巧的事情發生多了之後，這是不是巧合就變得不那麼重要了。

羅勳取來一把裝好「彈藥」的水槍準備好，嚴非立即在某個位置打開一個小口，羅勳對著小口外噴射蘑菇汁液。

所幸喪屍鳥們雖然能對目標金屬造成一定程度上的損傷，但對於羅勳的蘑菇汁，嚴非操縱其他金屬捅進它們肚子的攻擊手段，並沒什麼辦法阻擋，這也給了兩人更換攻擊方式進攻的好機會。

徐玫帶著李鐵和韓立兩人將所有冷凍的蘑菇汁取出來，這會兒都陸續搬到了這個房間。

房間裡靠窗位置的植物架都已經挪到另一側靠著牆壁擺放著，戰鬥的窗口處出於安全考量，此時都被金屬板徹底裹住牆面及地板，免得一個不小心損傷到這些地方。

徐玫幾人開門進來的時候，他們腳邊還跟來一個黑乎乎的東西，進門後就直接朝羅勳兩人所在的房間跑去。

「小傢伙？牠怎麼過來了？」羅勳覺得有東西在自己的腿邊蹭著，嚇了一大跳，低頭一看，才發現居然是小傢伙。

「我聽到牠在你們屋裡叫喚，就順便把牠帶過來了。」徐玫放下東西，解釋道：「我怕牠在房間裡一直叫會引來喪屍鳥。」

喪屍們會被聲音、氣味所吸引，只有小傢伙待在一六〇四的話，還真的很有可能引得喪屍鳥圍攻那裡。

兩人正說話的時候，嚴非忽然叫了一聲：「小心。」然後將羅勳拉進懷裡，豎起一面金屬盾，擋住一隻將嘴巴伸進來，噴出不知什麼東西的喪屍鳥的攻擊。

地板的金屬層發出「滋滋」聲，讓羅勳頭皮發麻，「不會是腐蝕系的喪屍鳥吧……」

他的聲音未落，同樣被嚇了一跳，原地跳起的小傢伙這會兒調轉視線，衝著金屬缺口那裡開始「汪汪」吠叫起來。

「你……」羅勳正想過去拉回自家的狗，卻覺得腳下一軟，險些摔倒在地。嚴非連忙伸手拉住他，同時發覺似乎哪裡不對。

「噗通」幾聲，盤旋在窗外，甚至伸著嘴巴來攻擊射擊口的喪屍鳥紛紛掉了下去。眾人面面相覷。

意識到自己將目標生物們嚇唬走，小傢伙轉過頭來，一對亮閃閃，在漆黑的房間中宛如燈泡般冒著森森光亮的鈦金狗眼中，透著驕傲求撫摸的激動，對著羅勳猛搖尾巴……

老實說，這一幕還是挺驚悚的。

羅勳彎腰摸摸亮著燈泡眼的狗頭，張張嘴巴，不知道要說什麼好。畢竟要是能跟這貨溝通，他們早就交流好幾回了，何必等到現在？自己先前不就懷疑這傢伙變異了嗎？只是當牠真的展現出異能，羅勳卻覺得有點像是在做夢。

外形沒改變，脾氣沒改變，智商也沒改變的會異能的狗，真的是變異狗嗎？

一人一狗對視著，外面呼啦啦又有幾隻喪屍鳥飛過來。

羅勳和嚴非乾脆讓小傢伙去直面那窗口，就見牠兩眼中明明正在暗淡的光芒此時再度亮了起來。一股壓力襲來，讓羅勳險些趴到地上，外面的喪屍鳥也「撲通」往下墜落……

「這喪屍鳥會金屬系異能！」

另一邊窗口傳來章溯他們幾人的叫聲，嚴非立刻跑了過去，徐玫留在原地負責防守。好在窗外基本已經沒有喪屍鳥了，小傢伙也被羅勳帶了過去。

他們兩人趕到的時候，就見另一處窗子外面的金屬板已經不見，而一隻兩眼通紅的變異鳥腳爪上出現了巨大的金屬爪子。

那隻喪屍鳥不但腳上有一層金屬，在羅動兩人趕來的途中，窗外的一些金屬材料也漸漸飛到那隻喪屍鳥的嘴上，加大加厚加尖的金屬嘴巴閃爍著駭人的寒光。

嚴非利用窗外的金屬做出一把利刃，向那隻喪屍鳥的下巴刺去。那隻喪屍鳥卻扇了一下翅膀，飛上半米高，一層淡淡的金屬光澤在它的喙上泛起一陣光亮。

嚴非覺得不好，迅速在身前凝結起一堵堅硬的金屬牆。

喪屍鳥的金屬喙如同子彈一樣，狠狠插進金屬牆中，穿過金屬牆後又硬生生向前擠進了足足半米，險些刺到後面的嚴非。

羅動倒抽一口涼氣，這隻金屬系喪屍鳥的異能等級絕對比嚴非高。

還沒等他多想什麼，嚴非面前的金屬牆壁瞬間扭曲，在那隻喪屍鳥的操控下，往後面嚴非的方向裏去。

自從擁有了金屬系異能，這還是嚴非頭一次嘗到被金屬異能攻擊的滋味。先前的每一次戰鬥中，他就算遇到比自己異能等級高的喪屍，也大多利用其他方式將對方消滅，而現在這還真是他第一次單獨遇到這種同系的，比自己異能等級高的對手……

嚴非迅速往後退，可那一大片金屬依舊不依不饒地向他的方向襲來。嚴非雖然也發動異能來擋住對方的攻擊，卻也只能減弱攻勢，不能完全抵擋。

章溯幾人見狀，連忙發動異能攻擊那隻喪屍鳥。

讓人驚愕的是，那隻喪屍鳥的戰鬥經驗似乎很豐富，在發現章溯他們的動作，周圍出現異能的波動時，就迅速將羅勳他們房間外的金屬層剝離下來，擋在自己的面前。

「該死！」章溯恨恨地罵了一句，瞪著那個在身前豎起金屬盾的烏龜殼。

先前一直跟嚴非合作，眾人自然知道金屬系異能者在周圍有充分可利用資源的時候到底有多麼驚人的防禦力，更讓人吐血的是，只要周遭的金屬材料數量充分，對方的異能足夠，他們就能不停堆積金屬用來防護，簡直就像是打不死的小強，怎麼想怎麼覺得煩人。

「章溯、宋玲玲，你們用異能繞到後面騷擾它，其他人盡可能清理周圍的喪屍鳥。」羅勳發現這裡戰鬥的聲音又引過來不少喪屍鳥加入戰鬥，立即冷靜下來，一手搭在于欣然的肩膀上，「用這個地方的牆壁變成沙子干擾它們的視線。」

于欣然點點頭，將羅勳指定的牆壁沙化，黃色的沙子迅速裹向那些半空中的喪屍鳥。

章溯他們的異能繞到那隻金屬系喪屍鳥背後，那隻喪屍鳥果然將身前的金屬板移到了後面，而嚴非身邊的金屬已經將他整個人都裹了進去，很顯然他還能堅持一會兒。

羅勳蹲下來指著窗外，低聲對小傢伙道：「用異能。」

他不確定小傢伙聽不聽得懂他的話，明不明白他的意思，但現在只能賭一把小傢伙和自己這個主人之間的默契，畢竟小傢伙的異能就是當初他們打到的那隻變異鳥的異能。這個能力在戰場上絕對有著強大的控場能力，若是一直無法溝通，讓牠可以聽從自己的話，隨時能使用出來，那就太可惜了。

「大家注意壓力。」羅勳話音未落，窗外的那些喪屍鳥，連同房間中的眾人全都感覺到一股強大的壓力。

眾人還好，他們聽到了羅勳的話，又跟變異鳥面對面戰鬥過，雖然一時沒回過神搞明白這股詭異的壓力是從哪兒來的，但很快就知道這是什麼，當下就著這股力量蹲到地上，盡可能去適應這股壓力。

窗外那些喪屍鳥卻是不明就裡的。

陡然出現的重壓，讓所有的喪屍鳥都不由自主墜落下去，而當先的那隻有金屬系異能的喪屍鳥，卻因為控制著金屬，反而忽視了其他狀況。直直墜落的時候，下顎處正好被嚴非之前製作出來，從窗邊斜斜伸出去的鋼刺刺入。

受到重擊，金屬系喪屍鳥對於異能的控制力驟然失去，身邊所有金屬材料全都掉落到地上，整隻喪屍鳥彷彿串燒一樣掛在那根鋼刺上撲騰著翅膀。

與此同時，嚴非身邊的金屬防護層猛然裂開，他黑著臉從裡面跨出來，身上居然莫名的彷彿擁有了章溯那無風自起的風系異能一般，外衣在他身後蕩出一個凜冽的弧度。

嚴非大步走到窗邊，周圍的金屬材料彷彿活了一樣，形成一張巨大的金屬網，瞬間將那隻在掙扎的喪屍鳥包裹進去。「噗」一聲，這隻喪屍鳥被擠死在金屬網中。

嚴非沒有立即停手，在他的控制之下，那些散落在周圍，從十六層高樓上掉落到地面的金屬脫離了地球引力，用與掉落下去時相同的速度「飄」回半空中，將被喪屍鳥和他自己破壞的剝離的外殼再度封堵上。

羅勳眼疾手快地讓于欣然用沙子「接住」那隻沒有了金屬網包裹而向下墜落的喪屍鳥的腦袋，取出了裡面的晶核。

所有牆壁外的金屬裂口很快就被嚴非用異能補全了，就連剛剛讓于欣然沙化的那塊牆壁也被嚴非順手用金屬補了起來。

外面來到了一天中最黑暗的黎明前，房間內因為剛剛結束了戰鬥而有一瞬的詭異沉默，羅動長長鬆了一口氣，拿著那顆金屬系喪屍鳥的晶核，遞給嚴非，「先用了它吧。」用了它，提升自己的能力，然後再次投入到保護家園的戰鬥中。

嚴非轉過頭來，現在整個房間內最為閃亮的就只有小傢伙那雙冒著亮光的鈦金狗眼，可他也能隱約看到面前羅動那帶著一絲晶亮的眼睛。

嚴非並沒有去接那顆晶核，而是將羅動摟進了懷裡。

「我說，這邊還有喪屍鳥呢，你們能不能等一下再秀恩愛？誰給我拿點晶核來啊？」徐玫暴怒的聲音從另一個房間傳來。

他們剛才都忙著這邊的突發狀況，居然忘記了另一邊還有個缺口。

于欣然帶著小傢伙跑了過去，同樣跟過去的還有拿著一袋晶核的宋玲玲和李鐵等人。

嚴非此時才長吐一口氣，剛剛那種威脅到自己生命的感覺，直到忍過了心底的那股憤怒才轉成了害怕。說實話，他並不是怕死的性格，可他怕失去羅動，失去和羅動共同經營的美好生活，怕再也看不到兩個人的未來。

接過晶核，嚴非低頭在羅動額頭上吻了一下，「我馬上就好。」

他要提升自身的實力，還要……還要去基地外面，感受真正意義上的戰鬥。現在的他和他們，因為羅動的指揮安排得當，每次都是靠著團體的力量才能次次取勝。

這當然是最好的結果，因為他們用最小的損失取得了最大的勝利，更因此可以得到最大的利潤，但也同樣因為團體的力量導致他們每個人單獨對應危險時的戰鬥經驗明顯不足。

相比起基地中的大多數人，他們的戰鬥經驗和力量當然很強，可這種強卻仍然不夠。

嚴非拿著晶核退到旁邊的房間去升級，他們剛剛所在位置外的喪屍鳥因為大批量被小傢伙的異能壓到地上去，暫時沒有什麼危險，倒是徐玫所在的窗口外又來了新一波的喪屍鳥，小傢伙又一次使出「重力壓制」讓它們摔落到地上……

「羅勳，讓小傢伙先別用牠的異能了，咱們在十六樓，掉下去的喪屍鳥就算死了，咱們也挖不到晶核啊！」徐玫再度抓狂，這些人怎麼就這麼不省心呢？各種狀況頻發，尤其是羅勳，這會兒顯然有些心不在焉。

羅勳回過神來，叫回小傢伙，抱著狗頭一邊監控窗外的狀況，一邊注意著嚴非的動靜。

沒過多久，嚴非所在的房間大門就被打開，羅勳連忙要過去詢問情況，口袋裡的手機此時卻忽然響了起來，他下意識掏出來查看裡面的簡訊，不由張嘴罵了一句：「居然讓咱們現在去支援圍牆的防禦！」

現在基地上空都是喪屍鳥，他們剛剛打掉一批，新的一批又聚攏過來。這裡的事情還沒解決呢，軍方竟給各小隊發簡訊，讓他們在指定時間內趕到圍牆處，還說是強制任務。

「啥？」眾人瞪大眼睛，「這是哪個沒大腦的人傳的簡訊？滿基地的喪屍鳥不用管了嗎？現在出去會被喪屍鳥吃得骨頭都不剩吧？」

「不用管那個，先把外面的喪屍鳥搞定再說。」章溯一臉的不屑。

「嗯，不用管。」強制任務又如何？難道他們就因為這個原因冒死出去嗎？也不知道發布這消息的人是不是腦子抽風，他就看不到外面的情況嗎？

事實上，發出這個簡訊的人還真沒察覺外面的情況。

基地內最結實的建築當屬軍營的那個黑色大城堡。其中的重中之重，就是明面上是建在城堡中心的辦公樓，可其實是地底被層層特殊泥土圍牆、金屬包裹的地下基地。就算上面發生地震，房屋倒塌，這裡都未必會受到影響。

在基地被喪屍圍攻的第一時間，所有真正握有實權的高層們就撤離到這裡來了，而他們發布了要求參照之前喪屍圍城時各小隊防護的位置、時間，制定這次的防護任務後，就全都聚集到會議室開會，而領了任務的人，就在同樣的地底辦公室中統籌分派圍牆防守任務。

他們這些人都在封閉性極強的辦公室中工作，上面發現喪屍鳥後大家都忙著應對開會，居然一時將這個辦公室裡的工作人員都拋到了腦後，等他們連簡訊都群發出去了，到會議室彙報工作時才聽說基地上空出現喪屍鳥，現在得先趕緊對付這些怪物……

資訊不透明什麼的，簡直不能更悲催！

於是，在羅動他們收到了這條簡訊不超過五分鐘，就再收到了另一條簡訊，裡面說上一條簡訊是誤發，大家先抓緊時間清理喪屍鳥。

這還用說？大家早就跟這些喪屍鳥不死不休地對幹起來了，等這收到這條簡訊再行動的話，黃花菜都涼了。

天空終於從黎明前最黑暗的那一刻露出曙光，太陽的光芒打在雪白的冰雪上，駐守在圍牆，正在一邊應付天上喪屍鳥的襲擊，一邊關注圍牆外面喪屍動向的人，在看到基地中到處黑壓壓一片，不知多少喪屍鳥正在肆意尋找食物的情景，不由惶恐起來。

有這些喪屍鳥在，圍牆還有什麼用處？

當然，在他們轉頭向圍牆外面看去時，那些黑影密布的景象，還是讓人覺得圍牆在此時此際還是很有用處的。

雪地上滿是黑色的身影，有大有小，一些體型高達三四米的喪屍巨人們遠遠站在隊伍的中後位置，隨手抓起周圍的雪塊、石塊、小喪屍，沒頭沒腦丟向圍牆上面。

應該慶幸的是圍牆上那一排充當防護的金屬刺，正好可以把這些被拋上來的東西擋住，可也難免被一些動作靈敏、被丟上來的喪屍反手抱住，順著那些鋼刺往牆頭上爬。

圍牆那裡的危急情況，基地裡的倖存者們一時無暇顧及，他們只能想盡辦法應付那些瘋狂的喪屍鳥的襲擊。

羅動他們十分慶幸，幸虧小傢伙擁有了異能。牠的異能雖然目前看起來沒有太強的殺傷力，可用在現在這種狀況下，卻是相當適合的。他們住在十五樓、十六樓，只要小傢伙使用一次「重力壓制」，外面那群盤踞在窗口的喪屍鳥，就彷彿下餃子似的摔落到地面上。

十五六層樓，至少有三十米高，從這個高度摔下去，這些喪屍鳥不死也半殘。

遺憾的是，他們距離地面太遠，不方便出去挖晶核，不然他們就乾脆讓小傢伙「壓」下所有的喪屍鳥，他們下去撿現成的晶核不比現在省事？

為了能多弄些喪屍晶核，他們盡量讓喪屍鳥伸進頭顱來關門打鳥。雖然效率慢了點，但這批喪屍鳥的等級最低也是三級，中間還往往有四級的帶領著它們攻擊，大家的收穫還是很可觀的。只有在周圍圍著的喪屍鳥數量實在太多，他們不得不大規模清理掉一批時，才讓小傢伙發動異能清場。

小傢伙很有戰鬥力，異能卻是有限，沒多久就吐著舌頭好像沒什麼力氣了。

羅勳取來一些二級晶核放到牠面前讓牠補充異能，可小傢伙卻將頭扭到另一邊，似乎對這些東西沒有任何興趣。

交流有障礙簡直讓羅勳想撓牆，不過他們沒有小傢伙幫忙的時候也照樣能打喪屍鳥，所以在發現小傢伙的異能告罄之後，羅勳當機立斷讓章溯和徐玫配合，在周圍的戰況危急時，就要他們兩人發動異能，燒爛那些喪屍鳥的翅膀，就不信它們還能撲騰。

樓下其他住戶、整個社區連同旁邊的社區中，慘叫聲此起彼伏，雖然比一開始喪屍鳥們剛剛降落下來時要好，可每過一段時間就會聽到某個方向傳來尖叫聲、樓房倒塌聲。

壓下心裡的不安，強忍住向那些地方張望的想法，眾人將自己的視線都集中到面前的的敵人身上。改造弩的後座力雖然比不上大口徑的槍械，可用多了照樣會讓人吃不消，幸好嚴非只打開了兩個射擊口，讓大家能交替上前，但是偶爾會出現一些有金屬系異能的喪屍鳥破壞最外層的金屬層，那時後退休息的人也必須再次頂上去。

之前在基地外面的時候，他們雖然面對過成千上萬的喪屍圍攻，可那時的他們有結實的金屬罩，有提前設計好的陷阱、壕溝，在他們打不動的時候還能用蘑菇汁、汽油焚燒，但現在他們所能依仗的只有手中的武器、隊友的輪流替換。

咬牙頂在各個位置，這一戰他們居然從半夜三更打到清晨，清晨打到中午……

「我去準備些吃的過來。」羅勳看了一眼手機螢幕，剛剛基地又發來一條沒什麼營養的消息，讓家中被喪屍鳥闖進去的人盡可能躲到地下掩體中……拜託，基地到了現在連地窖都沒挖過，他們能往哪裡躲？時間已經過了下午一點半，他們從早上到現在還沒吃過東西呢。

「找個人跟你一起去。」嚴非需要確保他們房間外的絕對安全，所以要隨時注意修補外面的金屬層，現在實在不能和羅勳一起行動。

徐玫正要說跟他一起去，就見趴在角落的小傢伙忽然搖著尾巴走了過來。

羅勳摸摸牠蹭過來的頭，對眾人笑道：「我帶著小傢伙去，就回咱家拿些麵條和番茄，咱們做湯麵吃，在這邊的廚房做。」

走廊上一片漆黑，羅勳順手將補光燈打開，走廊上還種著作物呢。

和他們所在的李鐵他們家中比起來，走廊看起來就跟往常一樣，一點混亂都沒有。倒是不知幾樓傳出打鬥聲、慘叫聲。一旦喪屍鳥攻破窗子就能進入屋中，要是這時有人打開大門逃命的話，這些喪屍鳥當然就會跟進樓道中。

羅勳放輕腳步，和小傢伙悄悄回到自己家中，飛速從儲物間中取出麵條，來到廚房拍上自家放鵪鶉蛋的籃子，又匆匆跑回隔壁房間。

在他進門前，似乎聽到十四樓和十五樓之間的金屬門發出撞擊聲，有人在大叫。

腳步頓了一下，羅勳閃身進入房間中。

不是他見死不救，他們現在已經讓喪屍鳥們把目標鎖定在一六〇一的兩側，實在不能再在其他地方開火引怪，不然四面受敵，他們早晚也會被活活耗死。

李鐵他們房間中有番茄醬的存貨，這還是羅勳之前帶著大家一起做好儲存起來的。

在架子上摘了些大蔥爆香，加入番茄醬，讓宋玲玲用異能給鍋裡加水。等水煮開了之後下麵條，再打入一大碗鵪鶉蛋的蛋液。

這頓飯很簡單，大家輪流過來吃熱呼呼的番茄鵪鶉蛋麵。趁外面的喪屍鳥再被恢復了一些異能的小傢伙強行「壓」下一批後的空閒，羅勳對眾人道：「樓道裡進來喪屍鳥了，不知是從幾樓進來的，十四樓可能也有，剛才我聽到金屬門有動靜，但現在應該沒什麼問題。」

眾人聞言，心裡都有些沉甸甸的。

章溯問道：「過去看看？」

「我怕樓道裡有人的氣味，它們會集火攻擊金屬門。」羅勳搖搖頭。

「這樣吧，大家輪流休息的時候，多聽著些樓道裡的動靜，要是有問題的話，咱們也好提前做準備。」嚴非提議。

現在看來也只有這個辦法了。

將近整整一天的時間，天空上密密麻麻的喪屍鳥終於全都降落到基地裡來了，然後戰鬥進入了尾聲。

能夠在末世中生存至今的人，就算沒有多彪悍的戰鬥力，但趨吉避凶的本事絕大多數的人還是有的。雖然喪屍鳥的戰鬥力很凶殘，但並不是所有喪屍鳥的戰鬥力都有羅勳他們遇到的那隻金屬系喪屍鳥那麼強悍。

尤其是羅勳他們倒楣催的住在頂樓，無論第幾波飛下來的喪屍鳥，都會優先看到這裡，也就導致不少能力強大、異能級別比較高的喪屍鳥會先過來湊熱鬧。

其他人家中雖然也會迎來強大的喪屍鳥，但樓層越低反而相對越安全些。如果有人及時躲到喪屍鳥不好進入的房間，比如沒窗子的儲物間，或是窗子比較小的浴室，再加上進行一些其他防範措施的話，還是有不少人能夠逃出生天的。

反擊戰是從喪屍圍城的第二天清晨開始打響的，在幾乎所有的喪屍鳥都落地之後，在能力強大的人清理完各自住所附近的喪屍鳥之後，在眾人休息過後的清晨，由軍方率先開始，攜帶著殺傷力強的武器的士兵們，在清理完軍營堡壘、軍方家屬的住宅區後，便以軍營為中心向外，逐條街道、逐個社區慢慢清理喪屍鳥。

與此同時，新城的那些異能者們也參與了行動，而沒住在新城中的如宅男小隊這樣的隊伍，雖然也同樣接到了要求清理基地內殘餘喪屍鳥的通知，卻一時沒辦法組織起有效的反擊行動，只能盡量先將自己身處位置周圍的喪屍鳥們幹掉，再走出家門，優先清理起自家所在的社區內的喪屍鳥。

羅勳他們後半夜睡了個相對安穩的覺，一大清早收到通知後，便決定留下小傢伙、于欣然和五人組，剩下的人則一起出門，先將大樓裡的喪屍鳥幹掉再說其他。

五人組雖然沒有異能，但留在家中的武器數量夠多，于欣然和小傢伙的異能也不是吃素的，至少可以進行有效的防守。羅勳他們身上各自帶著對講機——手機還有可能要接收基地方面的重要資訊，而且一夜過後，手機的電量都太夠，他們得做好兩手準備。

一行五人各自拿著一把改造弩、一枝水槍，腰間別著一堆給水槍更換蘑菇汁的彈藥夾和放弩箭的腰包，身後背著一包弩箭。嚴非身邊還飄浮著一堆金屬材料，他走到哪裡就跟到哪裡。每個人都穿著雨衣，戴著頭盔及手套，腳下蹬著雨鞋，幾乎武裝到了牙齒。

眾人謹慎地放輕腳步來到十五樓和十四樓之間的金屬門處，聽聽覺得外面沒什麼動靜才打開一扇門，確認外面依舊沒有動靜才又打開了第二道門。

出於安全考量，嚴非走在隊伍的最前面，其正前方豎起一面盾。他的異能才剛剛升到四級，對於升級後金屬異能到底有哪裡不同，一時半會兒還總結不出來，但在操控力上明顯比之前跨進了很大一步。

不止嚴非的異能升級了，隊中的徐玫、章溯也都升到了四級，只有于欣然和宋玲玲還沒找到與她們異能相對應的四級晶核。她們的異能也到達了飽和狀態，只差找到晶核後衝擊一下就能升級了。

幾人放輕腳步，一步步轉過樓梯間，這裡的窗子已經破碎，地上還有些乾枯的不知是鮮血還是別的什麼液體，冷颼颼的寒風從樓梯間的小窗口吹進來，讓每個人的身上都不由覺得陣陣發寒。他們轉到十四樓樓道口，準備先去十四樓住戶家裡看看情況，依舊是嚴非打頭，忽然樓道大門後一個東西撞上嚴非面前的金屬護盾。

「噹」一聲，在幾乎寂靜無聲的樓道中發出巨大的回聲。

這一聲彷彿是引燃戰火的訊號，十四樓的樓道中不知哪個房間，以及其他樓層中紛紛傳來啪嗒啪嗒的奇特腳步聲，以及扇翅膀的風聲。

「注意，優先解決十四樓的喪屍鳥！」羅勳聽到聲音後，立即下達指令。

在他們下來前，嚴非給每個人都造了一面重量還算適合大家使用的金屬盾，此時羅勳和宋玲玲兩人將他們各自的盾牌支在面對樓道的方向，等另一個方向的章溯、嚴非和徐玫三個重火力收拾掉十四樓的喪屍鳥。

嚴非在最前方，很快就弄清楚了十四樓的大致情況。一四〇一、一四〇四的大門敞開，幾隻喪屍鳥被潛伏在樓道中的那隻喪屍鳥的聲音驚動後，紛紛從這兩個屋子跑了出來。一四〇二的大門雖然關著，但在聽到樓道中有聲音時，屋裡傳來了不小的動靜，仔細聽聽就能確定那絕對不是人類發出的聲音。

至於一四〇三大門緊閉，也沒聽到什麼動靜，所以目前的狀況不清楚。

「噹噹噹」幾聲響起，羅勳感覺到有什麼重物撞到了自己舉著的護盾上，宋玲玲也同樣感覺到了撞擊，兩人半蹲著身體，拚命舉著巨大的盾牌。

羅勳掏出水槍，預備一旦有狀況就衝著盾牌對面射蘑菇汁，還有空閒和宋玲玲說：「它們動作還挺快的，這麼快就上來了。」

宋玲玲繃著勁兒用肩膀頂著盾牌，抽抽嘴角道：「它們這是餓的吧……」

章溯的風夾著徐玫那體積越發微小但殺傷力越來越強的火球，在十四樓的樓道來回掃蕩著。他的風系異能操控力越發細緻起來，幾乎可以用他對於風的感知和操控讓每一縷風按照他所想的方式旋轉、吹動，這也就造成了那些夾雜著火焰的風到處狂吹，卻沒燒到牆壁。

當然，擊中喪屍鳥，被喪屍鳥帶著濺到牆上的火星不算。

至於嚴非，只要他手中還有金屬材料，只要對方不是異能金屬級別和他相同或是高於他的喪屍鳥，一般來說都會被他對於金屬的各種自由操作直接幹掉。比如現在他就操控自己面前的金屬分成一小塊一小塊糊到那些喪屍鳥的腦袋上，然後喀嚓一聲，這些一開始被喪屍鳥誤以為彷彿紙張一樣輕薄的金屬猛然變成強力的殺手，捏碎了對方的腦袋……

三個經過一夜，異能飆升到四級的異能者，清理起樓道中為數不多的喪屍鳥來，速度還是很可觀的，沒多久十四樓目前可見的喪屍鳥就死光了，當然樓道裡被羅勳和宋玲玲兩人用金屬盾牌擋住的還有不少，下面也還有更多喪屍鳥在向著這裡拚命擠來。

羅勳和宋玲玲兩人一邊頂住樓道方向傳來的一下又一下的撞擊，一邊在心中默默感嘆，幸虧因為是電梯大樓，所以樓道建造得比較窄，不然這會兒可就不止這麼幾隻喪屍鳥了。

就在手中的盾牌嚴重變形，兩人開始用蘑菇汁攻擊盾牌外的那些喪屍鳥時，十四樓的戰局終於結束了，章溯和徐玫騰出手來協助羅勳二人解決樓道中的喪屍鳥。嚴非立即調動起那兩間門戶大開的大門上的金屬，將這兩個房子先堵住，解決背後的安全問題，這才一起清理樓道中聞聲趕上來的喪屍鳥。

大約將近一個小時後，他們才將衝進樓道裡的喪屍鳥擊殺完畢。檢查那兩個之前大門敞開的屋子，確認裡面的情況後，嚴非調動這兩個屋子內的全部金屬，將破破爛爛的窗子暫時封起來。他們可不想剛剛清理完，結果等他們忙完一轉身，又有喪屍鳥順著這些早就破碎的窗子鑽進來，在他們的背後進行夾擊。

基地中開始了清理喪屍鳥的工作，這些喪屍鳥飛在天上時是恐怖的威脅，可落到地面上之後，它們的戰鬥力至少折損一半，跟基地外那些只能在地上走來走去的喪屍差不多，唯一不同的是，外面的喪屍們升級後在地上走得比較穩，可……鳥畢竟是鳥，它們的爪子可不是生來就要用在地上行走的。

槍械聲、戰鬥聲，一些聽到聲音的喪屍鳥會被引到那些地方去，所以反而緩解了被喪屍鳥逼到絕境的倖存者的壓力。

短短一天一夜，基地內大部分的喪屍鳥便被清理掉。與此同時，人口數量再度銳減。

拖著疲憊的身軀，羅勳一行人回到自家十六樓上。

他們在清理完自家所在的這棟大樓中的喪屍鳥，並且將大樓底下那些被他們打死的喪屍鳥腦中的晶核挖出來後，就遇到了同社區其他冒險出來打喪屍鳥，沒能搬進新城的隊伍。

不過和羅勳他們不同，這些人固然也打喪屍鳥，可戰鬥力都要差羅勳他們一大截，並且他們出來打喪屍鳥的主要目的還不全都在這些晶核上，而是在於那些整個房子都被喪屍鳥攻破了的，人死光了的房子中的「遺產」……

不少人看到羅勳他們五人的戰鬥力後，很想要爭取到這隊盟友。了解了對方外出清理喪屍鳥的意圖，羅勳五人都在心裡默默反省自己是不是太善良了？他們在清理自家所在的大樓時，只要裡面沒有活人的，門戶大開的屋子，他們才會在清理完喪屍鳥後順手將屋子的窗戶封住，然後轉身就走。

至於那些屋中明顯有活人的，他們就算路過也不會故意去敲人家的門，更不會去爭取盟友一起外出進行清理工作。

可這些人在清理喪屍鳥的同時，除了接收那些「遺產」之外，如果誰家有喪屍鳥進屋，需要尋求幫助的話，他們還會收上一筆「救命費」。不單要拿走晶核，還要從人家家中剩下的東西挑他們需要的。

大冬天的，大家家裡正缺糧食呢。雖然喪屍鳥襲城導致自家也受到了不小的損失，可和之後去別人家翻東西得到的糧食相比，這些損失這些人還是能負擔得起的。

「回來了？情況怎麼樣？」見羅勳他們終於回家，五人組連忙跑出來接過他們身上的武器和裝備，關心地問道。

「咱們社區和旁邊七層樓的社區那裡大多都清理乾淨了，別的社區不太清楚，不過那些社區應該也有小隊在清理。附近街道上基本沒有什麼喪屍鳥了，不過出門時還是要小心。」羅勳一邊說著，一邊彎腰摸摸對自己搖尾巴的小傢伙。

大家都鬆了口氣，轉而又說起其他事來。

王鐸道：「今天中午那會兒有人跑到咱們這層樓來，好像還想撬門，聽到我們出去的聲音就跑下去了。我們在陽臺看了半天也沒見人出去，我們覺得可能是咱們大樓裡的人。」

吳鑫憤憤地罵道：「這都什麼人啊？羅哥他們把大樓裡的喪屍鳥全都清乾淨，他們才敢出來。出來不想著幫忙打喪屍鳥，卻跑來咱們這兒撬門。」

羅勳和徐玫、嚴非幾人無奈對視了一眼，章溯冷笑道：「這算什麼？你們是沒見過那些人幫別人打家裡的喪屍鳥的樣子，跟劫匪也沒兩樣。」

眾人不由得噓唏起來，說話間，外面整整兩天再沒動靜的防空警報又響了起來。他們險些忘了，這次來的並不止那些可以直達上空的喪屍鳥，基地外面還圍著不知多少喪屍呢。

這次因為喪屍鳥來襲，基地的損失不小，尤其是當時因為防空警報的原因，不少人家在聽到警報聲後下意識打開各自家中的燈火，這些燈火便成為了喪屍鳥襲擊的主要目標。

除了如羅勳他們家這樣將自家外牆用結實度極高的金屬層包裹的屋子外，大多數的建築物都有不同程度的損壞。那些臨時搭建起來的，特別是搭建在屋頂的土房子，不光被先前的大雪壓得倒塌，那些堅持過兩場暴雪的屋子，幾乎都在這次的喪屍鳥襲擊中徹底損毀了。

而現在人們在好不容易搞定喪屍鳥後才愕然想起，圍牆外還有喪屍圍城。如果不將那些喪屍打退的話，他們的基地、他們的家園，甚至是他們的生命遲早都會失去。

手機再次收到簡訊，羅勳他們確認了一下，發現這次通知他們小隊需要防守的位置和上次李鐵他們所防守的位置是一樣的，任務要求也基本相同。

五人組看到這個任務是要求從晚上十一點開始防守到凌晨六點，連忙對羅勳幾人道：「你們先休息一會兒，我們下午沒出去都還保留著體力呢。我們幾個先去，你們好好睡一覺，等恢復精力再過去。」

如今看來，除了這個辦法，沒有其他什麼好辦法了。

羅勳思索了一下，點頭道：「那你們先過去……異能者中最好出一個人跟他們過去，等剩下的人去了再回來，家中得至少留個人看家。」

小傢伙已經確認是異能狗，但變異動物還不為基地中大多數人所了解，所以小傢伙暫時還是不能出門，當然，等到下次大家一起出基地打喪屍挖晶核的時候就可以帶上牠了。

另外，于欣然的異能雖然很好用，但她的戰鬥經驗……再加上年紀，暫時不做考慮。

宋玲玲的異能戰鬥力有限，還是跟大部隊一起行動比較好。

剩下的異能者對視了一眼，最後決定章溯先跟著去，等羅勳他們趕過去，他再帶五人組中的一個人回來補眠。

距離他們需要去圍牆還有點時間，無論是羅勳他們還是五人組都需要趕緊休息一下。

大約十點左右，五人組收拾好各自需要攜帶的武器，和章溯一起出門了。

羅勳他們則抓緊時間補眠，預定在凌晨一點左右起來趕去圍牆那邊。

今天一天，他們清理的時候確認了一下社區中的狀況，這次遭到喪屍鳥的襲擊，受損最為嚴重的當屬最高的幾個樓層，好幾棟樓的頂樓甚至連牆壁都被喪屍鳥用異能轟出了大洞，這些頂樓的屋子甚至達到了十室九空的地步。

其次受災最重的是一樓，喪屍鳥飛來後優先攻擊頂樓，然而這些喪屍鳥一旦被人反擊，掉落下去，就算摔得半殘，一旦能爬起來，率先攻擊的就是距離最近的一樓。

而且隨著時間的推移，掉落到一樓的喪屍鳥數量會變得越來越多，住在一樓的住戶們哪能頂得住？時間一久，誰都受不了。

羅勳他們今天下樓的時候，還發現自家樓下的牆體受到了不小的損傷，連承重牆上都被打穿了個大洞，還是嚴非用金屬異能將這幾面比較危險的牆體修補好，大家才能放心。

反而是中間的樓層和地下室存活的人數最多。

羅勳覺得很奇怪，上輩子住在自己如今這棟房子裡的一家三口，到底是怎麼躲過基地第一波來襲的喪屍鳥？

雖然那次的喪屍鳥數量遠遠少於這次，可當時給基地帶來的危險卻同樣很可怕，那一家三口人連個異能者都沒有，他們怎麼能活下來呢？

或許他們周圍的鄰居中有比較強大的異能者？

腦中轉著這些念頭，也沒能阻擋住羅勳的睡意，沒多久他就將這些抛到一邊，枕著嚴非的手臂，一起進入了夢鄉。

凌晨一點，鬧鐘響起，眾人爬起來洗了把臉，起身穿衣服準備外出。

在他們來到十四樓的時候，清楚地聽到樓道中有慌忙離開的腳步聲。

羅勳問道：「要不要再留個人看家？」雖然他們很信任自家大門的結實程度，可萬一有人暴力破門呢？家中沒個人看家可不行。

眾人都有些發愁留下誰比較好。

于欣然揉著眼睛，看著羅勳，說道：「羅叔叔，我和小傢伙看家吧。誰要是敢來，我就把地板變沒了，讓他們摔下去。」

讓小丫頭留下倒是個好主意，她的年紀太小，去圍牆上吹一晚的冷風恐怕受不了。

「那就把家裡交給妳和小傢伙了。記住，除了我們回來，誰來也不能給他們開門。要是有人硬闖的話，就把那裡和那裡的牆壁變成沙子，將他們都趕跑。」

小丫頭用力點頭，摟住小傢伙的脖子。

嚴非乾脆將外面那扇門的一小部分改成小窗口，剛好可以讓于欣然看到外面的情況。

雖然現在天很黑，但他們等一下見到章溯幾人後，告訴他們回來時要提醒于欣然是自己回來了小丫頭就會知道，更何況他們現在將手機都充好電了，實在不行打電話也可以。

幾人趕緊出門，踩著泥濘不堪的雪地，艱難地向圍牆方向走去。

這會兒基地中依舊燈火通明，街道上不時能看到鏟雪車在鏟雪，還有清理殘留喪屍鳥的小隊的身影，倒是相當熱鬧。

距離圍牆越近，聽到的噪音就越大，槍聲、喇叭喊話的聲音比比皆是。

好不容易爬上牆頭，找到宅男小隊所在的位置，跟章溯交接，他就帶著白天一直值班沒怎麼睡的韓立先回去了。當然，羅動他們提醒過小丫頭正在看家，回去的時候要小心別被小丫頭誤傷的事。

章溯有風系異能，行走的速度比較快。有他的加持，韓立前進的速度也比平時快很多。章溯的異能同樣剛剛才升到四級，雖然還沒研究出自己異能極限到底是什麼樣子，卻能隱隱察覺到現在的異能似乎說不定能托著自己上天……

雖然肯定飛不快，但原地飄起來一陣子應該沒什麼問題。

兩人回去的速度超過羅動他們趕赴圍牆邊的速度，等回到家中，快爬到十四樓左右，兩人的手電筒照到牆壁位置時就發現了異樣。

「欣然？在嗎？」章溯看著牆壁上的一個大洞，明顯發現這是小丫頭使用異能的效果，沙化的邊緣還能看出沙化的痕跡呢。

「章叔叔！」小丫頭興奮地站了起來，章溯還能聽到小傢伙哈拉哈拉的聲音。

等章溯兩人進了金屬門，帶著小丫頭和傻狗一起回到密封效果十足的樓道後，才有功夫詢問：「剛才有人來過了？」

于欣然點點頭，「我看見有人偷偷上來了，還要來撬咱們的門，我和小傢伙沒出聲就悄悄把羅叔叔說的牆壁變成沙子，糊到他們的臉上，他們就都嚇跑了。」

小丫頭險些給那些人來了個「貼加官」，幸虧她本來就是聽羅動的話只想著嚇唬那些人，並沒用沙子封住那些人的口鼻，不然就真要鬧出人命來了。

章溯聽到這麼嚴重會影響到小丫頭三觀的事之後，居然讚許地摸摸她的頭，「幹得好，下次再有這種人過來，咱們就讓他們回不去。」

小丫頭用力點頭，聽得站在一旁的韓立只覺得自己的腿發軟，趁章溯先進門脫外套的功夫，連忙蹲下摟住于欣然，語重心長道：「丫頭啊，下次再遇到這種壞人，咱們把他們嚇跑了就行，千萬不能用沙子堵人家口鼻太久。」

小丫頭一臉迷茫，還是很乖巧地點頭，反正就是嚇走那些人嘛，兩個媽媽也說打喪屍要把它們的腦袋打破，打人的話就要看情況，有時需要手下留情，她都懂的。

羅動他們不知道家中發生過什麼凶殘的事，就算知道了暫時也沒精力去管，他們現在面對的可是圍牆外那鋪天蓋地的喪屍群。

是的，鋪天蓋地，它們密密麻麻圍在基地外面，將整個基地都包裹在內。

黑壓壓的身影踩在昔日潔白得彷彿將整個世界都裝點成了天堂的世界之上，讓那烏黑的泥濘布滿眾人的視野，抬眼看去，居然一眼看不到盡頭似的……

手中拿著領來的武器，不停衝著下面射擊再射擊。

嚴非他們暫時保留自己的異能，每過上一陣子才聯合起來爆發一次，將那些幾乎快要喪屍踩喪屍，踏著同類屍體搭起喪屍梯的東西轟飛。

一次又一次，每個人的雙手都是麻木的，不單單是因為射擊時所產生的後座力，更有因為一月間寒風吹到每個人身上所造成的徹骨寒冷。

呼啦啦一陣響動，從喪屍大軍中傳來，一些眼睛尖的，耳朵靈敏的人第一時間發現了異樣，然後惶恐地指著遠處，錯愕地喊道：「喪屍鳥？居然還有喪屍鳥！」

宅男小隊的成員紛紛抬頭看向遠方，在漆黑的夜色中，在淡白的月光中，在遠處冰雪的反射下，一些小小的黑點從喪屍大軍中冒出來，飛到半空中。

它們的數量沒有前兩天飛過來的喪屍鳥數量龐大，可夾雜在喪屍圍城中搞空襲……這簡直就是作弊行為。

「天啊，這讓人怎麼打？」

喪屍鳥的先鋒部隊率先飛到圍牆上空，然後一輪火雨從天而降，不少來不及防禦，或者完全沒有異能的人被擊中，更有許多人被火焰噴濺的火星傷到而負傷。

宅男小隊這裡有嚴非在，大家上圍牆前就先造了一堆金屬盾牌，人手一個，此時全都舉在頭頂扛過了這一輪火雨攻擊。

這批火系喪屍鳥襲擊過後，在基地上方繞了一圈飛高，又飛回喪屍大軍的隊尾，然後第二批喪屍鳥飛到了圍牆上面進行水系攻擊。

水系異能看似沒有什麼用處，但如果眾人身處寒冬之中，氣溫又偏偏是零下不知多少度的半夜，幾乎到了滴水成冰的時候，這種攻擊就是在圍牆守衛隊伍身上雪上加霜。

更讓人想要破口大罵的是，如今喪屍就像開了作弊器一樣，它們忽然之間擁有了大腦，學會了新的攻擊模式，在這批水系喪屍鳥飛過，後面緊跟著的居然一批冰系喪屍鳥。

原本就可以滴水成冰的那些潑灑到眾人身上的水還沒處理掉，緊接著就飛來一批冰系喪屍鳥。這些冰系喪屍鳥飛到眾人頭上也不做別的，就是單純將地面有水的地方冰凍起來。

腳下是到處能讓人打滑的冰塊，眾人還要想辦法繼續清理圍牆外面那些源源不斷的喪屍大軍，更要應付不知什麼時候就會飛到頭頂的喪屍鳥……這日子沒法過了。

「徐姊，先把附近腳下的冰塊都化掉。宋玲玲，妳配合徐姊把融化的水都轉移到圍牆下面去。」頂過這一輪詭異的空襲，羅勳立即指揮大家展開自救。

其實在第二波水系喪屍鳥灑過水後，宋玲玲就開始處理起附近的水，只是他們沒想到兩撥喪屍鳥會接得這麼緊湊，才不小心讓身邊的水變成了冰。

「咱們繼續，先把近處的喪屍幹掉，等喪屍鳥再飛過來的時候，試著集火看看能不能夠打中它們。」羅勳對於這些飛來就跑的喪屍鳥也沒什麼辦法，而且那些鳥飛得太高，就算嚴非想用金屬異能豎起一塊鐵板擋在它們的必經之路，讓它們撞上也沒辦法豎得這麼高。

喪屍的攻擊不會因為圍牆上的人們有什麼想法而改變，喪屍鳥空襲部隊的襲擊越發頻繁起來，一輪過去又來新的一輪。火系異能緊接在冰系之後，不但不會對之前的冰造成影響，反而在火球炸到地上後會連冰帶泥土一起炸飛。這些銳利的冰塊對正在圍牆上進行防守的人們造成了不少的損傷。那些東西炸開，濺到人的身上可是很疼的。

沒多久，圍牆上的地面就變得坑坑窪窪起來了，冰層也是一次比一次積得更高。

眾人正竭盡全力和喪屍大軍對峙的時候，運送軍火的士兵來到圍牆上，這次送過來的東西可就不是單純的子彈了。成箱的手雷、炸藥，陸續運了上來，交給各個防守點上的異能小隊，讓他們盡快在換班前用完這些東西。

這也就意味著軍方想要用重火力盡可能壓制圍牆下的喪屍大軍，最好能夠集火幹掉一大群，嚇得它們再也不敢來了。

羅勳對於這些東西的熟悉程度要高於其他人，連忙取來一些教會大家使用，並讓嚴非馬上用金屬給這些東西造個殼子，免得被那些喪屍鳥空襲時用水澆壞這些東西，又或者被火系喪屍鳥將這些東西引爆，到時死的可就不是喪屍而是他們自己了。

軍方在發放這些東西前就提醒眾人，千萬不能被火系喪屍鳥的攻擊引燃這些玩意兒，可事到臨頭卻還是有白癡沒防範，在新一輪的火系喪屍鳥空襲時，距離羅勳他們不遠處的一端圍牆上發出巨大的爆炸聲。

沒時間顧及其他位置的情況，羅勳他們正在輪流對著下面丟手雷。力氣大些的男人負責往遠處丟，力氣小些的女人負責近處。

至於圍牆正下方的喪屍，就要用槍來射殺。

炸彈什麼的要是直接丟到正下方，誰知道不會不會把圍牆也給炸壞。

眾人忙得焦頭爛額，天色卻在這種折騰之中漸漸向著黎明轉變。雖然天空依舊很暗，但時間已經接近六點鐘，大家都沒有注意到這一點。

這倒也是，誰有功夫在這種情況下注意到這些呢？

圍牆不遠處的地面被大家新領到的炸藥炸得坑坑窪窪，那些大坑中很快就被喪屍們的肢體填滿。新的喪屍走過，有些倒在裡面，更多的卻會踩著它們的同伴繼續前進，讓那些坑洞消失在圍牆上眾人的視線中。

直到新來交替的異能者小隊的人到了，羅勳他們才恍然，已經到了換班的時間。

將武器、彈藥等東西交給新來的人，羅勳幾人才拖著疲憊的身軀，轉身回家。

負責同一處位置的隊伍一共有三個，每八小時左右交換一次。羅勳他們的運氣不知是好還是壞，正好是半夜的那一班，視野沒有另外兩隊好，但幸運的是，負責晚班的這個隊伍的防守時間比白天那兩個隊伍稍短些。

一行人一邊往自家的方向走去，一邊還要防備偶爾從天上飛過的喪屍鳥帶來的流彈。喪屍鳥們在襲擊完牆頭後，有些會沿途丟下一些「暗器」，有時是它們的異能，有時是它們隨便叼起來的石塊等東西。

說起石塊，力量系喪屍會往圍牆上丟東西，就跟羅勳他們當初出基地遇到的一樣。

一路上誰都沒力氣說話，大家都想著趕緊回家睡上一覺，再好好吃上一頓。

可就是在這麼一條回家的路上，他們就遇到了兩隻先前不知藏在什麼地方，突然跳出來的喪屍鳥。基地中的喪屍鳥，可沒有被全部殺掉。

等到眾人總算回到自家社區，真的是身心俱疲了，然後他們上樓途中還遇到了好幾撥跑到全家死光光的住戶家中偷東西的人，甚至還有些人因為自家的房子、物資被喪屍鳥襲擊的時候損害比較大，正在滿社區挑挑揀揀找那些看似相對比較安全的空屋。

等到大家快爬到自家那層樓的時候就發現，自家這棟大樓裡來的人是最多的，這完全是因為當初羅勳他們清理房子的時候，將會順手給那些門窗被損壞的屋子將窗子加了幾條金屬欄杆的緣故。

別人就是覺得這樣的屋子比他們自家那玻璃碎裂的屋子住得要安全，羅勳他們還不能去趕人，因為他們同樣沒有這個立場。

羅勳遺憾地發現，十四樓的那幾間空了的屋子，現在已經住進了人。他今天在圍牆上的時候還靈機一動，想著要是十四樓如果沒人住了，他們就可以將十四樓的屋子租過來，改成種植基地，這樣他們小隊的人就再也不怕沒糧食吃了。

還沒等到他有所行動，那幾個空房間已經被人占據，這也太……

憋著一口氣繼續上樓，看到十四樓和十五層樓之間一塊牆壁上被沙化出一個大洞，羅勳就知道于欣然昨晚出過手。昨天晚上自己幾人離開後，章溯回來之前，自家這裡肯定被人打過主意，但因為于欣然和章溯沒給自己發過簡訊，所以他猜想應該沒什麼大問題。

就算這樣，他還是有些擔心，連忙打開自家大門，直到見到了安然無恙還在睡覺的于欣然，這才鬆了口氣。

章溯和韓立守在十五樓徐玫她們的屋子裡，見眾人回來了，這才簡略說明了一下情況。

大夥兒趕緊回到各自的家中，隨口吃了些東西，匆匆洗漱過，就爬上床。雖說圍牆那裡是三班倒，但誰也不能保證就不會出現什麼特殊情況。萬一有事需要大家馬上回去防守，他們可不能到時還完全沒休息過，那樣的話誰能頂得住？

果然，他們不過剛剛睡到中午十二點，手機鈴聲就響了起來。

羅勳和嚴非從睡夢中驚醒，翻找了一下才發現唱歌的手機是嚴非的。

「是隊長。」嚴非順手接起電話來。

「是嚴非吧？」

電話那頭是羅勳和嚴非都很熟悉的，已經有一段時間沒聯絡過的金屬小隊隊長的聲音。他這個時候打電話過來……羅勳和嚴非大致猜出了他的目的。

「是，隊長，有什麼事？」嚴非應了一聲，等著那邊的說明。

果然，隊長就是為了圍牆防守的問題才打來電話的。嚴非在接電話的時候打開了喇叭，他們兩人都能聽到隊長所在的位置很安靜，應該不是在圍牆邊。

他簡單詢問了嚴非的情況，知道嚴非他們是負責半夜上工，現在才剛剛回家睡了沒多會兒，於是對他解釋道：「上級要求我聯絡以前的金屬系異能者……東圍牆那邊被喪屍鼠挖出一個大洞，現在那邊正在加緊時間修補，擊殺鑽進來的喪屍和喪屍鼠，金屬牆壁也受到了很大的衝擊，需要金屬系異能者趕緊去修補城牆。」

嚴非和羅勳瞪大了眼睛，這才多長時間，圍牆怎麼就被弄出一個大洞來？

「圍牆破了？」

隊長的聲音微沉，「是，破了，聽說還有喪屍不停往裡面鑽，一些喪屍鼠已經跑到基地裡面來了，所以需要各個負責過圍牆修築的異能者小隊趕緊過去。你們能不能馬上過來？到軍營南門集合，車子在那邊等著接你們。」

兩人無奈對視一眼，只能應了下來。如果只是軍方單純讓羅動他們過去協助防守，因為自家小隊也要參加守城任務，他們兩人是不想去的，可現在圍牆居然出事了。

圍牆一旦被攻破，基地裡的人誰都跑不了，就算他們再不情願也不可能躲過去。

兩人連忙起身，拿了一些方便攜帶的乾糧和水，出門敲響李鐵他們的大門，跟他們交代了一聲，這才匆匆下樓向軍營走去。

腳下的冰雪被踩得咯吱作響，羅動兩人頂著冰霜走到了軍營大門口，心中不由吐槽，沒法開車的冬天真是讓人難受。

等到他們到了之後，就見一輛輛整裝待發的裝甲車在軍營門口進進出出，他們倆一時找不到隊長所在的位置，只能打電話詢問。沒多久，就見隊長從幾輛車之間跑了出來，對兩人招呼道：「來這邊。」

原來隊長所說的車子居然是一輛陸戰車。

羅動無語，他兩輩子都沒坐過這種高檔貨，身為土包子的自己有點呆愣。

三人急忙爬上車子，就見先前同隊的金屬系異能者小李也在裡面。見到兩人，小李顯得很高興，對兩人點頭微笑，可這輛車中除了小李、隊長，以及小李的搭檔負責照顧他的一名士兵之外，其他人羅動他們就不認識了。

羅動兩人對小李點點頭，順勢坐到他旁邊。

隊長也坐了下來，皺著眉頭不時低頭看時間。羅勳的視線在車中掃了一圈，見坐在對面的一個男人一臉不耐煩地雙手抱胸，腳不停晃著。

那人穿著一件軍大衣，由肩章來看，似乎比隊長的等級還要高一級。

車中的氛圍很不好，讓人感覺到一股壓抑感，小李原本的話不少，現在也只是垂著眼睛和他的搭檔坐在一起，一聲不吭。羅勳和嚴非很明智地沒有開口問什麼，直到對面那個男人不耐煩地對隊長道：「另一個人什麼時候能到？你到底有沒有聯絡上人？」

隊長板著臉，連個眼色都懶得給他，「路這麼難走，你總不能讓人飛過來吧？」

「你這是什麼態度？要知道你身上還掛著處分呢！要不是這次需要你聯絡人，上頭早就把你派出去執行任務……」

隊長懶得理他，這時手機響了起來。

是小隊原屬的隊員孫少陽打來的電話，他跟羅勳他們一樣，也是來到大門口後不知道要上哪輛車。不過他畢竟是軍隊出身的人，所以隊長只報了車型車號，他很快就找了過來。

孫少陽沒穿軍裝，可看起來穿戴還不錯，至少他身上那件羽絨服不是如今基地中誰都能隨便穿得起護得住的。上車後，他看到坐在羅勳他們對面那位長官，臉一下子耷拉了下來。

那人也發現了孫少陽，冷哼一聲，將頭偏到另一個方向。

隊長直接拉孫少陽過去，讓他坐在自己身邊，「行了，人齊了，走吧。」

車子轟隆隆行駛起來，向著東面圍牆的方向開過去。

一路上有不少車子明顯也是趕赴東門的，畢竟全基地目前只有東面圍牆被喪屍攻破了，軍方必須全力以赴地趕至現場搶救。

羅勳他們的車子和其他車子前進的方向略有不同，但也是向著同一個方向去的。等到了東面圍牆，他們就遠遠發現不少軍車、土系異能者的土牆團團將某個位置圍住。

「下車，跟著我上圍牆。注意腳邊，有喪屍鼠進來了。」隊長抱著武器，率先跳下陸戰車，對車中的人高聲招呼。

那位明顯高他一個級別的人臉色更難看了，可此時沒說什麼，也跟著一起下去了。

一行人從另一個階梯爬上牆頭，這才看到那段被土系異能者圍住的圍牆。一個大約半米高的大洞出現在那段圍牆上，一些喪屍正從那裡拚命鑽進來，槍聲、火炮聲響成一片。

「走，快點，咱們要優先把那個缺口封住，下面可能有金屬系和土系的的喪屍，大家自己注意一點。」隊長一邊走，一邊叮囑眾人。

三名金屬系異能者全都沉著臉，緊緊跟在他的身後，此時那位同車的軍官卻漸漸跟不上隊伍，他喘著粗氣掉在隊尾，幾個士兵緊緊護在他的身邊。

羅勳分心向後看了一眼，見那人正扶著腿喘著氣，又看了孫少陽一眼，心知現在不是打聽八卦的時候。

大夥兒匆匆跑到事發地點正上方的圍牆上，嚴非幾人立即催動異能，將不圍牆下面散落的金屬召喚過來，鑽出那不過半米高的圍牆。羅勳站在正上方時，可以明顯看到，這個大洞的下面還有一個深坑，顯然也是喪屍鼠打洞時挖出來的。

金屬材料迅速在圍牆外面凝聚起來，修補起被挖出來的缺口。

雖然許久沒有合作過了，可三名金屬系異能者卻很快就找到了往昔合作的那種默契，迅速將異能調動起來，修補著圍牆。沒過多久，那個其實不大的坑洞就被封堵住，將圍牆內外的喪屍隔絕開來。

「有金屬系的喪屍，雖然不知道是喪屍鼠還是喪屍。」嚴非覺得下面有什麼東西在跟他爭奪那些金屬的控制權，當下做出了判斷。

「在什麼地方？」隊長掏出一個手雷，另一隻手拉住保險。

「那裡。」

「轟隆！」

順著嚴非所指的方向，隊長毫不猶豫地丟下一顆手雷。

「你你你……你這是違反命令！下面那是圍牆，炸壞了你負責得起嗎？」好不容趕上金屬系異能者們的隊伍，那位軍官正好看到這一幕，指著隊長的鼻子就罵了起來。

幾名原金屬系異能者小隊的成員連正眼都不給他一下，將那些被波及到的圍牆修補好，這才看向隊長和嚴非，「接下來該做什麼？」

隊長摸摸下巴，看了看正下方總算不再鑽進喪屍的圍牆，以及痛打落水狗的隊伍，「咱們繞著圍牆轉一圈唄……你們還有體力吧？」

幾人全都笑了起來，「這有什麼沒有的？」大家知道隊長的意思，他是準備讓磨盤小隊重現江湖，將圍牆邊上有可能會有喪屍鼠鑽進來的地方全都輾壓一遍。

羅動連忙提醒：「在這之前得先把冰雪處理一下，不然有些喪屍鼠藏在裡面是壓不到的，還有需要再檢查圍牆，確認有沒有地方被金屬系的喪屍和老鼠破壞，最好有土系異能者能配合，將圍牆的牆根地面修補好……」

他一邊說，隊長一邊點頭。

旁邊那名囂張的軍官氣急敗壞，「你們這是要做什麼？你們是在違反命令……」

依舊沒人搭理他，羅勳繼續說道：「還要做好防護，喪屍鳥說不定還會搞空襲。」

這次他們來到圍牆邊上的時候，並沒有發現喪屍鳥的蹤影，羅勳猜測它們恐怕是異能消耗得差不多，暫時退下去休息，說不準什麼時候就會再次回來偷襲。

隊長聞言點了點頭，掏出手機聯絡人去了。

囂張的軍官臉色很難看，他怨憤地瞪著隊長，見他去打電話，大口呼吸幾次後，甩手帶著自己的人轉身就走向樓梯，下樓回到他們來時乘坐的陸戰車上，同時掏出了自己的手機。

第五章

傳説中的金屬小隊再戰江湖

羅動見那名囂張的軍官離開時帶走了那些同車跟來的所有士兵，擺明了不準備再給予眾人任何支援，忍不住皺起眉頭，低聲向其他人問道：「隊長不會有麻煩吧？」

小李苦笑，孫少陽冷笑，「能沒麻煩嗎？隊長從之前你們走之後就一直被關著，前一陣子聽說還被派出去掃大街，據說差點就被人弄出基地負責外面的清理工作，要不是這次遇到喪屍圍城，需要聯絡以前的金屬系異能者，他們誰會想得起隊長來？」

羅動瞪大眼睛，「一直被關著？派出基地做清理工作？」會被派出基地做清理工作的士兵們，除了那些帶著重武器的之外，就只有一種人，那就是炮灰。

這種清理小隊末世初期還都基本上是軍方的人馬，但等上一兩年後就會召集基地中的普通人來做。雖然會分發給他們一些武器裝備，也發食物和水，可這些人基本上就是炮灰，沒誰會保證他們的生命安全。

就算是現在，派出去的雖然是比較有經驗的軍人，但這些軍人中，除了特殊的異能者隊伍，剩下的都是沒有異能的普通士兵，這種隊伍往往損失極大……

「可不是嗎？我看那些人就是想折騰死他！」小李的聲音很冷，表情頗為僵硬。

「就因為上次的事？」羅動的眉頭皺了起來，「就因為上次他們非要咱們頂著風雪去修圍牆，結果死了一個人的事？他們就把屎盆子扣在隊長頭上？」

孫少陽再度冷笑，「可不是？不過也不全是，那都是藉口，他們還不是因為隊長不願意表態跟著哪個老大才乾脆搶走金屬小隊隊長的位置，給他記個過，然後想法子折騰……」

說到這裡，嚴非忽然對孫少陽問道：「你呢？現在也離隊了？」

孫少陽身上穿的衣服明顯是便服，不是軍服，明眼人一看就看出來了。再聯想起他上車時看到那位軍官時的表情，就能猜出他恐怕已經離開軍隊了。

孫少陽忽然笑了起來，指著圍牆下面那輛大家剛剛乘坐過的陸戰車，「我跟那個孫子大吵了一架，你們是不知道，自從咱們小隊換成他當隊長之後，他就跟別的異能小隊隊長一個樣兒，每次用多少晶核、多長時間能消耗完、每一顆晶核能弄出多少金屬牆壁……他全都死扣著，而且每天工作時間增加到晚上六點不算，等一天的工作結束後，他也不給我們其他的晶核恢復異能，讓我們純靠回去睡覺補充……他娘的，根本不把我們當人看！等我跟他吵架被開除之後，加入了一個異能小隊才知道，他把金屬系晶核全都扣著，每天將剩下的晶核偷偷拿出去賣掉。」

羅勳和嚴非這才明白為什麼後勤部那裡忽然多出這麼多的金屬系晶核來，合著竟然是這個人搞的鬼。軍方如今打到什麼晶核都優先供給各個異能小隊的成員，富餘的才會拿去後勤部，向非軍方或者手裡有其他晶核需要兌換的軍方異能者出售。

以前因為隊長比較能耍賴……總之，因為隊長的原因，這些晶核除了一小部分上級指定必須放入後勤部銷售的之外，幾乎所有晶核最後都會落到眾人手中，可現在換了個隊長後，對方就將這些晶核盡可能的剋扣出來，偷偷拿去賣掉……

羅勳聽得笑了起來，「他就沒想過，要是所有金屬系異能者都沒離隊，那他拿出去的金屬系晶核要賣給誰？」

小李的搭檔無奈攤手，「就算大家都沒離隊，隊裡發的晶核不夠用，大家也會私下想辦法買晶核吧，他總是能撈到好處的。」

隊長一時還沒回來，羅勳他們就乾脆站在不影響防守圍牆人員的地方聊起近況。

孫少陽加入了一個異能者小隊，如今住在新城裡。他是新加入的，雖然因為異能特殊很得隊長和隊員看重，追捧他的人不少，但實際上外面的人心……說實話，若不是被人擠兌，軍隊的生活軍事化比較嚴重的話，他其實還是更想回到以前的生活。

羅勳兩人倒是相對好些，畢竟他們本來就是非編制人員，如今回去也有能維持生計的生活方式。倒是小李比較辛苦，他跟在那位軍官的手下，晶核被剋扣不說，還要時不時受氣。

當然，他如今是隊伍中唯一的異能者，誰也不會當面真的給他氣受，真正會受氣的反而是他的搭檔，名叫張全的男人。那位新隊長到了金屬系異能小隊後，就想立即踢走原來的所有成員，只留下金屬系異能者，卻因為當時的孫少陽和小李的反對沒能馬上實行。

不過，金屬系異能小隊的人員本來就有缺，新隊長就先將這些空缺補全，又超編加進了幾個他的心腹，名為要保護金屬系異能者，實際上……不用說大家也能猜到。

沒多久，那些新來的人就開始擠兌原來的隊員，孫少陽的搭檔氣不過，先是和人吵了一架，結果新隊長二話不說就要給他記過，孫少陽因此跟他吵了起來，一怒之下，乾脆表示要退出隊伍，被怒極的新隊長開除軍籍，孫少陽乾脆趁機帶著搭檔一起離開了軍隊。

少了一份阻力，新隊長立即將原金屬系異能者小隊中的普通人全都開除，可小李和他的搭檔感情深厚，因此也找到了新隊長頭上。有孫少陽的先例在，新隊長也知道自己如今的日子之所以過得很滋潤，完全是因為自己是「金屬系異能小隊」的隊長，要是連這最後一個金屬系異能者也離開……他這隊長要當給誰看？這才不得不地留下了張全，但擠兌是絕對少不了的。其他隊員可都是新隊長的心腹，而且金屬系異能者如今只有小李一個，誰不想抓在手裡呢？所以各種找麻煩是少不了的。

說到這裡，小李緊緊抓著張全的手臂，「他們現在越來越過分了，我就怕……怕他們暗中下黑手，現在就連上廁所都不敢讓他一個人去。」

張全無奈地笑笑，拍拍他的肩膀，「其實要不是我，你在隊裡的日子挺好過的……」

「怎能沒有你？咱們倆是多少年的交情？從入伍咱們就在一隊，現在也在一塊。要是沒了你，我才不要在隊裡待著。」

兩人手拉著手，一副基情四射的模樣，讓羅勳他們忍不住轉頭偷笑。其實因為要保護隊裡的異能者，負責異能者的安全，照顧他們的隊員和異能者本身多少都有些曖昧。

羅勳和嚴非不用提，他們入隊之前就已經是一對了，羅勳也是因為擔心他的安危，才哪怕做白工也要入隊照顧他。

孫少陽更是因為自己的搭檔要被開除，才跟那位新來的隊長鬧翻的。據孫少陽說，他的搭檔也脫離軍隊了，如今跟他一起住在新小隊分配給他們的房子中，兩人正式確立了關係。

至於因病過世的，原二隊的沈平，也和當初負責照顧他的那位隊員之間有些曖昧，可惜他離世了，那位隊員也被新隊長開除了。

「咳咳咳！」忽然傳來一陣咳嗽聲，眾人轉頭看去才發現隊長打完電話回來了，「秀恩愛也挑個時候，小心喪屍看你們不順眼，再給你們放把火。」

小李兩人滿臉通紅低下頭不吭聲。

隊長損完人後對羅勳道：「我聯絡過了，一會兒就會有土系異能者的隊伍過來跟咱們分工合作。」說著，露出得意的笑容，「是全力配合咱們的行動。」

果然，很快就有一隊人上來，找到正坐在牆頭休息的羅勳一行人。對方帶著五名土系異能者和三名火系異能者。羅勳、隊長和對方的隊長溝通了一下，兩隊人便開始聯手工作。金屬系異能者負責檢查金屬牆壁，確定牆壁有沒有出狀況並進行修補。土系異能者分出兩人檢查大家腳下的圍牆有無破損，並沿途修復被喪屍鳥破壞的部分。剩下的三人等火系異能者清理乾淨圍牆下的冰雪，就負責將圍牆下的地面全都修復平整。

火系異能者負責清理冰雪，正忙活的時候，後勤部的水系異能者也趕到了，他們負責清理圍牆外融化的冰水。

一行人一邊走一邊修補圍牆，足足花了三個小時才將圍牆轉了一圈，搞定那些被破壞的地方。當然，負責修整牆面的土系異能者的動作要慢些，畢竟凌晨時那些喪屍鳥們破壞的圍牆可不止一小段。

轉完一圈，嚴非等三名金屬異能者才再次造出一個巨大的金屬輪子，繞著圍牆展開了他們的輾壓行動。

許久不見的磨盤小隊閃亮登場，轟隆隆的聲音在整個基地外圍牆處作響。

那些精疲力盡，負責防守的各個小隊看到了這一幕，不禁淚流滿面地歡呼起來。之前圍牆被破開一個大洞的消息已經通過各種途徑傳遍了整個基地，幾近絕望的人們在疲憊和壓抑的情緒下瀕臨失控，可現在這個隊伍的出現也就說明，外圍牆被修復好了，大家可以繼續組織起有效的反擊迎敵。

巨大的黑色金屬輪子在圍牆外轟隆隆滾動，壓扁圍堵在外的那些喪屍。羅勳的心中忽然冒出一句話：命運的齒輪已經開始轉動……

好吧，這句話用在這裡很不搭調。

羅勳和其他沒有異能的人負責保護嚴非在內的三名金屬系異能者的安全，羅勳、張全，最後一個居然是隊長自己，三人各自背著金屬防護罩，各自負責照顧一名金屬系異能者，身上還隨身帶著毛巾、水、武器、晶核等東西。幾名土系異能者在隊伍後面負責處理外面靠近圍牆一側的地面，免得被金屬輪子輾壓過度導致地面出現裂痕。

軍方調動過來的火系異能者則負責警戒，免得被從圍牆下方投擲上來的流彈誤傷眾人。

滾過一圈，略微休息一下，磨盤小隊全體成員便開始準備起新一輪的戰鬥。

此時的天色微微擦黑了，時間接近下午六點多鐘，負責監控遠方的一名士兵忽然高聲大喊道：「注意！空襲！」

正準備出發的磨盤小隊，齊齊向遠處看去，就見喪屍大軍中飛起一片小黑點……

「這些該死的破鳥！」眾人低聲咒罵起來，表情凝重地瞪視正在靠近的喪屍鳥們。

「不光有喪屍鳥……好像還有風系喪屍？」羅勳眼尖地指著空中叫了出來，大家連忙仔細看去，果然看到夾在飛鳥群中帶著青色翅膀的風系喪屍。

「不會吧，風系喪屍居然真的能飛起來？」

這幾天大家打到過一些四級風系喪屍的晶核，基地中也出現了四級風系異能者，可這些四級風系異能者升級後卻沒有真發揮出飛行能力來，最多增加了不少滯空時間，可以借力後在半空中「飄」上一陣子，完全無法做到如這些風系喪屍似的飛在空中。

「各單位注意，盡可能擊斃飛來的喪屍鳥群！」廣播喇叭的聲音響起，這些喇叭是安裝在牆頭上的，平時有防守小隊時時巡邏，並不像基地中的那些喇叭不翼而飛。

聽到廣播，眾人提起精神，一部分的人繼續射殺圍牆下方的喪屍，另一部分槍法比較好的人緊緊盯著半空中。要知道這些喪屍鳥鬼精得很，或許是因為之前襲擊基地中的那些喪屍鳥最終以失敗告終，所以給周邊的喪屍提了個醒，它們並沒有輕舉妄動地在白天就展開對於基地的圍攻行動，而是轉而選擇在夜幕中趁著一片漆黑才出動空襲部隊，讓地面上的防守人員無法瞄準他們。

大家就只好趁著天上好歹還有些光亮的時候努力殺掉一隻算一隻。

此起彼落的槍聲在圍牆上響起，圍牆上的人至少抽出了一半左右將目標瞄準半空，其中有用槍械的，更有人直接使用異能。

喪屍鳥的先鋒部隊接近圍牆的時候，受到了第一波攻擊。雖然有些喪屍鳥被擊落，但剩下的立即飛高，盤旋了一圈又飛了回去。

眾人盯著那些喪屍鳥消失的方向，生怕什麼時候它們再來這麼一回。

果然，沒過多久，第二波飛行喪屍來了。

「什麼東西擋在它們前面？我明明打中了！」

「有東西掉下來了！」

「哎喲，石頭！」

「樹根、玻璃，它們在丟垃圾！」

催動異能太耗費精神力，加上不少喪屍的異能會影響它們的飛行狀態，今天晚上似乎提前給智商充過值的喪屍鳥，竟沒有選擇飛到眾人頭頂給大家丟異能，而是隨處撿到一些磚頭石塊就往圍牆上面丟。

一個個防護罩、盾牌、異能罩搭了起來，眾人被這一輪空襲弄得手忙腳亂，而此時下方的喪屍也開始了新一輪的攻擊。

一群高達三、四米的體質系巨型喪屍，忽然突破眾多矮個子喪屍，腳步每一下都踩踏得山搖地動，發出轟隆隆的巨響，跑向圍牆的方向。

等這些喪屍巨人到達，它們就直接用肩膀狠狠撞擊圍牆。

「啊……」

「救命！」

「掉、掉下去了！」

站在圍牆最邊上的人，有些站立不穩，跌到圍牆外面。不過短短幾秒鐘，那些掉下去的人就被下面的喪屍淹沒而變得屍骨無存，就連變成喪屍的時間都沒有。

這些意外掉下去的，十之八九都是正仰著頭，注意著上空喪屍鳥，準備射殺或者躲避空襲而站在靠近外側圍牆的人。

「真是該死！」見那些喪屍巨人撞完圍牆居然原地蹲下，任由後面趕上來的喪屍踩著它們向上攀爬，眾人的臉都綠了，連忙高聲通知附近的人。

「快，不能讓它們搭起梯子爬上來！」

雖然圍牆夠高，可要是這些喪屍一心要爬上來，他們還真沒什麼辦法阻攔。

隊長才剛說出這句話，就聽到有人大叫：「地面在動！外面有土系喪屍在搭土梯！」

「靠，還讓不讓人活了？」恨恨地捶牆，幾個負責監控圍牆狀況的人連忙向上級回報。

「土系異能者，快調土系異能者上來，有喪屍在搭土梯子！」

除了喪屍梯子、土梯子，甚至有些喪屍鼠會趁著嚴非他們不在的時候，企圖掀開金屬牆壁往裡面鑽……

圍牆處的戰鬥亂成一鍋粥，每個親歷了這場攻防戰的人，都從心底深處深深忌憚著、恐懼著。雖然沒有人說出口，可幾乎每個人都猜測出了同一個可能性，喪屍中……肯定有擁有了智慧的，統籌戰局的喪屍存在。

無論那是什麼類型的喪屍，或許根本不是喪屍……不管怎樣，他們現在只能想辦法見招拆招，哪怕明知道是徒然的，也要盡量多守護一分鐘，或者只有一秒鐘也好……

不這樣做的話，在下一秒鐘他們恐怕就再也無法呼吸，成為那些行屍走肉中的一員。

「記得我剛才說過的三個地點了嗎？」羅勳和幾個金屬系異能者蹲在圍牆上的一角，正在囑咐他們些什麼。見三人全都點頭，羅勳才站起身來，「那就這樣，三個人各自負責一段，我和嚴非負責正東方跟南北圍牆各一段，大家小心。」

「放心吧，你們也要小心，千萬別離圍牆邊太近。」另外兩名金屬系異能者點頭，一個向南，一個向北快速跑去，負責保護他們安全的人也連忙緊緊跟上。

羅勳也對另外幾名跟著金屬系異能者行動的土系、火系異能者道：「等一下軍方肯定會再派遣和你們同系的異能者過來，你們不用管別的，跟緊你們的金屬系異能者，守好你們要防守的圍牆，確保金屬輪子能正常運行就行。」

那幾人聞言也各自跑開，追著剛剛離開的金屬系異能者而去。

三個金屬巨輪出現在圍牆外的三處不同位置，轟隆隆的聲音分別響起，向著不同的方向滾動著輾壓著敵人。

羅勳剛才了解了一下，孫少陽和小李雖然還沒升到四級，但都已經到了四級的邊緣，這會兒他們其實已經可以各自操控一個金屬巨輪了。雖然操作時肯定會有些不穩，但在如今這個時候，三人一起還不如乾脆分成三組人馬，配合馬上就要抵達的土系異能者們，盡可能地處理掉周圍的那些喪屍。

至於喪屍鳥……隊長剛剛又從別的隊伍那裡強行搶過來幾個土系、風系異能者，一路負責保護他們的安全，隨時防備從天而降的「意外驚喜」。

羅勳這裡除了他帶著的金屬防護罩外，還打電話把休息了一整天的章溯叫了過來。雖然五人組那裡也很需要人手保護，但有徐玫幾人跟著，他們暫時應該不會出什麼意外，而且距離他們來防守圍牆還有一段時間，章溯就先緊著他們這裡用吧。

嚴非再度從圍牆上均勻「揭」下一些金屬，做成一個巨大的金屬輪子。他們之前做的那個輪子讓三人中異能最低的小李帶走，嚴非和孫少陽這會兒都需要臨時再做一個。

巨大的金屬輪子很快就出現在了圍牆邊上，轟隆隆的聲音響起。

章溯此時已經靠著他的風系異能加持，迅速來到了圍牆邊上。他根本不用打電話尋覓那兩個傢伙在什麼地方，聽著那轟隆隆的聲音就能一路找過去了。

他看到兩人身影的時候，正好是新一輪的喪屍鳥大軍來襲的時候，它們的腳爪上抓著各種亂七八糟從廢棄的城市中帶過來的各類垃圾，飛到圍牆上空就開始向下丟擲。

這次的垃圾有些不對勁，那些小小的彷彿從喪屍鳥身上散落下來的紅色光點……

「喪屍鼠？喪屍鳥在空投喪屍鼠！」

不知什麼人最先發現了那些「垃圾」的真面目，這一聲「喪屍鼠」如同平地驚雷一般，嚇得圍牆上的所有人都打起了寒顫。

喪屍鼠？白天時據說就有喪屍鼠跑到了基地裡，直到現在都無法證實它們還在不在，可聽說基地中似乎已經有人被喪屍鼠咬到而喪屍化了。

如果這些「空軍」真的帶來了喪屍鼠……他們要怎麼活？

正自驚駭之際，圍牆上的某處有什麼東西正在凝結著。原來是一股青色的風圍著一個身影盤旋著，然後越脹越大，彷彿要把周圍所有的空氣全都吸到一起似的。

那個方向落下來的喪屍鼠，連同高空的那些喪屍鳥，都被這股升起的颶風所牽引，身不由己地圍著風眼瘋狂旋轉起來。

那些喪屍鳥帶來的垃圾也被捲了進去，變成了鋒利得足以殺死喪屍鼠、喪屍鳥的凶器。

颶風升起的時候，豎在圍牆外的正滾動的巨大金屬輪子，其上空忽然張開一張大到誇張的「金屬碗」，接住了那些掉落的喪屍鼠和垃圾，然後大碗在升空，朝著圍牆外面傾倒。那些落入碗中的東西稀哩嘩啦掉到圍牆外面，可大碗並沒有停下動作，而是掉了下去……

「轟隆」一聲巨響，金屬碗在倒落的同時，不知什麼時候變成了一塊巨大的金屬板子，朝著地面拍了下去。這一下，連那些被帶到外面的喪屍鳥、喪屍鼠，以及那些圍攻基地的喪屍們在內，全被狠狠拍扁。

接著，金屬板子向中間扭曲卷起，在還有喪屍的地方滾了三圈，這才停下。

滿頭汗水的嚴非，坐到了圍牆內側的牆角邊，正抓著一把晶核吸收著。羅勳輕柔地為他擦汗，並小心警戒著周圍，怕有漏網之魚的喪屍鼠過來襲擊兩人。

另一邊，用一個颶風解決了附近的喪屍鼠和喪屍鳥後，章溯也抓著晶核向兩人的方向走來。他雖然消耗了不少異能，可他畢竟是才剛剛來到的，就算使用了很多異能，也沒有如兩人似的從中午到現在都沒休息過。

「怎麼樣？你們還得忙活到什麼時候？」章溯吊兒郎當地雙手插口袋，靠著牆邊站著。

羅勳抬頭瞟了他一眼，將另一袋晶核也交給了嚴非。這些晶核是隊長在下陸戰車前強硬從那位「新隊長」手中徵收過來的。那位新隊長居然連這會兒的戰備晶核都要剋扣，不想全數交給大家，準備先發一部分，然後看情況再決定是否發剩下的。

「不知道，盡可能多支撐一陣子吧。」別說嚴非十分疲憊，就連羅勳的聲音都有些沙啞了。他一邊說一邊從背包中取出水交給嚴非，自己也打開一瓶喝了些，問道：「基地裡可能進過喪屍鼠了，你給你家那口子發個簡訊，讓他們晚上出來的時候小心些。」

章溯撇撇嘴，「還用等你們囑咐？下午的時候，基地裡就傳遍了，咱們旁邊的社區據說有人被咬了。幸虧是冬天，大家穿的裡三層外三層，就算被咬也沒咬穿衣服這才沒事。」

羅勳鬆了一口氣，想起現在的情況，露出一些笑意。

嚴非睜開眼睛看向章溯，「等一下小心點，現在圍牆上很混亂，剛才那些喪屍巨人組織敢死隊來撞牆，把一些站在圍牆邊的人給撞了下去。」

章溯驚訝地向另一邊看去，那邊正有些人拿著武器、火藥向圍牆下掃射、拋擲。

休息了一下，恢復精神，羅勳和嚴非兩人吃了些東西補充體力，他們今天下午拿到了些東西，那就是能量棒。雖然過期了，但用來補充體力絕對比別的東西都好用。

羅勳有些後悔末世前沒弄點可可樹的樹苗回家試著種植，這東西要是能種出來，用在離開基地打晶核的時候當作補給品，比其他東西強多了。

一行人再度投入戰鬥中，有章溯的保駕護航，以他如今風系異能範圍之大、力度之強，絕對是一大安全保障。羅勳終於能放了些心，將更多的心思用在警戒腳邊。

他們剛剛起來時，嚴非操控著金屬輪子滾向某個方向，就意外發現圍牆上面有喪屍鼠的動靜。雖然沒辦法看清楚，但羅勳還是很快反應過來，用弩箭在這麼黑的天裡打喪屍鼠絕對不現實的，好在他身上可是扛著嚴非打造的金屬防護罩，直接一罩子拍下去……連圍牆上的地面都被他拍掉一塊，其戰鬥力可想而知。

三人緊張地在圍牆上來回巡視著，利用金屬系異能輾壓圍牆外側的那些喪屍。一路上偶爾還會遇到幾個金屬系喪屍企圖和嚴非爭奪金屬輪子的控制權，或者乾脆想從金屬輪子上借些金屬來使。所幸嚴非的金屬系異能可不是正常的四級金屬系異能，他的異能是變異的。雖然未必打得過比他高階的金屬系喪屍，但對付同級的還是很占便宜。

只有在遇到被土系異能喪屍造出來的「土樓梯」時，才需要讓周圍的土系異能者幫忙清路障，剩下的工作還是相對比較順利的。

戰鬥一直持續到了半夜，這會兒李鐵等人已經來到了圍牆上。雖然不在嚴非他們負責的那片區域防守，可大家在來的時候曾經通過簡訊，知道今天家中依舊留下了于欣然帶著小傢伙在樓上警戒。雖然羅勳很擔心這兩個看家的「人手」到底能不能起到什麼作用，可基地中說不準什麼時候會鑽出幾隻喪屍鼠，李鐵他們路上還是有異能者保護陪伴比較好。

李鐵他們來了，嚴非他們三個金屬系異能卻支撐不住了。隊長那邊打來電話，讓他們都回到羅勳他們所在的位置集合，然後暫時休息一下。

三撥人再度碰頭，他們可是從中午十二點剛過沒多久就爬到了圍牆上，足足忙活到半夜十二點，而且無論是羅勳、嚴非，還是孫少陽，他們都在昨晚上過圍牆，參與過防守任務，就連小李他們幾人也是一大早起床待命，現在都到了需要休息的時候。

眾人湊到一起，隊長指著圍牆下面道：「上面派了一輛車過來，說是夜間基地裡太危險，讓咱們暫時在裡面休息一夜。」說著從口袋裡摸出一塊不知道什麼時候弄來的巧克力撕開包裝。巧克力不知融化、凝結過多少次，眼下形狀很奇特。

隊長渾然不在意，幾口塞進口中，含糊地對幾人道：「我跟他們要了一輛貨車，上面開過紗窗，雖然冷了點，不過只要把門關死就不用擔心半夜會鑽進喪屍鼠來。聽說停在下面的那些車子，有喪屍鼠從排氣管鑽進去了。」

「明天呢？有說什麼時候需要我們再上去嗎？」孫少陽打著哈欠問道，折騰了整整一天了，現在又睏又累。

「沒有，不過……」隊長有些艱難地嚥下巧克力，解釋道：「隨時待命。萬一外面又出現了金屬系喪屍……到時肯定得讓你們上去。」

幾人對視一眼，默默點頭。

跟著隊長下了喪屍鼠，章溯表示自己要去找五人組……好吧，是要去找他家男人，畢竟他是下午七點多才來的，那會兒他才剛起床沒多久，精神和體力比羅勳他們好多了。

夜幕下，離圍牆不遠處停著很多輛車子，隊長帶著他們找到了其中一輛大貨車，拉開車門檢查了一下才爬進去。

「我們先查看車廂密封的狀況。」出於安全考量，嚴非對大家說了一聲就催動異能。孫少陽和小李也下意識發動異能，向著四周擴散而去。

檢查是以嚴非為主，他們只進行輔助探查。

這種合作從他們當初第一次共同集合異能分工，便形成了一定的默契。

隨著異能的慢慢探出，早就習慣高強度戰鬥的三人，幾乎只用了幾秒就掃描過整個車廂內部，接著三人睜大眼睛，眼中帶著可見的怒氣，看向幾個被雜物箱子遮擋著的角落。

「怎麼了？」羅勳對於嚴非最為了解，在他的表情變得不對勁的時候，就反應了過來，直起身子問道。

其他人也看向他們幾個，嚴非的視線落在角落處，而小李已經站起來，臉色十分難看，指著一個角落道：「那裡、這裡，還那邊，下面都有洞。」

眾人聞言拉開那幾個堆放著雜物的箱子，這些東西並沒有多重，更有幾個裡面根本就是空的，輕輕一推就能推開。看著推開雜物的車廂下面露出的破洞，有些洞口的邊緣甚至還有著閃亮金屬的光澤，一點都不像是因為生鏽才老化破損的，反而像是人為弄壞的破洞，所有的人臉色瞬間陰沉下來……

以嚴非幾人的異能想要修補好這幾個破洞，連手指都不必動就能輕易補上，可看著這些人為製造的破洞，他們並沒有著手修補。

孫少陽恨恨地罵了一聲，兩眼有些發紅：「他們這是要瘋了，把咱們弄死了，圍牆破了誰來修補？他們有金屬系異能者給他們修牆壁嗎？」

今天嚴非他們在一開始修補圍牆時就發現了，當初隊長被關禁閉前，二隊過來的那位金屬系異能者去世時，大家並沒能將最外面那一圈金屬牆壁全都提純，只做了不到一半左右的工作，可今天他們再去修補圍牆時發現，圍牆提純的工作也只做了一點。

事後問起小李，小李表示孫少陽離隊後，他們這個隊伍就幾乎沒再去過外圍牆，都是在軍營附近做些零碎東西，有時候是一些工具，有時候是一些家具。據說是這位新隊長私下找來的活計，就算需要做些基地內真正的工作，也都是在一些高層們能看得到的地方做，沒人盯著，沒人表示這些工作著急的時候，他就會讓小李去接一些私活。

隊長用手敲敲車廂，上下掃視著，「這東西恐怕是末世後他們從市區裡帶回來臨時裝東西用的。」說著冷笑兩聲，他居然被人擺了一道，「把這些破爛都扔下去，小嚴你們從附近隨便什麼地方，隨便誰的車上扒金屬下來，給咱們把貨車修好。他娘的，真當老子是傻子？」

見他表態，眾人默默將那些空箱子，用來遮擋著破洞的東西全都丟了出去，至於金屬材料，嚴非表示，自從升到了四級，他哪還用那麼費事四處尋找？以前二三級的時候他都能沿途召喚金屬過來隨他使用了，何況現在？

嚴非展現了一把他金屬異能的彪悍之處，也不知道他從什麼地方「借」過來一大堆金屬材料，將這個貨車足足造出了將近十釐米厚的金屬壁，就連車廂上刻意開的紗窗也被他換成了細密的金屬紗窗，這還是羅勳很久以前提示的，家中萬一沒紗窗可換，讓他嘗試著做金屬紗窗，然後車頂的換氣扇同樣用金屬再次加固。

比起做這些常用的家具，孫少陽和小李兩人的經驗就遠遠沒有他高了，他們都很好奇地打量著改造過的車廂，向他取經學習。

整完防護層，眾人分配好睡袋，將後勤部送來的飯菜都分配到每個人手中。

大口吃著飯，直到大家吃了半飽，隊長才低沉地開口道：「之前有人找過我……」說著他看了看嚴非和羅勳，「你們兩個不在軍營裡面，應該有很多事情都不清楚。現在別看咱們都知道活人越來越少了，各個小隊每出去一次恐怕都跟送死差不多，可實際上還是有不少人嫌基地裡面的人多……」

他的話還沒說完，孫少陽冷笑一聲，「是嫌不聽話的人多吧？」

隊長看了他一眼，無奈說道：「差不多吧……這次喪屍潮……恐怕不用等喪屍潮過去，基地裡就會出事。」他再次看了羅動兩人一眼，「不過這不關你們的事，這次防守基地的時候，你們最好別跟不知道哪裡來的人行動，上圍牆就只管防守就行。下來後要麼跟我們在一起，要麼就回你們家，這次出事不會牽連到基地的普通人。」

小李和張全的眼睛亮了亮，不知想到什麼，又是興奮又是擔憂，還有著一些忐忑。

「老大……」

隊長打斷小李要出口的話道：「別亂摻和。」說著瞪了他們一眼，「就算有什麼變故，之後也比之前好不到哪兒去……這些人就是想不明白，他們就是掙的再多，搶回去的再多，要是連基地都沒了，他們還能剩下什麼東西？」

車廂中再度陷入沉默。

吃過晚飯，身心俱疲的眾人再沒有什麼力氣去考慮剛吃完飯就睡是不是對身體不太好的迷思，紛紛鑽進睡袋，沒過多久就沉入夢鄉之中。

有了加厚的金屬防護層，大家這一夜睡得相當安心，儘管半夜有幾次喪屍鳥偷偷搞空襲的時候曾經丟下來一些不知是活物還是死物的東西掉到車頂上，依舊沒能影響到他們補眠。

第二天天色大亮，他們才被從窗子照射進來的光線擾醒，迷迷糊糊爬了起來。

起床收拾好睡袋，等他們打開車廂門才發現昨晚停放車子的地方似乎發生過什麼混亂，半夜又有幾次喪屍鳥趁著夜色空投過喪屍鼠，有一些體型小的喪屍也被一起丟了進來。

這些意外鬧得露營地出現了一些騷亂，果然有人被偷偷鑽進來的喪屍鼠咬到了……眾人心有餘悸地彼此對視了幾眼，等吃了些東西補充體力，領取到新命令的隊長，帶著眾人再度回到了牆頭。

不得不說，這次的喪屍彷彿真的有了智慧，或者它們擁有了真正意義上的「指揮」。

原因很簡單，這幾天接連不斷的先是空襲，再是空襲加強行突破，看情況不是很樂觀。昨晚繼續「空襲」，並且將喪屍鼠丟進基地的喪屍大軍……居然後退了。

可這次的後退卻跟上一次喪屍圍城的後退不同，它們只是撤出了一定距離，那個距離它們的異能攻擊不到圍牆，可圍牆上的人也同樣攻擊不到它們。

「它們這是在幹麼？」羅勳幾人站在圍牆上，遠遠看著將整個基地圍住的喪屍大軍。那站在原地猶如木頭樁子似的動也不動的模樣，讓人看得頭皮發麻。

沒人能回答出這個問題，就連羅勳這個活過兩輩子的人也不能。

誰讓他上輩子沒遇到過這麼詭異的情景。

圍牆上的所有人都不敢掉以輕心，他們緊緊盯著遠處的喪屍，連圍牆下面那些殘破的喪屍屍體都沒辦法分出精力去關注。

過了大約半小時，在太陽正一點一點向著正上方攀爬的時候，騷動發生了。

這些騷動與基地外的喪屍們並沒有什麼關係，它們依舊遠遠站著，似是在冷眼旁觀。

基地裡面卻傳出了一陣陣槍聲、尖叫聲。

喪屍鼠！那些昨夜被空投下來，迅速躲藏起來的喪屍鼠，從各個角落鑽了出來。

圍牆上面、下面到處都是它們的蹤跡，飛速穿梭在人群之中。

「該死，居然是喪屍鼠！」

回過神來的眾人立即小心防範周圍的危險，幸虧他們身邊有三個金屬系異能者，以及昨晚調撥給他們的其他幾系的異能者，很快他們的身邊就築起了堅固的防護圈，並且還能反殺那些重裝過來的死老鼠。

到處都是混亂，這會兒的喪屍鼠可謂是過街老鼠人人喊打。

仗著末世後大家穿得厚實的優勢，再加上從之前就有喪屍鼠鑽進來、空投老鼠的事情發生，如今眾人對它們都很防備，有些人還有了如何打老鼠的心得。沒多久情況就大致控制住了，除了比較棘手的，有著異能的喪屍鼠帶來不小的麻煩，剩下喪屍鼠都被擊殺了。

至少圍牆上的混亂局面很快就控制住了。

讓人驚悚的是，雪地深處那些密密麻麻的喪屍大軍居然……撤退了。

「它們之前不會是想用喪屍鼠從城內突破好減少損傷吧……而現在則是發現沒達成之前的計畫才退走的？」羅動忽然頭皮發麻地想到了這一可能性，自己都覺得不敢置信。

周圍的人都用驚悚的眼神看著他，想要張口反駁，但如今這詭異的狀況，除了這種可能性之外，還有別的可能嗎？

所有負責防守圍牆的人依舊留在原地，基地中也展開了新一輪清剿喪屍鼠的行動。直到正午時分，這次同樣有著詭異結局的喪屍圍城……才宣告順利結束。

雖然昨晚睡了整整一夜，可躺在冰冷的金屬車廂上，就算有睡袋也不是那麼讓人覺得舒服。羅勳和嚴非兩人拖著沉重而疲憊的步伐，謹慎地走在基地中的大路上，隨時防備可能會從不知什麼地方突然鑽出來的喪屍鼠。

幸好昨夜喪屍鳥空投的喪屍鼠數量不是特別多，在圍牆上防守的異能者們又消滅掉了一大半，現在基地中就算有喪屍鼠，也不可能是隨處可見的。

兩人艱難地爬到十六樓，嚴非將自家的大門加固了一下，見其他人都還在睡，只有徐玫聞聲後睡眼朦朧地出來看了看情況，見是他們兩人回來才放心回去繼續休息外，他們並沒驚動大家地回到了自己家中。

當夜，圍牆上駐守的兵力並沒有撤回，依舊堅守著圍牆的安全，以防喪屍們突然殺個回馬槍。軍營中卻燈火通明地為這次成功守住了基地舉杯慶賀，幾乎所有擁有實權的大佬們都聚在這裡，慶祝這一次的防守成功，並準備過幾天再辦慶功宴。

與此同時，軍營中的某些角落，一個個腳步輕盈、動作敏捷的黑影，朝著眾人聚集的小禮堂悄悄圍攏了過去……

◆　◆　◆

羅勳一邊揉眼睛，一邊走進廚房，手裡還拿著一個剛剛撕開包裝的麵條袋子。這些麵條是他末世前採購回來的，有一部分放在比較靠裡側的箱子中，末世到來後一忙就丟到腦後去了。直到上次喪屍鳥來襲，他們需要方便快捷的儲備糧時才想起還有這些東西。這些麵條已經放得……時間有點久，最近正在想辦法盡快吃掉騰出空間放別的東西。

現在差不多是凌晨兩點，羅勳和嚴非兩人是中午回來的，雖然頭天晚上他們在貨車中睡了一覺，可在車廂中怎麼可能睡得好，所以兩人回家後又補了個眠，這一補就補到了現在。

雖然日夜顛倒，可總歸徹底休息好了不是？

煮好一鍋麵，羅勳端著小鍋出來，見嚴非正站在陽臺上。

「麵好了，外面有什麼情況嗎？」羅勳給兩人各盛了一碗，走向陽臺時隨口問道。

「沒有，沒看到有什麼動靜。」嚴非和羅勳乾脆站在陽臺上，一邊張望一邊吃麵。

這幾天的生活很驚險，衝著那些喪屍詭異的攻擊模式，若是再來個夜襲也不是不可能。

前幾天還一片白皚皚的雪景，如今因為喪屍鳥的原因，四處變得泥濘不堪，只剩下部分積雪還留在沒人、沒喪屍鳥經過的地方默默等待天氣轉暖融化成水。

然而，羅勳他們兩人很清楚，這些白雪恐怕等不到天氣回暖的那一天了，這幾天基地中不知什麼地方會藏著被喪屍鳥丟進來的喪屍鼠或小喪屍。為了防止喪屍們潛伏在雪堆中襲擊經過的人，這些冰雪早晚都會被清理掉。

兩人將碗裡的麵全都吃光，正準備回到飯桌前再添一些，轉身之際，忽然用眼角餘光看到外面的天空亮了一下。

「那是什麼？」羅勳連忙看向有光亮的方向。

嚴非也停下腳步，看了過去。

紅色的光球飛向夜空中，越飛越高，漸漸變小直到最後熄滅……

「火系異能者的火球？」羅勳兩世對這種光亮都十分熟悉，看清是什麼後，不由得皺起眉頭看向嚴非。

嚴非的眉頭也微微皺起，「確實是異能者發出的火球，可是那個方向和距離……」

距離很近，絕對不是圍牆那邊發出來的，他們更是在看到了這個火球之後再沒看到其他異能升空，也沒聽到什麼不正常的聲音。

「與其說是異能者在打什麼東西，怎麼更像是訊號彈？」羅勳的話音剛落，兩人恍然對視了一眼，心中驚疑不定，「不會是隊長說過的事吧……」

◆◆◆

深沉夜色之中，先前還在慶祝的宴會廳中，如今一片寂靜，許多人的屍體散落在各處，到處都是鮮血的痕跡。

不過，有一些西裝革履，之前還跟地上的人談笑風生的人，依舊安然無恙。這些人都站在大門口，身邊還有荷槍實彈的士兵，以及一批軍方的異能者。

「報告，宴會廳中的目標都確認清除乾淨，請指示！」

「讓宿舍區的人開始行動，小心不要驚動軍營外的人，等軍營全部平定下來，讓特別行動小隊的人立即將家屬區所有目標家屬全都控制住，一個小時內解決戰鬥。」

「是！」

響亮的聲音迴盪著，沒有參與行動但也不算是被清理的那一派人中不知情的中立派，此刻都膽顫心驚地站在一旁，惶恐地看著那些士兵領命離開，再用驚恐的視線悄悄打量著那些策劃這次行動的人……

他們大多是比較年富力強的人，比起那些原本掌控著實權的保守派來說。

金屬小隊的隊長坐在宿舍床上，嘴上叼著一根不知什麼時候存下來的，只剩下半根菸頭的菸，有些出神地望著宿舍唯一的小窗口。那個窗子是正對著基地內側的，也就是在剛剛，沒怎麼睡著，半夜爬起來喝水的他，從這個窗口看到了一抹光亮升空，然後漸漸消散。

正自出神的時候，另一個方向的過道中傳來整齊的腳步聲。雖然很輕微，但對於一個半夜沒睡覺的人來說，這個聲音足夠清晰了。

隊長並沒好奇地起來開門出去看看，只是盯著沒有動靜的大門。過了許久，隱隱聽到不知哪個房門被打開，接著門外再度恢復安靜。

將嘴巴上的菸頭取下，塞進床頭的一個小櫃子中仔細收好——這東西如今就只剩下這麼半根了，還是留做念想吧。

拉過被子躺下，在深夜中，在同宿舍的隊員輕重不一的呼嚕聲中，低喃了一句：「靠，居然這麼快……難道我是烏鴉嘴？」

太陽一如既往在應當升起的時候緩緩地平線上爬起來，將它的光亮灑到整整基地上。

昨夜在圍牆上堅守了一夜的士兵們感慨著，幸好喪屍大軍沒有殺個回馬槍。

基地中的倖存者也在這片朝陽中爬了起來，一邊打著哈欠，一邊謹慎地向窗外打量。幸好那些掉進基地的喪屍鼠、零散流落在基地內的喪屍鳥，半夜沒有摸進自己家中。

唯有軍營、新城那邊的情況有些詭異，一大清早，這兩處地方依舊靜悄悄的，似乎所有的人都起晚了一般。等到早上十點多的時候，才有些住在軍營附近的人發現軍營大門敞開，一些軍用車輛開了出來，向著圍牆的方向開去，與平時沒有什麼不一樣。

羅勳兩口子半夜吃飽喝足又回到床上睡了一個「午覺」，午夜的午，今天清早起來，雖然和李鐵他們打過招呼，可一天過去了，居然沒發覺出基地有什麼大變化，便只能將這個疑問壓在心裡，默默等著看軍方有沒有什麼通知。

軍方的通知下來了，卻與他們想知道的某些事情沒什麼關係，只是很正常地要求居民們參加清掃基地積雪、捕捉可能藏在各處的喪屍鼠的通知。

消息是按照各小隊的形式通過簡訊廣而告之的，這任務完成後，可以抵掉當月各小隊需要完成的任務、稅金等東西，總地來說，算是比較划算的一個任務。

宅男小隊的成員湊在一起合計了一下，還是選中了去掃大街這個光榮而又偉大的事業。

好吧，實際上是他們如果真的接下了一定期限內殺掉基地內多少隻喪屍鼠之類的任務，誰知道他們能不能真的找到喪屍鼠，他們又不是貓。

或許在掃大街的過程有可能偶遇幾隻喪屍鼠，但那是要看運氣的。

接任務需要到任務大廳去登記，領到任務，清理完畢指定區域內的積雪才能算是完成任務。他們準備明天一早再去搞定這件事，在此之前，他們需要為自己的小命加上一層保險。

嚴非將家中用不著的金屬集中到了一起，準備先打造一副金屬軟甲……

其實這東西的作用主要是用來防止被喪屍、喪屍鼠、利器之類的東西弄傷，卻防不了巨大的撞擊。也就是說，如果有人用小刀突然戳到穿著這軟甲的人身上，人雖然不會被刀子劃傷，卻依舊會因為那一戳疼上好長一段時間，而且要是被體質系喪屍打一拳的話，照樣會骨折甚至傷到內臟。

不過他們如今人在末世之中，最重要的一點就是小心不能被喪屍咬到，感染病毒細菌自己喪屍化，至於其他有可能出現的狀況……大家自求多福吧。

「嚴哥真厲害，這都能想到。」五人組捧著臉，兩眼冒光地圍著嚴非坐著，看得正在做傳說中鎖子甲的嚴非嘴角直抽。

章溯和徐玫也很興奮，「等做好一件後先試試能不能抵擋我們的異能攻擊。」

羅勳連忙表示：「這東西只能防割傷、劃傷，防不了力氣太大的攻擊。」

「知道知道，我們就是是試試異能。」徐玫揮手表示自己毫不介意這個問題。

宋玲玲問道：「這東西是金屬的吧？那遇上雷系異能會導電吧？」

羅勳道：「這也沒辦法，咱們只能自己小心，有些時候不適合穿這東西就要脫下來。」

說是這麼說，可以嚴非現在對於金屬異能的操控能力，他做出來的金屬「衣服」輕薄到了一定程度。經過章溯和徐玫兩人的實驗，這東西雖然防不了加速後的某些異能強力攻擊，但一般的火燒、風刃削還是能夠進行很好的防禦，就是被火烤過會燙手。

再加上這軟甲有輕薄的特點，套到棉服的裡層直接穿在身上也不錯。

眾人說說笑笑，各自發揮想像力，甚至覺得要不乾脆弄到棉襪子裡一起穿，說不定也能起到防止鞋子突然被什麼東西咬破後傷到腳掌之類的效果。

正說著，掛在門口的一件外套中有手機唱了起來。

「是你的手機。」羅勳聽到鈴聲，看了嚴非一眼，起身幫他拿手機。和前幾天的某次一樣，將手機掏出來後看到上面來電顯示的名字，他挑了挑眉毛，「是郭隊長。」

羅勳兩人雖然猜到隊長有可能會聯繫兩人，卻沒想到他會這麼快就來聯絡，畢竟昨天晚上軍營那邊才出事，他居然今天下午就打電話過來，這速度實在是有些快。

當然，也不排除他跟這件事有什麼關係也說不定。

嚴非放下手邊的工作，接起電話走到窗邊。

羅勳跟了過去，其他人則繼續圍觀那件已經做好的一整套「鎖子甲」，一邊實驗它的結實程度，一邊研究要怎麼樣才能讓這東西應用在更多地方上。

電話那邊是隊長本人的聲音，嚴非接起電話後，就聽到那邊說道：「小嚴啊，今天休息得怎麼樣？對了，上次跟你說過的事，你有什麼想法？還想回來嗎？還是想接著待在你的異能者小隊裡？」

嚴非眉毛挑了挑，腦筋迅速轉了起來，口頭應著：「是隊長啊？休息得還行，就是先前工作量比較大……」客套了幾句後道：「我跟我們隊長的關係比較鐵，雖然也想回去幫你，可實在分身乏術……真是對不起了。」

隊長知道他和羅動一向共進退，他的話怎麼可能只用「你」這個字來詢問自己的態度？嚴非要是連這話中有問題都聽不出來，他就可以直接從十六樓跳下去了。

那邊果然說道：「真不行？我們這邊開出的條件你不再考慮一下？」說著又道：「實在不行的話就只能算了，以後要是基地有什麼任務需要你出力，到時可不能不來啊！」

嚴非立即了然道：「您放心，基地要是有什麼危險，出了事我們還能跑得了？到時只要您一通電話，我肯定過去。」

又應付了幾句，嚴非掛斷電話才看向羅動。

羅動低聲問：「隊長那邊有人？」他雖然沒聽到隊長到底說了什麼，可從嚴非這邊的回答就能聽出，隊長的來電肯定有問題，他們平時說話什麼時候用過這麼客套的語氣了？

嚴非收起手機後才低聲道：「沒聽到有別人的聲音，但他的語氣、問話都有問題，我懷疑不是電話有監聽，就是開著喇叭。」說著，重複了一遍剛剛隊長說過的話。

羅動思索了一下，微微點頭，「我懷疑是現在基地裡的新領導人想要將異能者重組回去，或者將一些沒在軍方控制下的異能者招進去，至少他們有心思重組金屬系異能者小隊，也許是要恢復修補外圍牆的任務，也許有其他任務，不過咱們最近還是小心一點吧……」說著，他有些嘆息地笑了起來，伸手在嚴非的胸口輕輕捶了一下，「異能太弱會被基地的強者欺負，異能太強會被大勢力拉攏、忌憚，這日子真是讓人沒法活了……」

嚴非淡笑了一下，握住他的手，兩人走回原位繼續忙活防護服，並沒對其他人做什麼解釋，畢竟這件事連他們自己都還沒搞明白是怎麼一回事，只能提醒大家提高戒心，最近夾緊尾巴做人，就算出門大家也盡量一起行動，不要亂惹麻煩。

在全體人員七嘴八舌的建議、搗亂下，嚴非最後還是暫時堅守之前的決定，先做出一整套可以穿在裡面的上下金屬衣，之後又改造了成員們的手套、鞋子，給這些東西裡面加上一層金屬。再次慶幸他每天都要鍛煉金屬異能，如今四級之後已經可以將金屬做得如同絲線一樣細密，卻堅韌到讓章溯用他的風刃都得多削兩下才能斷的地步，不然他是絕對做不出可以穿在鞋子裡，當成襪子一樣的細軟金屬來的。

等嚴非搞定全部金屬護件，天色暗了下來，他們小倆口才施施然回到自己家中，商量起下午接到的隊長的那通電話。

「……要不要聯絡一下孫少陽？」羅勳猶豫著，「可看他之前的樣子，似乎很想回去。」

孫少陽雖然脫離了軍隊到了異能者小隊中，卻不太適應那裡的生活，所以之前大家在一起說話的時候，就能聽出他雖然不滿小隊中的新隊長，但如果隊長能回去的話，他和他家那口子還是很想回去的。

「回不回去不重要，既然今天打來電話的是隊長，說不定孫少陽現在已經回去了。萬一他的人和手機也受到監控的話，現在給他們打電話並不明智。」嚴非微微皺眉。今天隊長才剛給自己打過電話，如果自己馬上再聯絡孫少陽，說不定對方會以為自己也有心回到金屬異能小隊，只是想先打聽待遇什麼的，之後還會讓人來找自己，到時會更加麻煩。

兩人商量了半天，最終得到結論。總之，最近基地中的局勢混亂，還不知道昨晚出事後軍方到底是怎麼洗牌的，現在寧可暫時按兵不動，也別攪進渾水中去，畢竟他們就算誰都不靠，安安生生的也能生活下去。

羅勳再度感嘆起來，上輩子的自己到死都是個最底層的普通人，基地上面出沒出過什麼事，換沒換過高層自己全然不知情。當然，就算知道，現在也未必能起到什麼作用，誰讓如今連基地外的喪屍都集體變異，疑似擁有了智慧或者有了指揮者。說不準哪天基地的圍牆就被這群瘋狂的喪屍推倒，基地裡面的人被喪屍們吃掉了腦子呢？

經過一夜的休息，次日清早，大家紛紛在衣服中穿上嚴非新做出來的鎖子甲，自覺安全保障提升了一個級別，才興沖沖地到走廊上集合。

宅男小隊在先前的守城戰中打死過幾隻水系喪屍鳥，其中有四級的水系異能晶核，如今全小隊的異能者除了于欣然的異能晶核不太好找，他們目前還沒功夫去市場或跟軍方兌換晶核，沒辦法升四級外，其他異能者都順利升到了四級。

雖然這次是眾人一起行動，但考慮到基地裡目前的情況未必很穩定，大家最後還是決定留下于欣然和小傢伙看家。除了他們兩個，還留下了何乾坤帶孩子。一旦有什麼狀況，馬上打電話聯繫眾人。

剩下的人裡三層外三層穿好所有衣服，這才打開金屬門魚貫走了出去。

如今基地裡的主幹道已在前幾天喪屍來襲的時候加班加點清理乾淨了，果然有了壓力這些事情就能很快搞定。

來到任務大廳，羅動他們有些驚奇地發現……

平時哪怕就算是無聊，出來閒逛的人都會時不時來任務大廳轉轉，更有些人想要和別人一起合作，還會特意在任務大廳中到處晃悠。

「人怎麼這麼少？」

今天他們出來的時候，感覺社區中、街道上的人很少，還以為是大家之前守城時守得沒體力，一般人不想接任務，所以就不願意出門，可現在竟是連任務大廳中都這麼冷清……

大家頗有些驚疑不定地對視了幾眼，還沒想好要不要進去接任務，就見幾個熱情的工作人員迎了過來……

他們自從末世後就從來沒在公家的辦公地點看過這種疑似末世前銀行大堂經理一般面帶微笑主動迎接尋問是否要幫忙的情景，這真的是很考驗心臟，尤其是在末世後。

一位穿著花格子襯衫、牛仔褲的疑似大堂經理的人，笑著對他們問道：「是小隊要過來接任務的嗎？這邊請這邊請。」

看著對方熱情的笑臉，再看看空蕩蕩沒幾個活人的大廳，羅動他們都在暗自猜測一定是因為來接任務的人太少，這位疑似大堂經理的人才會如此熱情主動招待他們吧……

在來到辦理手續的櫃檯前之後，他們就確認了自己的猜測沒有錯。因為昨天剛剛發布過的任務幾乎沒人接，他們甚至能拿著基地內的地圖隨意點選自己想要清理的地方。

出於安全考量，羅動他們還是選擇了自家社區所在的街道。他們主要的任務就是搞定路邊、房屋和角落的積雪，避免有喪屍鼠藏在積雪中襲擊人類。當然，如果發現喪屍鼠殺掉，還能多得到一些積分，前提是要上交喪屍鼠的屍體。

其實就算沒積分他們也覺得很划算，畢竟喪屍鼠的體內也有晶核。

「老大，你說……咱們現在接了這個任務，會不會之後又說咱們做的任務不算？」出了大門之後，李鐵擔心地低聲問羅勳。

羅勳的表情頗為無奈，「我也不確定，不過要是能把咱們社區周圍的積雪都清理乾淨，讓喪屍鼠、喪屍沒地方躲，也是對於咱們的安全起到了一定的保障作用不是？」

他們在昨天回來就將家中所有有可能會鑽進老鼠的下水道入口之類的地方檢查了一遍，讓嚴非用金屬網子加固，就連抽水馬桶的水管都用東西堵住，要上廁所的時候再移開。

家中的防護措施都做好後，他們才有閒心出來接任務，不然家裡還有孩子在呢，他們怎麼可能完全不擔心就這麼出門來做任務？而現在，任務都接下了，還能突然說不想做嗎？

本著為人民服務等於為自己服務的想法，其實連羅勳都不太確定這次的任務結束他們會不會如願以償得到相應的積分和減免本月自家小隊需要繳納的房屋租金，一群苦逼娃兒開著他們的垃圾車，帶著大掃帚、鐵鏟，奔赴工作地點。

難得當一次末世後的清潔工，這感覺真是難以言喻，尤其是他們在發現某個大雪堆下面居然還有一堆冬天之後攢起來的垃圾時……

好吧，他們這才發覺這就是一個坑爹的任務。這個工作其實除了點體力外，什麼都不用消耗，只是在工作時偶爾會出現一些「驚喜」。

所謂的「驚喜」就是指藏在垃圾、積雪中的喪屍鼠。雖然數量不多，但在他們在清理幾個小雪堆的時候遇到過兩隻突然竄出來的喪屍鼠，又在清理垃圾山時遇到從裡面跳出來的一隻不知什麼時候藏進去的喪屍鳥。

幸好他們在來這裡之前就做好了萬全的心理和物質上的準備，在那隻喪屍鳥剛跳出來，還沒來得及張牙舞爪開口吼叫前，就一串異能飆過去，將它直接幹翻在地。

一群清潔工一邊鏟雪、鏟垃圾，一邊苦中作樂地自我安慰，就當這是在為人民服務。好吧，這個目標太高尚，他們還沒這麼高尚的品格，那還是當成為了他們將來生活的平靜，減少周圍垃圾，免得出現瘟疫之類的原因來處理這些廢棄物好了。

正在愉快鏟著垃圾，羅勳發現自己的手機唱了起來，只好將剛剛揮舞得飛快的大鏟子停下掏出手機，見到上面來電顯示的人名，連忙走到一旁接通。

「李隊長？」

對面果然傳來李隊長的聲音：「小羅啊，你們那邊還有沒有蔬菜？食堂這邊急著要。」

羅勳眨巴了一下眼睛，聲音中帶著一些沉痛說道：「李隊長，蔬菜現在實在拿不出來……您也知道前幾天喪屍鳥飛到基地裡面，把稍微高點的樓層玻璃都打破了。我們好不容易才撐過那兩天，還沒等把家裡的窗子收拾好，外面就有喪屍圍城又得去圍牆防守……家裡的東西根本沒來得及收拾，剩下的蔬菜都被凍死了，最近實在沒辦法賣菜。」

「哎呀，這是怎麼說的……」李隊長也猜到了這種可能性，甚至他今天連這通電話能不能打通都還抱有疑問。如今能聯絡到羅勳本人，就說明不是他所在的小隊實力不錯，就是他本人的運氣很好，才能躲過這次喪屍鳥的襲擊。

蔬菜這東西，連基地裡面的蔬菜種植大樓都因為被喪屍鳥打破玻璃而凍死了絕大多數。如果不是實在沒辦法，他也不會著急地聯絡羅動。

不過不管羅動他們是運氣好躲過喪屍鳥的襲擊，還是他們本身有實力能打退來襲的喪屍鳥，這種人都要保持良好的關係，萬一以後用得上呢？

「好吧，要是你們那裡恢復正常，有新的蔬菜種出來，咱們食堂還是要收購的。」

軍營昨晚出了這麼大的事，如他這種之前完全不知情的人，如今想要保住現在的地位，就需要做出相應的貢獻，讓那些新上任的人覺得他很有能力，不用替換掉才行，所以既然羅動這裡沒辦法了，他就只好再去聯繫一些其他有過合作的人。

如今基地裡可不是只有羅動他們一家能在自家種出蔬菜，有些人家雖然沒有羅動他們的種植面積大，沒辦法種出這麼多的「正常」作物，可現在哪怕能弄來不正常的蔬菜也行。

掛掉電話，羅動回到嚴非身邊。

嚴非低聲問道：「什麼事？」

羅動聳聳肩，「是李隊長，他要買菜，我給推了。」他們家中的蔬菜是有些受到喪屍鳥襲擊的影響，但不是如他所說的家裡被凍死許多蔬菜，而是疏於打理。

當然，也有些蔬菜被凍壞了。

李鐵他們的一六〇一做為這次反擊喪屍鳥的戰鬥空間，因為打開了窗子迎戰喪屍鳥的原因，房間中的蔬菜都被挪到一起，冷風灌進來後不少，作物都因為低溫生長得不太好，再加上不知什麼地方漏光引來更多的喪屍鳥，所以在窗子全部被金屬遮擋之後，家裡沒有開補光燈，大部分的蔬菜這幾天的長勢都很差。

還有些太陽能板被戰鬥波及壞掉，他們得抽空去兌換補足。

總之，家裡的事情不少，只是他們眼下需要先緊著緊急任務來……

扯遠了，羅勳之所以推掉李隊長買菜的事，一方面固然是家中的蔬菜暫時沒時間去採摘處理。另一方面是，全基地都受到這麼大的影響，連軍方的蔬菜基地都被波及，他們家的蔬菜怎麼可以沒受到影響？

誠然在軍方著急採購的時候還沒人會多想什麼，可難保過上一陣子被什麼人想起來……他們可不想給自己家招來麻煩。

嚴非也在聽到羅勳的話後，便明白了他的意思。

看看周圍的這些建築吧，他們清理積雪的時候，那些房屋有幾個是完好無損的？路邊那些秋天前剛剛用土系異能搭建起來的二層小樓現在有幾棟還存續著呢？

總不能別人家連住的地方都被毀了，結果你家還能完好無損地種出蔬菜來……這也太打眼了。數量少些還好說，如果多賣些出去被人發現，恐怕就又是一番是非。

宅男小隊的成員們奮力清掃他們負責區域內的積雪等雜物，時不時拍死一兩隻喪屍鼠。忙活到中午左右，停下來休息吃午飯，基地中終於再度熱鬧了起來。

不少人謹慎地走出家門，隨時注意著路上有沒有喪屍鼠的蹤影。好在這些喪屍鼠似乎比較懼怕在白天出來，除非如羅勳他們這樣不小心翻動到它們的藏身處才會暴起傷人，不然一般的時候它們寧可躲在陰暗的角落裡。

這些開始外出行動的人，目標與前幾天差不多——那些死光了住戶的人家、相對完好的空房子，都是他們出來的目的地。

羅勳看著東邊出來一夥人，跑進西面的社區中，沒過一會兒就扛著、抱著些什麼東西，興高采烈地回來，只能感慨地嘆息。也就是現在他們家裡什麼都有，又暫時沒必要去發死人財，至少不在如今這個時候去發這種災難財。如果是放在前世的話，說不準他也會如這些人一樣，只是肯定沒他們這麼囂張就是了。

花費了整整兩天的時間，羅勳他們才完成自己的工作到任務大廳去交任務。次日下午他們才得到通知說審核完畢，讓他們去領取小隊任務的積分和這個月不必繳納房租的通知。

直到積分到手，大家的心才放回肚子裡。至少積分到手了，他們不必擔心這個任務是不是白做的。至於基地高層的動盪……目前基地中的普通倖存者們依舊沒發現那天晚上發生過什麼事情。其實別說那天晚上，就算是在那之前，許多倖存者也不清楚基地中真正的掌權者到底是一個人，還是許多人？他們姓啥名啥？上頭即使變天了，眾人也沒有任何感覺。

忙完這個緊急任務，羅勳他們開始修整家中各種在戰鬥中損壞的東西，並且統計外面的太陽能板到底壞掉了多少。為了打發時間，打開收音機時才意識到，現在還在一月下旬，而且新年居然很快就要到了。

喪屍鳥和喪屍圍城的到來，讓所有人都將這件事拋到了九霄雲外，直到他們從收音機中聽到了「今天是農曆臘月二十五」時才意識到，竟然已經到了這個時候。

「快過春節了，咱們稍微預備一下也過個好年吧。」徐玫建議道。

「包餃子！」何乾坤立刻舉起手來，口水幾乎要留下來了，「羊肉餡的餃子！」上次打到的那隻變異羊太香了，要是用那隻變異羊的肉來做餃子……想想就能讓人滴口水。

「餃子肯定要包的，而且做成餃子味道也沒那麼大，不會像涮羊肉似的還要擔心香味會不會飄出去被別人聞到。」羅勳笑笑，「咱們再準備點別的，平時不太吃的，比如火鍋……不是涮鍋，是燉火鍋，再炸點馬鈴薯、豆腐。羊肉也能裹粉炸了放進去一起燉……」

其實這和燉菜有點像，但煮出來的湯能喝，也能泡飯吃。

「好啊好啊，吃火鍋，吃餃子！」

忙了這麼多天，大家都是將就著在過，好不容易安生下來，天這麼冷，暫時又不用考慮出基地，自然將所有的心思都轉到吃食上，誰讓他們的冰箱裡還凍著這麼多肉呢？

基地中還活著的人大多都能過個好年，雖然損失了一部分人，房屋也損毀不少，但不得不說，還活著的人正因為這些人留下的食物，才能堅持度過艱難的冬日，甚至還有未來那青黃不接的春天。

大年三十那天，剛剛經歷過喪屍鳥空襲、喪屍圍城的基地，終於恢復了昔日的平靜。

基地中從一大早起就播放著各類關於變異作物研究，還有各種提前錄製好的綜藝節目，讓這個略顯冷清，還有不少房屋倒塌的地方顯得比之前熱鬧不少。

倖存者們此時都開始準備過節，經過喪屍鳥的襲擊後雖然有了不小的損失，但那些留下來的遺產，尤其是在那之後有能力的人反應比較迅速，很快就將喪屍鳥解決，所以直到現在雖然夜裡還是要小心不要輕易外出，以免遇到流竄的喪屍鼠外，得到了那些被留下來的「遺產」，再加上自家在過冬前做的多多少少的準備，大家過個舒心的春節還是沒問題的。

資源再整合後的結果就是，不少人家都有收音機可聽了。這樣一來，就算先前安裝在路邊的那些廣播喇叭沒了蹤影，很多人還是能在自家聽聽節目或新聞。

因為這些節目大多是春節前就準備好的，所以如今接手的人只要找出這些東西，讓電臺按照一定的順序慢慢播放就好了。

在整個基地都開始熱熱鬧鬧過起新年的時候，軍營那高大的黑色堡壘中卻正在開會。

低階的軍官和工作人員們在幾個大廳中規規矩矩坐著聆聽之前準備好的節目，算是全軍營上下歡度新春，外加加強洗腦工作，而在軍營地下的某間最為嚴密的會議室中，目前掌握著實權的那些人正在開著他們的小會。

一些資料在圓桌上傳閱著，這些坐在圓桌旁的人平均年齡都要比先前的班子低上至少十歲到二十歲左右，更有一些是末世前後都手握實權的軍方人員，以及不少因為擁有了異能，長期外出戰鬥而漸漸提升了自己的實力和身價的軍方異能者們。

「年前所有領取過基地發布的最新任務，並且按時完成了的小隊名單都在這裡。這裡是領取了但年前並沒有行動的隊伍名單，另外這些是其餘沒有任何行動的小隊名單。」一名助理將卷宗攤開放在桌上，優先交給幾位主要的與會人員。

匆匆看過這些名單，他們將完成任務的小隊名單放到一邊，著重拿著剩下的名單道：「跟之前大家討論後的結果一致，年前接下任務並按時完成的，除了在那次之前就表明支持咱們這次行動的小隊外，多是平時略有些實力，但沒參與到基地派系爭鬥中的小隊，或者是平時做任務很踏實，沒有在基地中攪風攪雨的不安分的隊伍。」

另一人略感欣慰，「雖然就算完成了任務也不能說明什麼，但至少證明他們對於咱們基地如今的領導班子比較信任，也願意相信。至於那些不知情的普通小隊……這些已經老老實實做完任務的隊伍都不錯，是咱們基地中重要的基石。」

「嗯，這部分的隊伍至少可以放心，至於還在觀望，又或者根本消極怠工的……」

氣氛瞬間變得有些凌厲起來，眾人交換了幾個眼神後，其中一人略提高了音量道：「這件事嘛，過完年馬上就到二月了，各個隊伍也要按照新規定派出去做任務了。」

其他幾人也連連點頭，「沒錯，有能力有實力就要對基地盡到義務。」

有人道：「還是要想辦法爭取一下，有些隊伍都是隊長、副隊長這些人在做決定，普通隊員對於一些事情並不清楚……」

會議持續著，關於未來如何整合這些異能者小隊，如何對待那些一直跟他們作對，曾經給他們下過絆子的某些人這一點上，在當初行動前，雖然他們彼此之間沒具體商量過，可多少也有大致的應對方向。

前一陣子那個關於限制小隊，要求小隊進行強制任務的事情，其實跟在座的大多數人都沒有什麼關係，主意也不是他們出的，但不在其位不謀其政，屁股決定腦袋，等真正坐上這個位置之後他們便發現了這個規定對於基地的統治者還真是利大於弊。當然，他們也需要針對不同的小隊發布不同的任務。那些提前完成這個月內指定任務的隊伍自然可以減少一些難度，至於剩下的那些……

新官上任三把火，他們不必放火，只需要出一道測試題，那些沒趕上的，還在觀望的隊伍，就有苦自食唄，誰也沒非要讓他們繼續拉扯個隊伍自立為王不是嗎？和和氣氣地在基地裡共同建設美好家園多好？

◆　◆　◆

「砰砰砰！」

宏景社區某棟大樓中的十六樓傳出剁肉剁菜的聲音，不過這次他們不必像之前似的那麼謹慎地不敢弄出太大的動靜，因為今天是春節，別管家裡糧食多不多，有沒有肉和菜，大家都會想辦法做上一頓熱呼呼的餃子。

羅勳他們家中的麵粉只剩下夠這最後一頓用，今天將凍著的羊肉取出來後，大家討論了一下便決定今天要吃羊肉胡蘿蔔餡的餃子。

如果說在基地中肉是稀罕物的話，那麼羊肉胡蘿蔔餡則更是稀少中的稀少。如今有肉吃就不錯了，誰家還能吃上指名道姓的某種肉類？

愉快地將肉餡、胡蘿蔔全都剁好，再切了些蔥薑提味，然後把胡蘿蔔略微用鹽濾掉一些水分，加進調好味道的羊肉餡中，一群人開始嘻嘻哈哈包起了餃子。

有過之前陽曆新年的通力合作，大家現在做起菜來更駕輕就熟。

趁著大家包餃子的效率提升上來，徐玫和宋玲玲接過擀餃子皮的重任，羅勳來到廚房，準備炒幾道菜。他們之前說好的火鍋需要炸的東西都炸好了，肉用鳥肉和羊肉代替，馬鈴薯和山藥、豆腐也都炸好，就差晚上吃飯的時候添進湯底開鍋煮滾。

現在他需要的是再準備兩道炒菜。

為了包餃子，羊肉拿出來的量比較多，現在還剩下一塊，可以加上大蔥做個蔥爆羊肉。如果再有多餘的話……要不要乾脆再做道蜜汁羊肉？

羅勳搔搔頭，前一道他知道做法，後一道嘛……聽過大概的做法，但具體的步驟要問問大家看有沒有人清楚。實在不行的話，就用鍋包肉的方法做得了。

至於素菜，他們年前根本沒去賣菜，家中眼下有很多蔬菜，吃不完的都掛起來晾乾又或者醃漬起來，隨便做些什麼都行，根本不用太費神。

將肉切好，蔬菜洗淨，等準備工作告一段落，羅勳出來，就見餃子也差不多包完了。

「羅哥，晚上吃什麼菜？」難得過年，大家更是難得奢侈一把，第一吃貨章溯和第二吃貨何乾坤兩人都有著十二萬分的期待。

「準備做個蔥爆羊肉，對了，有誰會做蜜汁羊肉嗎？」羅勳走到桌邊，見包好的餃子基本上都有模有樣，不像上次似的有奇形怪狀的，心中對於眾人的學習能力感到很欣慰。

「不會。」

「沒做過。」

好吧，大多數人都不會做，羅勳更沒指望過只會吃的五人組。好在章溯和嚴非都說他們雖然不會做，但以前曾經吃過。最後在兩人的描述下，羅勳和徐玫、宋玲玲三個還算會做菜的人研究完，定了一個做法。別管對不對……反正做出來味道好就行。

一群人愉快地在屋裡轉來轉去，忙著這一頓豐盛的晚餐。

包括羅勳和嚴非在內的所有人，中午不過是將就著吃了一頓。真的是將就，隨便吃點什麼東西墊肚子，所有的熱情和希望都放到了準備的晚餐上。

于欣然在包餃子的時候也坐在旁邊，捏橡皮泥似的捏出幾個形狀古怪的餃子，表示一會兒煮出來她要自己吃掉，還要給小傢伙吃……羅勳默默給小傢伙點根蠟。

在大人們忙碌的時候，小丫頭拎著小籃子，裡面裝著這兩天採摘下來的草莓拿到廚房清洗，並說晚飯後要吃這個……肉吃多了吃些水果解油膩也不錯。

外面的天色暗了下來，廣播中的音樂變得歡快起來，熱熱鬧鬧播放著早就錄製好的各類歌舞節目和相聲節目。

宅男小隊的所有成員圍在桌邊，桌上是眾人期待已久的羊肉胡蘿蔔餡的餃子，以及放入提前搗鼓好的各種食材的火鍋。

……

「呼呼呼，好吃好吃……」

「真香，好吃得要命！」

「唔唔唔……」

大夥兒埋頭大口吃著餃子，家裡的麵粉不多了，他們可捨不得浪費哪怕一丁點。雖然他們之前收割完水稻後種上了小麥，可至少還要幾個月才能收成。吃完這一頓，可就是徹徹底底沒有麵粉可以做東西吃了。

再者，因為喪屍鳥來襲，這次種出來的小麥會不會晚產、減產，這都是說不好的事。他們要等到多久才能真正吃上，誰也說不好……

「吃慢點，火鍋就快好了。」盛著最後一盤餃子過來的徐玫，見眾人狼吞虎嚥的模樣，不由得笑了起來。

「趕緊坐下來吃吧，妳的份我幫妳留出來了，不然早就被這群吃貨搶走了。」宋玲玲見她回來，連忙拉她坐下。

其實餃子沒全部煮掉，還留出至少一半冷凍起來。今天還有火鍋，可以配著飯吃，占點胃裡的空間。大家狂吃餃子實在是太饞的緣故。

電磁爐上的火鍋很快滾沸，裡面燉煮得軟嫩的食材都可以吃了。

眾人毫不在意米飯和餃子混搭，各自盛上一碗白飯，撈著鍋中的火鍋料開吃。火鍋最下面用白菜墊底，上面分別擱著鳥肉片、裹粉炸出來的羊肉、炸馬鈴薯、凍豆腐、炸山藥和羊肉丸子等等，還放了些蘑菇和青菜，飄散的香味讓人垂涎三尺。

有了餃子墊胃，大家就一邊聊天，一邊吃火鍋，然後說笑起來。

「都過年了，咱們每個人都許個願吧！」宋玲玲舉手提議，大家卻瞬間靜默，只有火鍋咕嘟咕嘟冒著泡，彰顯著它的存在感。

羅勳和嚴非對視一眼，又看了看飯桌上的眾人。

王鐸忽然出聲：「我希望跟我家親愛的恩恩愛愛一輩子，永遠不分離。」

眾人噴笑，章溯沒好氣地斜睨他一眼，用公用湯勺連肉帶菜盛了一勺倒進自己的碗裡，然後說道：「我希望將來每個月都能打到不長眼的變異動物，每天都能有肉吃。」

吃貨的境界果然跟常人不同，但不得不說，章溯的這個願望深得人心，幾乎所有人都在心中默默點頭支持。

宋玲玲此時也舉手道：「我希望咱們家的糧食每次都能大豐收，一年到頭都吃不完，不用擔心什麼東西會被用光。」

徐玫笑道：「那還不如希望咱們能多出一些種菜的屋子來比較實在呢。」

「這也不錯，而且應該比較好實現吧？基地前一陣子才出過事，現在肯定有空屋。」宋玲玲咬著筷子看向羅勳。

做為隊長，羅勳只能表態道：「放心吧，等這兩天過去，我們會去找找看有沒有合適的房子，而且咱們家的太陽能板壞了不少，得想辦法補充一下。」

「那我就希望咱們能打到更多的晶核，換回更多的東西。」

「應該是更多高階的晶核吧？低階的咱們打到的還少？」

「唉，要是有個隨身空間就好了……」李鐵開始發散思維，「難道末世裡就真的沒有空間系異能者嗎？」

「就算有，人家也不會說出來吧？反正到現在都沒聽說過。」

眾人七嘴八舌，又問道：「隊長，你們兩口子有什麼願望？」

羅勳愣了愣，願望？他還真的說不出來有什麼願望。

前世的願望就這麼一個：能有大房子種好多東西，能在外牆掛滿太陽能板，種出來的東西夠自己吃，然後再有個能陪自己一輩子的人。這輩子，這幾個目標全都實現了。

想到這裡，羅勳轉頭看向身邊的嚴非，然後說道：「也沒什麼太大的願望，就希望……喪屍少圍幾次城吧。」

徐玫嘆息，「要是末世能結束就好了……不對，應該是再也沒有喪屍就好了。」

眾人再次沉默。

一直沒有說話的吳鑫，突然低聲說道：「如果可以，我想回老家看看……」

歡樂的氣氛為之一變，莫名的壓抑感擴散開來。

火鍋煮沸的聲音，收音機中的相聲，此時都顯得那麼不合時宜。

第六章

寶寶的口糧，新手奶爸的苦惱

除夕過後是春節，春節那天，大家將三十那天晚上剩下的食材、餃子各自帶回小家準備分批吃掉，大年初二時，大家就恢復了日常的生活作息。

打理蔬果等作物，修補喪屍鳥空襲時破壞的土牆和金屬牆，替換毀壞的各種物件。

羅勳寫了一張單子，上面列出需要更換、採購的東西。太陽能板被破壞了幾塊，剩下的目前想要繼續維持家中的供電需求有些困難，幸虧家裡的蓄電池的電量基本是滿的，這才支撐了這麼多天，但再之後就必須想辦法補充能源了。

除此之外，他們還得盡快找到合適的空屋擴大種植面積。

第二個問題比較麻煩，尤其是他們的人手有限，如果能在自家大樓裡找到空屋改造一下的話，問題並不大，讓人糾結的是，他們這棟大樓的空屋都被別人搶占了……

找其他地方的屋子雖然也可以改造用來種菜，可到時要怎麼守著？距離近些還好說，一旦距離比較遠，那些屋子萬一被人盯上……他們要派誰過去？

宅男小隊的人手實在不足，不足到根本沒辦法分出更多的人手去駐守，畢竟大家現在住的地方都改建得很舒服，讓誰單獨搬過去誰願意？還要肩負起種菜、看家、採收等的工作。如果時常人來人往，暴露自家祕密的可能性就更大……總之，問題很多。

糾結歸糾結，該去問去查的事情還是要做。

羅勳他們打聽了一下，發現軍營的後勤兌換處暫時沒辦法進去，說是過年期間暫時不營業，其實是軍營目前不許外人進入。兩人心中都猜測，恐怕和前些日子的那件事有關。

沒辦法去找軍方兌換太陽能板，羅勳和嚴非只好帶著晶核、積分去軍方對外建立起來的兌換窗口，可等他們到了那裡一打聽才知道，現在暫時沒有太陽能板可以兌換，據說至少要等到正月十五過後才行。

兩人只好再跑到資訊大廳那裡，打聽能不能多租幾間屋子，結果被告知，因為喪屍鳥襲城後基地裡的損失還未進行具體的統計，到底有多少空屋，原來的空屋有沒有被人趁亂住進去都還不清楚，需要再等一段時間才能得到具體的消息。

「剛過完年就諸事不順……」走在略顯空曠的街道上，羅勳恨恨地磨牙。今天出門想辦的事情一件都沒辦成，這運氣實在太差了。

「別著急，畢竟今天才剛大年初二……」雖然嚴非也覺得自己這安慰如同沒有，可總不能兩個人一起叫罵。如果罵兩句就能解決問題，他毫不介意罵上三天三夜。

羅勳深吸一口氣，「咱們先回去再說。」他想起來了，五人組辭職前似乎把所有能弄到的資料都搞到手了，不知道他們有沒有弄到大家用得上的資料。

兩人回到家中，羅勳第一件事就是直奔李鐵他們正忙著施肥的房間，「你們之前是不是把基地的很多資料都下載回來了？」

李鐵幾人愣了愣，點頭道：「是啊，電視劇什麼的，不都放進共用資料夾裡了嗎？」

羅勳搖頭道：「不是那些，我是問你們弄回來的資料裡有沒有別的東西，比如市區哪些地方有可能有太陽能板，或者什麼地方可能有正用著大量太陽能板的地方。」

「啊，之前咱們怎麼沒想到這個？」李鐵幾人跳了起來，多少都有些懊惱。

何乾坤嘿嘿嘿笑了起來，「這個嘛……說不定能找到呢。」

「找？什麼意思？」羅勳眼睛一亮，連忙問道

「我之前把好幾個資料夾都塞進硬碟裡了，還有好多亂七八糟不知幹什麼用的檔案。不過帶回來後還沒時間進行分類。」何乾坤說著，得意地挺一下肚子，「我走之前給資料庫裡留了個後門……雖然現在網速不咋地，但我能登進去。」

「胖子幹得漂亮！」

「你太有才了！」

「走走走，現在就去查資料，家裡沒有的話快進去看看，別讓你的後門被發現……」五人組勾肩搭背，急不可耐地轉身跑了。就在羅勳他們也要跟上去看熱鬧時，黑著臉的徐玫將羅勳和嚴非、章溯在內的三個大男生攔住，「你們都跑了，誰來施肥？讓他們五個專業對口的去就行了，你們三個給我過來幹活。」

徐玫，妳越來越有女王氣質了，難道是想跟章溯搶人物設定？

羅勳、嚴非和章溯三位隊內主力在忙了大半天後，每個人都渾身臭烘烘地走出種植間，二話不說，回到家就直奔浴室沖澡。

五人組找了很久，直到羅勳他們出來，也沒找出什麼有用的東西。

他們臨走前都「順手」從不知什麼地方弄回來各種各樣的檔案塞進資料夾，之前沒注意時還好，但眼下想要認真找什麼東西來才發現資料龐大到讓他們有點懵。為了將來不再出現想找什麼卻找不到的問題，五人組決定一邊找檔案，一邊分門別類將檔案都規整好。這麼一來，他們的工作量再度翻倍，至少三五天別想整出個什麼結果來。

羅動小倆口痛痛快快沖了個澡，順便做了點的不可言說的運動。

一起洗澡不就是明目張膽的邀請嗎？嚴非傻了才會不去吃到了嘴邊的肉。

羅動兩腿痠軟地走出浴室，躺倒在沙發上恢復體力。小傢伙正在陽臺跑來跑去，給這個籠子噴噴口水，另一個箱子噴噴氣，玩得不亦樂乎。見羅動出來，興奮地跑了過來，跳上沙發，趴到羅動的肚子上。

嚴非在後面順手拖乾浴室地面的水，這才施施然走了出來，一副酒足飯飽的模樣。走到沙發旁，彎腰給瞇著眼睛，抱著大狗休息的羅動一個吻。

羅動咂巴咂巴嘴，似乎在回味某人的味道，「我沒力氣做晚飯了。」

兩人一下午都在施肥，又在浴室激戰了一番，羅動現在有力氣做飯才有鬼。

「我去熬點粥？」嚴非真誠地建議道。

「……也行，之前的火鍋料還剩下一些……可以把白米放進去一起煮，當鹹粥吃。」先前的火鍋料做了很多，沒用完的就分給大家了，羅動他們昨天沒吃掉，今天倒是派上用場。

「好，我去做。」嚴非還沒付諸行動，手機就不合時宜唱了起來。

兩人無奈對視一眼，嚴非伸手去拿他的手機。

當嚴非看到手機螢幕上的來電提示，這才發現這已經是這個號碼給自己撥打的第三通電話了。看了羅動一眼，羅動這會兒正趴在沙發上看著自己呢。

「沒見過的電話號碼，打來第三次了。」

羅動詫異地問道：「接不接？」

嚴非沉默了一下，手機鈴聲中斷，然後……又是同一個電話號碼打過來。

嚴非接起了電話。

半個小時後，腰痠腿軟的羅勳跟著嚴非一起走在了漆黑的夜色之中。

末世後的基地街道……不，應該說還疑似有喪屍鼠在的街道上，沒有什麼人敢大膽地在天黑後還出來閒逛的，除非他們有什麼急事，就比如現在的羅勳和嚴非。

「你在家待著多好，現在天氣這麼冷。」嚴非黑著臉，將羅勳脖子上的圍巾再拉高些。

羅勳渾然不在意，「我這不是想跟你一起來嗎？而且……誰知道情況到底怎麼樣？你去了也不知道幾點才能回來。」

嚴非沉默，摟著羅勳的肩膀，兩人並肩前行。

羅勳拍拍他的手，示意他不用太擔心，「你著急、生氣都沒用，事情已經這樣了……」

兩人從內基地走到外基地，來到一個沒怎麼被清理出來的社區，然後進入其中一棟大樓的三樓，還沒進門，就聽到鬧哄哄的聲音。

一個神色憔悴，三十多歲模樣的男人打開大門，見到兩人，略感詫異，視線不確定地在兩人身上來回巡視，「你們是……」

「我是嚴非。」嚴非的聲音冷冷的，態度算不上好。

對方表情僵了一下，視線多在嚴非那張俊俏至極的臉上掃了兩眼，側身讓路道：「哦哦，你們進來吧，裡面有點亂……」

何止有點亂？這裡明明也是新社區，但社區中顯然還沒被人清理過，到處都是積雪和垃圾，這個屋子中的客廳到處擺放著各種雜物、生活用品，還有一些亂七八糟的家具。

兩人瞄了一眼，就聽到主臥室中傳出一陣女人歇斯底里的喊叫聲。

「我活不了了……我快要死了！都是你們，都是你們害得我這麼慘！」

另一個聲音帶著壓低的怒氣道：「劉女士，現在的環境根本沒辦法幫妳做剖腹產，麻煩妳省點力氣，放生孩子上。再折騰下去，別說孩子，連妳自己的生命我們都沒辦法保障。」

「混蛋！你們這些庸醫，沒了儀器設備，你們還能做得了什麼……哎喲，痛死我了！我早該把你打掉，讓我受這麼多罪的小王八蛋！」

客廳的三個男人聞聲全都沉默下來，過了一會兒，羅勳對身邊的嚴非眨眨眼，「我聽她的中氣挺足的，應該還有不少力氣，不會有生命危險的。」

嚴非默默看著他，這算是……安慰嗎？

這倒也是，那個女人還有力氣罵人，多半不會有事。

不過，不管怎麼說，這都是早產。

嚴非轉頭望向旁邊表情扭曲的男人，羅勳和嚴非還都記得他，這人就是當初陪在嚴非母親身邊的那個穿著軍裝的男人，只是現在的他從上到下哪裡還有半點軍人的模樣，似乎被末世的生活壓力壓得背都挺不直了。

「你剛才在電話裡說她是摔了一跤後才早產的，到底是怎麼回事？」

見嚴非詢問，那個男人暗自磨牙，過了一會兒才深深吸了一口氣，「今天我出去找物資，回來的時候就見她在隔壁鄰居家門口躺著，當時還流了血……」

「鄰居家？怎麼回事？」嚴非皺眉。如果說是自己家門口還好說，在隔壁……

「鄰居說她趁著別人家不在家的時候，跑去撬人家大門，還搶東西，被正好回來的人看到給推了出來。」男人一副生無可戀的表情，平淡地描述這件事。

嚴非伸手揉揉自己的眉頭，「她自己怎麼說？」

這件事他現在無法判斷是真是假，只能暫時詢問這個男人。

男人看了嚴非一眼，眼中帶著清晰可辨的同病相憐。

「喪屍鳥空襲的事情過去之後，她就天天催我出去找物資……這裡是我們剛搬過來的地方，之前的屋子破爛得不成樣子。大樓裡其他住戶、隔壁的人也都是新搬來的。這棟大樓是基地特意留下準備分配給新來的倖存者住的，本來就沒住進來多少人，不少屋子還是空的，所以有些屋子的窗戶都完好無損。她從隔壁的人搬來時就在窗戶偷看人家帶的東西……」

所以說，她是很有可能幹得出撬人家大門，搶人家東西的事來著。

至於劉湘雨是怎麼對這人說的？她都要早產了，還有什麼機會說這件事？

「我回來之後……」男人猶豫了一下，解釋道：「給你的父親打過幾次電話，他最後把你的手機號碼給了我。裡面的醫生和護士是之前去醫院時，你母親特意留下對方的聯絡方式，我剛剛打電話找來的。」

嚴革新現在自身難保，哪有功夫管劉湘雨？

要不是她今天意外早產，打死他也不可能理會這件事。他是聽說劉湘雨的情況很危險，想了想，才把嚴非的手機號碼給這個人，畢竟劉湘雨是嚴非的親生母親，就算沒什麼感情，可要是今天一屍兩命，嚴非事後得知會不會怪自己不告訴他呢？

嚴非很無語，他要是真的遺傳到劉湘雨的性格，就打死也不會來這一趟。

不過，嚴非和羅勳兩個都是男生，來了也起不到任何作用。劉湘雨正在裡面掙扎著生孩子，嚴非想進去看看，也得等到她生完孩子再說。

這一折騰，就足足折騰了整整一夜。本來就是意外早產，產婦又偏偏可著勁兒叫罵，等到真正需要她用力氣的時候，她已經連叫都叫不出來了。

和劉湘雨同居的男人到後來黑著臉，背著手在屋裡來回踱步，過了好半天，才憤怒地問嚴非：「她當初是怎麼生你的？」

嚴非冷笑，「你和她認識多久了？難道還認為她是會選擇順產的人？」

男人噎住，他差點忘了，面前這個比自己小不了多少的男子是那個女人的兒子，而不是和她平輩的什麼人，他怎麼可能知道當初劉湘雨生他的細節呢？

場面一度尷尬，然後就聽到裡面的醫生喊道：「用力再用力……不能卡在這裡，不然母子都會出事……快快快……出來了出來了！」

早產兒的哭聲微弱到只在被護士拍打時才哼唧幾聲，至於產婦……當羅勳和嚴非走進去後，看到的是陷入半昏迷狀態，幾乎沒了人樣的劉湘雨。

當初那個染著頭髮，一副趾高氣揚的中年女子，變成了現在這慘不忍睹的模樣，就連羅勳看了都覺得有些不忍心。

嚴非沒說什麼，看了看根本沒意識到兒子來看她的劉湘雨，又看了看襁褓中的小寶寶。

聽著外面那個男人和醫生說著些什麼，醫生出診可不是白出的，人家還要吃飯呢。

鼻子靈敏的羅勳忽然聞到了什麼味道，「怎麼有這麼濃的血腥味？」

嚴非愣了一下，「女人生孩子不是都要流血嗎？」

「不是這個，是……等等！」羅勳上前一步，掀開劉湘雨蓋著的被子，看到鮮血從穿著單薄睡衣的劉湘雨身下流了出來，將她身下的棉被染紅。

「醫生！醫生快來，病人失血了！」羅勳高聲叫了起來，可同時就聽到外面傳來一陣慌亂的聲音，隨後劉湘雨的男友大叫道：「你們跑什麼？」

這還用問嗎？病人生完孩子流血不止，他們恐怕是知情的，只是擔心引火上身，所以沒在第一時間告知家屬。

這次來了一個醫生、兩名護士，三人哪是外面那個普通人能攔得住的？三人聽到羅勳的叫喚，就知道情況不妙，轉身想跑，卻萬萬沒想到嚴非是個異能者。

所有的金屬材料瞬間浮空，將那幾個準備逃跑的人箍住，強行拉了回來。

「這不關我們的事啊……病人本來就摔傷動了胎氣，現在醫療條件有限……」

「條件有限就是你們不告訴我們產婦的狀況，轉身想跑的理由？」嚴非被氣到了，無論如何躺在床上的那個女人是他的母親，就算他再恨再厭惡，再想和她斷絕母子關係，也不是眼睜睜看著她就這麼死去的理由。如果不是羅勳機靈，發現不對勁的話……

醫生無奈，只好盡可能幫著處理，並讓他們最好趕緊將人送到醫院搶救。

只是，產後大出血……沒能及時制住，也沒有及時輸血，還沒等到將人轉移，劉湘雨就徹底失去了意識，心跳停止……

一場意外的早產，只留下一個單薄到了極點，隨時都有可能死亡的嬰兒。

次日是個大晴天，耀眼的陽光照進來，讓房間中本來就有些冷肅的氣氛變得更加冷寂。

宅男小隊的人早早就過來了，畢竟是隊友的親人離世，還有後事要辦，他們給兩人送來了晶核和積分，順便看著有什麼地方需要幫忙。

同樣是這天一早，沒等嚴非主動聯絡，嚴革新就主動打來電話詢問狀況。聽說劉湘雨已經去世，那邊沉默了一下，嚴革新意外地對嚴非道：「地址在哪兒？我等會兒過去。」

嚴非有些驚訝，報上地址才掛斷電話。

末世後的葬禮大多數都簡單到可以忽略，只要將人送到基地內的火葬場焚化，然後用個什麼東西將骨灰裝好，將人埋葬在基地西面的新規劃出來的墓地即可。

什麼墓碑、紙錢、出殯都沒有，又因為墓地在基地的外面，於是更多的人因為不敢踏出基地大門，只能將親屬的骨灰盒交給軍方專門處理骨灰的地方。只是這種地方雖然會幫忙將人入土為安，卻是每隔一段時間才出去一次，並且會將許多骨灰盒統一放到挖好的大坑填上土就完了。其他的儀式是想都別想，而且收費還不低。

末世一切從簡，大家不過穿得素淨些，等往生者火化，再找機會把骨灰移去埋葬。

嚴革新給嚴非打完電話，兩個多小時後才趕到，正好跟領到骨灰回來的一行人碰上。嚴非瞄了眼樓下停放車子的地方，並未看到他先前坐的車子，也沒看到他帶先前的那個助手，不由詫異地挑了挑眉。

一行人上了三樓，嚴革新只看了看那個簡陋的盒子，沒有多說什麼，反而拉著嚴非到陽臺那裡去說話。

羅勳抱著嚴非的弟弟，出生一天後因為沒有母乳，他的親生父親只好用白米煮了點米湯勉強餵飽孩子。徐玫倒是對這個孩子很感興趣，可她和宋玲玲雖然照顧過于欣然，但面對這種剛剛出生的，脆弱得彷彿一根指頭就能把他傷到的小傢伙卻完全不敢碰。別說她們了，連他的父親不敢抱，畢竟這孩子是個早產兒，小小的一點……

陽臺上的父子兩人正面對面僵持著。

嚴非露出嘲諷的笑容，「所以你今天過來就是想要我進軍營？」

嚴革新的氣色大不如前，看起來彷彿老了十歲似的，但他的衰老與他前妻的去世沒有半毛關係，而是……生活中的變化太快。

嚴革新的神情疲憊，語氣中終於沒了以前和嚴非說話時的那種居高臨下的氣勢，「爸爸是實在沒辦法了才來找你……現在軍中出了大事，那些異能者和手裡有實權的人都快把我們這些文職工作人員踩得沒法活了，你是異能者，只有你能幫爸爸一把了。」

嚴非絲毫沒有半分動容，「這事我之前就跟你說得很清楚了。」

「現在和那時候不一樣。」嚴革新的聲音中帶著些疲憊，「軍營裡現在都是一群……一群野蠻人，我們這些行政人員被他們踩成什麼樣子了？也就是現在，他們還沒直接趕我，要是再過幾天……你想想，你爸爸都多大的歲數了，你忍心看著我被他們趕到外面那些……那些登記處什麼的去給人登記，還是看著我去掃大街？」說著，深深嘆息了一聲，滿是憂鬱地看向屋裡，「你媽媽已經去世……你爸爸還有幾年好活？好歹……就算幫爸爸的忙，別讓爸爸晚年還要流離失所……」

嚴非噗哧笑出來，「他們要把你趕出軍營？」

嚴革新臉上有一絲尷尬，「他們要收回我的住處……分配到別的地方……」

「是分配到團體宿舍跟別人一起住吧？」嚴非瞇起了眼睛，見嚴革新臉上的表情更加尷尬，再度問道：「如果我去的話，你準備讓我做什麼？」

嚴革新的眼睛瞬間亮了起來，「你不知道你的異能現在在軍中有多重要，之前的金屬系異能小隊聽說只剩下一個人，你要是願意加入軍方，入隊就能直接當隊長。你年輕，異能又很強，憑藉你的優勢，不出三年肯定能爬到高位……現在跟以前不一樣，軍中異能者的話語權提升了不知多少倍……」

不過略略一試，就得到了預想中的結果。

嚴非的眼中閃過失望之情，他的父親在前妻去世的今天，來這裡的目的還是為了這些破事。就算他們兩人之前沒有半絲父子之情，可就連最基本的對於死者的尊重和感慨都沒有，甚至哪怕是兔死狐悲的惆悵，他都沒在這個男人身上看到半分。

轉身往屋裡走，嚴非冷冷地丟下一句：「登記處的工作也不錯，不都是為人民服務？」

至於掃大街？他們小隊才剛剛做過這種任務好不好？

嚴革新一臉愕然地呆立原地。

「我們先回去吧。」走到羅勳身邊，嚴非就看到他抱著小嬰兒，心中又生出了幾分惆悵，這個孩子從出生到現在連大點的哭聲都沒發出來過，在這嚴峻的末世中真不知道……

孩子畢竟是嚴非母親同居人的孩子，不管羅勳他們有多同情，也不能真的把人家的孩子抱走，而且這個孩子才多大，真抱著他出門，還不凍壞他？

跟劉湘雨的男朋友打過招呼，表示明天再過來看孩子，商量什麼時候去埋葬劉湘雨的骨灰，眾人便離開了。沒多久嚴革新也黑著一張臉匆匆離開，他來這裡只是為了想要當面和嚴非再談一次，與他那位離世的前妻沒有半點關係，更不用提這個給他戴綠帽的男人。

這個男人居然敢仗著劉湘雨的事打電話來威脅自己，如果不是考慮到嚴非有可能對劉湘雨還有感情在，他不在背後踩上一腳，讓那個女人和她肚子裡的孽種一起沒了就是客氣的，至於她的姘頭？呵呵……

男人呆呆看著牆邊，那裡昨天還擺放著他辛辛苦苦從其他空屋中找回來的紙張和木頭。這些東西在冬日中是不可或缺，用來取暖的好東西。就算不是冬天，這些東西也是做菜時必不可少的東西，可在那個女人生完孩子後，就被醫生和護士盯上了。當時的情況太亂，那幾個人在給劉湘雨接生完，就想要那堆東西當報酬。

結果，劉湘雨出事了，可處理完她的後事，那幾個人還是趁亂將東西搬走了。

現在……

男人忽然眼神帶著怨恨地盯著大門的方向，嚴革新……

自己沒有後臺，在末世前只因為外形相對俊秀，是劉湘雨喜歡的類型，所以才順勢抱上了她的大腿，可末世後的日子真是……

自己在軍中沒有半點門路，末世後的軍方更不是自己能夠鑽營的，而劉湘雨也因為父親去世，在軍中除了能在一些當年劉老爺子在世時留下的人脈處得些照應外，幾乎沒有任何生存手段。自己更因為末世前就打上了劉家的標記，可那些手握實權的人根本看不起自己這樣爬女人床的人，所以離開劉湘雨就更不可能找到什麼出路。

如今劉湘雨死了，嚴革新臨走時給自己撂下的狠話猶在耳邊……瘦死的駱駝比馬大，就算嚴革新在末世幾乎沒有什麼用武之地，他也依舊能在軍方體制內找到一席之地，可自己……

心中百轉千迴之際，臥室裡傳出了小貓般的哭聲，男人卻似沒有聽見。

◆　◆　◆

眾人忙了一天，回到家後多少都有些疲憊。雖然不是自家親人去世，可只要想到別人家的家人去世還有人可以送他們最後一程，而自己的……就算他們現在回到各自的故鄉，他們能找到親人的遺體嗎？

大家都略帶惆悵地拍拍嚴非的肩膀，「定好哪天把骨灰送走，咱們都跟著一起出去。」

現在基地外面還算平靜，就是不知道踏出大門，到墓地的途中會不會出什麼事，所以他們如果真的決定走出基地，就要做好萬全的準備。

嚴非微微點頭，「麻煩你們了。」

「咱們誰跟誰？」

羅勳和嚴非回到自己家中，今天依舊是留下小傢伙和于欣然看家。不管怎麼說，一般人還是不願意讓孩子去有往生者的地方，雖說末世中大家連喪屍都不知打死過多少個了。

羅勳去廚房準備兩人的晚飯，將飯菜擺上桌後又開始滿屋轉悠。

「你忙什麼呢？」嚴非見羅勳連飯都吃不踏實，不由問道。

羅勳搔搔頭髮道：「我找了兩塊比較軟的棉布……」說著，略微小心地道：「明天咱們不是要過去？我想著那孩子還太小，他那裡恐怕沒什麼適合給孩子用的東西，找兩塊不大的棉布，算是給孩子……當尿布的吧？」

羅勳覺得那孩子到底是嚴非同母異父的弟弟，還剛剛沒了媽，至少還是給點見面禮好。孩子的生父家中看起來還有不少東西，他也就不用擔心萬一對方沒有物資，見到自己送東西過去起什麼歹心，或者因此纏上自家之類的，這才想著明天過去給那孩子帶點什麼。

嚴非拉他坐到自己身邊，將碗筷遞給他，「你喜歡孩子？」

那孩子又瘦又小……他這個當哥哥的都沒能在那孩子身上找到什麼跟自己相似的地方，也沒能看出孩子跟他親生父母哪裡長得像，自然不解為什麼羅勳好像對那孩子很上心。或許他是愛屋及烏，因為那畢竟算是自己半個弟弟，所以相對偏愛一點？

羅勳下意識咬住筷子，「這……倒沒……」他上輩子本來是想買個兒子回來的，可那時他想要個人來陪著自己的因素遠遠大於收養個兒子，至於這輩子，能陪著自己的有嚴非，家裡還有一隻會賣萌會撒嬌的狗在，他完全沒有這方面的需求。

「就是覺得……」羅勳聳聳肩，「覺得那孩子太小太弱了些……」

這樣的體質，生母又去世，如果他的父親想要撫養他的話，就只能靠米湯餵養。末世前還能買奶粉回家，現在……能不能長大都是問題。末世中弱者是沒有生存權利的，更何況這麼一個弱小到什麼都做不了，什麼都不知道的生命？

嚴非沒再深究，只是摸摸他的頭髮。

次日清早，羅勳兩口子起床後略微收拾了一下，便出門去外城了。今天小隊裡的其他人沒跟著，家裡有不少事要忙活，成熟的蔬菜又需要採摘了。

兩人走到外城區，找到那棟大樓，爬上三樓開始敲門，可兩人左等右等，等了將近二十分鐘都沒人過來開門。

羅勳提議：「你打個電話給他？」難道是一早就出門了？

嚴非掏出手機翻到前天那人給他打來的電話號碼撥通。

「無法接通？好像沒開機？」嚴非挑眉。

兩人面面相覷，難道是手機沒電了？或是出門時忘記帶手機了？

正茫然不知所以，樓上傳來腳步聲，應該是樓上的住戶，見到兩人站在這家人的門前，掃了兩人幾眼，匆匆下樓而去。

「要不……再等一會兒？」那人是知道自己兩人今天會過來的，或許是一早有什麼事情需要外出去辦，比如換些糧食之類的，所以就算他要出門，應該不久就會回來。

兩人又等了好一會兒，大樓裡的住戶陸續起床，開始一天的生活，時不時就能見到有人上下樓。羅勳兩人每隔幾分鐘就敲一次門，當他們敲到第五次門的時候，之前見到的從樓上下去的人已經忙完回來了，見兩人還在這裡，不由問道：「你們要找這家人？」

兩人點頭道：「對，您知道他去哪兒了嗎？」

那人左右看看，低聲道：「好像搬走了，今天一早天還沒亮就搬走了。」

「搬走？」羅勳兩人驚愕對視一眼，好好的搬什麼家？總不會是嫌這裡死過人晦氣吧？可劉湘雨的骨灰還要埋葬呢，有自己幾人幫忙總比他一個人忙活要強多了吧？

對方退了半步，搖頭道：「我就是從窗戶看見可能是他家，也不敢肯定。」說著，繞過兩人上樓走了。

羅勳指指大門，「怎麼辦？直接進去嗎？」

做為一個金屬系異能者，撬門完全不用工具，嚴非發動異能，大門就被打開了。

這個屋子前天他們來時只覺得比較混亂，如今卻顯得空曠，但不是真的空了。一些大件不好搬運的家具還留著，可除了這些東西之外，其他物件都沒了。那些他們昨天還看到過被藏在角落的糧食、煤炭，以及保暖的被褥，全都不見了。

「真的……搬走了？」羅勳瞪大眼睛。

「他為什麼突然搬家？」嚴非皺眉。

這棟大樓的安全係數相對較高，那個男人先前又辛辛苦苦將所有的物資都搬了回來，按理來說，應該沒有什麼搬走的必要性。至於會不會有什麼能威脅到他的因素……

羅勳兩人再度對看，他們這個樣子莫非很像壞人？還是說……

「他會不會是擔心你要來分遺產？」羅勳問道。

嚴非無語，他長得像爭奪遺產的壞人嗎？

如果對方是想要躲避自己兩人，劉湘雨還需要下葬呢，自己來不是好歹能分擔一些下葬的壓力嗎？若是有他們在，給劉湘雨辦後事根本不用去找軍方辦理統一下葬，他們等積雪融化後就能出去將骨灰埋入墓地，那人跑個什麼勁？

「或許他只是想先搬走，但因為什麼原因比較著急，改天還會回來？」羅勳往樂觀的方向想，在客廳中來回走了幾步，然後在幾件大家具的縫隙中看到了一個眼熟的金屬盒子……

「嚴非，你看，這是不是你昨天做出來的……」用來裝他母親骨灰的金屬盒子？

嚴非上前兩步，在看到那個明顯故意藏在縫隙中的金屬盒子後，臉色瞬間黑了下來。

如果只是家中的東西少了一些，還能理解為對方可能還會回來搬走其他東西，現在……人走了，物資都運走了，骨灰卻被留下……那個男人莫非是不想再管劉湘雨的事，所以乾脆把骨灰留給嚴非處理？

深吸一口氣，嚴非上前取出那個盒子，裡面正是昨天自己親手裝進去的骨灰。

就在這時，臥室裡隱約傳來微弱的啼哭聲。

如果不是周遭很安靜，他們兩人絕對聽不到。

羅勳的臉色瞬間陰沉了下來，幾步跑進了主臥室。

主臥室的大床與其他大件家具一樣都沒被搬走，羅勳仔細觀察了一圈，才在衣櫃中的一堆雜物裡發現小小的包裹。包裹不大，用的也不是他們昨天看到過的布料，而是幾條比較薄的末世後不知從哪裡翻找來的衣裙胡亂包住瘦小的身體。如果不細看，會被人忽略，以為只是一團亂塞的衣服。

羅動的手微微發抖，心底生出一股怒氣，將孩子輕輕抱了出來。

如果不是剛才自己兩人聽到了動靜，這孩子怎麼可能還活得下去？

嚴非愣住了，他雖然猜到孩子可能還留在這裡，但藏在衣櫃中……

就著外面的光線才發現，昨天還是紅通通的嬰兒，此時身上居然呈現駭人的紫色。

「……這可能是憋出來的。」孩子在羅動的懷中連掙扎的力氣都沒有，只是眼皮下的眼球微微滾動幾下，小嘴張了張，發出微不可聞的聲音。

將孩子放在床上，羅動快手快腳解開他身上糾纏在一起的衣服，將他昨晚準備好的棉布一層層裹在孩子身上，這才看向嚴非。

嚴非眼中帶著一抹說不清道不明的情緒看著他。

◆　◆　◆

「開了嗎？」

「只熬米粥行不行？要不要拿塊骨頭燉一鍋高湯出來？」宋玲玲好心建議著。

徐玫聞言皺起眉頭來，「要不……熬點試試？」

「你們兩個沒生過孩子的就老實在一邊待著，胡亂出主意小心把孩子給餵死。」章溯雙手交叉在胸前，一臉鄙夷地看著明明是女人，卻沒有半點做為女人的常識的兩位女士。

徐玫和宋玲玲齊齊怒瞪章溯，異口同聲道：「我們當然沒生過孩子，沒養過孩子，你難道就生過養過嗎？」

章溯得意地揚起嘴角，「我是沒生過，但我在醫院工作。」

這話一出，其他人瞬間無語，繼續忙活自己的事。

「回來了，他們到樓下了。」五人組站在陽臺張望下面的情況，忽然大叫起來。

羅勳和嚴非兩人匆匆上樓，一路爬上十五樓。徐玫等人等在走廊上，見嚴非提著個被布裹起來的盒子，應該是骨灰，羅勳則抱著個小包袱，應該是孩子。

兩人的神色有些不太好，羅勳進了屋，接過徐玫她們煮好的，晾得溫度適宜的米湯，嘆息一聲，「死馬當活馬醫吧。」

孩子此時的掙扎和哭聲比之前更微弱了，天很冷，這可是個才出生兩天多的嬰兒。此前他在那個空蕩蕩，早就沒了保暖設備的房間中不知道待了多久，更不知道出過什麼事，誰知道能不能救回來。

好歹灌進些米湯，可小寶寶連吸吮的力氣都沒了，被羅勳用湯匙一點一點餵進去。小寶寶只有咂巴咂巴嘴唇的力氣，就緊閉著唇，彷彿睡著了似的。

試試體溫，能夠感覺到微弱的脈搏，眾人這才微微鬆了口氣。

「到底怎回事？」見孩子應該是真的睡了，眾人才小聲詢問。

羅勳無奈看向窗口解釋道：「孩子的爸搬家了，我們去的時候，就只看到孩子和嚴非他媽的骨灰……屋裡除了大件家具，剩下的東西能搬走的都搬走了。」

大家瞪大眼睛，半天發不出聲音。

好一會兒，何乾坤才摸摸腦袋，「昨天那人看起來還算靠譜，怎麼……」

怎麼就能做出這種事來？

章溯拉開些孩子身上裹著的小被子，捏捏他有些發紫，正在散去的顏色的小身子，眉頭皺了皺，「應該窒息過，不過又緩回來了，養養看吧。」

他這話一出口，眾人又將有些心驚膽戰的目光放到了那個孩子身上，就好像那孩子是紙糊的一樣，隨便來陣風就會吹爛似的。

嚴非在羅勳進屋的時候先上樓，將骨灰盒放妥才又下來。一進門就聽到章溯的話，不過他並沒什麼特別的表情，這孩子的狀況不好，從他出生的那一天起大家就很清楚。本來就是早產兒，又被生父遺棄……誰知道能不能養活。

不過……

視線掃過正抱著孩子的羅勳，嚴非心中動了動，他本來的意思是孩子帶回來盡量救活，之後會想辦法去找他的親生父親，把孩子交還給他，可羅勳雖然嘴上沒說，但從他對待這個孩子的態度上來看，他心裡其實是很在意的。

雖然嘴上說他不想養，更沒準備收養孩子，可或許就連羅勳自己都不清楚，他抱著孩子的動作有多輕柔，照顧的時候有多仔細。

他們註定不可能擁有屬於自己的孩子，宅男小隊的下一代只有于欣然一個，還養在徐玫和宋玲玲兩人那裡。既然羅勳真的喜歡，既然他們現在養得起，那如果這孩子真能活下來，順利長大的話，自己倒是不介意多張嘴——前提是這孩子得聽話，不鬧騰。

想到這裡，他走到章溯的身邊輕拍他的肩膀，隨後對其他人道：「這孩子我們先帶著，等他的狀況好一點，再帶他去醫院看看有沒有什麼問題。」

外面的天氣還是太冷，他們家距離醫院也很遠，這孩子來的時候剛剛吹過風，馬上帶著他又出去的話，不知道會不會出什麼事。

章溯聳肩道：「過兩天我跟你們一起去。」

其實這個隊伍中的人都可以算是「好人」，雖然平時為了自保，為了生存，他們不敢和外人過多交流，更不願意將自己的底牌展示給別人看，可在彼此面對同伴的時候，每個人都是柔軟的，就連章溯也是如此。

寶寶很好帶，吃的很少，哭聲很輕，一點鬧人的感覺都沒有。他平時很安靜，幾乎除了餓的時候、排泄的時候會吭哧兩聲外，再沒有其他的動靜。

然而，這樣的孩子也不算好帶，要是粗心的人來照看，很有可能等別人發現的時候才知道寶寶的尿布都濕了。

幸虧羅勳是個細心的人，再加上于欣然和小傢伙就像圍觀新奇玩具似的，經常湊在一起盯著睡在襁褓中的小嬰兒。小嬰兒稍微動一下，一人一狗就興奮地跑去找大人。

孩子放在家中兩天，被兩個大男人照顧得還不錯，雖然吃的依舊很少，晚上因為擔心孩子會不時起來檢查他的尿布有沒有濕掉而略微影響了些睡眠。

孩子一直在喝米湯，每次喝的量都很少，兩人非常擔憂孩子營養不足。至於去醫院，章溯建議既然現在沒什麼問題，就乾脆等上一星期，在孩子的情況比較穩定，外面的天氣也沒這麼冷之後再去比較好。

孩子的生父依舊沒有半點消息，嚴非不準備把孩子交還給他，但還是想確定一下這人現在在什麼地方，之後會不會有什麼麻煩。這個男人當初應該是在以為孩子已經死了之後才胡亂裹起來丟到櫃子裡，可難保將來會不會有什麼意外發生。

可惜男人的手機一直都關機，暫時聯絡不到。基地中連最基本的人口普查都沒做好，想找個人，就算對方明明在基地裡也是千難萬難。

這天早上起來，羅勳幫孩子換過尿布，餵了點米湯，便將孩子放到嚴非新做出來的純金屬架子，裡面鋪了舒服柔軟的棉花和棉布做成墊子的嬰兒推車中。帶著孩子到樓下的客廳準備先做些早餐，再開始每天打理作物的例行任務。

還沒等羅勳進廚房，自家的大門就被人敲響。

「怎麼了？出什麼事了？」嚴非起身去開門，羅勳跟著走了過去。

一開門就見李鐵興奮得滿臉通紅，「找到了！找到了！」

「找到什麼了？」

「資料，太陽能板的資料，基地外的資料！」李鐵興奮地拉著嚴非就要往他們家走，羅勳也推著嬰兒車跟上。

李鐵一邊走還一邊解釋道：「不單是太陽能板的資料，胖子還發現了一個東西，說不定能有咱們用得上的地方。」

羅勳驚訝地問道：「還發現了什麼東西？」

「一個實驗基地。」李鐵忽然停下腳步，轉過頭來，神祕兮兮地對兩人道：「一個實驗田的基地，是末世前的。」

羅勳和嚴非兩人眼中不約而同迸發相似的光彩，當下加快腳步匆匆走進對面的屋門。

大夥兒都聚在同一臺電腦旁邊，之前他們為了每個人都有得用，利用在軍中可接觸到富餘的電腦零件的便利，攢回了足夠小隊成員人手一臺的電腦配件。

「來了來了！」李鐵一進來就高聲叫了起來。

眾人齊刷刷抬頭看向羅勳兩人，招呼他們過去。

坐在螢幕前面的是何乾坤，別看他胖，操作起電腦的動作卻一點都不慢，十根手指在鍵盤上飛快敲了幾下，調出一個檔案，順手打開幾張照片，說道：「羅哥、嚴哥，你們看，這是我們半夜找到的。」

半夜不睡覺卻爬起來玩電腦……這只有整天宅在家裡的宅男才做得出來吧？

羅勳仔細看著畫面最上層的檔案，這是一份陽曆年前的任務調令，調令上讓一隊士兵的車隊離開基地執行任務，他們的任務目標就是距離A市最近的，專門生產太陽能板的工廠。

這次一共派出了五輛卡車，還有三輛裝甲車、三輛吉普車隨行。任務的目標物就是那裡生產出來的太陽能板，並且順路探查沿途喪屍分布的情況、工廠設備的損失狀況。如果那裡的設備沒有太大的損失，而且路上還算安全的話，基地將會按照這次事件調查的結果做出之後要不要去那個工廠拿設備的安排。

何乾坤又打開幾張照片，那是這次出任務的車隊的照片，以及目標工廠的衛星照片。

「衛星照片？」羅勳愣了一下，隨即了然，他們派出這麼多人自然要提前做好準備。

李鐵他們卻誤解了羅勳的話，解釋道：「衛星現在還都正常運行著呢，有人遇難，用手機發的求救訊號基地都能收到，不過……」說著無奈攤手。

王鐸幫他補全後面的話：「除非是身分特殊的人，不然外面有人遇害了，他們沒辦法判斷出遇害者所在的位置、危不危險、是不是等到他們到了那兒那些人還活著，所以這類訊號通常都不被理會，只不過會把訊號轉移到正在附近的人的手機上。除非有人願意多管閒事，又正好在那附近，還比那些喪屍厲害，不然那些人基本不可能活著回基地。」

這些事羅勳自然也清楚，不過現在沒必要解釋，指著螢幕問道：「這個任務是喪屍圍城前就發出去的，現在有後續嗎？」

何乾坤飛速調出一些照片，只是羅勳看不太明白。

指著螢幕，何乾坤解釋道：「這些都是我早上那會兒連上軍方網路查到的，這個隊伍在喪屍潮爆發前三天就下落不明，軍方在喪屍潮後也沒派人出去找，我猜想……」

他的話說了一半，韓立插話道：「不是基地的高層不想管，就是他們也不知道。」

「不知道？」羅勳詫異。

「這是我在資料庫不知道哪個犄角旮旯翻出來的，我剛才上去之後查了一下，內部似乎沒有在喪屍潮後調動過這份資料，所以我們覺得不是他們不知道，就是根本不想管。」

被曾經的同事坑過的耿直五人組都學壞了，在考慮某些事情的時候，不會再如以前一樣什麼事都往好的方向去想。

又加上他們小隊中新添的，那個連能不能活下去都不知道的小嬰兒居然是被親生父親以那麼不人道的方式拋棄的，所以更是對於某些人和事不再只去看他們的表面。

「那這個隊伍呢？喪屍圍城之後也沒消息？」嚴非出聲問道，他們說基地中沒人主動調看過這份檔案，可沒說這件事的結果……

幾人不約而同搖頭，「沒有他們回基地的記錄。」

陽曆新年左右離開基地，在喪屍潮前沒有回來，直到現在也沒發現他們回基地……

眾人恍然大悟，恐怕他們出去後沒辦法再回來了？

「他們最後一次和基地聯絡大致在什麼地方？」羅勳又問道。

「在這一帶，距離他們去的那個工廠挺近的，他們應該順利到過工廠，卻在回城的途中失聯了。」何乾坤將地圖調出來，「這個工廠距離A市不算太遠，現在的話……按照那個隊伍的情況，兩三天應該能走到，前提是路況還算好。」

末世後的路程可不能和末世前相提並論，從基地去市區其他地方打喪屍路程不算遠吧？放在末世前開車最多一兩個小時的功夫，可在末世後？羅勳他們至少要花費幾個小時、半天的時間才能過去，更不用提路況不好的話——上次他們開雪橇車去之前，每次尋找用來打喪屍的地方就花費了半天的功夫呢。

李鐵的眼中迸發興奮的光芒，「羅哥，我們的意思是，反正之後咱們也要出基地……等哪天天氣轉暖，路況好些，咱們要不就乾脆去那邊看看情況？」

「對對對，那些人就算能拿走一些太陽能板，也不可能把所有的都拿走，咱們只要能找到他們剩下的不就好了？」五人組用力點頭，全都兩眼冒光看向羅勳。

羅勳無奈笑笑，「去是肯定要去，不過得等外面的路能走，化雪時的路是最難走的。」

基地中發布了清掃任務後，至少羅勳他們社區附近已經看不到什麼積雪，可其他地方可不是如此。這些日子依舊天寒地凍，家中保暖設備稍差的能冷死人，許多社區還被大雪覆蓋著、連走路都十分困難。

五人組恍然點頭，他們是急著想要去拿太陽能板。

免費的好東西誰不稀罕，可也得等有條件的時候才能行動。

「現在基地外面的喪屍到底是什麼情況，誰也說不好。」嚴非的話宛如一盆冷水兜頭倒在眾人頭上，讓他們的興奮感消下去了大半。

羅勳轉移話題道：「對了，李鐵說的那個什麼試驗田是怎麼回事？」

五人組又高興起來，何乾坤打開另一個檔案，調整了一下地圖，「羅哥你看，我們是在找去太陽能板工廠的路線時發現的，這裡被標記過，是末世前一處農業基地的實驗田……」

這處試驗田的面積不大，甚至可以說相當小，又距離基地有一段距離，就算是軍方也從沒有打過那邊的主意，更因為當初末世到來後雖然秋播的作物已經種下，可就那一點大的農田能種出什麼來？何況那裡是試驗田，誰知道裡面種的都是些什麼。

經李鐵他們查詢，那處試驗田是掛在末世前某大學名下的，據說裡面有不少高科技的農業用設備，而他們之所以在知道有這麼個地方後如此雀躍，也是對於這些設備的興奮。至於農田……拜託，他們就算能占下來，之後怎麼打理？

基地距離那個地方確實離得比較近，可要是真的將田地清理出來，種上東西，被經過的衛星一掃描，被路過的小隊無意間看到……他們怎麼保得住？就算能保住，和人打一架與和喪屍打一架之間的差距未免有點太大。

所以，這次五人組惦記的並不是試驗田什麼的，而是那裡會不會有他們能搬回家中使用的設備？或者還保留完好的作物種子？

羅勳顯然跟他們想到一處去，看著地圖琢磨了起來，最後拍板道：「沒問題，等過一段時間能出基地，能確定外面喪屍的情況，咱們就走一趟。」

以那個生產太陽能板的工廠為最終目標，半路上可以順路去試驗田看看有沒有什麼可以撈回來的東西。

與市區的情況不同，其他地區的喪屍分布不會跟市區似的那麼集中。當然，前提是不會出現如先前的那種喪屍潮從那附近經過。如果真的出現了……管他是什麼地方，都會被喪屍的大浪潮沖得連渣渣都不剩。

末世後一直到現在，羅勳覺得總算是聽到了好消息，只希望他們到達的時候，那些地方沒被路過的喪屍拆得七零八落就好。

還沒等羅勳他們到帶著自家的小奶娃去醫院檢查身體，二月五日清晨，全基地幾乎所有人都收到了至少一條以上內容有些類似的簡訊。

第一條是關於年後，二月清理積雪，並積極開始準備清理基地周邊積雪，為陽春三月各小隊外出做任務、搜索物資、擴大種植地等等做準備的宣傳。再者，今年內要統一進行戶口盤查，所有居民都要登記個人基本資料，還鼓勵大家修繕破損的建築物等等。

第二條則是發給各個小隊，曾經登記為異能者的異能者們的。要進行第二次免費異能檢測，並更換原本的異能者資訊牌，以及各小隊異能者的註冊資料。

接下來就是單獨發給各個小隊隊長們的簡訊了，簡訊內容和年前關於調整小隊每個月必須做的任務、繳納的物資晶核之類的規定有關，指定了收到簡訊的小隊需要繳納的物資，或者需要做的任務內容。

眾人圍在一起，拿著紙筆將簡訊上說的事項全都列了出來，最後得出結論……

「現在最要緊的，需要盡快去做的任務就是這個……領取二月的任務。」羅勳點著其中一條，「簡訊裡給咱們小隊的任務還是清理基地內的積雪，這次指定的範圍在外城區，範圍倒是不大，不過需要咱們去任務大廳接任務。」

他又指向另一個事項，眉頭微微皺起，「這件事恐怕也是月內要盡快完成的……登記小隊成員的資料，登記異能者的異能。」說著，看向嚴非和章溯，「你們怎麼看？」

嚴非還沒開口，章溯就冷笑一聲，「統計各個小隊的人員組成、異能者的異能種類，再加上之後又要做戶口普查……我看隊長你還是先別擔心我們會不會被人盯上、招攬，還是想想人家上門做戶口普查的時候，家裡這堆東西怎麼辦吧。」

羅勳表情變得凝重起來。

嚴非安慰道：「這件事要做，他們至少也要等基地裡面清理完積雪，將所有異能者小隊的人員都登記好，把那些廢墟、建築物都處理好，才能抽出人手來辦。別忘了，他們還想向外擴張基地範圍，到時也會忙上一陣子。一年半載用不到，但三四個月內恐怕他們是沒辦法做這事的。咱們只要在六月前找到辦法，將家裡的作物想把法掩飾好就行。」

如果基地方面真的強勢要進門挨家挨戶進行檢查登記，甚至連人家家中都徹底探查一遍的話，肯定會有人不同意，所以如果哪天他們真的能夠做到了，那就證明如今發布這些命令的人已經徹底掌握基地內所有的軍事力量。到時候，就算自家有再多的異能者，異能等級再強大，也無濟於事。

羅勳深吸一口氣，眼中閃爍著莫名的光芒，環視了眾人一圈，這才說道：「明天咱們去任務大廳先將這個月的任務領了做完。用物資、晶核、積分代替小隊任務太不划算，而且咱們的任務並不困難，比較好完成，最多兩天的時間就能搞定。兩天之後，我先帶孩子去醫院檢查一下身體，沒什麼問題的話，這個月內，咱們出一趟基地。」

李鐵幾人的眼睛都亮了起來。

「隊長，你是說……」

羅勳微微點頭，他本來沒準備這麼早就出基地的，可基地的形勢讓他很擔心。現在的一切都和前世他的記憶似是而非，無論是大方向還是細微的變化，多少都有些不同。

他不知道照這樣發展下去，自己和嚴非未來所要面對的將會是什麼局面，卻知道如果依舊抱著上輩子的印象繼續這麼渾渾噩噩過下去，恐怕還沒等喪屍攻破基地的圍牆，他們就會先被基地內的明爭暗鬥波及到。面對這些，說不定會比面對喪屍還要恐怖。

至少喪屍的目的只是單純想要咬人，可基地中的這些人一旦發現自家所擁有的這些物資和東西，到那時自己不但會丟掉性命，還會因此丟掉末世前收集起來的一切、末世後所努力掙來的一切，還有家中這些大家找到竅門後辛苦培育起來的作物。

羅勳不清楚這次出去後能不能找到可以幫助他們度過這些破事的方法，卻好過在家中坐以待斃。至少現在出去，趁著外面的積雪還在，他們的雪橇車還能用，而別人想出去的話，沒有專門的車子，車輪不做特殊處理，是根本開不遠的。

至於基地外那些有可能存在的喪屍……羅勳心中微沉，又掃了章溯一眼，他是風系異能者，或許能想辦法感知周圍的情況，或者做為斥候先大家一步探路。

回到家中，羅勳按照往常一樣先檢查了一遍各種作物，心中多少有些鬱氣，「家裡的非變異作物數量太多了……」

他們之所以對於「戶口普查」這麼敏感，並不完全是因為自家種滿了作物，被別人看到後不知會產生什麼樣的想法，而是自己產出的作物、蔬菜，非變異率太高。

在年前他們就知道，軍方雖然也採用了種蘑菇的方式來吸收空氣中的病毒，減少植物變異的機率，可真正全都用蘑菇來搭配著種的蔬菜並不多，那些種出來的蔬菜還基本上全都特供給基地高層了，普通士兵吃的、賣給普通人的食物還是變異的。

沒辦法，誰讓變異品種產量大呢？味道再好也沒用。現在基地裡缺地，大家必須以增加產量為第一優先考量，至於味道……吃了不吐就好了。

在家中種菜的，甚至大量種菜的人家肯定不止自己家，羅動之前和那些小隊交易的時候也聽說他們同時跟其他在家種菜的人家聯絡過，基地中還是有一些種菜小能手的，只是因為空間不大，光照不好，所以產量不多，而且就算種出菜來，大多也是變異品種。

像羅動他們這樣空間大、產量大，設備齊全，種出來的還絕大部分都是非變異品種……到時候不招人眼才怪。就算基地看不上這些東西，但誰知道做戶口普查的人是不是大嘴巴？萬一出去亂說，以後的日子他們能清靜得了？

見羅動的神色中帶著些陰鬱，嚴非輕輕拍拍他的肩膀，「總會有辦法的，而且他們現在的態度這麼強硬，不合作的肯定不止一兩家，他們得至少先把其他問題擺平，才能開展戶口普查，誰知道到時會出現什麼狀況？」

羅動深吸一口氣，點點頭，在樓下轉悠了一圈後上樓，檢查過那些「掛」在牆壁架子上的作物，兩人來到了陽臺上。

一些詭異的變異植物此時長出了些顏色同樣詭異的花朵，這些東西大多是羅動以前從沒見過的。他以前只見過作物的變異種，還沒那麼奢侈地見識過水果的變異種呢。

蹲在一排架子旁，羅動皺眉看著面前那排小花盆中的東西，這些就是之前變異草莓開花後結出來的……明明是草莓的變異種，卻有著一層褐色的硬殼。更加詭異的是，褐色的殼上還有著一點一點灰白色的……彷彿草莓籽的東西附著在上面。

這些褐色的東西都是圓滾滾的，其中最大的差不多有乒乓球那麼大，但這種東西明明有層硬殼，種子卻長在殼外，那裡面到底有些什麼東西？

「這到底是什麼玩意兒？」羅勳不確定地戴上手套，用手指戳戳那東西，硬邦邦的。

「要不要打開一個看看？」嚴非也不確定，這東西有些像末世前見過的麻團……當然，它看起來一點都不可口，更不會讓人產生吃掉它的衝動，「它到底要長多大才算成熟？」

羅勳抓住被自己戳過幾下的那個「麻團」，用力一扯，「我覺得這麼大就差不多了吧？這些果子長到這麼大之後就沒再長過，你還記得之前嗎？這果子上的『芝麻』剛長出來的時候是白色的，現在變成灰白色的了。」說著，為了測試，又摘下一顆種子依舊是白色的來。

兩人帶著這詭異的果子回到樓下，移來一張桌子，未免出現什麼意外，比如切開果子卻發現裡面噴出毒氣來，兩人特意在陽臺的一角處理這東西，並打開排風扇往外抽風。

小傢伙被兩人攔在客廳中，讓牠在搖籃邊蹲著順便幫忙看孩子，兩人這才戴上口罩和手套，以及護目鏡，一副防腐防毒的架勢，拿著把嚴非剛剛做出來的小刀，謹慎地給其中那顆種子變成灰色的了開刀……

「這……這是什麼東西？」羅勳看著被切開一個缺口的棕色的「麻團」發愣。

棕色的殼被打開，露出裡面幾近凝固的乳白色……似椰肉的東西。

羅勳輕輕觸碰，只覺得那東西彷彿變身成了果凍，一碰就顫動，彈性十足，然後緩緩地流淌開來……這到底是什麼玩意兒？

兩人將這個連殼帶果肉的東西放到嚴非順手做出來的金屬碗中，將小刀對準了另外一顆種子的顏色還沒變成灰色的果子，喀嚓一聲，乳白色的濃稠液體流了出來。

將這個也放進單獨的碗中，兩人仔細觀察了一下。

這兩個果子的種子顏色不同，對於裡面乳白色的東西的唯一影響就是濃稠度的區別，顏色灰白的裡面幾乎都要凝結了，另一個的裡面卻還是在流動。

「這東西看著怎麼這麼像……奶？或者椰子？」羅勳不太確定地說道。

嚴非拉下口罩湊近聞了聞，忽然對羅勳道：「你聞聞。」

兩人先前為了防止打開這東西遇到什麼意外而被「毒害」，便戴上了口罩，這會兒取了下來，羅勳聞了一下，隨即呆住，「不光外表看起來像，聞起來居然也很像。」

這東西散發著陣陣奶香……

「啊，我想起來了！是有種聽說和奶似的特殊植物，只是我沒見過！」

這幾乎已經可以算是江湖傳說了，畢竟當初末世後的普通人家幾乎就沒有種過水果的，就算是草莓這種比較好生長的也一樣。羅勳沒親眼見過，只聽人提起過這麼一句，就也當成了末世傳說中以訛傳訛的消息，卻沒想到這東西竟是草莓的變異種。

嚴非遲疑道：「咱們現在沒辦法化驗……」

是啊，這東西沒辦法化驗，光從它的外表、味道上來判斷，他們也不知道到底是不是羅勳說的那種東西，所以現在只能夠用活物來做實驗。

可憐的小鵪鶉再度被羅勳單獨捉出三隻放到一個小籠子裡，將那兩個果子裡的濃稠汁液混合在一起加上一定比例的水煮開，代替水來餵養小鵪鶉……他們不確定鵪鶉能不能吃奶，但這東西畢竟是從草莓轉變來的，總地來說還是植物，鵪鶉吃了應該沒什麼大問題吧？

心中不太確定，只能等著結果出來。

兩人將東西全都收拾好，才回到客廳圍到了嬰兒床旁。

裡面的小包子弱弱小小的，依舊睜不開眼睛，平時幾乎連揮舞手臂的動作都十分少見，此時更是只閉著眼睛，呼吸微弱地沉睡。

羅動伸出手戳戳小寶寶的臉頰，「要是那東西真能當牛奶喝，你之後就有吃的了……」

如果那東西真是他以前聽說過的，那這個小寶寶就有口糧了，畢竟米湯他們家中雖然不缺，可那東西的營養和真正的母乳、牛奶相比起來實在差得有些多。

嚴非看著小寶寶，說實話，他真心覺得這孩子的運氣簡直好得出奇。攤上那樣的父母固然是他的不幸，卻遇到了自己與羅動，偏偏在自己兩人過去的時候哭了那麼幾聲，而來到這裡之後，一直沒研究出結果來的變種草莓偏偏成熟了，結出的果子裡面居然是像牛奶一樣的東西。要是這東西真的是像羅動所說，是那種可以替代奶的果子……誰家孩子像他這麼好命？

不過，說到這裡，羅動簡直就是自己以及這個孩子的救星一樣。

抬手揉揉羅動的頭髮，讓本來正在戳孩子臉蛋的羅動驚訝抬頭，不明白他怎麼突然揉自己的頭，現在不應該是欺負孩子的時候嗎？

手指的力氣有些大了，小寶寶的小臉皺巴起來，微弱地吭哧兩聲，羅動連忙縮回手，就見小寶寶的臉已經偏向另一個方向繼續睡……

「這孩子可真好帶啊……」羅動再度感慨，摸摸尿布，確認沒有被尿濕這才又去幹活。

經過整整一夜，家裡那三隻倒楣的被當作小白鼠的鵪鶉依舊活蹦亂跳，並且似乎很喜歡那種奇特的「乳製品」，一個晚上喝掉不少。羅動兩人確認過牠們的狀況，才帶著小寶寶來到十五樓，將孩子、小傢伙跟于欣然放在同一個房間。這次留下來的人是宋玲玲，畢竟家中又是孩子又是狗，最好留下一位會換尿布的細心女士看家比較好。

嚴非還順手提著個裝鵪鶉的籠子，以及兩顆新摘下來的麻團果。

羅勳對宋玲玲解釋了一下這種果子的情況和三隻鵪鶉的使命：「……要是這東西真的能代替牛奶，別說這個小東西，就連小欣然也能補充營養。」

這種果子的產量沒有草莓那麼大，生長期卻跟草莓一樣，一旦打理好了，錯開生長期種植的話，他們完全可以做到一年之中每個月都有產出。

所以說，家中有溫室，有大棚就是好，想讓它們什麼時候成熟就能什麼時候成熟，唯一的問題就是，種這些東西的地方恐怕不大夠。

「要是真能代替奶當然好。」徐玫和宋玲玲很高興地表示支持，宋玲玲拍著胸脯道：「這幾隻鵪鶉就交給我吧，這兩天我不看別的，光盯著牠們就好。」

留下宋玲玲、于欣然，帶著小傢伙一起看著小寶寶……唔，忘了解釋，嚴非那個同母異父的弟弟還沒取名，實在是這孩子的身體太弱，出生後的命運太過坎坷，所以眾人一致決定用比較迷信的方法來對待這個孩子——先不給他起名字，等他長得結實些再說。

一行人迎著清早的寒氣一路來到任務大廳，與上次的情況相仿，這裡的工作人員依舊著裝「正式」，某個穿著混搭風的西裝，搭配不知什麼鬼配件的工作人員迎了過來。

「幾位是要辦裡什麼業務？」

「我們是來接小隊任務的。」羅勳被「業務」這兩個字雷了一下。

「有收到簡訊嗎？」

「有。」

「那這邊請。」

接了小隊任務，大夥兒再度奔赴這次任務的目標地點。

在任務大廳接任務的人仍是不多，他們去的時候只遇到了一個隊伍，走的時候見到了一些人正往這裡走來，總算比上一次時要更有人氣些。

基地中有雪和沒雪的地方彷彿是兩個世界，一個是冰天雪地的冬日童話世界，一個是殘垣斷壁的工業化城市。

羅勳他們來到任務的目的地，半路上領了兩輛垃圾車，將車子停在不影響通行的地方，一群人外面套著工作用的外套，開始集體揮舞鐵鍬。

整整清掃了兩天，這次的任務比上一次還要麻煩。上次羅勳他們清理的任務就在他們社區附近，因為附近社區的人反應比較迅速，不少社區的人都在此前就協商好，各自派出了一些人來打掃積雪、清理路面，所以路還算好處理，雖然路邊的垃圾多了些。

可外基地這兒或許因為大家在末世前住得比較零散，直到現在都沒哪個社區主動提出過大家出來清理路面，所以羅勳他們到了這裡就發現，路上的積雪全都被踩得結實，想要弄開還需要用東西鑿……再度慶幸他們隊伍中有個嚴非在。他直接把鏟子頭改造成了鋤頭頭，好歹讓大家有個能揮舞的工具。

兩天過後，一群腰痠腿痛的人疲憊地回到家中休息，做為隊長的羅勳只能苦逼兮兮地拉著自家老公去交任務，回來後和眾人彙報這次去交任務時聽說的八卦。

不是他想主動打聽這些事，而是任務大廳再度熱鬧起來，不少人都在那裡聊八卦，他們路過時就聽到了不少小道消息。

「聽說這次有不少小隊都領到了要出基地清理基地大門外積雪的任務，正在抗議呢。還有些隊伍領到了月內去市區找某些物資的任務，不少隊伍都沒來接任務，正在觀望情況。」羅勳揉揉痠軟的手臂，這兩天的體力消耗超出了他們平時的運動量，所有隊員幾乎是半癱地坐在椅子上。

「任務怎麼還不一樣？」李鐵驚奇地問，他們還以為大家都是去掃大街呢，只是地方不同而已，沒想到居然有人要出基地去做任務。

羅勳聳肩，「我們也不太知道，就是有的人聽說有的隊伍接到了清理基地內積雪、垃圾的任務後才覺得不公平，所以抗議什麼的。」

他們只是路過的時候聽了那麼一耳朵，細節並不清楚。

「也許任務越困難得到的獎勵越多吧？」徐玫道。

「如果任務都是分級的，那應該是在大家去任務大廳領任務的時候自己選，好做的被早到的人優先選，難度高報酬豐富的被實力強大的隊伍接走，怎麼看都不應該是強制指派。」章溯打了個哈欠，起身向大門口走去，「想那麼多幹麼？反正咱們該做的都做完了，明天休息一天，後天就出基地……我先回去睡覺，明天還要早起……」說著，人已經不見蹤影。

接上自家的孩子、自家的狗，嚴非提著自家的鵪鶉——那三隻鵪鶉吃了兩天的果奶，如今還活蹦亂跳的，一點萎靡的跡象都沒有，看來明天要是也沒什麼問題，就可以試著讓大人吃吃看到底是什麼樣的味道，再決定餵不餵給孩子們了。

次日清早，兩口子起床後檢查了一圈作物的生長狀況，然後吃過早飯，隨手將裡三層外三層被裹得嚴嚴實實的小寶寶揣進懷裡，帶著他一起敲隔壁的大門。

睡眼惺忪的章溯慢慢走了出來，他家王鐸在他身後伺候著給他家女王大人穿外套、戴帽子和口罩等等，一直送到十五樓，與一同送出來的小傢伙一塊眼巴巴看人轉過樓梯間，這才依依不捨地關門回去。

一人一狗的背影竟然看起來有些莫名相似。

外面的天氣依舊寒冷，這天倒是出了太陽，在這嚴寒將盡的日子中顯得有了一絲溫暖。

羅勳抱著孩子，嚴非護在他身旁，一起跟來的章溯擺明出來逛街的模樣，走走看看，看起來好不愜意。

一行人走了半個多小時才來到醫院門口，與平時一樣，這裡永遠都是整個基地中最忙、人口出入頻率最高的地方。

兩人抱著孩子在大廳等待，章溯直接走後門去找與他相熟的人。

沒多久，他身後跟著兩位女士回來，其中一個穿著醫生的衣服，另一個穿著護士服。

「來，我看看。」女醫生接過孩子，大廳中不算太冷，但這僅僅是和戶外相比，溫度還是比較低的。她略微檢查了一下孩子的情況，才抬頭對嚴非兩人笑道：「孩子的狀況看起來還可以，咱們先去我的辦公室。」

這位女醫生看起來有三十多歲的模樣，護士則年輕許多，也就二十五六歲左右。

一行人往女醫生的辦公室走去，路上兩位女士還和章溯聊天：「你辭職之後也不回來逛逛，你不知道，自從你離開以後，醫院裡好多人都走了。」

章溯挑眉，「我說人怎麼少了這麼多，都誰走了？」

護士抿嘴笑道：「走的基本都是女護士。」

「女護士？」羅勳詫異起來，不解地看向章溯——為什麼他一走，女護士們也都跟著走了？這貨可是個基佬啊……能有這麼大的魅力嗎？

護士轉頭對羅勳笑笑，多看了顏值不下於章溯的嚴非兩眼，「對啊，都是女護士。」說著低聲感嘆，「現在基地中男女比例不協調……有不少人都來我們這裡找女朋友呢。」

女醫生也嘆氣，「有些小護士長得挺漂亮的，前些日子有兩個人才出醫院回家，還沒拐過前面的路口就被人架走，到現在都沒找到人……後來我們這些上了歲數的都勸她們，有合適的男朋友就趕緊辭職回家去，男朋友能養家最好。要是有本事找個厲害的，有異能的男朋友更好。整天拋頭露面的……」說著搖搖頭，無奈對章溯笑笑，「現在這世道，女人還是大門不出二門不邁的安全，除非她們有異能夠厲害。」

眾人都清楚話中的意思，心中無不微微嘆息。自家小隊的兩位女士，在進隊伍之前也都遭遇過各自的不幸，雖然他們不清楚宋玲玲以前遇過什麼，可徐玫的遭遇卻是親眼所見。

就連徐玫有火系異能都可能遇到這種事，更何況普通人？而且明槍易躲，暗箭難防，只有千日做賊的，哪有千日防賊的？醫院中的妹子這麼多，簡直就是在招某些人的眼。

章溯斜眼看向跟在他身後的女護士，「妳呢？還不趕緊回家生孩子去？」

女護士顯然已經習慣章溯說話的方式，抿唇笑道：「就我這樣的安全著呢，要是回家了吃什麼啊？我可沒這麼好的命讓人養著。」

「那也趕緊找個保鏢，至少上下班接妳回家，省得半路遇到神經病。」章溯的聲音依舊涼涼的，相貌普通又如何？當周圍沒有外表出眾的異性，相貌普通的也會是某些人的目標。

「說的對。」女醫生笑了起來，「就和小章之前似的，每天上班送下班接，而且一來還是一大群，不知當時多少人羨慕他呢。」

羅勳悶笑，王鐸那會兒可不是上班送下班接，就差全天候跟在章溯身邊趕蒼蠅了。

來到這位女醫生的辦公室，女醫生開始給小寶寶檢查身體。本來就是早產兒，這會兒也不過剛剛過了一週。仔細檢查了一下，女醫生寫了些什麼，對幾人道：「孩子早產，發育不太好，而且有點營養不良，你們帶他去做這幾個檢查，看看內臟、心肺有沒有什麼問題。要是都沒什麼問題的話還好，回家好好養著就行……這孩子天生比普通的孩子體弱，難保以後經常有個病啊災的。放在以前還能調理，現在……唉，先帶他去做檢查吧。」

女醫生嘆息了一聲，她聽章溯說了大致情況，以為孩子是羅勳他們撿到的，就自行腦補出親生父母生下孩子沒法養活，孩子剛出生還出現過窒息情況，可能家長丟掉他的時候以為他已經死了。這兩個男人正好是一對情侶，不可能有自己的後代，才好心收養這個棄嬰。過度開發了腦洞的結果就是，她對羅勳兩人的態度很好，對於這種出生在末世，剛一出生就險些沒了性命的孩子也抱著一份同情。

於是，某兩個走後門的男人，沒花一分錢，就抱著孩子做了一圈檢查，期間小寶寶只在被扒光的時候哼唧著幾聲，就連那些做檢查的醫生、護士們都不敢動作太大，生怕把這個明顯小了一個尺寸的孩子碰出個好歹來。

做完檢查，打了預防針，兩人拿著檢查報告拉上被醫院中聞訊過來圍觀美人的護士所包圍的章溯，匆匆趕回家中。

這一折騰就折騰到臨近中午，回到家中先檢查過孩子的情況，確認他沒什麼問題，才接過徐玫她們幫忙準備的午飯埋頭吃。

「徐姊，用奶瓶。」去了醫院，靠章溯的臉，他們居然刷回來好幾個奶瓶和奶嘴。

「哎喲，現在基地裡還能找到這東西啊？總算不用拿小湯匙慢慢餵了。」徐玫感嘆，連忙讓宋玲玲弄熱水殺菌。

「羅哥，一會兒咱們要不要試試那些『果奶』？」何乾坤兩眼冒光地湊了過來，他這個大老爺們兒居然比小寶寶還期待這東西的味道，還真是……吃性不改。

「試，等一會兒就試。」羅勳點頭。

吃完午飯，大家才聚在一起嘗試那些果奶的味道。

打開外殼，果然飄出一種奶香氣。

兩種果子，濃稠得幾乎變成果凍的，和還能流動的，每人都分到了一點。

眾人坐在桌旁，拿著個小湯匙準備試吃。

其實羅勳一開始表示只要一兩個人試試味道就行，結果大家熱情說還是大家一起試比較好，就算食物中毒，大家也算是有難同當。

用舌頭舔了舔，嘗嘗味道。

「果然是奶味的。」

「還有草莓味呢，是草莓牛奶。」

「不甜。」

「我倒覺得跟椰子汁有點像。」

「還是跟奶更像吧？」

「像果奶，但是沒有果奶甜。」

「就是太濃了，孩子吃會不會不好吞嚥？卡住怎麼辦？」

「兌水啊，這東西一嘗就是濃縮後的味道，不加水的話根本沒辦法給孩子吃。」

「對對對，加些水，再摻些打碎的草莓，加點糖，就能給小欣然當草莓牛奶喝了。」

羅勳有看著自己面前空了的小碗嘆息，「可惜現在沒辦法化驗，不知道這東西的營養成分是什麼，適不適合給小寶寶吃。」

徐玫笑道：「現在畢竟不是末世前，咱們只能餵他喝米湯，那個更沒營養，不如……」她說著忽然停住了，這孩子畢竟是嚴非的弟弟，兩人實質上的兒子，要餵些什麼，還是要讓兩人做主決定。

嚴非沒什麼意見，要他養孩子，不如讓他用金屬打造一個遊樂園來得實際。

羅勳低頭琢磨，他不敢肯定這東西是不是就是上輩子聽說過的東西，可翻翻自己帶回來的那些檢查單上標明的資訊。太過專業的術語他不懂，卻清楚地知道這個孩子的情況。雖然身體沒有發現什麼不妥當的地方，但嚴重營養不良。這樣下去不但發育遲緩，身體也會在多方面受到不同程度的影響，甚至會影響到智力。

如果不能保證他未來的健康與生存的希望，那還不如當初就當作沒有聽到，根本不必把他抱回來。養孩子和養寵物在某些方面是有些相似的，沒有做好萬全的心理和物質準備，就不要輕易將這個生命帶到自己的身邊。

「餵吧。」羅勳笑笑，「我去調一下。有誰以前喝過餵孩子的奶？知道濃度嗎？」

眾人面面相覷，這東西誰喝過？就算他們小時候喝過，可誰還記得這個？

「那個……我以前有時會用奶粉做些吃食，或許可以試試？」宋玲玲不太肯定。

好在羅勳他們領回來的除了那些奶瓶和化驗單外，還有育嬰手冊，他按照上面標註出的比例和宋玲玲的味覺，總算找到了一個相對適合的比例。

一顆乒乓球大小的白色籽的奶油果，差不多能兌上三倍的水，而種子變成棕色的，則需要兌上四點五倍的水。

羅勳將調製好的果奶裝進奶瓶中，送到了小寶寶的嘴邊。之前用奶瓶喝過一次米湯，小寶寶雖然因為身體比較弱，吸吮的力氣不大，可好歹這也是人類最基本的本能，奶嘴放到他的嘴邊，他就吮了起來。

小寶寶比正常的嬰兒小很多，這兩天也沒長大，飯量也比正常的孩子少很多，他們按照平時給他餵米湯的量只裝了半瓶果奶，結果還剩下一半，他就差不多飽了。

至於吃了這東西之後會不會有什麼不良影響……

羅動他們實在不好確定，只能慢慢觀察情況。

等小寶寶睡著，羅動他們才又聚在一起商量出基地的事。

「咱們離開基地……孩子怎麼辦？」

于欣然的年紀大些，跟著羅動他們出過不止一次基地自然沒問題。小傢伙有了異能，跟著出去也沒問題，還能順便訓練這隻剛剛有了異能卻沒什麼經驗的異能狗培養實戰經驗。畢竟牠老人家比整個基地中的所有人過得都舒坦，自從末日後牠就沒離開過基地……

問題是，家中多出了個小寶寶，是留人看孩子？還是帶著一起外出？

帶出去的話，寶寶太小，萬一出點什麼事情可就不好辦了。他們大人還能堅持，于欣然的體質也不錯，小寶寶就不行了。

要是留人下來……留誰？怎麼留？

小隊中的異能者就沒有異能重樣的，少了哪個都會讓大家的作戰方式大打折扣，可要是留下普通人，萬一家中出點什麼事，他們來不及趕回來，幾個普通人能起到什麼作用？何況能照顧孩子的，除了兩位女士外，就是羅動他們兩口子了……真心是少了誰都不行。

羅動看看睡得正香的小寶寶，又看看坐在房間中的眾人，最終拍板道：「再多待一天，後天大家一起出去，小寶寶也帶著。」

這次外出，大家恐怕會至少在基地外面耽誤一週甚至更長的時間。無論是否留人看家，被留在家中的人都不會放心離開基地的隊員，出去的人同樣也不會放心留在家中的人。宅男小隊的人數太少，少到他們最好每次行動都盡可能團結在一起。

至於孩子……

「親愛的，還得麻煩你做點東西……」回到家後，羅動的聲音莫名增加了不少糖分，嚴非忽然覺得脖子後面有些寒冷……不管自家老婆想讓自己做些什麼東西出來，自己不都會給他做嗎？他這副諂媚的樣子……不趁機撈點好處，對得起這大好的機會嗎？

羅動做主多留出一天讓大家休整，可這一天大家也沒閒著，陸續整理起離開基地需要攜帶的東西，並且還要歸整好家中的物資。

他們前兩天掃大街的時候發現，有些人在街道邊、社區隱蔽處販賣太陽能板。這些太陽能板基本都是先前喪屍鳥襲城後某些屋子的主人留下的遺產，這些東西被人瓜分後，他們除了留下自家用的，就拿出多餘的換些晶核或者他們用得著的東西。

如今羅動他們仍然沒辦法去軍營的軍需兌換處兌換東西——軍營不對外開放，就連食堂買菜都是約定好地點，然後對方驅車過來取。

基地內的兌換點現在也不對外銷售這東西，所以羅動他們乾脆從路邊這些零散的賣東西的人那裡換了些用得著的物品。現在他們外牆上的太陽能板已經補充了七七八八。如今既然大家要暫時離開，就要做些防護措施。

比如屋頂臨近窗子的地方做些陷阱，一旦有重物壓上，就會露出下面的鋼刺，然後房間中傳出提前錄好的聲音嚇走來人。雖然未必能起到什麼作用，但是聊勝於無。

這些東西集合了嚴非的金屬異能操作、五人組對於某些程式的設計，以及羅動提出的方案等等，是整個宅男小隊一起費力琢磨搗鼓出來的。

至於徐玫和宋玲玲，依舊負責大家外出需要攜帶的食物、衣服等等。

折騰了一天半，大家才準備妥當，然後在二月十日這一天的清晨，宅了一個冬天的宅男小隊全體成員終於要再次踏上征途。

第七章

驚！魔鬼藤與喪屍潮的雙重夾擊

宅男小隊的三輛車子駛離基地，他們這次出來的時候，所有的車子連天井的一半空間都沒裝滿，工作人員就打開了大門。

這幾天那些接到清掃基地周邊積雪任務的小隊都有出過基地，其實附近的積雪早被上次的喪屍潮踩得亂七八糟，都快露出下面的地皮來了，可就算這樣還是沒有隊伍願意出來。

羅勳他們先驅車繞著圍牆開了半圈，才直奔西面一處比較偏避的地方。這裡就是基地的公用墓地，在前不久基地還拉出過幾車沒人認領的屍體殘骸焚燒過的骨灰，隨意挖了個坑填埋起來。只是現在這裡冷冷清清的，除了一些疑似墳頭，被積雪半覆蓋著的，滿是泥濘的小鼓包外，什麼都沒有。

一行人下車，很快就找到了一處空地。于欣然沙化表層泥土，章溯吹開那些沙子，嚴非將骨灰盒放進去，然後沙子再度合攏，形成一個小鼓包。宋玲玲順手凝了些水出來，將那些沙土混合到一起，這是他們最近才開發出來的方法。

于欣然的四級晶核在基地中那些個人交易的人手中換到了，小丫頭的異能順利升到四級後，她沙化掉的東西彷彿能夠保持原本的性質，並不會變成乾巴巴難以黏合的砂礫，只要加些水就能至少變成可以使用的泥土。更逆天的是，小丫頭如今可以沙化任何材質的石頭，大理石、花崗岩，沙化起來毫無壓力。

將骨灰埋葬好後，嚴非順手把一塊石頭半埋在墓前，用銳利的金屬刀在上面刻下了「劉湘雨」三個字，沒有再多寫什麼生平。其實他用金屬做一塊墓碑更省事，可惜在這個什麼東西都能拿回去使用的末世中，一塊完整無缺的金屬板子放在荒郊野外……

別說墓地裡的東西不吉利什麼的，自古以來盜墓的人還少？真弄塊金屬板放在這裡，恐怕就會有人乾脆挖開墳墓來看看裡面有沒有什麼好東西，到時候恐怕連裡面裝骨灰的金屬骨灰盒都未必能保得住。

眾人沒多停留，開著車子向羅勳指定的方向行駛過去。在車子再也無法前進的地方停下來，大家齊心協力將車子用積雪掩蓋起來，取出再度改造過的「雪橇」。

小傢伙還是頭一次跟著眾人離開基地，剛剛一直都待在車廂中，興奮地對著能看到外面的玻璃窗直吐舌頭，這會兒猛地被放了出來，便滿雪地撲騰，蹦來跳去的。于欣然跟在牠的身後瘋跑，想要追上牠，徐玫兩人想拉都拉不住。

羅勳他們七手八腳取出雪橇的配件開始組裝，等雪橇搞定，小丫頭和小傢伙都累了，這才乖乖被人帶回雪橇車上。

羅勳這時打開車門，抱出一個被裹得嚴嚴實實的小襁褓放進兩人乘坐的雪橇車中一個外形奇特的車斗中。這個車斗是羅勳前兩天讓嚴非幫忙做出來的，周圍的金屬是空心的，裡面加上銅絲和水，連結到車上的電源加熱，透氣、保溫、防風功能一應俱全。內壁更是用海綿和棉布黏貼了好幾層，而且就擱在兩人座位中間，兩人隨時能觀察到孩子的情況。

這輛雪橇車上可不只是增加了嬰兒專用的車斗這麼簡單，在兩人的旁邊還增加了一些空間，足以讓小傢伙窩在裡面。

將孩子固定好，小傢伙也爬上車，眾人這才陸續上車，開始他們的新旅途。

章溯將自己的風系異能擴散到正前方的路上，用來探查前面的路況。

嚴非沿途收集金屬材料，讓慢慢「長大」的金屬球一路跟車跑。

一行四輛雪橇車，車速都不是很快，緩緩向著他們之前從沒去過的方向前進。這條路並不是通向市區，路邊的建築物數量不多，只在經過一些有房屋的地方嚴非才能收集到一些金屬材料加入他的金屬球中。

各輛雪橇車上都有對講機，免得遇到危險情況來不及招呼。

正前進著，他們經過的雪地陡然震動了幾下，一些喪屍從雪地下面冒出頭來。

「別停車，跟著我們繼續前進，後面的車跟緊些。」羅勳拿起對講機說道。

羅勳他們的車子彷彿引動了連鎖反應似的，沿途陸陸續續鑽出喪屍，有的喪屍從雪地裡爬出來後還搖搖晃晃地跟在雪橇車後面追逐，更有一些見追不上車子，居然站在原地遠遠對羅勳他們丟擲各種顏色的異能。

「注意警戒，盡量別掉隊，異能者支起屏障！」

為了安全考量，每輛雪橇車都有異能者在，沒有異能者的車子也被夾在隊伍中間。

嚴非在發現喪屍的第一時間，就將金屬球做成兩道防護牆立於車隊兩側。章溯則迅速收回他用來探知正前方有沒有危險生物的風系異能，憑空造出一面風牆擋在車隊末端。

徐玫將雪橇車交給宋玲玲駕駛，自己時刻關注周圍的情況，一旦車子前進的路上有喪屍冒頭，就發出火球將它們轟飛。于欣然也操縱著沙子，學嚴非那樣從雪地下面抽出沙子跟著車隊一起跑，要是出現障礙物，或者被徐玫轟出大洞，就用沙子堵住，讓車隊順利開過去。

羅勳駕駛著雪橇車走在隊伍的最前方，這裡雖然是最前方，卻是受到影響最小的位置，因為喪屍的反應慢半拍，等它們探出頭來，慢騰騰從雪地中伸出手來的時候，往往雪橇車隊都已經開過一半了，運氣不好的話，後兩輛車會遇到幾個喪屍，但很快就被徐玫轟飛。

小傢伙興奮地直立起身子，尾巴豎得直直的，似乎恨不得馬上就跳出去和那些從雪地裡鑽出來的怪物們幹上一架。

羅勳開車之餘順手拍了牠的腦袋一下，「老實點，現在不是你出去的時候。」

被這麼一拍，小傢伙的耳朵向下垂，身子矮下去了些，但仍是好奇地盯著後面那些被甩下的怪物們——有幾個還跟著他們一起跑，速度很快。

「汪！」隨著小傢伙這一叫，眾人只覺得雪橇車集體下沉了一下，不過很快又開過那段路，搖搖晃晃的總算平穩了下來。大家因為某隻狗的抽風而耽誤了些時間，好在那幾個追得最靠前的喪屍卻也同樣被莫名的重壓壓得陷進了積雪中。跑得快的可都是速度系和風系的喪屍，要是被它們追著，誰知道會追到什麼時候去。

小傢伙這一聲立了功，但如果不管著牠，這種不分敵我的群攻異能可是很有可能把大家都坑了的，於是，嚴非扳過狗頭，警告道：「現在別叫。」

小傢伙甩甩尾巴，蔫蔫地趴下來裝死。別看這傢伙平時就喜歡跟嚴非的鞋子過不去，其實牠更聽嚴非的話，雖然大多數時候會故意跟他對著幹，但嚴非認真起來……這就是會看眼色，明白誰才是武力值最高的那個人的狗腿子啊……

羅勳側頭瞄了瞄終於老實的小傢伙，不由得在心底暗嘆一聲，自己拍牠的頭都不管用，結果嚴非一句話牠就老實了，真是讓人恨得牙癢癢。好在平時這傢伙就愛跟自己撒嬌，跟嚴非都是搗亂，多少還是能夠撫慰一下他那受傷的小心靈。

車隊奔馳了一個多小時，周圍的雪地才漸漸沒了喪屍們冒頭的跡象。眾人鬆了口氣，讓雪橇車恢復平時行駛的速度，繼續向著目標進軍。

「都沒事吧？」剛才忙著趕路，誰都沒空多說什麼，除非誰的車子突然出現什麼問題，才會用對講機聯絡。現在總算衝出了重圍，自然有了能說話的功夫。

「沒事。」

「剛才一個喪屍抓住我們的車廂，被胖子砍掉一條手臂。」

「喪屍手臂呢？」

「已經踢下去了。」

羅動放鬆下來，「一會兒停車休息時，宋玲玲幫忙清洗一下，別把病毒帶回基地。」

「沒問題。」宋玲玲點頭保證著。

這些喪屍並不是什麼阻礙，卻出現得有些奇怪。驅車繼續前行的時候，羅動低聲和身後的嚴非嘀咕：「怎麼喪屍好像都在那一片？未免太集中了吧？那段路有沒有住宅區啊？」

基地外的地方現在已經全都被積雪徹底覆蓋住，遠遠近近一片雪白，什麼都看不出來。雖然看不出來，附近有沒有高大的建築物還是能看得見的。剛才那片地方看起來那麼的平坦，只偶爾有那麼一些高低起伏，還都距離他們所在的位置那麼遠……

嚴非微微搖頭，「我也不確定，我剛才沒分心去收集附近的金屬。」

所以他也不能確定那附近有沒有住宅區在。

「先趕路吧……」羅勳忽然道：「該給孩子餵奶了，你順便檢查一下他的尿布。」

嚴非瞬間將附近的金屬聚攏過來，連他帶孩子緊緊圍在裡面，隔絕掉冷風。

取出裹在棉被中，靠著金屬板熱水的奶瓶，嚴非開始給嬰兒箱中的小寶寶餵奶。他們的防寒措施做得還不錯，小寶寶一直在裡面老實睡著。

確認孩子吃飽又睡下了，也沒尿濕尿布，嚴非鬆了一口氣。這麼大冷的天，帶著個小寶寶出來，誰的心裡都沒有底。雖然他們改造過這輛車，但也不能保證它的效果就真的如預計的一樣好。在經歷了剛剛的喪屍襲擊，總算確認小寶寶沒出什麼意外……

一行人在寒風中緩慢前進，除了剛出基地沒多久遇到過那麼一撥喪屍外，一路順風，半路沒遇到過什麼危險。

在白茫茫的冰雪天地中，要是羅勳手中沒有指南針，手裡沒有地圖，手機的定位程式不是每隔兩個小時就能通過衛星校正方向……打死他們也不敢就這麼大大咧咧出來。

一直行進到晚上，眾人在天色變暗之後便開始動手搭建今晚的臨時住所。路上除了途中停車一次，給小寶寶換了塊尿布外，再沒被什麼事情耽誤過。

讓大家驚奇的是，他們在臨時住所住了一晚，都做好會遇到喪屍圍攻的心理準備了，居然連一個喪屍都沒看見。

「羅哥，你說喪屍們會不會……都跑到一起去了？」大清早眾人正圍坐在火堆前煮今天的早餐，李鐵有些擔心地低聲問道。

「跑到一起去了？」羅動愣了一下，不解這話是什麼意思。

「你看，當初喪屍圍城的時候……咱們基地周邊那是來了多少喪屍啊？會不會整個A市和周邊城市的喪屍都聚集到一起，集體行動去了？」

羅動心驚地看向身邊的嚴非。

「可咱們一路上過來也沒看見基地外面的積雪被踩踏，喪屍要是都跑到一起去的話，總會留下腳印吧？就像咱們基地外面那樣。」韓立提出不同的意見。

「也許是這附近的喪屍少？你們想啊，這附近連個高樓都沒有，能有多少人住？這大冬天的，只要咱們不去被大雪埋著的喪屍旁邊轉悠，它們哪能發現得了咱們？」

章溯忽然想到了什麼，「別忘了，之前的喪屍圍城一共有過兩次。」

就算第二次喪屍圍城是發生在下雪之後，會留下腳印，可誰都不知道第一次的喪屍圍城後，離開的那些喪屍到底怎麼樣了……

羅動覺得頭皮有些發麻，「如果這些喪屍在第一次喪屍潮之後就聚集到一起……第二次它們本來就是從同一個地方來的，等它們離開之後也會回到同一個地方……」

狹小的金屬房間中的眾人不由打了個寒顫，眼中都帶著驚懼看著羅動，一時間，竟然沒人敢出聲打破這詭異的寂靜。

……

雪橇車下面是白色的積雪，頭上是碧藍的天和大大的太陽，雖然這陣子的太陽除了能讓被曬到的身體部分略微暖和，不能起到更大的作用，但據大家這兩天的觀察，最上層的積雪似乎正在緩慢融化。

積雪融化，證明春天快來了。

這天已經是羅勳他們出來的第三天了，他們在荒郊野外，幾乎沒什麼明確標誌性建築的曠野上奔馳了三天，小寶寶和小欣然以及小傢伙依舊十分健康，而大家除了覺得露在外面的肌膚被冷風吹得有些麻木外，都沒什麼大問題。

「現在咱們在這個位置，距離太陽能板生產公司……大約還有三天的路程。」車隊行駛到某個地方停下來休息，羅勳指指地圖上眾人所在的位置，又指向另一個方向，「不過，距離之前大家查到的那個試驗田卻最多只有不到一天的路程。」說著，抬頭看向眾人，「怎麼樣？是現在就去看看，還是回來的時候再順路去看看情況？」

眾人對視了一眼。

「羅哥，再這麼走下去，大家都要得雪盲症了，還是先去試驗田那邊吧。要是真有什麼東西能帶走，咱們這次去整理好了，回來的時候就能順路帶上。」

全體成員有了共識，雪橇車隊就再度修改了方向。收拾好臨時休息時使用過的東西，爬上各自的雪橇車，向著目標方向再度奔去。

前面的雪地看起來依舊平緩到沒有什麼太大的起伏，只是有些地方的積雪高些，有些地方低矮些。宅男小隊驅車前行，在轉過一處高些的雪丘時，對講機中傳來章溯的聲音：「前面好像有動靜。」

「動靜？什麼樣的動靜？」

「不確定，不過恐怕是活的。」

活的？

章溯自從出了基地，雖然會利用風系異能探查他們前進的方向，通過風帶給他的回饋掌握路況，但說實話，這招在如今這被冰封起來的天地幾乎沒有半點用處。

曠野中確實有喪屍在，可那些喪屍基本都躲在冰雪之下，往往要等他們從旁經過，震動傳到下面，它們才會慢慢爬出來。而章溯的風只能在曠野中、空氣中探查，對於冰雪下面的東西毫無辦法，除非現在冰雪全部消融……不然只能在發現有活動在冰雪層上面的東西後，他的異能才能有用武之地。

幸好羅勳出於安全的考慮，明知道章溯異能的探查不太適合如今的情況，依舊堅持讓他保持警戒，這才能及時發現異狀。

「對，大約七八百米之後，就是那片雪坡後面。」

羅勳減速和章溯他們所在的車子並行，見他指著的方向，不由得皺起眉頭來，那裡正是他們要去的地方。從行駛的時間和距離上推算，那裡已經差不多就是他們的目的地了。

會是什麼東西？

「大小、數量呢？能查探到嗎？」羅勳擔心地問道。

章溯閉起眼睛，周身出現了陣陣風動，然後從他那裡向著正前方吹去。過了大約五六分鐘，他才睜開眼睛，「塊頭不小……不像是喪屍，只有一個，但它似乎被什麼東西襲擊，那些襲擊它的東西我不知道是什麼。」

琢磨了一下，羅勳他們再次啟程，目標是不遠處的雪丘。

羅勳他們可沒準備衝過去參加那莫名的戰鬥，但躲在障礙物後偷偷摸摸觀察情況還是應該沒什麼問題的。

車子開到雪丘後方，羅勳他們先檢查確認這個雪丘是一片平房建築，才將車子停好，爬上了屋頂，接著遠遠看到了章溯所說的「戰場」。

一個不知什麼動物的變異動物正在跟什麼東西戰鬥，那個變異動物的體積不小，背對著大家，又站不起來，大家一時認不出來是什麼。雪地上的積雪被那個變異動物掙扎時弄得亂七八糟、露出了下面的東西。可惜距離太遠，實在看不清到底是什麼東西。

羅勳舉起望遠鏡看了看，詫異出聲：「變異植物！攻擊型的變異植物魔鬼藤！」

「那是什麼？」

「變異植物？」

「植物？這麼冷的天也有植物能活嗎？」

大家的關注點明顯不在同一點上，但無論如何大家已經暫時發現前方的問題，以及他們很快就有可能會面對的問題了。這裡可是試驗田，現在一塊擺明是他們目標地點的田地中出現了變異植物……那其他的農田還安全嗎？

羅勳掏出他們帶出來的手繪地圖，上面標得清清楚楚，他們要去的目標建築，正是被前後共計八塊田地夾在中間的實驗大樓。那些可是變異植物，農田之間的距離並不近，他們要想要接近的話，誰知道那些植物有沒有長到不該長的地方去？

「很難辦？」嚴非見羅動的眉頭緊鎖，低聲問道。

羅動微微點頭，「這種植物只要纏住目標就不會放開……而且它還不怕火。」這東西可是末世中最為難纏的一種變異植物，更恐怖的是，它們還容易出現。

魔鬼藤這種東西，從外觀上來看，彷彿是某些作品中的詭異觸手，可它們比那些植物危險多了。這種植物是褐黑色的，上面有大大小小的尖刺及吸盤。這種吸盤是專門吸血的，且遍布藤蔓全身，和那些尖刺相間，幾乎只要有獵物被它們抓住就沒有活路。

更恐怖的是，這種東西皮糙肉厚，體內的水分充足，根本不怕火燒。就算遇到大火，能燒透它們的肢體，卻因為裡面的水分太多，根本不會在滿是魔鬼藤的地方燃起大火，再者，這東西還具有最基本的生存本能，一旦被火燒到，便會用它們的枝蔓拍滅。

當然，如果只有單獨幾株還好辦，可這類東西往往是成片生長著的，誰要是一個不小心誤入其中……那就別想活著回來了。

「羅哥，這東西是什麼東西變成的啊？」何乾坤見羅動似乎認識，好奇地問道。

羅動的臉色難看了幾分，指指前面那個顯然沒了活路的變異動物，「那邊是農田。」

「啊？」

章溯笑了起來，「這不就結了嗎？農田裡長的是什麼？莊稼啊！」

所以這些魔鬼藤都是糧食的變異種。

羅動之所以能一下子就認出這種東西，正是因為這東西是由水稻、麥子之類的糧食作物變異而來的。上輩子的基地農田中保不準就有這種東西冒頭，害得附近一片田地都沒法種莊稼。好在它們長得不算密實，沒給基地造成太大的影響，在藤蔓還沒長成前就被人清理掉。還沒長成的魔鬼藤不會長出吸盤，殺傷力有限，羅動曾經親眼見過幾次。

外面的田地就不同了，有些地方末世前沒來得及種下作物，或者植物都在異變後因為長時間沒人打理死掉就算了，一旦遇到這種大面積的農田……

「那……咱們還能進去嗎？」

他們可是衝著實驗基地來的，現在實驗大樓被這些植物圍住了……

羅動測算了一下農田大致的範圍，正想說什麼，就見那個被藤蔓植物殺死的變異動物此時已經被那些藤蔓肢解，肉塊被扯走。那些藤蔓彷彿是專業的解剖醫生，肢解得連骨架都沒有剩下，就消失在了眾人的視線中，整個過程連半個小時都沒有。

那塊被變異動物折騰過的地方，忽然「蠕動」起來。周圍的積雪向著那塊空缺，彷彿波濤一樣一浪浪湧去，覆蓋住下面的一切，最後變得與周圍沒有半點區別了。

目瞪口呆地看完這一幕，眾人倒抽一口涼氣。

「……還要去嗎？」

「天啊，以後可不能抄近路從看起來平坦的地方經過，誰知道下面到底有什麼！」

羅動微微點頭，他們每次外出的時候，基本都會走應該是大路的地方，這是因為他清楚曠野中恐怕會有著更恐怖的陷阱，可他也不是每次都能判斷出他們所在的位置到底有沒有偏離主幹道，但現在……

「咱們去工廠，不過在那之前得先測算那些變異植物的面積，省得以後要路過這裡，不小心踩到地雷。」羅勳深吸一口氣，鄭重說道。

「怎麼測算？地圖上不是有標示嗎？」

大家都好奇地看向羅勳。

羅勳指指周圍，「這裡可不止試驗田這裡有田地，附近還有好多農田。」所謂的試驗田也要建在能讓作物生長的地方。土地必須適合作物生長，所以往往會建在某些村子的農田中，只是單獨開闢出一塊給學校的教授專家們帶著學生做實驗而已。

因此試驗田所包含的農田總共只有前後左右共計八塊，其中絕大多數的田地並不是一整畝，但其他地方就都是比較標準的農田了。田地大多在公路兩邊，羅勳他們現在要做的就是測算出有變異植物的農田到底有多少塊，畢竟現在的雪還沒化呢。他們這麼一眼看過去都是白茫茫一片，萬一走的時候踩到雷……到時誰能活著跑出去？

說是要測算，可實際操作起來沒有什麼需要費腦子的地方，費的都是體力。

羅勳手中有附近地區的詳細地圖，這是他們出來前調出存在電腦中的地圖後照著樣子畫出來的。雖然可能有些不太準確，但目前已經足夠用了。

他們用遠端武器，如弩、小石頭，以及異能者們的遠端異能，在田地的一段距離外衝著田地丟石頭、射弩、異能。魔鬼藤雖然很難纏，可只要知道它們行動的範圍，繞過它們，它們對於行人就沒有任何威脅。這東西只能在原地張牙舞爪揮動它們的枝條，離開它們的攻擊範圍，它們就只能衝著你乾擺動枝條，卻拿你半點法子都沒有。

然而，這種變異植物又很好戰，稍微有點響動，它們就會張牙舞爪地攻擊目標物，只要朝他們丟丟石子，就能確定它們的分布範圍，比起那些長時間潛伏，等目標物進入攻擊範圍後才發動猛烈攻擊的變異植物要安全的多。但那類植物通常有著本身比較脆弱會怕火攻，容易割斷等等的問題。總地來說，雖然末世後人類的活路越來越少，但如果夠謹慎的話，還是能找出一條生路的。

為了探測魔鬼藤的範圍，眾人圍著試驗田的四周丟石頭，讓人無語外加絕望的是，這些魔鬼藤居然將這個試驗田的實驗大樓給圍了個嚴嚴實實，連半個缺口都沒有。

不但是這裡，就連周圍其他的農田也有不少地方長出了魔鬼藤。

羅勳不確定這些東西有沒有繁衍到實驗大樓裡面去，可在這種情況下，他們只好放棄這裡有可能會有的好東西，整理行囊，準備明天直接去生產太陽能板的工廠。

「總不能那邊也長出這種玩意兒來吧？」

大家檢查過附近的農田魔鬼藤的分布，耽誤了很長一段時間，乾脆打掃出一個民房，確定裡面沒有喪屍，便在這裡過夜。

聽到王鐸的話，眾人無不轉頭瞪他，「少烏鴉嘴！」

王鐸的表情一僵，隨即委屈地將頭靠章溯的肩膀上，「親愛的，他們都欺負我……」

章溯一抖肩膀，把他的頭搖下去，「你欠削！」

羅勳咳嗽兩聲，「那個……工廠附近應該沒有農田，不過咱們路上要小心些，路旁還是有農田的……」雖然他們路過的大多數農田中都沒長出那種詭異的藤蔓類植物，可誰知道會不會是距離基地越遠的農田就會越危險？

平平安安度過一夜，這讓習慣了離開基地時每次被喪屍們一圍就是一整夜的眾人多少都有些不適應。清早起來吃過早飯、收拾好東西，眾人臨走前又下意識默默注視著昨天被他們試著攻擊過的那片魔鬼藤所在的位置。

那片地方依舊安靜如昔，積雪再度均勻覆蓋在它們的上面。如果不是昨天親眼所見，他們都會以為自己看到的那些從積雪下面撲騰出來的藤蔓是不是幻覺。

爬上各自的雪橇車，羅勳校正了一下方向，便朝著之前的大路行駛回去。等回到昨天轉彎的路口，再順著公路向那個工廠所在的位置趕去。

冰冷的空氣拍打在眾人身上，幸好雪橇車廂中很暖和。今天的太陽格外熱情，他們開車行駛在雪面上，彷彿能聽到積雪融化的聲音。

就這麼度過了一天，離開基地的第六天，他們總算發現與先前經過的地方不同的景象。

「這、這是怎麼回事？」

「天啊，這也太……」

「你們看，那些黑乎乎的東西是什麼？」

「坦克！裝甲車！」

「還有卡車……是之前出來找太陽能板的那個軍隊。」

「可這周圍的……」

「喪……喪屍潮？」

一行人默默站在雪橇車旁，看向不遠處那完全不同的景色。

在天地都被大雪覆蓋的地方，一旦出現了露出地面原本顏色的土地，那黑色的泥濘就像是一條黑龍窩在積雪上，那種濃烈的對比色能讓所有看到的人覺得眼睛刺痛。

眾人靜默半晌，許久羅勳才轉過身，向著黑龍延伸的方向看去，「看來它們當初去咱們基地的時候走的就是這條路……不是從咱們來時的那條路走的。」

「羅哥，這麼說，這些喪屍竟然真的都是一起行動的？」李鐵的眼睛瞪得要掉出來了。

章溯斜睨他一眼，「如果不是一起行動，喪屍圍城的時候怎麼會突然來這麼多喪屍？」

「可……可我以為那是基地裡人太多，人味太重才引來喪屍……」李鐵的聲音發顫，他口中的「人味」二字，讓眾人笑了一下。

「這些泥濘的地方冰都是硬的，應該是很久以前就凍住的。」嚴非仔細觀察了一下。

那條露出地表原色的「路」是被喪屍們硬生生踩出來的，因為數量太多，才將積雪幾乎全都踩平。地表上只有薄薄的一層，被踩得結結實實的「黑路」。

這情景和基地周圍那些被喪屍們踩踏得幾乎沒了積雪的情況相似，只是基地附近那片地方因為異能者們的異能，積雪融化得更徹底些。這裡則因為喪屍們只通過了一次，地表上實際還有著一層結實的「冰殼」。

羅勳拿著望遠鏡，爬上一處平房的屋頂四下裡觀望，確定附近並沒有什麼東西在，這才下來對眾人道：「咱們去那幾輛車旁看看情況。」

將雪橇車開上冰面，來到那些或倒塌或翻倒的軍車旁，幾輛陸戰車中還能看到一些沒被喪屍吃掉的被扯斷的手腳。

卡車那裡就「乾淨」許多，除了一些血跡，什麼人存在過的痕跡都沒有了。

這幾輛車旁邊好像出現過什麼慘案，附近連冰殼都沒有，只有光禿禿的地皮，有些地方還能看到一些燒焦、轟出大洞的痕跡，以及彈殼。

羅勳他們沒有找到什麼能使用的武器，幾把衝鋒槍基本全都毀掉了，車上所有本來可能還有點用的儀器也都狀況類似，大部分都損壞了。就算沒損壞，也不知沾染了什麼液體，後來又被寒冷的天氣凍在上面。

倒是那些卡車後車廂的東西，除了幾輛因為翻倒損壞了不少之外，居然沒什麼問題。這些卡車果然就是之前被派去太陽能板生產公司的隊伍，車廂中裝得滿滿的都是太陽能板。

「搬走。」羅勳揮手道。這上面除了太陽能板之外，還有大量的蓄電池。這些東西如果全都拉走的話，連他們的外牆換著掛都掛不過來，再多出幾個屋子也沒問題。

雖然這次出來時原本預定的兩個目標地點中只有一個裡面有了收穫，可這些收穫卻遠遠高出他們的預計，是真正意義上的「大豐收」。

軍方這五輛卡車中有兩輛翻倒了，餘下的三輛卡車中的太陽能板、蓄電池全都沒有絲毫損傷，就是那兩輛翻倒的卡車中也有不少板子、電池。

大家稍微篩選一下，就湊了四卡車多的設備。

想將這些東西運走，顯然靠著嚴非之前一路上收集來的金屬是不夠用的，可……

面對著一地裝甲車、卡車的殘骸，難道他們還會缺金屬用嗎？

嚴非二話不說，直接將金屬全都抽了出來，單獨放到一側。徐玫帶著于欣然和宋玲玲一起到了路旁，她融化雪水、宋玲玲將雪水轉移，于欣然做出一個大沙坑。大家合力將剩下的金屬殘骸、還留在原地的斷手斷腳埋進沙坑裡，算是做了個臨時的墓地。

雖然他們不知道這些人都是誰，他們也沒有了完整的軀體，甚至有些人的屍體此時恐怕也加入到了那恐怖的喪屍大軍之中，可這些畢竟都是曾經生活在同一個基地中的倖存者們，在力所能及的時候順手幫他們建造一個簡易的墳墓並不費什麼事。

嚴非已經改造好了裝載金屬板的臨時拖車，他們一共開出了四輛雪橇車，嚴非乾脆做出了四個金屬箱子，正好吊在車後拉著一起回去。

只不過這四個「箱子」的體積明顯大得有些誇張。

「這咱們要怎麼弄回基地啊……」看著金屬箱子，別說運回基地肯定十分引人注意，他們就算弄回去家裡，恐怕也沒地方放啊……

「還有……之後不是有可能會做戶口普查嗎？」何乾坤弱弱地舉手提醒眾人。

是了，還有這件事呢……這件事他們還沒想好要怎麼解決，現在就又多出了四個集裝箱大小的金屬盒子……

「先帶回去再說，不行的話，就臨時藏在基地外的什麼地方。」羅勳思考了一下，提出自己的主意道：「實在不行的話，就先帶一些家用的回去，剩下的挖個坑埋起來……」

他們有可以輕鬆挖坑的于欣然，還有嚴非也可以做出密封的金屬盒子。這種東西不是食物，就算被密封起來存放，只要不長時間接觸濕氣和氧氣就不會壞。

「那就先拉回基地附近。」徐玫說著，有些發愁地又看看那些大箱子，「這些東西……

咱們真的能拉得動嗎？」

所有人的目光又都集中到箱子上，箱子這麼大，他們的雪橇車卻如此渺小……

最後經過嘗試，羅勳他們發現只有兩臺車合力才能拉起一個大箱子，可他們才一共四輛雪橇車，剩下兩個箱子要怎麼辦？

沒辦法，大家只能先找到一處被積雪覆蓋著的地方，合力挖坑掩埋，再蓋上雪，然後在地圖上做好標記。之後只要他們來到這裡，嚴非直接就能探測到地底金屬所在的位置，到時自然能夠取出來。

這一折騰就折騰到天黑，眾人在附近隨便找了個地方休息。

次日一大早，拴上箱子準備出發。

章溯在出發前習慣性先用風系異能四處查探，這是出了基地後每天早晚都要做的例行工作，眾人都習以為常了，可這次章溯閉上眼睛沒多久就猛然睜開，錯愕地轉頭看向某個方向，喃喃說道：「喪屍……」

「什麼？」羅勳他們沒反應過來，不解地看著章溯。

離開基地後他們也遇到過喪屍，數量不算少。之前他們出基地打喪屍時，更是遇到過數量更多的喪屍群，所以反而有些疑惑章溯怎麼會突然變臉。

章溯指指某個方向，「我說，我們恐怕遇上了喪屍潮……我探查不到邊際。」

眾人臉色大變，王鐸的聲音有些顫抖：「親、親愛的，它們在……多遠？」

「告訴你們一個不幸的消息。」章溯臉上掛上略微勉強的笑容，「它們好像朝這邊來了，有速度系喪屍，速度很快。」

「上車！」

章溯的風系異能只要給他充足的時間就足夠他探查到很遠之外，如今他竟然說他探查不到邊際。天啊，他們不會真的這麼背，遇到大規模的喪屍潮了吧？

才剛爬上車子，大家就都明顯感覺到附近的地面居然震動了起來。

羅動他們加速啟動，就又發現了另一個問題。

「靠，忘記後面的箱子了！」

那兩個大箱子的重量足以將他們前進的車速拖慢至少一半還多，現在後面來了一大群喪屍，他們要怎麼帶著這些東西逃命？

大家連能不能逃出生天都不敢保證，哪還能顧得上這些東西？

「開到前面的房子，把箱子留下。」羅動當機立斷指著正前方的幾個平房所在的雪包。

這些被密封的金屬盒子留在這裡不會壞掉，喪屍們也不會沒事去開箱驗貨，更不會研究裡面藏了些什麼。留在這裡，他們將來還有回來將東西撿回去的可能性，但非要吊在車後，降低大家逃命速度的話……那大家就一起等死吧。

兩輛雪橇車一組，將箱子拉到某幾個積雪覆蓋下的建築物旁，嚴非直接將他當初造出來的鐵鍊斷開，大家的雪橇車這才能快速奔馳起來。

眾人拚命向來時路開回去，可地面的震動卻絲毫沒有減輕過。

應該慶幸他們這次出來前做好了萬全的準備，怕半路遇上特殊情況，所以車上帶了不少的物資，尤其是蓄電池。

因為每輛雪橇車上都至少坐了兩個以上的人，所以除了前面的那個人負責開車外，車上剩下的人便在狹小的範圍內翻找用來防護的武器。

宅男小隊中的成員裡至少有一半都是異能者，但異能者的續航能力卻是有限的，他們要合理分配異能者的異能與車上的武器彈藥消耗比例。

每輛車上都放著食物、水、弩、弩箭、蘑菇、水槍等東西，嚴非剛剛在製造出四口大箱子的同時還順手將多餘的金屬融入了他們一路帶著的金屬球中備用。現在看來，這些金屬球很快就能起到它們應盡的作用。

在逃亡的前幾個小時中，他們除了能感覺到地面的震動外，並沒有看見喪屍的蹤影。大家很自我安慰地都在猜測，是不是喪屍潮只是從附近路過，並不會搭理自己這幾條數量稀少在外蹦躂的小鹹魚？

可惜章溯表示，喪屍就衝著眾人的方向追來，而且就算他們半路變了個方向，那些喪屍也是追著他們不放。

自己一行加在一起也才十來個人，還不夠這群喪屍塞牙縫，它們追自己幹什麼？

就在他們猜測著是不是自己等人的速度正好跟喪屍大軍們行進的速度差不多，所以它們恐怕是追不上大家的時候，當天中午，他們已經能看到喪屍的先鋒部隊了。

奔跑在最前方的正是速度系喪屍，讓眾人背脊發涼的是，天上還有四級風系喪屍。

它們這一大群喪屍追自己這點人幹什麼？有這功夫去圍攻附近的基地不好嗎？

如今羅勳他們可不敢停下車子挖坑迎戰，這是喪屍潮，可不是之前他們在市區畫個圈就能圍住坑死的小規模喪屍。就算他們之前去市區附近打喪屍，也都是先將目標範圍處的零星喪屍幹掉，然後收拾出一處房屋，挖陷阱，封閉臨時據點，才將更多的喪屍引過來。

如果第一時間就遇到這麼多喪屍，那他們打死也不敢大咧咧就這麼衝進去。

「準備好水槍、開花弩彈，第一波先不用異能，注意保存體力。」羅勳沉聲用對講機對眾人吩咐道。

大家的心都沉甸甸的，明知道前途渺茫，危機就在身後，每個人的眼中都沒有絕望，反而迸發著求生的欲望。他們小隊雖然綜合實力不是最強的，也沒有被什麼信念洗過腦，可好歹算是身經百戰的眾人，不會怨天尤人。遇到危險他們不會去想「如果當初不做什麼選擇就好了」之類的，而是想盡辦法活下去。

錯誤的判斷和決定肯定要受到教訓，可當危機就在眼前的時候，一味的後悔以前沒有如何如何，那只能說明說出這種話的人不是以生存為第一目標的人，他們只是想要推卸責任，將自己的恐懼與困難綁縛到別人身上，以減輕自己心中的壓力。至於現實中真正要解決的問題？抱歉，那不是他們現在會去考慮的事。

幾個風系喪屍身體呈現彷彿翅膀似的青色，從高空中向眾人所在的方向掠來。

宅男小隊幾乎人人都能算是神槍手，在發現這波空襲到來的同時，坐在後座的人就已經做好準備，第一波弩箭在喪屍們進入射程，還沒俯衝下來就射了出去。

被嚴非改造過的弩箭，在射中它們的同時，在其體內炸開，裡面藏著的蘑菇液瞬間爆濺出來，從喪屍的體內融開一個大洞。至少有一半中箭的喪屍被這一箭融掉手臂融掉腿，甚至有些還從身軀中間融斷。

劈劈噗噗，先鋒部隊從天上掉下來不少，眾人鬆了一小口氣。那些風系異能喪屍一旦落地，在缺少肢體的情況下，幾乎沒有了後續的戰鬥力。

風系喪屍反覆來了幾次，幾乎每次都鎩羽而歸，就算有些躲過弩箭，對下方進行了遠端攻擊、甚至直接衝下來，但羅勳他們車上的異能者可不是擺著好看的。嚴非、章溯、徐玫幾人的異能具有強大的殺傷力，只他們三人就能將那些零星衝下來的喪屍搞定。

風系喪屍攻擊過後便沒了什麼蹤影，倒是後方的速度系喪屍漸漸趕上。

「欣然，挖坑！」羅勳見速度系喪屍在緩慢接近，它們的速度剛好比羅勳他們的雪橇車快一點點。就是這一點點，就足夠讓這些不知疲倦的喪屍們慢慢追上。

于欣然在車子的行駛過程中每隔一陣子就沙化出一個大坑，沙化出來的沙子可以拉住那些奔跑中的喪屍，大坑可以讓後面跟來的喪屍陷進去。雖然沒什麼殺傷力，可再加上章溯和徐玫的配合，還是能很好地阻礙後面跟著的喪屍們的行動。

但這不是辦法，喪屍的數量實在太多了。

羅勳他們足足逃了一天，要不是車上有備用電池，這會兒他們的車子早就跑不動了。幾乎每輛車上的開車的人都和後座的人對換過了，可後座的人需要應付追上來的喪屍，開車的人也需要精神集中……每一輛車上都只有兩個人，再這樣下去，誰也堅持不住。

夜幕降臨後，身後追著的喪屍群中居然傳出了恐怖的嚎叫聲，更讓羅勳他們覺得頭皮發麻的是，手機因為長時間無法充電，所以剛才路上想起來要核對時間的時候才發現，居然所有人的手機都沒電了。

手機對於離開基地的眾人來說並沒有什麼太大的用處，除了一點，它可以每隔兩個小時校正一次手機所在地的具體位置。那些求救訊號之類的功能幾乎等同於無，真遇到危險，誰能來得及等到基地中派出救援隊？再加上救援隊幾乎不太可能真的回應呼救，離開基地搜尋遇難的人，這個功能等於沒有。

所以大家帶著手機出來的用途本來也就只有那麼一個，現在如果想用的話，就只能通過車載電源充電，而讓羅勳頭疼的是，他們車上給手機充電的轉接頭，在半路因顛簸掉了。

五人組那裡雖然帶著，但根本沒記著帶充電器。

現在的問題是，羅勳他們能估算出大致的方向，但他們具體到底在哪裡，有沒有走偏，就完全不知道了。誰讓現在已經天黑，他們連之前來時雪地上留下的痕跡都看不清了呢？

「睏的話就靠在我背上睡一會兒。」嚴非忽然說道，讓有些緊張的羅勳稍微安心。

他點點頭，「我知道。」說著，拍拍小傢伙的頭，「要是它們追上來，你就叫一聲。」

不僅是羅勳，其他車上的人也全都精疲力盡了。

拿過對講機，羅勳對各輛車上的人道：「後面的喪屍已經拉開了一小段距離，大家先輪流休息一下……」

羅勳的話音未落，車子猛烈震動一下，隨後「刷啦啦」一陣響，前後左右的雪地瞬間崩塌，一條條黑色又詭異的條狀物從雪下張牙舞爪地伸了出來。

「這、這……魔鬼藤！」看到這一幕，羅勳的血液彷彿都凝固住了。夜色太暗，周圍的景象太過模糊，他們拚命逃了整整一天，半路上慌不擇路還轉過幾次方向，居然不知怎麼地逃到了魔鬼藤所在的地方。

羅勳不知道現在自己身處的位置到底是不是前兩天來過的那塊試驗田附近，或是說自己一行人倒楣到了極點，闖進了另一片生長著魔鬼藤的地方。

如果羅勳能冷靜下來計算，就可以推算出他們上次離開這裡到找到那個車隊的殘骸時，雖然花費了將近兩天，可這兩天中他們卻在半路上休息了不止一次。晚上不能趕路，白天時不時停車休整吃東西給孩子換尿布，還要重新定位找路。可現在他們被喪屍緊追在後，一路上都加大油門瘋狂趕路，自然只花了一天就又回到這裡來，並不奇怪。

只是，奇怪不奇怪的現在已經沒人能顧及得上了，他們闖進了魔鬼藤中。

魔鬼藤，那種一旦纏住就死也不放手的變異植物。

想起那天那個死無全屍的變異動物，羅勳他們根本不指望自己幾人能安好地逃離這裡，只能孤注一擲了。

「徐玫，放大火！宋玲玲，盡量抽乾附近魔鬼藤的汁液！」羅勳靠在嚴非的背上，聲音顫抖地對他道：「用金屬球裹住……」

嚴非的反應極快，在發現情況不對的時候，就豎起一圈金屬牆來攔住四周向他們撲來的魔鬼藤，可這些東西彷彿有生命似的，從四面八方捲過來，想要硬拉開金屬牆。

徐玫的大火對這些魔鬼藤只能起到一些阻隔作用，根本不能擊退它們。宋玲玲雖能抽掉甩過來的魔鬼藤裡面的汁液，讓它們迅速枯萎，可她一次只能對付一兩條。

雪橇車的正下方也是魔鬼藤，此時無數的藤蔓從地底竄出，拉住還在前行的雪橇車……

羅動的心在向下沉，與這些恐怖的觸手系植物相比，後面的喪屍們顯得是那麼的可愛與容易對付……難道今天他們就要死在這裡了嗎？

離開基地，想要找出路，躲避基地中的種種威脅，卻遇到了更大的危機……

羅動苦笑起來，他重生一世，得到了上輩子想都不敢想的戀人、家人、朋友，過著幸福的生活，卻要比上輩子還早死好幾年……是他太貪心了嗎？是不是一直死待在基地中，等著基地中的變故，被迫承受著一切，就能活得更長久呢？

心裡有個細小的聲音在否定他的想法。

不，即使再次讓他重來一次，他依舊會另尋出路，而不是在原地等死……

「吭哧、吭哧……」

魔鬼藤的聲音夾雜在眾人的驚叫聲、小傢伙的咆哮聲、雪橇車的引擎聲中。

宅男小隊全體成員奮力想要掙脫這些恐怖的魔鬼網，但所有的人都快絕望了。

「哇……哇哇……」

小寶寶的哭聲很微弱，尤其他還是早產兒。

羅動與嚴非一直都知道這個孩子乖得很，每次餓了、尿了都只是吭哧幾聲，就算哭也多是哼唧兩聲，像現在這樣放聲大哭還是頭一次。

不過，他的哭聲讓羅動和嚴非愣住，讓同車的小傢伙愣住，更讓糾纏他們車子的那些魔鬼藤也愣住了。

羅勳不知道要怎麼解釋為什麼這些魔鬼藤會突然靜止不動。

他茫然四顧，發現不止是纏著自己這輛車的魔鬼藤，連纏著其他車子的藤蔓也都定住。

「快，緊跟我們的車！」

魔鬼藤不動，後面的喪屍可沒放棄追擊。

羅勳的腦子瞬間清明過來，他不知道這是什麼情況，卻知道現在絕不是留在原地發呆的時候，不然魔鬼藤「回過神」來會追殺他們，喪屍們也會跟過來撕碎他們。

四輛雪橇車向前猛衝，魔鬼藤從雪地中源源不斷鑽了出來，但在快要接觸到羅勳他們車子的時候，卻如剛剛那些魔鬼藤一樣被「定」在了原地。

加速再加速，向前狂奔。

羅勳他們只覺得車子下面晃了晃，明顯從一個坡度上滑落到平地，這才有些茫然地發現四周沒有魔鬼藤了，他們處在一個相對平坦的空地，空地上有一些零散的建築物，正中間顯然是一棟三層樓高的樓房。

茫然回頭，眾人發現在這片空地外，到處都是揮舞著枝條的魔鬼藤。喪屍潮已經湧到附近，它們順著羅勳一行人的味道，衝進了魔鬼藤的地盤，然後被魔鬼藤死死纏住……

「我……我們先找個地方進去，不然如果有能飛的喪屍還是能進來的。」羅勳只覺得自己的大腦一片空白，但本能還是讓他立即做出最理智的選擇和判斷。現在是黑夜，要是真有會飛的喪屍「空投」下來一些喪屍鼠，還是足夠他們喝一壺的。

「哦哦。」

「好好。」

「對對……」

幾乎所有人的大腦都失去了原本的功能，下了車，每個人的腳都在打顫。

今天的經歷真是刺激到了極點。

羅勳他們仔細觀察附近的情況，沒敢直接進入那棟最高的三層樓。現在天這麼黑，誰知道裡面會不會有什麼東西，看看周圍的那些魔鬼藤吧，要是樓房裡也有這些東西……

找了一個矮些的屋子，確認安全才敢進去。

嚴非用帶進來的金屬將屋子團團裹住，大家這才生火點燈。

這個屋子的不大，只有二十多坪，他們十多個人一進去就顯得擁擠了，不過如今就算再擁擠，也好過在外面繼續待著。

搭好暖爐、座椅，生好火，做好通風口，隨時注意外面的狀況。大夥兒拿起鍋碗瓢盆，就著火爐煮湯取暖。羅勳抱著小寶寶坐在鋪好柔軟棉被的椅子上餵奶、換尿布。

「剛才我的袖子被撕破了。」

「這算什麼？看看我的褲子！」

「還好，沒見血，幸虧是冬天，大家穿的多……」

定下心神，眾人才有精力思考別的事。

何乾坤一臉感激地對嚴非表示感謝：「幸虧嚴哥做的軟甲給力，看看，我的兩條袖子都被那東西給纏住，愣是沒傷著肉。」
羅勳這才想起檢查自己和嚴非的身上，他隱約想起剛才在魔鬼藤中的時候，自己的腰和腿上似乎也被什麼東西劃到了。
「小傢伙受傷了！」于欣然忽然叫了出來，小臉皺巴巴地指著正在舔傷口的小傢伙。
小傢伙背部的側後被抓出一道傷口，鮮紅的血液流出，好在傷口不深。
「哎呀。消毒消毒！」雖然聽過羅勳說小傢伙變異後就不會被感染成喪屍犬，可畢竟流血了，萬一感染什麼的可怎麼辦？
小傢伙的精神看起來還不錯，任憑宋玲玲給牠沖洗傷口、上藥，老實得很。
「羅哥，剛才在魔鬼藤裡……咱們是怎麼逃出來的？」李鐵問道。
羅勳看著在自己懷中睡得香甜的小寶寶。
「我剛才好像聽到孩子哭了。」
「我也是……」
「我也聽見了。」
章溯指著小寶寶問：「不會是他的異能吧？」
羅勳看看孩子，又看看身邊的嚴非，無奈對眾人聳肩，「我不確定，不過那些藤蔓不動彈確實是在他哭了之後……」
小寶寶太小，現在根本沒辦法交流，這就跟當初小傢伙疑似有了異能一樣，明知道他們身上可能有異能，卻完全沒辦法詢問……這還真是讓人糾結。

「是啊，要是之後他的異能時靈時不靈……咱們要怎麼出去？」徐玫提出當前最嚴峻的問題。這裡是被喪屍、變異植物團團包圍的地方，等喪屍退走，他們可沒辦法制服那些變異植物，到時他們要怎麼出去？

「這些事只能等到明天天亮之後再說了。」羅勳見懷裡的小寶寶睡著了，橘紅色的火光把一張白淨的小臉映照得紅彤彤的。

小寶寶生下來的那天，他和嚴非見過他渾身紅通通的樣子，等到第二天，原本的紅色居然變成了紫紅色，還險些沒了性命。如今果然如有些人說的那樣，剛出生的孩子皮膚越紅，將來就越白。小寶寶這些天經過奶油果的改善飲食，雖然依舊瘦瘦小小的，可膚色白淨，皮膚滑嫩，可愛得很。

經過一整天的折騰，羅勳和嚴非兩人在路上不急著照顧他，只匆匆餵他吃過兩次奶油果泡的果奶，勉強換過一次尿布，眼下他居然沒事人似的比小欣然睡得還安穩呢。

一群人擠在狹小的空間中，因為早已建造出了經驗，嚴非現在設計建造出來的金屬房屋不用章溯幫忙換空氣也不用憋氣。大家整個晚上一邊聽著外面喪屍的吼叫聲、魔鬼藤的抽打聲及屋內火光劈啪作響的聲音，一邊輪流值夜休息。

次日清早，外面依舊能聽到喪屍的嚎叫聲，羅勳他們都醒過來了，洗了把臉喝了口熱湯後，羅勳才爬上嚴非臨時搭起的梯子，順著屋頂上方一處觀察孔向外張望。

白茫茫的雪地，黑壓壓的人頭……

「喪屍似乎並不都是圍在咱們這外面。」羅勳舉著望遠鏡，對眾人說道。

「怎麼回事？」梯子只有一個，上面觀察口也只夠一個人容身，所以能看到外面情況的人只有羅勳，眾人聞聲都抬頭向他看去。

在上面四下看了一圈，羅勳微微鬆了口氣，順著梯子爬了下來。

「外面的喪屍是有不少，可似乎除了一部分圍在咱們附近之外，剩下的喪屍看起來更像是路過的……」羅勳斟酌了一下，解釋道：「大部分喪屍都是路過，但有一部分聞到咱們這邊有人，距離又不遠，才會圍過來。真正攻擊進魔鬼藤的喪屍數量不算多。」說著，見眾人都是一臉興奮，連忙又道：「數量只是比起整體喪屍潮來說不算多，卻比咱們每次外出打喪屍時遇到的要多很多。」

幸虧附近長出變異植物魔鬼藤的農田不是只有區區幾片，除了在這棟建築物旁圍了個密密實實的八塊農田之外，剩下還有至少六七塊整畝的農田中都長著這東西，這才纏住了那些喪屍的腳步，不然喪屍的數量再密集些，喪屍踩喪屍都能硬擠進來。

又觀察了一下外面的情況，確認附近沒有風系喪屍的蹤影，外面那些湧進變異植物群中的喪屍們暫時沒可能攻破植物來到眾人所在的地方，大家才略微收拾了一下，拿上各自的武器，穿好所有的裝備。這次他們連頭上都戴好了頭盔，戴著裝有金屬甲的手套，謹慎地等在大門前，準備去中間那棟最大的建築物裡查看。

從剛剛羅勳觀察的結果上看來，他們現在能肯定已經回到前些日子來過的那片試驗田之中，如今所在的位置正是上次想進卻沒能進來的試驗田中間的辦公大樓。昨晚陰錯陽差居然讓他們不小心跑到這裡面來，不仔細探查一番，實在對不起這次的奇特經歷。

嚴非打開門，眾人放輕腳步，以盡量不引起外面喪屍注意的動作，飛速跑到正中間那棟建築物的門口。

羅勳他們畢竟人數有限，身上穿的衣服又比較厚實，就算有人肉味飄散出去，也只不過會被那些糾纏在農田中的喪屍聞到，可那些魔鬼網是如此的給力，根本不可能放過這些到嘴的美味，哪能給它們機會掙脫？

眾人先將大門上的鎖撬開，觀察片刻，確認裡面沒有動靜才飛快鑽了進去。

這棟實驗樓彷彿被遺留在整個世界之外，自從末世後就沒有被任何東西打擾過似的，一直靜靜地坐臥在這裡，等待著人們的來訪。

眾人檢查過一層樓，隨即爬上二樓、三樓……

這棟建築物的一樓有個面積不小的食堂，裡面擺放著一排排的座椅凳子，現在還都完好無損沒有受到半點損害。後廚那邊不用問，所有的食材早就黴爛。

讓人欣喜的是，這裡的食堂中還有兩大罐五十公斤的煤氣罐，似乎在末世前才換回來沒多久，更有好幾桶食用油還沒開封，另外又看到很多油鹽醬醋。

大家轉悠了一圈，準備等有機會離開的時候帶上。

看完一樓，眾人爬上二樓。二樓有幾間實驗室和教室，顯然是給來這裡的教授學生們上課做實驗用的地方。再往三樓走，三樓則是教授們的辦公室和一個面積不小的會議室。

逛了大半天，所有人回到了一樓，站在樓梯口。

「下面還有地下室，應該一共有兩層。」羅勳看看旁邊電梯，電梯標註出這棟樓地上有三層，地下有兩層。電梯門很大，顯然是可以運送大件物品的貨梯，只是現在這棟樓裡已經沒有了供電設備，所以現在電梯的燈是熄滅的。

大家兩眼發亮地看著羅動，上面那些儀器因為專業不對口，並不清楚那些東西的具體作用，電腦中的資訊也因為沒電所以還沒查看，可從今早進來前看到外面小廣場的情況，到樓房裡如今的狀況，他們直到現在都還沒有發現傳說中有可能存在的先進設備。

難道那些東西都放到了地下室裡？倒也有可能。當然，外面廣場上還有幾間平房他們還沒去過，不知道裡面有沒有什麼有用的東西。

一行人檢查了自己的武器，然後排成一列慢慢走下樓梯……

在一樓和地下一樓之間還有一扇金屬防盜門，這種門讓羅動來開要費上好半天的力氣，可現在有嚴非在，他輕而易舉就打開了這東西。

每個人手中都拿著手電筒，謹慎地慢慢往下走。

「應該沒什麼東西……」章溯的風系異能率先探了探路，隨後對眾人道。

聽說沒東西，大家略微鬆了口氣，拿著手電筒四處掃視。

手電筒的光照範圍有限，不過很快他們就發現有什麼東西在。

「羅哥，那是什麼？電燈嗎？」吳鑫眼尖地用手電筒照向某個地方。

「……備用電源？現在居然還有電？」羅動很驚訝，也看向那個閃著紅光，掛在牆上的備用電源。這都末世後多久了，這裡的備用電源居然還有電？

確認附近沒什麼東西，眾人走向那個閃著紅光的地方。

接通電源後，房間內的大燈閃了幾閃，接著打開了。

樓梯下來後是一個過道，過道兩側各有一個閉著門的房間，正前方是被巨大玻璃落地窗所阻隔著的房間。顯然備用電源只能在這個房間和左右的房間裡使用，羅勳他們用手電筒照了照玻璃門裡面，發現裡面似乎是一個用於種植的房間。

「等等再進去，先去這兩個房間看看。」羅勳說道。

那個種植間看起來密封得很嚴實，裡面似乎是種東西的地方，誰知道裡面會不會突然冒出一株變異植物來？要是貿然進去，可就太危險了。

先打開左邊房間的門，這裡面是換衣服的地方，一排櫃子上寫著編號，櫃子裡放的都是工作用、實驗用，以及農用的衣服，並沒有什麼特殊的東西。

右邊的房間剛打開，眾人便下意識捏住鼻子。

椅子上、角落裡有兩個不知道死了多久的屍體。

這兩具屍體顯然是活人死後的模樣，絲毫沒有變異成喪屍的跡象。

見到這一幕，宋玲玲馬上拉著于欣然走到距離房間大門比較遠的地方。羅勳他們觀察了一下，確定屍體的完好程度，這才進去查看。有章溯這個醫生在，別管他之前是學什麼專業，現在冒充法醫做個簡單的檢查，還是沒有壓力的。

「沒有傷，我懷疑是餓死，或者嚇死的。」章溯丟掉從隔壁房間臨時借用的手套，一臉嫌棄地站起身來。

「餓死？嚇死？」

這個結論讓羅勳他們萬分不解，怎麼好好的……就活活餓死、嚇死了呢？

「誰知道？」章溯攤手，「上面廚房裡還有那麼多剩下的糧食，隔壁房間裡還有那麼多植物長著呢，按理說，有這些東西的話，就算末世到了，怎麼也不可能被餓死吧？那就是被嚇死的了唄。」說著，又解釋了一句：「這兩人一個二十出頭，一個五六十歲，我懷疑是在這裡學習的學生和教授。」

這兩人的屍體腐爛度不是太高，就算是羅勳他們也能看出這兩人的大致狀況。章溯說的沒錯，這兩人沒有外傷，看不出中毒的跡象，還真像是被嚇得躲在這裡，結果卻被活活餓死……

「咱們檢查隔壁房間和樓下再說吧。」羅勳想了想，對眾人說道。

見他們都點頭，這才走出房間，將門又關死了。

隔壁的玻璃窗中隱約能看到種植用的架子和上面生長著植物的樣貌，羅勳找了一會兒才找到裡面的供電設備的排線。接到備用電源上，裡面的大燈閃了閃，瞬間亮了起來……

「哇……」一下意識驚呼出聲，這是來自於宅男小隊全體成員的讚嘆。

羅勳他們站在玻璃窗後，驚呆地看著眼前的景象。

那是一大片用於栽培、種植的架子，看起來和羅勳他們在自己家中改良的種植架有點相像，但其大小、規模卻全然不同。

這間房子的面積大得很誇張，足有五六米高，屋頂遍布灑水設備，種植架上的某一端還有一臺巨大的儀器橫亙在整個種植架上，作用不明。

玻璃窗旁更有幾臺體積不小的機器，作用同樣暫時不明。

羅動觀察架子上的作物，好半天才道：「那些應該都枯萎了，要不要進去看看？」

「要要要。」

「就是說，來都來了，不進去看看太可惜了。」

「對啊對啊，只要保護好自己就行了？」

走到玻璃門前，嚴非放出異能探查，隨即對羅動點點頭——明明是玻璃門，明明是電子鎖，可鎖芯居然都是金屬的……這也足夠讓人覺得慶幸的了。

「喀噠」一聲，羅動輕輕推開大門，撲面而來的是一股讓人窒息的黴味……

這個偌大的實驗種植間面積可不小，裡面種了不少糧食作物，將近兩年沒人打理，斷電排風設備更沒人來開啟的結果就是，裡面所有的植物枯敗，外表勉強完好地被留著。

「老天，這個味兒可真是……」

「羅哥，咱們現在怎麼辦？」

「大家一起找找，這裡面一定有排風設備……」

果然如羅動所言，確實有排風設備。

眾人捏著鼻子奔進去，打開之後又跑回大門外。大家一邊呼吸著相對新鮮的空氣，一邊平復著之前衝進去時的緊張感。他們也不能確定這些看似死光光的作物是不是真的都死了，要是殘留一些如同上面那些魔鬼藤一樣的東西……他們可不會嫌自己的命太長。

排風扇轉啊轉，趁著這個機會，大家又來到地下二樓。與上面那層樓的格局相似，只是外面兩個房間的用途有些不同，更衣室下面那間變成了控制室，裡面有電腦等設備，可以監控兩層種植間的溫度、濕度，裡面還有整棟樓的中央控制電腦和資料存儲的硬碟伺服器。

另一間是化驗室，與樓上的實驗室不同，這裡的設備顯然更多，也更加齊全。或許樓上的實驗室需要用來給學生們授課，而這裡的則是要針對於實踐的吧？

地下二樓的最裡面同樣是一個巨大的種植間，裡面也有一排排種植架。這兩層最大的區別就是地下二樓的高度低些，大約在四五米左右。此外，地下二樓裡面種著的作物種類顯然也和樓上不同，大多是枯萎了的低矮作物，而不是糧食。

上面那層的空氣還沒換完呢，羅勳他們可不敢急急忙忙打開地下二樓的玻璃門作死放出顯而易見腐敗的氣味。

估計時間差不多了，大家才又回到地下一樓，確認裡面的作物沒有出現異常狀況，這才鬆了一口氣，開啟玻璃門。

「保持警戒，一有不對就趕緊撤退！」羅勳囑咐眾人，站在隊伍最前方。他身邊的嚴非帶著一面金屬矮盾，正護在四周。

「噗」一聲，羅勳的弩箭射入枯敗的作物中，只傳來「刷啦啦」一陣響動，之後再沒有別的聲響。過了一會兒，一箭又是一箭，從不同的位置射到不同的方向。

「應該沒什麼問題……」測試了半小時左右，羅勳他們每測試過一段距離，就會向內潛入一段路程，總算確定了這裡面沒有什麼危險的東西。

地下二樓也如此行事，眾人這才得出一個相對完善的結論。

這裡是某大學的實驗種植田，外面地表的那八塊種的是經過改良實驗後，可以適應自然界生長的作物，地下種的就可能是經過各種實驗，誰知道能長出些什麼東西來的作物。

當然，雖然這麼說，可實際上地下種的這些作物也是絕對不會吃死人的，更不可能是什麼詭異的改造作物。據李鐵他們臨時打開這裡的電腦簡單檢視後可以判定，這地下兩層樓在末世前種的是一些常見的糧食、蔬菜，不同的是，它們使用的肥料和澆灌的水有所差異。

這些東西都長在地下，用的又是最先進的中央電腦控制下的自動補光、自動澆灌、自動施肥系統，所以一旦停電，這裡會發生什麼還用問嗎？

沒水沒光沒肥料，這些植物早就在末世第一年就死得不能再死了。

就算這裡的植物在末世後變異率比地面上那些作物還高又如何？沒有土壤環境，它們就算再想變異也變不成，乾都把它們乾死了。

地下的這兩層種植空間，每一層單純用來播種的種植架就有一畝，而這裡的種植架都可以用那種正好掛在種植架上的收割機來收割。

房間中更放著幾臺專業的農用設備，糧食烘乾機、打捆機、去殼機，以及一些其他叫不上名字的農用設備，更加上幾臺還卡在種植架上的機器……

「羅哥，這些設備都不大，咱們要不要弄回去？」五人組眼中都閃爍著興奮的光芒。

這裡的土地面積不算大，地下兩層樓擺放的都是比較小巧但作用給力的最新設備。巧的是，這些東西他們家中都能放下，而且全都用得到，怎麼不讓他們雀躍？

何乾坤幾人的聲音忽然從機房內傳出：「他們這裡還有別的設備，地上有一間大車庫，裡面好像還有拖拉機。」

徐玫感慨道：「可惜那東西就算弄回去，咱們也用不到……」

「是啊，不過咱們可以把這些小件的先弄回去。」幾個人又愁眉苦臉起來，「可惜咱們現在只能開雪橇車，帶不走太多東西……」

羅勳一直默不作聲，不知在琢磨些什麼。

章溯見他們聊得熱鬧，都在商量要帶什麼東西回去，嗤笑一聲，「我看與其帶回去，還不如乾脆把東西全都帶出來呢。」說著，斜眼看向羅勳，「隊長說呢？」

眾人全都愣了一下，隨即看向羅勳，腦子回過轉來。

是啊，還可以帶出來啊！

羅勳無奈笑笑，見眾人眼中的興奮神色更加濃重，點頭確認道：「我也正在想這件事，與其把這裡的東西搬回基地，不如乾脆搬出來。只要外面的喪屍潮退去，咱們能想辦法安全進出魔鬼藤的勢力範圍就沒問題了。」

是的，不要忘記他們會在積雪尚未融化的時候便急著離開基地，不就是為了出來找尋另一條生路嗎？

基地中的當權者如今鬥爭得正厲害，誰知道哪天牽連到大家身上，不然一旦有人發現他們在家中種植作物，恐怕他們會馬上成為某些人的眼中釘肉中刺。

這個實驗基地下面有兩大片田地，還有各種實用的儀器設備，再者，地表那些猙獰的魔鬼藤利用好了，就是一道恐怖的防護線。

「羅哥，搬吧。」

「就是，這裡的地方這麼大，能種這麼多東西，還不用擔心被人發現……」

「就是就是，咱們在這裡的話，就算天天吃烤肉炒菜，也不用擔心被人發現。」

「還有還有，這裡的房間這麼多，外面的空地這麼大，怎麼都能擺放下足夠多的太陽能板，電力絕對夠用。」

就連正在機房忙活的眾人聞聲後，也都急急忙忙發表起了意見。

羅動抬手示意大家冷靜下來，然後解釋道：「這個地方確實好，但也有問題需要考慮。最要緊的是外面的喪屍潮和變異植物。魔鬼藤還好辦，咱們只要想辦法繞過去就行了，可要是發生喪屍潮，咱們要怎麼應付？尤其是能飛進來的那些，還有喪屍鳥。另外一個問題是，太陽能板要怎麼處理才不會被衛星發現？」

眾人聞言都為之一頓，確實，喪屍潮和變異植物都能想些辦法處理，可衛星這東西卻不受他們的控制。萬一在他們剛剛打理好建築物的外面，將太陽能板掛滿幾層樓的外壁，結果路過的衛星隨手一拍……

要知道，基地的直升飛機雖然不多，但總歸還是有一些的，他們不敢賭這個「萬一」。

章溯手指輕輕在他自己的臉頰上點著，聽羅動說完幾個難以解決的問題，挑眉道：「有什麼難辦的？基地裡咱們是怎麼防護的，在這兒就怎麼防護唄？」

眾人一頭霧水地看向他，王鐸弱弱地道：「可是，金屬罩子要是被人看見……」外面不比基地裡，那些金屬罩子遠遠被人看到，被衛星拍攝到都是問題。

章溯翻了個白眼，嘲諷他家男人，「你的智商都被喪屍追丟了？隨便找點綠的、灰的油漆給那些架子上刷一遍，遠遠看起來像是廢墟不就行了？人還能讓尿憋死？」

同樣一開始沒有想出解決辦法的眾人沉默，他們的智商還真有可能被小傢伙吃了。

羅勳站起來，眼中也冒出興奮的光芒，「好，那就先這麼決定，具體的事情咱們回頭再商議，先把那些死光了的植物處理掉再說。」

地下室中滿是植物、作物的殘骸，這些東西很占空間，好在整理不算太麻煩，就是雜草太多，處理起來太耗時間，可在如今這個有喪屍潮遷徙、變異植物圍困的時候，還有什麼事情能讓羅勳他們更著急的呢？

帶出來的食物數量很充足，又有宋玲玲在，不用帶水，所以他們只要保證食物夠吃，等著喪屍大軍路過離開，就能安心想辦法從這裡脫身回基地收拾東西去。

追著羅勳他們的那一小股喪屍已經全都死光，不知是不是運氣太背，他們所處的這塊地方，正好是喪屍大軍們移動的必經之路。這些喪屍們在行進的過程中沒有半點智慧可言，就算前面滿是荊棘，它們也不會動動腦子繞道前進。

當然，這或許跟經過他們所處位置的喪屍只是喪屍大軍中邊緣的一小部分有關。

羅勳他們花了整整兩天的功夫處理地下兩層樓的枯草，第三天開始，他們就時不時一邊收拾整理各個房間的東西，一邊時不時跑到最高樓用望遠鏡觀察外面的情況。

「喪屍們不是往基地的方向去，好像是往東南地區去了。」羅勳說道。

「你覺不覺得喪屍裡面的外國人多了些？」嚴非挑眉。

「外國人？」羅動先前只顧著注意喪屍潮前進的方向，沒有太注意這些喪屍的模樣。除了體型、外表進化得太過奇葩的之外，大多數的喪屍其實都差不多，看多就麻木了。現在經嚴非一提醒，羅動果然注意到不少喪屍腦袋上還殘餘著一些稀稀疏疏的黃毛，再加上那相對高大的體型，隱約可見的深邃五官……

「還真是外國喪屍啊……」羅動拿著望遠鏡皺眉，「它們是從哪兒過來？邊境？」

「很有可能，誰讓它們不知疲倦只朝著一個方向走？兩年足夠它們走過來了。」

外國喪屍不算什麼，因為羅動相信中國肯定也有不少國產喪屍會徒步旅行到國外去，甚至如果喪屍們會游泳，那它們還有可能會漂洋過海到地球另一邊的美洲去看看，又或許會跑到澳洲看看有沒有喪屍袋鼠。

喪屍大軍前進的隊伍暫時還看不到頭，儘管擔心基地中的小窩會不會有什麼狀況，眾人也只能暫時安心待在這裡。至於喪屍潮過後，他們要如何從變異植物中脫困？

方法很簡單，那就是挖地道。

他們雖然沒有土系異能者，可他們有于欣然在。他們雖然沒有專業的設備、木材等用來加固地洞，可他們有嚴非在。只要等這幾天過去，按照羅動測算好的方向慢慢沙化出去，羅動他們就能安全找到離開的路。

雖說小寶寶的異能很有可能可以控制那些變異魔鬼藤，但他畢竟是嬰兒，誰能指望一個嬰兒能聽懂大家的話，主動控制變異植物？羅動他們現在就連小傢伙都不好溝通著讓牠在合適的情況下使出異能，更何況這個什麼都不懂的小寶寶呢？

宅男小隊這幾天也沒閒著，一直在清理這棟樓房裡的房間，順便檢查這片被魔鬼藤團團圍住的建築中的所有房間，結果找到了不少設備和農具。

如果說羅勳在末世前收集、購買回來的那些東西都是一些家庭用的可攜式的工具，那這處農田中的東西就全都是大型、專業的各類用具了。

什麼榨油機、灌腸機、壓麵機等等生產加工糧食食品的機器，更有用來收割、灌溉、播種的農用車。可惜的是，這些車輛顯然是要用於周圍的農田上，如今那些農田中長的可都是變異植物，他們要怎麼開車去收割？

這處實驗樓經他們的檢查才發現，三樓的屋頂也擺放了幾塊太陽能板，只是這幾塊板子僅連接到了應急燈和太陽能熱水器上，之前又被大雪封蓋住，他們這才沒在第一時間發現，所以其實這裡雖然儲存了一些電量，但所剩的電量不多了。

在進入這個實驗大樓後的第五天，羅勳他們才終於看到了希望，外面經過的喪屍潮數量驟減。顯然已經到了末尾部分。

眾人商量過後，決定開始挖地道。

挖地道是個技術活。

羅勳大致計算好地道的走勢、角度、長度和寬度等等，之後就要靠于欣然那熟練的挖坑技術，以及嚴非隨時隨地用金屬將地道四壁封好，以免出現碎石掉落的情況，更能防止萬一有什麼東西能從泥土中鑽進來襲擊眾人，比如變異植物、土系喪屍。

羅勳他們幾個大男人負責將挖出來的沙土轉移出去，放到小廣場中。這些沙土可是從地下二樓的地底挖出來的，乾淨且肥沃，他們準備留下這些泥土曬乾、打碎，當作種植用的土壤，用在將來的種植大業中。

地道整整挖了兩天，一直挖到附近一處平房的背陰處，到了最後，他們沿途帶來的金屬根本不夠用，嚴非不得不把實驗室中一些暫時用不到的東西拆掉，這才勉強搞定。

又過了一天，確定外面的喪屍大軍沒了蹤影，大家才將最後一段地道打通。嚴非出去後直接將幾個平房中的金屬拆下來，給這條地道修了一扇絕對堅固的大門。

「羅哥，咱們現在怎麼辦？」

五人組興奮地看著羅勳，期待後續的行動。

羅勳琢磨起來，「回基地前，先把太陽能板弄回來……」

他們那天被喪屍潮追趕著逃跑時，不得不將裝著太陽能板的金屬盒子丟在原地，現在太陽能板距離大家的位置比較近，可基地那邊的狀況也很著急……

「那幾個金屬盒子很牢固，除非有金屬系喪屍故意去破壞，不然應該不會有問題，就是這幾天有基地的人路過那裡恐怕一時也弄不走它們。」嚴非見他糾結，幫忙分析了一下。

徐玫點頭道：「咱們的食物快吃完了，最好早點回家補充，尤其是奶油果快沒了……」

他們這次出來是帶了不少食物，可這麼多天下來，也差不多不夠吃了。大人或許還能忍耐幾天，但他們還帶著孩子呢，再不回去的話，恐怕要讓孩子餓肚子了。

羅勳點頭道：「先回去。如果基地裡沒什麼狀況，過幾天咱們再出來。」

通向外面的地道被羅勳他們修得很寬敞，實驗樓中的電梯一次至少能裝下一臺拆解後的雪橇車，他們很快就將車子運了出來，找好方向，加快速度衝回基地。
幸虧雪橇車在平地也能勉強行駛，雖然底下的金屬板會磨損，可有嚴非在就沒問題。前幾天喪屍潮路過時，將附近的積雪幾乎全都踏爛，露出了下面的地皮，那些魔鬼藤也因此無法再從其他地方「運」積雪過來當成偽裝，故而羅動他們很容易就避開了那些危險生物，順著大路一路開回基地。
因為熟悉了路線，再加上外面的積雪正在大範圍融化，他們只花了兩天不到，就找到了他們當初藏起來的車子。
一行人頂著漫天星辰趕路，在深沉的夜幕中終於回到西南基地。
把家裡各個房間檢查一圈，確認沒有任何異狀，所有人才鬆了一口氣。困頓到極點的眾人，各回各家，略微洗漱過後倒頭就睡，明天的事明天再說。

第八章

尋覓新的棲身地，宅男小隊蓄勢待發

羅勳這一覺足足睡到中午十二點，期間他和嚴非輪流爬起來給小寶寶餵沖兌好的果奶，等到中午大家再度齊聚的時候，一個個臉上都帶著還沒散盡的疲憊和莫名的興奮之色。

五人組雙眼亮晶晶地看著剛進門的羅勳兩人，那眼中的熱度讓羅勳冒冷汗。

徐玫笑笑，「昨晚睡得還好吧？」

羅勳點頭。當然好，躺到床上就睡死了，要不是鬧鐘每隔三個小時提醒他要給小寶寶餵奶，他就要睡到天荒地老了。

「咳咳！」咳嗽兩聲，羅勳坐下後環視眾人一圈，先看向嚴非，「咱們昨天晚上簡單檢查了一下，門窗什麼的都沒有問題，屋頂上也沒有大問題。」

「沒有大問題？」眾人看向嚴非。

嚴非解釋道：「屋頂有人上去過，但都是在樓梯入口那邊，咱們設的陷阱沒人動過。」

大家這放下心來，又低聲感嘆：「運氣不錯啊，最近居然沒人來找麻煩。」

「也許最近的事情多吧。」羅勳隨口說了一句，「現在天氣快暖和起來了，基地裡又開始發布任務，大家忙一些也正常。」

「眼看就要三月了，二月還剩不到一個星期，咱們看情況，這幾天準備準備收拾一些東西先轉移出去。」

聽到羅勳的話，眾人的情緒再度被調動了起來，紛紛商量著要如何改造那個實驗樓和地下兩層樓的種植地。

章溯忽然道：「咱們走倒是沒什麼問題，只是東西一次肯定帶不走，還有家裡已經種下的那些東西，你們打算怎麼帶出去？」

羅勳他們在家中可是種了不少糧食作物，今天早上大家檢查的時候就發現，因為一個星期疏於打理，不少作物的生長都出現了小問題。生長期比較長的糧食作物還好說，很多早熟的蔬菜很多過老，種子都掉到種植盆中了。

這也是羅勳他們這次搬家時最大的一個問題，想了想，羅勳道：「那些東西現在不能動，最好等到三四月，外面積雪融化，氣溫相對高些才能轉移走，而且那些東西跟別的東西不一樣，不能擠壓，只能一點一點慢慢搬……我覺得咱們暫時先定個流程，先將比較大件，不怕冷，可以堆放的東西轉移。等將那邊的種植空間都收拾出來，咱們再分批將那些蔬菜、糧食和水果運過去。」

「羅哥，那咱們這兒呢？」吳鑫連忙提問。

老實說，在這裡生活了將近兩年的時間，所有人都對這個親手改造過的家園產生了不小的感情。如果要直接搬走，以後再也不回來了，他們自己也捨不得。

「暫時先留著。」羅勳解釋道：「咱們就算在外面有新的據點，以後也需要在基地中留個落腳處。這裡可以不留什麼太貴重的東西，物資也可以都轉移出去，可最好還是留下一些咱們回來後能夠生活上一陣子的東西……」

幾人再次掏出紙筆寫寫畫畫，將需要帶走的、可以留下的，以及各自的財產列出來，計畫好每次轉移些什麼，多久轉移一次，家中留下些什麼的東西。

他們有不少東西需要在基地中找人交換，如果真的徹底脫離基地，單獨在外面生活，雖然有自由，可同樣有不少不便之處。

「基地每次下派小隊任務，幾乎都是在每個月月初的時候。」嚴非指出這一點，對羅勳建議道：「咱們最好每個月月初的幾天都留在基地裡，等完成小隊任務，確定這個月內沒有別的什麼事再走。」

羅勳沉思道：「嗯……咱們可以安排好短期成熟的蔬菜播種，將基地裡和外面的種植分開計算，每次到另一個地方正好能趕上收割……糧食作物的收穫週期也是一樣。」

「別忘了冬天下大雪的時候。」章溯用手指敲著面前的清單，「到時候咱們至少有兩個月的時間不能出去，就算出去也恐怕會遇到暴風雪，到時在哪兒過？怎麼過？當然也可以兩頭跑，就是另一邊長時間不回去會不會出什麼事？」

「嗯……這是個問題。」羅勳皺眉道：「這麼說來，還有夏天說不定會有暴雨。這邊還好說，咱們的樓高，除了屋頂要注意漏雨的問題，不會有太大的問題，但那邊就不一樣了，得做好排水工程。」

他記得以前每到夏天的時候，總有幾次自家的窗子會滲水進來。要不是當初這個社區的排水系統做得還不錯，他那會兒絕對會被濺進來的雨水打得濕透。

問題越想越多，越考慮思維越發散，都說三個臭皮匠勝個一個諸葛亮，宅男小隊這將近三個半諸葛亮能想到的問題還是很不少的。

「搞定！」坐在電腦前的何乾坤忽然大叫。

「搞定了？」一群人湊了過去。

何乾坤拿起自己的不鏽鋼杯子喝了一大口水，然後得意地揚起他的下巴，「我找了半天，末世後傳回來的衛星照片中只有幾張照到了咱們的那個新基地，我直接把照片調出來，改了其他照片的編號、編輯時間就搞定了……」說著，他壓低聲音說道：「我剛才還順手把基地裡電腦管理處的人員名單翻出來了，原來帶咱們的幾個老師現在只剩下不到一半。」

「怎麼回事？」李鐵他們來了精神。

何乾坤搖頭道：「我也不清楚到底是怎麼回事，反正我跟著的那個之前專攻駭客技術的李頭的名字沒了……」

眾人面面相覷，隨後嘆息一聲。不管是什麼原因讓他們原來工作的地方大幅減員，沒了這麼個高手，以何乾坤的技術，很輕鬆就能忽悠基地裡如今還在的那些人。至少只要沒人往電腦有可能被人黑的方向去想，並主動檢查防火牆，就沒人能發現何乾坤動過的小手腳。

這主要是何乾坤他們動手時很隱蔽，也絕對不會留下什麼痕跡等著被人發現，更不會像某些駭客似的，每次來過都要留下些什麼證明自己的存在。再加上末世前會駭客技術的人雖然有，可有多少如今手裡還能整出電腦？並且連上官方的伺服器呢？

何乾坤他們是仗著自己先前在軍營打工的便利，不然他們如今也對此全無頭緒。

將所有與實驗基地有關的消息全都找到存下並刪除原版，何乾坤幾人又飛速把有關於建築、排水、布線等相關的資訊下載下來。

羅勳他們則帶著徐玫、章溯、宋玲玲，開始清點這次要帶出去的東西。

眼看就要二月底了，羅勳他們準備再出一次基地，將需要盡快轉移的東西運出去，趁著三月到來前回到基地，完成三月的小隊任務再回去好好規整一下那個新家。

顧不上身體的疲憊，他們只花了兩天就收拾好要帶出去的東西，還換了不少汽油回來，就又一次將所需的東西裝進密封的金屬盒子，藏在車中，一行人浩浩蕩蕩離開基地……

這次羅勳他們並沒再帶著雪橇車，而是改造了車子的車輪，一路奔赴目的地。

汽車的速度遠遠快於他們自製的雪橇車，這幾天地上的積雪已經融化，先前喪屍潮的遷徙又將不少積雪踩平到不適合再讓雪橇車行駛，羅勳他們乾脆選擇容積更大的汽車。

宅男小隊的四輛車子全部開了出來，後備箱中被塞得滿滿的，都是他們這次準備帶出去的東西。車裡也被提前改造得很暖和，足以減輕半路上眾人休息時的問題。

倉鼠搬家的事羅勳之前從沒做過，可作為一隻合格的真倉鼠，他對於要將什麼東西優先搬走、什麼東西可以晚點搬走，怎麼搬運最合理，什麼東西放在什麼地方，十分有心得。

眾人的目標是優先將食物及比較有價值但暫時使用不到的，不怕放置的東西轉移。當然，同時搬運的還有暫時用不到的種子，這些種子只有他們儲存種子的三分之一。萬一一段時間沒辦法過去，就算那些種子出了問題也不用擔心全都壞掉

光這些東西就足足裝了四車，沿途嚴非還一路瘋狂收集金屬。他們之前建造的那條地下通道還需要增加更多的金屬好好加固，免得被地底的某些生物、路過的土系喪屍破壞掉。

上次他們離開這裡花了兩天的時間，這次回來因為開著車子，不到兩天就抵達目的地。仔細檢查他們之前離開時，與地面平行的鐵門，確認沒有任何問題，上面的偽裝、潑灑

均勻的沙土也跟走前一模一樣，大家才鬆了一口氣。停好車子，用嚴非順手收集來的金屬做出的金屬推車，將物品一件件搬下來，拉進改造好的地道中。

修建得相當平整的地道並沒有光線，眾人只好一邊拉著推車，一邊用手電筒照路。

「下次再修整地道的時候，咱們還是得把它們拓寬些，讓車子也能直接開進來。」羅勳一邊拉著推車，一邊低聲跟嚴非商量著。

嚴非點頭，「我可以在中間加上幾層金屬層徹底密封，不過，這樣一來，咱們就需要再找來一大批金屬。」

嚴非的異能很好用，可也有著比較麻煩的地方。他的異能沒辦法憑空造出需要的東西，更不像土系異能者似的適用性那麼廣。

走在後面的韓立忽然高聲問道：「羅哥，既然咱們能打地洞，是不是可以乾脆再擴展出幾個地下種植空間來？和實驗大樓下面的那兩個地下室一樣。」

那兩個種植空間大是大，可加在一起能徹底利用到的面積也不過只有兩畝左右。雖然可以產出一些作物，但實際上真正收割起來也沒有太過富裕。產出一次的糧食，大約勉強夠他們這群人吃一年。

要是想用種出來的糧食作物在基地裡換些用得著的物資，那就遠遠不夠了，何況這些可以種植的面積他們根本不可能全都用來種糧食。如果不開展新的種植空間，他們就只能像在基地中的家裡一樣弄出那種一層層的架子來。這樣就會破壞這兩個種植空間中原本的一些設計，改造起來恐怕比新開闢種植地還要麻煩。

「當然可以。」羅勳和嚴非商量過這件事，既然地面上有那些變異植物幫忙看家，那他們自然可以考慮在這些變異植物的下面再開闢出一塊塊空間來種東西，只要謹慎些，別驚動上面那些變異植物就好，「只是，咱們就得多收集些金屬回來……」

羅勳的興致上來了，又道：「其實不光是地下，地上也可以想辦法把那些空地利用上，只要能找到合適的油漆、玻璃之類的東西，有那些變異植物作掩護，再用迷彩色偽裝一下，問題就不會太大。」

有這麼一大塊沒人理會的地方讓他們使用，可以發揮的地方就太多了。在考慮到安全性的同時，盡可能多利用附近的資源才是他們如今最需要做的事。

有了目標和奔頭，所有人的心情都變得和之前截然不同。雖然再次趕了兩天的路，可全體隊員愣是絲毫不覺得疲累。

大家勉強拉開鋪蓋睡下休息，可就算鑽進被子裡卻還是有很濃的聊天興致。

「明天咱們先去把那幾箱太陽能板拉出來……把留在地面上的那兩口箱子弄回來，地下埋著的下次回來再去取，還能順便找些金屬回來加固地道……」羅勳用手電筒照著他的筆記本上列出來的計畫。

他們這次出來帶著手機，手機中也有電，卻沒人敢打開。基地中的手機每隔一段時間就會通過衛星自動定一次位置，如果只是偶爾去過某些地方，羅勳他們當然會開著，免得走錯路，找不到回家的方向。

如今他們在基地外面有了固定的新據點，沒人注意到還好，要是被有心人注意到他們每個月都會離開基地很長一段時間，尤其是以後還有可能帶回去不少糧食作物的話，通過衛星定位就能找到他們的新基地。

有些事情不提前防備是絕對不行的，小心駛得萬年船，特別是在這種事關大家為了生活安全而重新選擇的新的棲身之地。

本來就是為了躲避麻煩才另尋出路，要是讓人發現了……他們還活不活？

次日清晨，羅勳、嚴非、章溯和王鐸四人開了兩輛車子出門，奔赴之前丟下金屬箱子的方向。剩下的人都留下收拾從基地中帶出來的那些雜物，分門別類歸整好，隨後整理出幾個房間準備用作以後回來時休息的地方。

羅勳四人開著兩輛車子前行，車上裝著不少武器彈藥，以免半路遇到危險。

說實話，現在羅勳他們開車走在這條路上還是很有壓力的，誰讓上次他們在這條路上被追殺過呢？再次踏上這條路，簡直是考驗他們的心裡承受能力。

「小心，前面有沙坑……」羅勳拿著對講機對另一輛車的章溯兩口子提醒道，沉默了一會兒才繼續道：「應該是上次小欣然弄出來的……」

上次為了逃命，他們可是一路逃一路挖坑，就是為了阻隔後面追著的喪屍們。

所幸于欣然沙化的路沒被沙子覆蓋著，他們只要繞過去就好，實在不好通過的地方，還有嚴非的金屬異能幫忙搭橋。雖然會減緩前進的速度，但不會真正影響什麼。

讓幾人驚奇的是……

「羅哥，那幾個應該是上次咱們半路上不小心殺死的喪屍吧？」王鐸大驚小怪的聲音從對講機中傳出來。

「應該是……」

「羅哥，晶核，晶核！」現在他們進出基地所繳納的晶核可都是先前攢的，這兩次出來他們可沒遇到能好好打喪屍的機會，幾乎連一顆晶核的收穫都沒有，隊裡的異能者現在全都勒緊褲帶不敢放開手腳使用呢。

「回來的路上再撿吧，現在咱們趕時間。」羅勳思考了一下，做出決定。他們得先確定那幾個裝著太陽能板的集裝箱沒問題，能安全拉回去才行，至於這些東西回來的路上要是有時間就收著，要是遇到危險……還是得趕緊回那個基地再說。

這次沒有喪屍在後面死命追趕，羅勳他們直到半夜才來到上次發現部隊覆沒的地方，從某幾棟半塌的平房後找到了他們當初丟在這裡的兩個集裝箱。

繞著集裝箱轉了兩圈，確認裡面的東西沒被動過，他們才從車廂中取出幾個輪子來。嚴非迅速給這兩個集裝箱裝上車輪，四人勉強睡了三四個小時，才急急忙忙又往回趕。

半路遇到那些死在路上，或者因為某些意外而缺手缺腳，只能在原地扭動的喪屍，羅勳幾人自然老實不客氣順手收下了晶核。讓他們驚訝的是，這麼一路折騰回去，大家湊在一起清點，這才驚喜地發現他們居然撿回了上百顆晶核。

這上百顆晶核中基本都是風系、速度系的晶核，其中更以三級為主，少量四級的。這些晶核中，風系的給章溯使用，剩下的速度系晶核可以用來繳納進出城門的費用。

兩個巨大的集裝箱被運了回來，一起帶回來的還有嚴非順手收集的兩個金屬球，他將其中一個金屬球的金屬融到了眾人挖掘出來的那條地下通道，加固金屬牆壁。剩下的金屬球優先將大家活動的那棟實驗樓加固一圈，眾人這才開始檢查、拆解當初收集來的那兩個集裝箱中的太陽能板。

「這塊裂開了……別的沒什麼問題。」

「這幾塊都是好的。」

「這塊斷了，其他的基本都是好的。」

「這裡的一角磕碰歪了，不知道有沒有影響……」

羅勳他們發現這兩口箱子，其中一個已經翻倒在地，當時他們的時間有限，只能先拉回去檢查再說其他，至於地下的那兩個箱子經嚴非確認還在原處後，羅勳他們並沒啟出，準備等下次出基地、時間比較富裕的時候再說。

他們還準備下次出來的時候去一趟太陽能板工廠看看呢。

將太陽能板全都收拾好，眾人整理完帶過來的各種東西，這才開車回基地。

羅勳他們忽然發現自己這群人簡直就像在趕場一樣拚命地兩頭跑，如果只是一次兩次還好，要是長時間這樣跑來跑去，誰受得了？還是趕緊把一些要緊的東西一次搬運過來吧，省得一趟趟跑來跑去，把人折騰瘋了。

回基地的路上，嚴非負責開車，羅勳抱著小寶寶在後座幫他換尿布，至於自家那隻狗，此時正在三位女士的車上，和于欣然一起玩耍。

車子開回基地大門口的時候，正看到不少車正排在入口處，亂哄哄的聲音距離這麼遠都能隱隱聽到。不遠處有幾輛軍車停在那裡，荷槍實彈的軍人在那裡站崗，從這裡看過去，那個方向正是通向市區的。

羅勳皺眉和嚴非對視了一眼，他們上次回來時是半夜，並沒遇到其他回基地的人。離開時也都是來匆匆去匆匆，不知道基地裡發生什麼事情。

這批回來的人遇到什麼麻煩了嗎？

一輛輛殘破不堪的車子讓人看得怵目驚心，這些人絕對是逃命逃得很狼狽。

羅勳他們默默加入排隊行列，順便打聽消息。前面幾輛車中的人此時有不少都下車正在一邊等著前面檢查的車輛進去，一邊抱怨著什麼。羅勳他們這裡最愛八卦的當屬王鐸，這貨見到有八卦可打聽，連自家女王殿下都顧不上，拉開車門就跑了下去，直到前面幾輛車子進了基地，才意猶未盡地回來。

檢查過小隊成員沒有感染喪屍病毒，羅勳他們順利進入基地，經過那幾輛暫時停放在基地大門內側的車子時多看了幾眼，沒做停留便急急回到自家社區。

確認沒人闖空門後，大家才向王鐸詢問起大門口的事。

「他們都是進市區做小隊任務的，好像做的還是基地的指定任務，說是要進市區找什麼東西，結果還沒進市區，就遇到喪屍埋伏……」王鐸眼睛發亮，壓低聲音，「據說這已經不是第一次了，現在基地外頭有好多地方都有喪屍藉著大雪藏起來，等有車子路過就衝出來。一開始大家還以為是碰巧，結果能逃回來的人彼此一打聽，幾乎所有外出的人都遇過這些喪屍。還有的整個隊伍出去了就沒回來，現在基地裡都在傳說喪屍也會挖陷阱抓人了。」

大家想起了他們第一次出基地時遇到的那些藏在雪地中的喪屍，那居然不是特例？

「可咱們這幾次回來、出去，並沒再遇到喪屍啊！」宋玲玲看著羅勳求解答。

羅勳又不是喪屍，他哪能知道喪屍到底為什麼事又消失不見了？

還沒等他大開腦洞，章溯忽然道：「說不定都跟著喪屍潮走了。」

上次他們遇到的喪屍潮範圍很大，據之後他們回基地的時候看到的痕跡來看，喪屍潮的邊緣確實比較接近那些潛伏著喪屍的地方。

「……也有可能，就是不知道為什麼喪屍們都會跟著大股喪屍一起行動。」羅勳皺起眉頭來，喪屍們現在顯然有了一定的統一行動的意識。不管這是因為什麼，對於他們這些需要打喪屍晶核的人來說都是很不利的消息。

如這幾次出去，他們幾乎沒遇到過零散的喪屍，就連晶核也沒辦法去打。唯一一次遇到喪屍的時候，還是喪屍潮……之後想打晶核，恐怕就需要更加動腦子想辦法。

「這件事咱們就算想出來一些可能性，也暫時沒有辦法求證，還是先把搬家的事情搞定吧。」一時想不出原因的話，還是趕緊先將當下最要緊的事情辦完比較實在。

搬家是個大工程，他們這次開出去四輛車，每一輛都裝得滿滿的，可家中依舊剩下好多好多東西等著他們慢慢搬運……羅勳他們現在才發現，原來他們當初是弄了多少東西回來。這兩層樓沒出問題還真虧有嚴非在，幫著穩固樓體，才能堅持到現在，誰知道他們得出去多少次才能將東西全都搬走？

就在羅勳他們挽起袖子準備繼續收拾要搬的東西時，簡訊提示聲讓大家回過神來。差點都忘了，他們回來不僅僅是為了搬家，還得回來做任務呢。
基地中似乎對於各類清掃活動相當熱衷，又或許他們覺得宅男小隊名字起得太俗，也就只能做做掃大街的工作，所以非常喜歡將這類任務發給他們？還是說整個基地中除了他們小隊之外，就再沒有別的隊伍願意做這種明顯比較「低級」的工作？
總之，當聽羅勳說他們這個月收到的任務又是要去掃大街的時候，一個個隊員臉上的表情都是一言難盡的。
「這次要掃哪裡？」
羅勳仔細看了簡訊的內容，眉頭卻皺了起來，「基地外面，就是冬天前一條進市區的必經之路。」喪屍們撤走的時候雖然踩平了不少積雪，甚至圍牆下面的積雪基本都沒了，但這不代表外面所有的路上都沒了積雪，尤其是有些末世前大家習慣走的道路，喪屍潮來去的時候沒從那邊經過，所以大家如果還想走就得清理出來。
最近的積雪確實在融化，可白天化、晚上凍的地面更加危險，至少簡訊發過來讓羅勳他們清理的這條街道就是如此。
「這個地方距離基地有一段距離，而且靠近市區，說不定會遇到喪屍。」
「遇到喪屍到沒什麼，就怕遇到那種藏在地底突然鑽出來的喪屍……」
「這也好說，可以一邊探路一邊走，問題是，這段路的距離有點長啊……」
一群人的眉頭都微微皺起，其實這主要是因為大家全都一心撲在「搬出」基地這件事情上，對於一切會影響到他們搬家效率的意外狀況、耗時間的任務都抱有極大的反感。

「這個任務最好只在白天，天色亮起來之後再做。」羅動倒是沒有太大的意見，雖然他也很想趕緊搬到新家，可既然他們不準備現在就放棄基地裡的家園，那最好還是乖乖做任務比較好。老實做任務，不引起基地的注意。好在他們現在接到的任務還都算比較簡單。

「基地裡面的任務畢竟有限，基地也不會給小隊一直發布那麼簡單的任務。前兩次咱們的運氣比較好，現在……」羅動攤手，「要是基地發的也是那種讓咱們進市區找東西的任務，豈不是更棘手？」

聽他這麼說，其他人才不再抱怨。

說實話，他們早先知道基地中會強制指派任務，不然就拿物資來抵的時候，便已經做好被指派進市區找東西的心理準備。這次只不過是因為更加心急其他的事，才會有所不滿。不就是掃雪嗎？這種任務他們做的還少？早就有了豐富的經驗。

次日清早，收拾好家中的東西，帶著各種防身用武器，一行人再度跑到任務大廳那裡準備領取任務，出基地掃大街。

只是掃大街，他們的裝備居然和每次長時間外出時的差不多，就連身上帶著的武器數量也遠超正常掃大街的時候，果然基地內和基地外的任務就是不一樣，要是萬一遇到數量眾多的喪屍，他們還指望這些武器彈藥活命呢。

帶著任務離開基地，在出去之前再三確認他們這次外出回來後不用繳納晶核，羅動他們才敢出去。要是做這種基地指派的任務還需要繳納晶核，那他們乾脆放棄任務得了。

出於效率考量，外加最近真敢出基地的人數量還是不多，羅動他們商量了一下，決定直接用異能清掃路面。

用異能清掃道路其實很簡單，徐玫是火系異能者，宋玲玲是水系異能者，她們兩位聯手就能把積雪清理掉。剩下的雜物、垃圾，大家齊上陣，沒多久就能搞定他們的任務路段。

紅色的火焰在滿是積雪的道路上方漂浮著，每融化出一些雪水，就會被宋玲玲轉移到路旁。出於下意識的自保考慮，他們並沒有加快速度馬上將需要負責的路面搞定，而是放慢速度，省得下次基地故意指派難度更高的任務給他們。

這次的任務基本都要靠兩位女士來做，其他人最多丟丟路上的雜物，提前用遠端武器射進積雪中探查下面有無隱藏喪屍，所以大家在任務開始前就決定，這次的收入大部分都分給兩位女士，剩下一小部分充進小隊的公共資產中。

不過半天的時間，路面就被清理得差不多了，這還要算上他們每當有車子遠遠經過時就收回神通來用鏟子裝模作樣的時間。其實用異能清理積雪不是什麼需要隱藏的祕密，只是因為之前他們在基地中的時候一直沒用過這招，又怕萬一任務完成得太快，下次被指派更難的任務才刻意拖延了一下。

宅男小隊施施然爬上車，這次他們只開出兩輛車來。

幾人開始說笑。

「咱們的運氣不錯，居然沒碰上喪屍。」

「別烏鴉嘴。」韓立說著，一巴掌拍到吳鑫的後腦杓上。

「反正也快回去了，就算有喪屍出來也沒什麼。」吳鑫渾不在意，抖起了二郎腿。

車廂裡幾個人一邊說笑一邊打鬧，羅勳他們將車開回基地大門口，登記檢查，準備進入基地大門。正好此時從基地外面開過來兩輛軍用車。

隨意向外瞄了一眼，羅勳看到了坐在副駕駛座上的郭隊長。

用手臂肘捅捅身邊的嚴非，嚴非順著他的目光看去。

那邊的郭隊長正好轉頭過來，三人對視一眼，郭隊長只是點了一下頭，什麼都沒說地對兩人眨了眨眼，便又看向正前方的基地大門。

進入基地的隊伍慢慢縮短，沒多久就輪到了羅勳他們的隊伍。幾人沒再刻意去看隊長所在的車子，登記過後開車進入基地。幸好今天某些人的烏鴉嘴不靈，進入基地後也沒聽說外面有出現喪屍的跡象。

宅男小隊雖然今天就已經完成了小隊任務，但沒有準備馬上去交任務，而是在家中悠哉悠哉收拾起了要搬走的東西。這次的任務量明顯比之前幾次大，所以他們決定稍微晚一些交覆任務才合理不是嗎？

要知道，基地中的那些小隊的任務都只在小隊完成任務後基地方面才會派專門的人去檢查成果，平時就算那些人經過任務地點也未必知道這裡曾經發布過任務來著，尤其是這種基地外需要完成的任務。

這次的準備時間比較充分，羅勳他們商量了一下，決定讓嚴非趁這幾天一早一晚沒人看得清的時候，給他們的車子增加些高度、長度，好能多裝些東西。要帶走的東西也利用每次下樓的時候順手捎到車上放好。除非有人有本事能連夜將這幾輛車偷走，不然這些東西放在被嚴非加固過的車上和在家中都是一樣安全的。

打包好衣物，羅勳他們又將凍在窗外的肉和食材都收了進來，隨即將瓶瓶罐罐整理妥當陸續裝車。剛忙了一整天，大家正準備商量著明天再出基地看一下他們清掃過的街道，確定路面沒什麼問題後就回來繳任務，嚴非的手機便響了起來。

來電顯示是一個從來沒見過的號碼，羅勳腦中第一個閃過的就是小寶寶的親生父親。那個男人自從消失之後就再沒和他們聯絡過，莫非是知道小寶寶沒死，現在找回來了？

明知恐怕是自己的腦洞開得太大，猜測的未必就是真的，但心中有了這個擔憂之後，眼神便不由自主地盯著嚴非。

嚴非接起電話走到窗邊，跟那邊的人說了兩句話後對羅勳招招手，他連忙跑了過去。

「明天？十一點……好的，我們明天過去。」沒說幾句話，嚴非便掛斷了電話，隨即看向羅勳，「是郭隊長。」

「郭隊長？」想起昨天在城門口遇見的那一幕，羅勳這才放下心來，隨即又皺眉，「不知道他們現在怎麼樣了。」

「明天見到就知道了。」嚴非表示隊長剛才在電話中什麼都沒說，只是說很久沒見，明天大家出來碰個頭。

「行啊，明天咱們早上出基地看看情況，沒什麼意外的話，中午十一點應該能回來。」

羅勳確認了明天的行程，他也很好奇郭隊長等人在基地內的情況。從昨天他們匆匆在城門口見到的那一面來看，他們並不能確定郭隊長所在的車中有沒有金屬系異能者小隊的成員，還是說郭隊長現在已經又離開金屬異能小隊？

具體的情況還是要等明天跟隊長碰面後才知道，羅動等人再度湊到一起，決定好明天出基地所帶的東西。他們現在只恨自家沒有乾脆弄來兩輛卡車用來搬家，有卡車的話，估計來回兩三趟應該就能將所有的東西都搬走了。

可惜用卡車搬東西的目標太大，無論是在基地裡面還是出了基地之後，他們的行動都會十分顯眼，所以現在就算他們有辦法找來卡車幫忙搬運，也只能暫時放棄這個想法。

次日清早，一行人先是出基地檢查了一下任務路段，確認這幾天沒有多出什麼冰雪、垃圾，才又回了基地，到任務大廳交覆任務。接下來要等任務大廳這裡的人去確認任務完成情況，快的話兩三天，慢的話一星期就能出檢查結果，然後發給各小隊相應的獎勵和報酬。

因為時間還很早，所以羅動他們交完任務並沒馬上離開，而是在大廳轉了一圈。最近因為基地對於各小隊的審查再度變得嚴格，小隊任務又變成了人們討生活的重中之重，所以這個月前後任務大廳這裡恢復了昔日的繁榮。

還有一些人舉著牌子私下拉活，這些一般都是那種已經幾乎沒辦法保住小隊名額，或者乾脆是名存實亡的隊伍們了。

基地從上個月起就嚴格實行起針對各個小隊的管理工作，凡是沒有按時間完成小隊強制任務、也繳不出代替任務的物資的隊伍都暫時取消了名額。

與此同時，卻也再次放低普通人出基地的條件。從一開始的十人，變成後來的五人，這陣子只要三人登記過後就能放行離開基地。

據說出基地的人不少，尤其是這種零零散散外出討生活的，可又因為基地外面出現了那種會偷偷藏在雪地中襲擊過往行人的喪屍，讓這一行動變得危險起來。

更多的人一天到晚泡在任務大廳或者附近一些原本的商店裡交流資訊，打聽八卦。據說任務大廳隔壁的一家商鋪再次做起生意，只是那生意和末世前的酒吧、飯店不同，而是一家以買「水」為主的，模式和酒吧類似的小店。

沒辦法，大家連糧食都沒得吃，哪還有人喝得起酒？倒是水系異能者有那麼一些。這店據說就是水系異能者開的，點上一杯水，提供座位讓大家坐在裡面交流情報，還會提供價格比較高的食物供顧客選擇。

羅勳他們目前比較缺晶核，可沒這份閒錢去泡水吧，倒是聽到了不少小道消息。據說最近基地中某個年輕有為的將領後院起火，大小老婆打成一團。還聽說某位年輕小將被誘騙上了某個大佬的床，以及某位年輕貌美的異能小隊隊長被幾個其他隊伍的老大追求……

羅勳聽著這些亂七八糟的緋聞，十分慶幸他們今天出來的時候，嚴非和章溯兩人習慣性地戴帽子、戴墨鏡、戴口罩，裹得十分嚴實，以及最近的天氣比較冷，他們這樣打扮很符合當季氣候，不然說不定過不了幾天就有人給自家隊伍的這兩位顏值擔當編緋聞了呢。

低頭看看時間，羅勳低聲對嚴非道：「已經十點半了，咱們現在過去？」和郭隊長商定的碰面地點就在這附近，走過去用不了十分鐘，所以他們才有閒心在這附近閒晃。

嚴非點頭，「跟他們幾個說一聲吧。」

兩人走向章溯、王鐸幾人所在的位置，那幾個人正在津津有味地聽一位四五十歲有些壯實的男人口沫橫飛胡扯著不知哪裡聽來的小道消息：「……據說最快這個月，最慢下個月，基地裡就會通過同性結婚的法案。」

王鐸興致高昂地起鬨：「真的假的？要是真的，基地裡得有多少人領證去啊！」

他這話音一落，周圍的人便哄堂大笑，還有人打趣王鐸：「這個小哥兒長得還不錯，肯定得去辦證啊！」

王鐸正要說什麼，就覺得自己膝蓋一軟，被他家章大女王踹了一腳。

羅勳兩人過來時正好看到這一幕，搖頭笑道：「想得倒是挺好，不過還是別指望了。」

就算基地中明明有將近的一半男人公然攬基，基地上面在如今這種情況下也不可能明目張膽支持同性戀結婚的法案。末世後人口驟減，基地方面還指望著女人多生孩子呢。

雖然不少男人明明是娶不起老婆才不得不找個男人將就著過日子，可一旦官方支持，那些娶得起也變得不願意娶了呢？如今不少女人嫁人時開出的條件太高，若是男人們都不去考慮後代的問題……那基地的人口到時可就會越來越少，直至徹底滅亡。

反正羅勳所在的那一世可是直到末世後十年也沒有通過這項法案，而那個時候基地中的普通人更是幾乎連女人的面都見不到。家中有女兒的人家，大多會在很早的時候就想辦法把自己女兒嫁給基地的大佬，哪怕是給人家當第不知多少房的小老婆。對於那些人家來說，也好過嫁給一個連家都養不起的普通人。

嚴非跟章溯說自己兩人要去辦點事情，其他的人如果準備回去，就讓章溯帶隊，這才轉身離開了熱熱鬧鬧的人群。

轉過這條基地內最繁華的街道，羅勳兩人找到一處末世前的銀行似的建築，確定昨天和郭隊長商量過的就是這裡後便等在附近。

那條街道在羅勳的前一世時也同樣很繁榮，或許就算在某些方面現在已經與前世有了很多不同，可某些地方還是相似的。這種似曾相識的感覺，讓羅勳這個活了兩世的人，心中莫名升起了一陣陣的感慨。

「小嚴、小羅，你們來啦！」

兩人聽到聲音看過去，果然見到有段時間沒見的郭隊長正朝兩人小跑過來。

「隊長。」兩人見到郭隊長，還是很高興的。

雙方打過招呼，便隨意走到一處不起眼的角落。

附近沒有什麼人往來，也不會有人聽到他們在說些什麼。

郭隊長問道：「你們兩個最近怎麼樣？過得還好嗎？」

兩人點頭，「混日子唄，倒是還行。」

末世中能保證每頓吃飽，不餓肚子，就已經是活得比較幸福的了。不，或許說在末世中只要能見到一個認識的人全鬚全尾地出現在大家面前，那就證明這人活得還不錯。

「前兩天在城門口看見你們……你們出基地做任務去了？」郭隊長很是好奇，畢竟如今會出基地做任務的小隊……其實一般都是被基地內部想辦法排擠了的那一群。

羅勳解釋道：「我們接到了官方指派的任務……出去掃外面的一條大街……」

這個任務羅勳他們做的時候感覺還好，至少比較能保證大家的人身安全，可真正說出來的時候，忽然發覺……這任務似乎有點……

郭隊長的表情扭曲了一下，似乎是想笑，卻強壓了下去，「挺好，挺好……」說著他左右張望了一下才低聲又問道：「你們是從上面第一次下達強制任務就已經開始做了吧？」

兩人對視一眼，「是啊，你怎麼知道？」

郭隊長臉上掛出無奈的笑容，「能怎麼知道？你們以為現在那些接了進市區深處做任務的小隊是怎麼來的？都是一開始不配合工作，拒接任務的隊伍，從第二個月開始就強制……」說著微微嘆息搖搖頭。

嚴非的眉毛微微挑起，問道：「那天看到你進基地，也是出去做任務？」

郭隊長又是嘆氣，「你們有沒有去過市區？應該聽說了吧？往市區方向走的那段路上，有不少喪屍藏在雪地裡，數量還不少、一般人根本打不過。我上次是跟著出去收集金屬……之前的幾個生產金屬板材，離基地比較近的工廠基本都被基地搬空了，所以如果基地再需要收集的話，就得靠金屬系異能者出去找……」

他看著嚴非兩人，沉思了一下，小聲道：「等異能者小隊的事整得差不多後，恐怕上面就會再次大力招收異能者加入，你們兩個有什麼打算？」

兩人眼中帶有一絲為難，用抱歉的眼神看向郭隊長。

郭隊長愣了一下，笑著擺手道：「我可不是來拉人的。」說著，頓了頓，再次壓低聲音說道：「孫少陽歸隊了。」

「他回去了？」羅勳見隊長似乎話裡有話，下意識接了一句。

郭隊長點頭，「他們兩個在的小隊被強制解散了。」他轉頭看向新城所在的方向，聲音中有著顯而易見的嘆息，「不少新城的小隊在上個月左右都被併入軍方，剩下的一些因為拒絕做官方指定的任務，也不願意繳納物資，所以被強制解散了……」

氣氛凝結，羅勳兩人再度對視，都從對方的眼中看出了擔憂以及……慶幸。

慶幸他們提前找到了可以當作退路的地方。如果基地中的情況真的糾結到了無法讓眾人再次維持如今生活的地步，他們還有一個據點可以做為他們退無可退時的家園。

郭隊長正色道：「我今天找你們出來就是想跟你們說一聲，我們那兒……你們可能也聽到了一些風聲，上面的人……換過了一批。」見兩人沒有意外的神色，便知道他們兩人果然確實知道了一些消息，繼而解釋道：「現在雖然換了些人，可其實管得比之前還嚴。」

郭隊長無奈笑笑，「昨天給你們打電話的號還是我之前認識的，已經沒了的非軍方人員的手機號碼，我現在偶爾會用，至於軍方的那個……」

他看向嚴非，嚴非了然地對他笑笑，「跟上次通話時一樣？」

郭隊長苦笑道：「要是用那個號碼打給你們，就跟上次一樣應付就行了。不過暫時他們應該還沒功夫去管異能者的這些事，畢竟異能小隊的事情還沒徹底解決。」說著又嘆道：「我知道你們兩個不願意摻和這些破事，但要是你們的隊伍真的也支撐不下去了，需要回來的話，就跟我聯絡，那時不管是打哪個號碼都行。」

三人又聊了一會兒，郭隊長出來似乎有時間限制，沒多久就告辭回去了。

等他走遠，羅勳才低聲問道：「你覺得他說的情況怎麼樣？」

嚴非沉默一下，說道：「應該是真的。」他低頭看向站在自己身邊的羅動，伸手抱住他的肩膀，「不過他今天來應該是為了保持聯絡，有可能的話，將來會拉攏咱們。」

羅動也感覺出來了，可這並沒有什麼錯，如果自己兩人勢必要再次回到軍方工作，郭隊長的做法無疑是在幫他們取得一個比較好的歸隊方式。

「你是不是也感覺出來了？基地將來可能……會更加針對小隊進行限制。」

「嗯，限制小隊的規模。如果小隊主動配合，服從管理，可能還好說。如果根本不遵守規矩的話……除此之外，還有異能者。之前那幾條簡訊上的內容，恐怕在收拾過那些不聽話的小隊後就會開始慢慢實行了。」

羅動深吸一口氣，胸腔中滿是一種說不出的鬱悶和失落，「走吧，咱們回家，等這次的任務結束就繼續搬家。」或許上輩子的基地也是這麼對待小隊和異能者的，只是羅動當初身處的階層完全接觸不到這些。

現在回想起來……那時候普通人想看異能者一眼的機會都不大。當然，見是肯定可以見到，可那些異能者小隊們根本不和普通人生活，只能在街上、雙方都會去的地方看到。平時這些異能者們、隊伍的成員們都住在單獨的地方，與普通人完全是兩個世界。

那時的基地採取的管理方法，恐怕和現在沒有什麼兩樣吧？

出去鬆快了一天，聽了不少八卦的眾人回到家中，在次日一早起來後，又開始倒騰起家裡的各種東西。打包的打包，搬下樓的搬下樓，同時加大車子的容量。

要不是他們怕引人注意，只能每次一點一點地像螞蟻搬家似的將東西從十五樓、十六樓往下運，說不定早就把那四輛車子全都裝滿了呢。

就是這樣，他們也不過又花費了一天就將這次要帶出去的物品都搬了下去，並且利用等任務後續的時間，順便將下一次可能要帶走的東西繼續打包，放到便於拿取的角落堆好。

刨去各個房間種著的蔬菜、作物、鐵架子之外，羅勳他們光是各種雜物就得至少再開車來上這麼兩三趟才能全部運走。要真是每個月只出去一次，順路帶東西走的話……他們半年內能不能將東西全搬光還是個問題呢。

當然，羅勳這次回去後，將自己和嚴非分析過的，關於基地中有可能針對小隊、異能者的一些舉措告訴了眾人。在得知這一情況後，大家鬱悶地發現，就算他們一開始還打算準備兩頭住著，兩邊都栽種作物，現在看來恐怕也未必能行了。

「羅哥，既然這樣，那咱們就乾脆趁著這次出去，把那邊的種植空間擴大一些吧？回頭只要把這裡的架子、種的東西都運過去就徹底解決了。」李鐵代表五人組發表意見。

徐玫也道：「等咱們把東西搬得多差不多了，實在不行就退掉幾間房子，免得等別人過來找咱們的麻煩？」

「那不如徐姊妳們也搬到樓上來？」韓立熱心地建議著。

徐玫和宋玲玲兩人有些猶豫，搬上樓自然沒什麼問題，問題在於十六樓唯一空著的屋子可是掛在嚴非名下的，不是從基地手中租到的。

對於這一點，羅勳他們自然不可能小氣，直接表示：「沒事，等搬完東西妳們就搬上來住吧，不然萬一咱們真的保不住小隊，那麼至少十五樓的四個屋子恐怕都會被收回去。到時十五樓一旦有人住進來，妳們的安全就成了問題，還是搬上來一起住比較好。」

見徐玫她們還想拒絕，嚴非開口勸解：「以後咱們在基地中住的未必有在那邊的時間長，這邊的房子能住人就行。」

見嚴非也表態了，兩位女士才點頭，不過她們就算要搬，也得等到這幾次搬完家。

任務的結果終於在他們申請後的第三天發來了，這個月的月租被免掉了，並且發了一些晶核當作任務的獎勵。羅勳他們收到簡訊後就馬上趕去任務大廳領取，回到家後大家又檢查了一次要帶出去的東西，第二天一大早便急忙開著車子出了基地，向著他們如今的希望，末世後再次做出選擇的，未來的家園駛去。

……

依舊是平靜如昔的曠野，依舊是殘垣斷壁般的建築林立在路兩旁。羅勳他們這次並未按照先前幾次去實驗田時的路走，而是繞了一條兩邊建築物相對多些的公路。

除了他們要換條路免得被人發現他們的新基地之外，也是要順便讓嚴非一路收集金屬帶到實驗樓那裡。想要建造一個嶄新的，功能齊全的，他們夢想中的新家，可是十分需要金屬材料來協助。

想當初他們裝修那兩層樓時花費了多少功夫，搜集了多少金屬回基地就知道，他們這次所需的數量有多麼誇張了。

他們可是有一整棟三層樓高的樓房要改建，附近還有幾棟功能各異的大小屋子要整修，還要深挖地下室……

如果不是需要嚴非留些餘地應付一些可能發生的意外，如果不是沿途的金屬到底還是有限的，羅動他們都恨不得一路刮著地皮走。就這樣，兩個巨大的金屬球轟隆隆氣勢恢宏地跟在車隊旁，那景象也真是有夠嚇人的。

離開了將近七八天的地方，此時遠遠看起來還是跟他們走時沒有什麼區別。當然，區別還是有的，尤其是當最近天氣真的轉暖，覆蓋在附近田地上的冰雪都開始大面積融化時，當那些隱藏在白雪下的恐怖植物全都暴露出來的時候。

眾人將車子停在距離農田較遠的地方，感慨地四下環視著，心中有些惴惴。這裡就是他們之前誤入的恐怖地帶，這裡就是他們險些喪命，要不是運氣足夠好，有一個不知有什麼異能的小寶寶在，大家就集體共赴黃泉的地方。

羅動的思維明顯跟李鐵他們不一樣，他摸摸下巴，歪頭思索一會兒，忽然道：「咱們這幾天先將裡面整理好，然後休整一下，之後再把這些魔鬼藤的面積擴大吧。」

「啊？」

「什麼？」

「擴大？擴大魔鬼藤的範圍？」

五人組目瞪口呆地看著他，其餘的異能者隊友們的腦回路卻很快跟羅動接軌。

宋玲玲拍手道：「要是這些東西也可以種出來，多種些，把周圍都種滿了才好。」

章溯說道：「這東西長得還挺高的，先前有大雪壓著它們才顯得沒比其他地方高出多少，現在看起來倒是不錯。」

「……為什麼要種這種東西啊？不是很危險嗎？」王鐸一臉懵逼地看著他家女王殿下。

章溯用鄙夷的目光斜睨他一眼，「你傻啊？周圍多種這種東西除了咱們這些住在這裡的，知道這裡有密道的人之外，誰還會往這附近湊？這東西能幫咱們攔住多少麻煩？」

李鐵他們張大嘴巴，這才反應過來，「好主意啊！」

嚴非幫著說明：「咱們之後還要增大地下室的種植面積，到時候只要一個土系異能者、一個金屬系異能者，就能發現咱們的基地。加大變異植物的生長面積，也可以幫助咱們掩飾這個祕密。」說著，他指向大家前些日子折騰出來的密道，「金屬系異能一旦提高之後，就算沒直接看到也能感覺到下面有金屬。一條金屬密道還好說、其他金屬系異能者經過這裡未必就能發現，但如果是一個被大量金屬包裹著的地下室，那就不好說了。」

「原來如此。」

「對對對，可這東西好種嗎？」

羅勳笑著點頭，「應該不難，只要找個屋子直接種些水稻、麥子什麼的，別往裡面放蘑菇木，或者挖點它們下面的，被汙染了的泥土，應該就很容易能培養出來。」

挖土這事可以交給于欣然，她不用走到這些變異植物面前就能操控泥土變成沙子來到她的面前，而且他們也不需要太多這種泥土就能搞定這件事。

打開他們之前挖出來的那條密道，一行人再度搬運著這次帶來的行李、金屬材料回到實驗樓中，便開始了新一輪的忙碌。

這次可以待到月底再做，足有二十天左右的功夫讓他們在這裡好好收拾東西。

從實驗樓中挑出幾間採光不錯的房間分配給大家。羅勳和嚴非是同住一間，還要帶著他們的小寶寶和小傢伙。徐玫和宋玲玲兩人再加一個小欣然住一間。章溯自然是跟他家的王鐸一起住。剩下的四個人一商量，乾脆也分成了兩個房間，兩人住一間。

李鐵和韓立住，何乾坤和吳鑫住，這當然不是因為他們之間有什麼不得不說的狀況，而是因為「好不容易有更多房間可以選擇，大家都住得鬆快些多舒服啊」。

於是，大家乾脆將頂樓的五個房間瓜分了。

頂樓共有七個房間，羅勳兩人挑選了一個採光良好的辦公室入住。最大的會議室和較小的茶水間被他們劃分為之後準備改造成種植間或者儲物間的地方。

分配好房間，雖然之後還要經過各種改造，可大家暫時有了休息的地方，就先將各自的家當搬進各自的房間，這才好好地睡下。

安穩地過了一夜，沒有喪屍來敲門，也沒有會飛的東西過來騷擾，羅勳他們一大早就著窗外明媚而燦爛的朝陽起床，給小寶寶餵了些果奶。這次回去他們帶出一大堆奶油果，足夠小寶寶吃上一個月。

好在這東西的體積很小，而且經過他們確認，這東西摘下來後放一個月也沒有變質的跡象，而且家中的奶油果又結出了不少來。

餵飽孩子，換過尿布，人和狗都吃了頓安生的早餐後，羅勳他們再度開工。

「今天咱們先將這棟樓的外牆改造好，把上次運回來的太陽能板都掛上。」

只有太陽能板都掛上，這裡的電力恢復後，很多事才能真正開展。

羅動又指指腳下，「地下室裡的那兩具屍體……咱們今天把他們運出去埋了吧。」

這也是一件需要解決的事情。埋屍體什麼的，大家雖然覺得彆扭，但沒什麼心理壓力。做完這件事，大家就開始了讓人幹勁十足的改造工程。

油漆還沒找到合適的，嚴非就盡可能將包圍在建築外的金屬弄成灰色的。其實這種顏色的金屬還是比較好揉捏出來的，特別是在嚴非對金屬進行了提純，做出韌度、堅硬度比較強的金屬後，基本都是這個顏色。

金屬罩子做出來後，就是往朝陽的那一側牆壁掛太陽能板。

羅動帶著李鐵幾人給嚴非遞板子。徐玫帶著宋玲玲整理內務，打掃各處。章溯負責協助兩位女士——他的風系異能對於清掃房間內的灰塵簡直就是大殺器。

何乾坤此時領命坐在電腦前，負責找周圍可能有大量油漆的地方，以及有可能弄到大量金屬的地方。他們這次離開基地前又弄到了不少資料回來，下載到電腦上一併帶了出來。

小丫頭帶著小傢伙看著小寶寶，反正這三位對於現在的工作也幫不上什麼忙。

第一天大家勉強搞定了太陽能板，太陽能板幾乎掛滿了整個屋頂和向陽那側的牆壁。第二天一早，眾人決定檢修地下室，然後準備種上在這個新基地的第一批作物。

育苗室很好建，羅動他們並沒有準備用地下室種什麼特殊品種的作物，更不會做些什麼詭異的實驗，所以地下室的實驗室、更衣室，基本上都沒什麼用處，正好改建成育苗室。

建好育苗室，羅動他們又檢查一遍兩個種植用的地下室，決定好兩個房間需要種的東西後，便將需要修理、改造的地方進行處理。

就在眾人忙活的時候，何乾坤那裡找到了大家需要的資訊。

找油漆的地方，以及可能有金屬材料的地方。

「這個倉庫就在咱們上次要去的太陽能板工廠附近，那一帶還有些小作坊什麼的，金屬材料肯定少不了。」何乾坤指著地圖上的一個地方，那個位置上標註的幾個點，都是他們最近最需要的東西。

羅勳思索了一下，看向嚴非和站在一邊踮腳尖湊熱鬧的于欣然，「咱們可以先把地下通道擴大再去那些地方，到時就能直接將東西從地下開車運進來。」

他們需要的東西有些都太重了，就算能運回來，想要搬進樓房得費不少時間。

見有用得著自己的地方，于欣然連忙蹦躂兩下，「挖地道！挖地道！」

「沒問題。」嚴非點點頭，「地板上我可以做些處理，加上些波紋什麼的，免得車子開進來時打滑。」之前地下室的地板就太過光滑，他們走在上面有摔跤之虞。

……

一車車的泥土被宅男小隊從地下通道運送出來，送到上面的小廣場堆在上面晾曬，讓大家覺得鬆一口氣的是，羅勳他們之前掛在牆壁上的太陽能板順利運轉後，新基地的能源問題便被解決，以致於他們現在終於有電梯可用了。

運送東西有電梯幫忙，室內照明用的燈也能正常運作，幾乎所有的房間此時出於安全考量，全都掛上了厚重的窗簾。大家再在房間裡做些什麼的時候，大可不用擔心會被夜間來往的路人、喪屍注意到，也不用擔心被偶爾飛過、順便拍照的衛星找到與眾不同的地方。

嚴非和于欣然配合著，一個先將金屬撤掉，另一個開始沙化四周的泥土。一群壯勞力把于欣然沙化進金屬箱車的沙土推出密道，搬運上去，嚴非再用金屬封住拓展開的通道四壁，將更遠處的金屬壁撤掉，加固到已經新擴寬的牆壁上……反覆這個操作。

兩人通力合作之下，外面地面上的新土幾乎將整個小廣場全堆滿，密道也足足拓寬了一倍有餘，高度更達到誇張的三米多，足夠讓絕大多數的貨車開進來。

晾曬過的泥土被羅勳他們運進地下一樓，換掉了之前那些種植架上的泥土。之前那些架子上種過各種奇奇怪怪的作物，羅勳他們不能確定在那些作物枯萎死亡前有沒有變異，所以還是小心些比較好。

做完這些事，宅男小隊才開始準備外出的清單。

除了油漆、金屬和太陽能板之外，他們還需要數量龐大的木頭。

木頭、木材什麼都好，只要能用來種蘑菇，吸收種植作物房間中的有毒物質就行。

這些東西的需求量太大，註定羅勳他們這次出去是不可能一次就搬完的，更有可能和金屬材料似的，需要至少出去幾趟才能慢慢補齊。

幸虧他們帶出來的種子不夠種滿兩個地下室。

眾人決定這次依舊全員出動，這樣搬運東西時的人手比較充足，畢竟如今這個基地雖然看著安全，但萬一出點什麼事……還不如大家一起行動來得安全。

全副武裝，一群人開著車從地道緩緩向出口駛去。從昨天地道剛剛拓寬後，他們就把車子開進來了，免得放在外面被路過的人發現。

離開地道，將大門封死，于欣然在上面覆蓋沙土，宋玲玲用水澆蓋一次，章溯用風吹來一些浮土，就完成偽裝了。這一套流程他們如今做起來順手得很，幾乎都快成了他們下意識的一種習慣，如果再丟些大小不一的碎石塊就更逼真了。

車隊轟隆隆行駛在荒蕪的道路上，附近的曠野如今變得泥濘不堪，雪地上露出一塊又一塊的黑色、灰色的土壤，以及建築殘骸。

嚴非依舊一邊前進一邊收集著沿途的金屬材料，並控制著金屬球在合適又恰當的位置並行在車隊旁邊。一旦出現什麼危險，金屬球可能就是他們救命的東西。

車隊朝著先前他們遭遇過喪屍潮的方向行駛過去，一夜過後，次日清晨就看到了當初發現軍車的地方。他們沒有啟出地底的那兩個巨大的金屬箱子，要是帶上那兩個箱子，他們哪還可能去更遠的地方找別的東西？

嚴非用異能探測了一下，確認那兩口箱子完好無損還埋著呢，車隊這才離開，繼續向著上次想去卻沒去成的生產太陽能板的工廠前行。

這裡是A市和其他幾個省市交接處，是幾個城市交通樞紐的小縣城，因為距離一二級城市很近，這裡有大大小小的工廠、加工廠、小作坊。羅動他們一路行來，嚴非就從道路兩旁收集到不少金屬材料填充到金屬球中。剩下的金屬材料自然還有不少，可車隊帶不了更多，只好暫時留到以後再說。

到了縣城又向南開上一小段路，他們就遠遠看到了目標——太陽能板生產廠。

觀察過周遭的情況，羅動他們在這還帶著殘雪的縣城中發現不少戰鬥過的痕跡。

「看，彈孔！」

「這裡還有裝甲車壓出來的痕跡！」

「不知道這個縣城還有沒有喪屍在……」

習慣了每到一處滿是建築的地方就遇到喪屍的經歷，如今羅勳他們再看到這空蕩蕩的城市，反而覺得很不習慣。

確認附近確實沒有喪屍後，他們才驅車靠近那個工廠。

當初軍方派來的人似乎在這裡遭遇過一場惡戰，他們不必太過接近就能看到有一堵牆上被轟出大洞來。看那大洞的狀況，很有可能是裝甲車上重火力轟出來的。

大家拿著武器在大門前集合，嚴非抽掉外面那扇金屬大門，蕭條破敗的工廠內部就展現在了眾人面前，大夥兒開始檢查著這一處早已沒了生氣的地方。

荒蕪的工廠內，工作間裡滿是塵土，有些儀器設備、生產線甚至翻倒在地。

眾人查看過後，遺憾地發現……

「太陽能板幾乎都沒了，就只在倉庫找到了幾箱蓄電池。」

「生產線基本都出問題了，根本沒可能拉回去繼續使用……」

「我們在那邊找到了三桶半的柴油，應該還能用。」

林林總總，大家翻找出了一些勉強可以使用的東西，但其他的基本上就沒什麼值得運回去的了，倒是這個工廠裡剩下的零碎金屬數量不少。章溯帶著于欣然幾人去外面，找到一處比較隱蔽的地方開始挖坑。嚴非則將這個工廠中數量眾多的金屬「抽」了出來，準備把這些金屬藏在大坑裡。畢竟基地中其他人也會外出來尋找東西，其他基地的人也有可能過來。像這麼集中，數量龐大，距離又近的金屬材料可不好找，他們之後建設新基地還需要這東西，總得提前準備。就算這次帶不走，以後也可以回來搬。

挖好大坑，金屬材料倒進去，然後掩埋。

工廠中的金屬材料並沒被嚴非搬光，他們只是拿走了一大半，要是之後來的人有需要，自然可以去拿剩下的。

離開這個工廠，他們向著稍微偏遠些的方向行去。

生產油漆的工廠汙染較為嚴重，在這個小縣城比較偏遠的位置還有一條小河。

還沒開到目的地，羅勳他們居然在這荒蕪的曠野中聽到了隱隱約約的狗叫聲。

車上的小傢伙猛地豎起耳朵，兩眼死死盯著外面，尾巴僵直著。

「狗？」

「還是喪屍狗？」

羅勳和嚴非對視一眼，拿起對講機。

「注意，前面的村落中有狗叫聲，大家保持警戒……」

沒等羅勳的話音落下，後座的小傢伙忽然叫了一聲，從旁邊半開的窗戶鑽了出去。

「小傢伙！」羅勳大叫，車子還在行進中呢。

小傢伙似乎沒有聽到羅勳的叫聲，牠朝著不遠處的滿是平房的村落飛奔過去。

（未完待續）

綺思館038

宅男的末世守則 4

國家圖書館出版品預行編目資料

宅男的末世守則4/ 暖荷著. -- 臺北市 : 晴空,
城邦文化出版 : 家庭傳媒城邦分公司發行,
2019.06
冊； 公分. --（綺思館038）
ISBN 978-957-9063-39-5（第4冊：平裝）
857.7 108004660

作　　者　暖　荷
封面繪圖　黑色豆腐
責任編輯　施雅棠
國際版權　吳玲緯
行　　銷　艾青荷　蘇莞婷　黃俊傑
業　　務　李再星　陳紫晴　陳美燕　馮逸華
編輯總監　劉麗真
總 經 理　陳逸瑛
發 行 人　凃玉雲
出　　版　晴空
城邦文化事業股份有限公司
104台北市中山區民生東路二段141號5樓
電話：（886）2-2500-7696　傳真：（886）2-2500-1966
發　　行　英屬蓋曼群島商家庭傳媒股份有限公司城邦分公司
104台北市中山區民生東路二段141號2樓
書虫客服服務專線：(886)2-2500-7718；2500-7719
24小時傳真服務：(886)2-2500-1990；2500-1991
服務時間：週一至週五09:30-12:00；13:30-17:00
郵撥帳號：19863813　戶名：書虫股份有限公司
讀者服務信箱E-mail：service@readingclub.com.tw
晴空部落格　http://sky.ryefield.com.tw
香港發行所　城邦（香港）出版集團有限公司
香港灣仔駱克道193號東超商業中心1樓
電話：852-2508-6231　傳真：852-2578-9337
E-mail：hkcite@biznetvigator.com
馬新發行所　城邦（馬新）出版集團【Cite(M)Sdn. Bhd.(45832U)】
411, Jalan 30D/146, Desa Tasik,Sungai Besi, 57000 Kuala Lumpur, Malaysia.
電話：(603) 9057-8822 傳真：(603) 9057-6622
Email：cite@cite.com.my
美術設計　洸譜創意設計股份有限公司
印　　刷　沐春行銷創意有限公司
初版一刷　2019年06月11日
定　　價　350元
I S B N　978-957-9063-39-5

原著書名：《重生宅男的末世守则》，由北京晉江原創網絡科技有限公司授權出版。